A DOR DO MEU SEGREDO

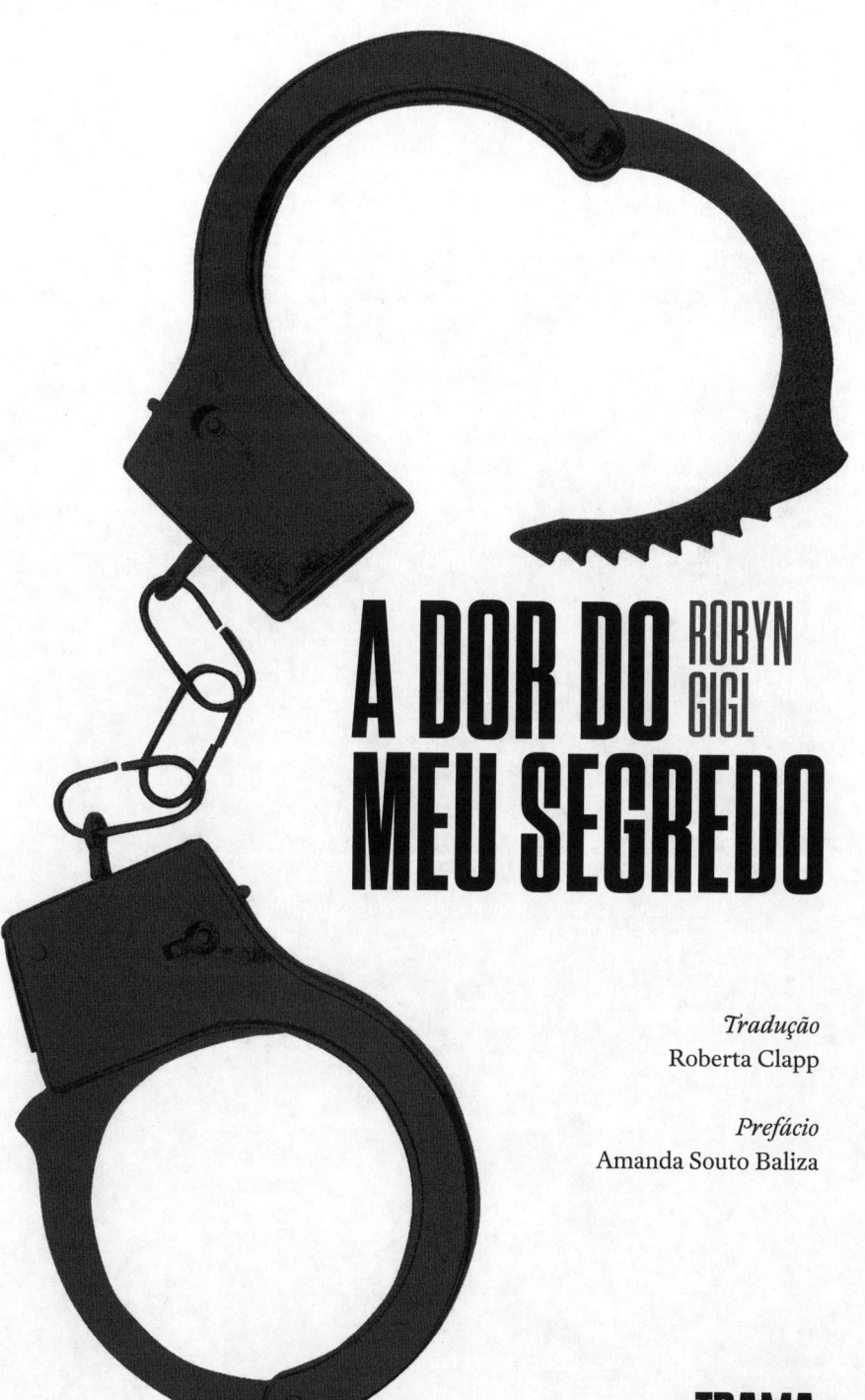

A DOR DO MEU SEGREDO

ROBYN GIGL

Tradução
Roberta Clapp

Prefácio
Amanda Souto Baliza

TRAMA

Título original: *By Way of Sorrow*

Copyright © 2021 by Robyn Gigl

Publicado originalmente pelo Kensington Publishing Corp.
Direitos de tradução para língua portuguesa arranjados por intermédio de Sandra Bruna Agencia Literaria, SL
Todos os direitos reservados

Direitos de edição da obra em língua portuguesa no Brasil adquiridos pela Trama, selo da Editora Nova Fronteira Participações S.A. Todos os direitos reservados. Nenhuma parte desta obra pode ser apropriada e estocada em sistema de banco de dados ou processo similar, em qualquer forma ou meio, seja eletrônico, de fotocópia, gravação etc., sem a permissão do detentor do copirraite.

Editora Nova Fronteira Participações S.A.
Rua Candelária, 60 — 7.º andar — Centro — 20091-020
Rio de Janeiro — RJ — Brasil
Tel.: (21) 3882-8200

O quadro *Sonho e o que mais soube ser*, cujo detalhe consta no verso da capa deste livro, e demais obras do artista Dante Freire podem ser visualizados no site www.infernin.com.br

Dados Internacionais de Catalogação na Publicação (CIP)

G459d   Gigl, Robyn
         A dor do meu segredo / Robyn Gigl ; tradução por Roberta Clapp. – Rio de Janeiro : Trama, 2021.
        320 p. ; 15,5 x 23cm

        Título original: *By Way of Sorrow*

        ISBN: 978-65-89132-33-2

        1. Literatura americana – suspense. I. Clapp, Roberta. II. Título.

                                          CDD: 813
                                          CDU: 821.111(73)

André Queiroz – CRB-4/2242

www.editoratrama.com.br

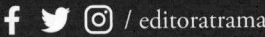 / editoratrama

A DOR DO MEU SEGREDO

PREFÁCIO
PELO DIREITO DE EXISTIR

A trama de *A dor do meu segredo* nos traz três temas muito importantes e que precisam ser discutidos: transfobia, racismo e a advocacia em um ambiente hostil contra um oponente poderoso. Neste livro, a advogada Erin McCabe atua na defesa de Sharise, uma prostituta trans e negra que, com provas circunstanciais, está sendo acusada de ter matado o filho de um senador do estado de Nova Jersey. Há um temor muito grande de que a pena de morte seja pedida pela acusação, e do jeito que as coisas se encontram a melhor das hipóteses é a pena de prisão perpétua.

A maneira como a personagem Sharise é tratada pelas instituições, com falta de empatia das pessoas e nenhum suporte familiar, evidencia o racismo e a transfobia e também reflete o que se passa no mundo real para a grande maioria das mulheres trans, expulsas de casa em tenra idade.

O tema da transfobia não poderia ser mais atual: os Estados Unidos vivem uma guerra cultural muito forte contra as pessoas trans, diversos estados tentam aprovar leis discriminatórias como o impedimento de uso de banheiros públicos, de competir em esportes etc. Da mesma forma, é impossível ler este livro sem traçar paralelos com a realidade brasileira. Hoje no nosso país não há leis federais que garantam ou concedam direitos às pessoas LGBTI+. Pelo contrário, existem diversos projetos de leis discriminatórios em todas as esferas do poder público, que variam desde a proibição do uso de banheiros públicos, o veto em participar de peças publicitárias e até mesmo a criminalização do que chamam "ideologia de gênero", a grande falácia que tem sido propagada no Brasil desde 2015.

Assim como na vida real, a advogada Erin enfrenta diversos dilemas, como a dificuldade de aceitação por parte de seus familiares. A repercussão do caso faz com que todos os holofotes se virem para ela, e isso a obriga a lidar com as dores de manter seu segredo, o de também ser uma mulher transgênero. Foi impossível não me enxergar nela, confesso que em alguns momentos inclusive me emocionei. E isso foi algo de que gostei bastante neste livro, o fato de não ser extremamente focado na investigação do caso, mas sobretudo na humanização das personagens, mostrando também aspectos do seu cotidiano. A autora as desenvolve de uma maneira que chama bastante a atenção, pois é possível sentir a humanidade delas, com suas qualidades e defeitos. Mesmo personagens que pareciam irritantes em um primeiro momento passam a apresentar sua complexidade, e outras acabam evidenciando seu lado mais sombrio.

Outro ponto importante na história é perceber as trajetórias de Erin e Sharise, que são um tanto diferentes apesar de se tratarem de duas mulheres trans. Por ter tido uma transição tardia e por ser branca, Erin teve acesso a mais oportunidades, o que também acontece no mundo real por diversos motivos. Já Sharise, tendo transicionado na puberdade, não conseguiu escapar do destino de muitas mulheres trans e foi expulsa de casa. Sem conseguir um emprego, se viu forçada a trabalhar na prostituição.

A situação marginalizada que Sharise precisa enfrentar por conta de uma sociedade preconceituosa converge em muitos pontos com a realidade brasileira, refletindo o preconceito estrutural que assola mulheres trans nas sociedades ocidentais. No Brasil, a estimativa de idade em que mulheres trans são expulsas de casa é 13 anos, de acordo com relatório publicado pela Associação Nacional de Travestis e Transexuais. Neste mesmo documento é revelado que 56% não conseguem terminar o ensino fundamental, 72% não concluem o ensino médio e apenas 0,02% chegam ao ensino superior.

Isso se reflete brutalmente no acesso ao mercado de trabalho: a estimativa é de que apenas 4% tenham acesso ao mercado formal e 6% ao informal, sendo 90% dependentes da prostituição. Os índices de violência, por sua vez, são alarmantes, e o Brasil é o país que ocupa o topo da lista na morte de pessoas trans — em 2020 foram registrados 175 assassinatos de mulheres trans, ao passo que nos EUA foram registrados 37 (até outubro do mesmo ano). Enquanto a advogada Erin traça linhas de investigação que sugerem uma ação em legítima defesa por parte de sua cliente, torcemos para que o destino de Sharise e dela própria contrarie essas estatísticas e seguimos trabalhando para que a realidade de todas as pessoas trans seja diferente no nosso país e no mundo.

Quero dizer que gostei muito deste livro, que devorei inteiro em dois dias e que tanto me emocionou. Além de trazer uma problematização importante, o desenrolar do mistério faz aflorar diversos sentimentos no leitor, como angústia, ansiedade, raiva, ternura e tantas outras coisas que dificilmente irei esquecer por bastante tempo.

Amanda Souto Baliza
Advogada e presidente da Comissão de Diversidade Sexual e de Gênero da OAB de Goiás, primeira pessoa trans a chefiar uma comissão da Ordem dos Advogados do Brasil

Para Jan — Sua estrela está no meu firmamento desde a nossa primeira dança, tantos anos atrás. Obrigada por compartilhar as aventuras da vida comigo. Com amor.

Para Tim, Colin e Kate — Obrigada por serem quem são. Vocês são as três maiores alegrias da minha vida.

PRÓLOGO

17 de abril de 2006

Seus olhos castanhos estavam abertos, o choque de ter sido esfaqueado ainda refletido em suas pupilas dilatadas. Sharise empurrou seu corpo nu e sem vida para longe, e ele rolou, pesado, da cama para o chão, caindo de costas.

"Merda", pensou ela, respirando com dificuldade, "eu preciso sair daqui. Não. Calma, não entra em pânico. São duas da manhã, ninguém vai sentir falta dele por um tempo."

Ela se apoiou em um braço para poder olhar para o corpo de cima da cama, o sangue acumulando sob ele no carpete barato cor de mostarda do motel. "Desgraçado do caralho. Você teve o que merecia, seu merda." Afastando-se dele, ela olhou para seu próprio corpo encharcado de sangue, e a náusea veio sem aviso. Ela vomitou ao lado da cama, dando um último toque de indignidade ao cadáver.

Tremendo, ela se afastou para o outro lado da cama e colocou os pés no chão, torcendo para que conseguisse se levantar, esperando que a náusea diminuísse. Firmou-se apoiando a mão na parede e lentamente foi tateando até o banheiro, onde encontrou o interruptor e o vaso sanitário assim que começou a vomitar novamente, agarrando o cabelo trançado desde a raiz com a mão direita para protegê-lo do que saía das profundezas de seu estômago e da água turva da privada. Enquanto vomitava e engasgava, sua mente voltou para quando era pequena e sua mãe se sentava ao seu lado quando ela passava mal, confortando-a durante a provação. Meu Deus, seria ótimo ter a mãe ao seu lado naquele momento, mas já fazia quatro anos, e agora não havia mais como voltar atrás.

Quando não tinha mais nada para sair, Sharise se deitou no chão frio de azulejo, seu corpo tremendo, sem querer sair de onde estava. Por fim, a concretude do que havia feito começou a se apresentar, e ela entendeu que precisava sair dali.

Foi se arrastando até o chuveiro, onde viu seu sangue escorrendo pelo ralo, e tentou desesperadamente bolar um plano. Suas impressões digitais estariam nele e no quarto inteiro, isso sem falar que provavelmente seria possível identificar seu DNA no vômito, que ela não tinha intenção de limpar. Ela havia sido presa uma quantidade de vezes suficiente para saber que a Divisão de Homicídios a encontraria cruzando os dados no sistema antes mesmo que o café esfriasse. Então ela não só teria que dar um jeito de desaparecer, como também de evitar ser presa pelo resto da vida; o que era pouco provável no ramo em que trabalhava, principalmente porque sua foto estaria espalhada em cartazes por todos os lados.

Encontrou o vestido do outro lado do quarto e o vestiu sem a calcinha, que havia deixado no banheiro, encharcada com o sangue dele. Sentou-se na beira da cama e fechou o zíper das botas de camurça sintética que iam até as coxas. Ela se olhou no espelho, tirou o batom da bolsa e o retocou. O único outro item de maquiagem que carregava era um rímel, mas decidiu não o reaplicar naquele momento.

Porra, por que aquele garoto branco a havia escolhido, afinal? Ela encontrou a carteira dele ainda no bolso da calça. William E. Townsend Jr., 28 anos, de acordo com a carteira de motorista. "Ótimo", pensou ela enquanto vasculhava a carteira, "um desses caras que não andam com grana". Além dos cinquenta dólares que já havia dado a ela, ele só tinha mais trinta na carteira, o que não era suficiente nem mesmo para pagar o que ele queria. Ela pegou o dinheiro e o cartão do Bank of America. Em seguida achou o celular dele, abriu-o e foi olhando seus contatos. "Idiota do caralho." Lá, com o nome BOA, estava sua senha do caixa eletrônico. Deveria conseguir uns trezentos dólares, ela calculou.

Tirando as chaves da BMW do bolso da frente da calça dele, ela olhou para o celular novamente. Duas e quarenta e cinco. Ela não tinha certeza de onde eles estavam, mas sabia que não era muito longe de Atlantic City; talvez ela ainda conseguisse trocar de roupa e chegar à Filadélfia antes do amanhecer. Poderia abandonar o carro lá e pegar um trem para Nova York. Era um tiro no escuro, mas não conseguia pensar em nenhuma opção melhor.

Analisando a cena, tentou decidir se deveria levar a faca ou não. Não que fizesse muita diferença se a arma fosse encontrada. Eles com toda certeza conseguiriam encontrar indícios de que ela estava no quarto se fosse capturada em algum momento. "Melhor levar", pensou ela, "não custa".

Caminhou até onde ele estava deitado. Seu rosto já estava pálido, o sangue que antes lhe dava cor era agora uma poça embaixo dele. As mãos ainda seguravam a faca fincada em seu peito. Ela abriu as mãos dele para puxar a faca e em seguida a lavou na pia antes de enfiá-la na bolsa.

Hora de ir. Apagou todas as luzes e pendurou a plaquinha de NÃO PERTURBE na porta. Com um pouco de sorte, estaria em Nova York antes que encontrassem o corpo. Talvez, se ela tivesse realmente muita sorte, aquilo nunca sairia em lugar nenhum além do noticiário local. Ela respirou fundo e saiu pela porta.

CAPÍTULO 1

Havia mais de cinco anos que Erin não entrava naquele tribunal. Desde então, muita coisa tinha mudado. Ela sorria enquanto atravessava o corredor pensando em todo o tempo que passara ali dez anos antes, logo depois de se formar em direito, enquanto assistente do Excelentíssimo Juiz Miles Foreman. Aprendera muito naquele ano, assistindo aos advogados no tribunal, tanto os bons quanto os ruins. E aprendera muito com Foreman, também algumas coisas boas e outras ruins. Naquele dia ela esperava encarar as ruins. Seria capaz de lidar com isso. Que outra escolha tinha?

— Erin, você ficou maluca? — disse Carl Goldman, que representava o outro réu do caso, com os olhos arregalados quando ela se sentou ao lado dele.

Ela pôs em cima do banco a bolsa, que também servia de pasta, e sorriu educadamente.

— Acho que não entendi, Carl.

— O Foreman vai surtar. Por que você deu entrada nessa petição? Ele não só vai descontar no seu cliente, mas vai crucificar o meu também.

— O seu cliente tem algum argumento de defesa?

Ele a analisou, tentando ligar os pontos.

— Não. Mas o que isso tem a ver com o seu pedido de afastamento do Foreman?

Ela riu.

— O meu cliente também não tem defesa. O que significa que, em algum momento, eu vou ter que conseguir o melhor acordo que puder. Eu ouvi todas as gravações das ligações grampeadas e a gente tá no mesmo barco. Certo?

— Sim, e daí?

— Quem dá as sentenças mais duras do condado?

— O Foreman — respondeu ele.

— Exatamente. A gente precisa de um juiz que consiga ver esse caso pelo que ele é... um simples caso de jogo de apostas, não de crime organizado, de lavagem de dinheiro. Os nossos clientes deveriam estar diante de uma pena de uns dois anos no máximo, não os oito ou nove que o Foreman vai querer dar pra eles. E, enquanto o Foreman estiver com o caso, não tem motivo nenhum pro Ministério Público ser razoável, porque ele não vai ser razoável na sentença.

— Mas com base em quê?

Seu sorriso era ligeiramente maldoso.

— O Foreman é homofóbico.

Carl a encarou.

— Mas o que é que isso tem a ver? O meu cliente não é gay. O seu é?

Ela balançou a cabeça.

— Não, Carl, o meu cliente não é gay. Isso não tem a ver com ele. Tem a ver comigo.

Carl encarou Erin, com uma expressão confusa se espalhando por seu rosto enquanto a olhava de cima a baixo. Ela vestia um blazer azul-marinho sobre uma blusa de seda branca decotada que acentuava seus seios e uma saia que ficava vários centímetros acima dos joelhos. Usava um salto de dez centímetros e sua maquiagem era impecável. Com seu cabelo cor de cobre e as sardas salpicadas na altura do nariz, as pessoas costumavam lhe dar bem menos do que seus 35 anos. Ela achava mais do que irônico o fato de muitas vezes lhe dizerem que ela era a perfeita "vizinha gostosa".

— Mas você não parece gay — disse ele por fim.

Ela inclinou a cabeça para o lado.

— E qual é exatamente a cara de alguém gay? Eu não sou machona o suficiente pra você? Além disso, quem foi que falou...

Erin foi interrompida pela entrada do oficial de justiça.

— Todos de pé.

O juiz Miles Foreman saiu pela porta que levava do seu gabinete até a tribuna e olhou para o tribunal lotado.

— O Estado contra Thomas — disse ele, sem sequer tentar disfarçar sua raiva.

Erin e Carl foram até a mesa dos advogados, onde o promotor-assistente, Adam Lombardi, já estava posicionado. A tez morena de

Lombardi, o cabelo muito negro penteado para trás, o nariz de italiano e o gosto por ternos caros às vezes levavam aqueles que não o conheciam a acreditar que ele fosse um advogado de defesa caro. Mas sua reputação de promotor de primeira linha era merecida e ele não dava sinais de querer mudar de lado.

— Apresentem-se, por favor — disse Foreman sem erguer os olhos.

— Adam Lombardi, promotor-assistente representando o Estado, Excelência.

— Erin McCabe, representando o réu Robert Thomas. Bom dia, Excelência.

— Carl Goldman representando o réu Jason Richardson, Excelência.

Foreman ergueu os olhos e baixou os óculos para poder olhar por cima das lentes. Para Erin, ele não parecia ter envelhecido ao longo dos cinco anos desde que ela havia estado pela última vez naquele tribunal, ou dos dez anos a contar de quando ela era assistente dele, mas isso não era um elogio. Careca, com uma expressão severa e um comportamento que seguia a mesma linha, ele sempre tinha parecido ser dez anos mais velho do que de fato era. Agora, aos 65 anos, ele finalmente aparentava a sua idade.

— Podem se sentar, exceto a dra. McCabe.

Ele pegou um calhamaço de papel e acenou para eles, sacudindo as folhas.

— Bom dia — começou ele. — Se importaria em me dizer o que é isso, dra. McCabe?

Erin sorriu educadamente.

— Presumo que seja a petição que eu apresentei, Excelência.

— É claro que é a petição que apresentou. A doutora quer me dizer qual o sentido dessa petição?

Ela sabia que havia uma linha tênue entre provocá-lo e ser presa por desacato.

— Certamente, Excelência. É uma petição solicitando que Vossa Excelência se afaste do caso.

— Eu sei o que é! — Ele explodiu. — O que eu quero saber é de onde tirou a ousadia para questionar a minha imparcialidade?

Uma resposta passou rapidamente pela cabeça dela — "Acho que deve ser genético, provavelmente puxei a minha mãe" —, mas ela optou por uma mais segura:

— Não sei se entendi, Excelência.

— O que não entendeu, dra. McCabe? A doutora afirma que deseja que eu me retire do caso, mas não apresentou nenhuma justificativa. Simplesmente diz que gostaria de apresentar sua justificativa a portas fechadas, para que eu a analise em particular, conforme a doutora a apresenta. Se tem algo a dizer a meu respeito, sugiro que o faça em público, oficialmente.

Ela olhou para ele, tentando avaliar o quão perto da linha estava.

— Excelência, não tenho certeza se o senhor quer mesmo que eu faça isso.

Ele bateu com os papéis na bancada. Espalmando as mãos na tribuna, ele se inclinou para a frente.

— Quem você pensa que é para me dizer o que eu quero ou não quero? Ou você se manifesta publicamente, ou seu pedido será negado. Fui claro? — Ele fez uma pausa e, em seguida, disse: — *Doutora* McCabe.

Erin inalou lentamente.

— Pois bem, Excelência. Para que fique registrado, fui sua assistente dez anos atrás. Durante meu tempo aqui, Vossa Excelência cuidou do caso McFarlane contra Robert DelBuno, e o sr. DelBuno, claro, era o procurador-geral da época. Talvez Vossa Excelência se lembre desse caso?

Foreman baixou os olhos para olhar para ela.

— Eu me lembro desse caso — respondeu ele, com um tom de preocupação evidente em sua voz.

— Eu imaginava que se lembraria, Excelência, porque o caso envolvia uma contestação à constitucionalidade das leis da sodomia de Nova Jersey. Vossa Excelência saiu em defesa das leis, mas a sua decisão foi posteriormente revogada na apelação. Agora, se Vossa Excelência se lembra, o sr. McFarlane foi representado por...

O golpe do martelo de Foreman a fez parar abruptamente.

— Eu quero os advogados no gabinete imediatamente. Agora!

Foreman pulou da cadeira, desceu os três degraus e passou pela porta que levava ao seu gabinete.

Adam Lombardi a seguiu enquanto eles iam para o gabinete de Foreman.

— Erin, eu espero que isso dê certo, porque senão, você vai precisar que alguém venha pra cá correndo com o dinheiro da fiança.

Ela sorriu para Adam. Ele era um cara honesto, estava apenas fazendo seu trabalho. Sabia que, se dependesse dele, o Ministério Público faria uma proposta de acordo justa.

— Acho que vai ficar tudo bem. Mas, se as coisas derem errado, me dá uma força com o xerife, tá bem?

— Claro. Eu vejo se eles conseguem uma cela com uma vista boa pra você.

— Agradeço — disse ela.

Quando eles entraram, Foreman andava de um lado para o outro atrás de sua mesa, ainda vestindo sua toga. Ele parou a tempo de olhar a antiga assistente de cima a baixo.

— Você... — disse ele. — É muita ousadia sua me atacar dessa maneira. Sim, a minha decisão foi revogada no caso McFarlane. E daí? Isso acontece todos os dias. Esse é um caso de jogo de apostas, não de prostituição. O que o McFarlane tem a ver com isso?

Ela estendeu um documento.

— Excelência, essa é a minha justificativa, que eu gostaria que o senhor analisasse em particular — explicou ela. — Eu fiz assim para que o senhor pudesse analisar sozinho no gabinete o que tenho a dizer e depois decidir se quer ou não tornar o assunto público.

Ele esticou o braço e arrancou os papéis da mão dela, em seguida, pegou seus óculos de leitura em cima da mesa e começou a ler. Seu rosto quase que imediatamente começou a ficar vermelho. Quando terminou, ele olhou feio para ela.

— Isso tudo é mentira, mentira descarada. Eu nunca disse as coisas que você alega. Nunca! Eu deveria mandar prendê-la por escrever essas acusações obscenas. Talvez alguns dias na cadeia refresquem a sua memória. O que acha, dra. McCabe?

Erin sabia que ele estava em suas mãos. É claro, era a palavra dele contra a dela, mas ela estava confiante de que ele não gostaria nada que aquilo se tornasse público.

— Excelência, tentei ao máximo evitar que qualquer lembrança minha a respeito de seus comentários sobre Barry O'Toole, o advogado do sr. McFarlane, constasse dos autos. Se o senhor quiser, ficarei feliz em fornecer cópias desse documento para os demais advogados e, é claro, se me prender por desacato, vai precisar anexar a minha justificativa.

Ele atirou os papéis nela, mas eles flutuaram inofensivos sobre a mesa.

— Saiam do meu gabinete — vociferou ele. Mas, quando eles começaram a sair, de repente ele a chamou de volta.

Ela parou e se virou para olhar para ele.

— Pois não, Excelência?

— Você é pior do que o O'Toole, você sabe disso. Pelo menos o O'Toole nunca mentiu sobre quem ele era.

Erin o analisou. A raiva dele era visível e real.

— Excelência, há dez anos, um homem que considero um dos meus mentores jurídicos me disse que a maior responsabilidade de um advogado era fazer o que é certo para um cliente. Ele me disse que, mesmo que um juiz discorde do meu posicionamento, deve sempre tentar respeitar o que estou fazendo pelo meu cliente. Tentei seguir esse conselho, colocando os interesses dos meus clientes acima de qualquer reação que eu possa receber de um juiz. Assim como eu, e como fica claro nessa justificativa, esse mentor não é perfeito. Por conta da minha posição, achei que era provável que meu cliente pudesse sofrer as consequências de certos julgamentos enviesados. No entanto, independentemente das imperfeições do meu mentor, sempre vou respeitá-lo por toda a ajuda e orientação que recebi quando trabalhei para ele. — Ela deixou suas últimas palavras pairarem, esperando que ele se convencesse de sua sinceridade. — Algo mais, Excelência?

Foreman esticou a mão e pegou a justificativa em cima da mesa. Ele lentamente rasgou as folhas em pedaços.

— Aqui está o que eu acho da sua justificativa, dra. McCabe — disse ele. Seu desprezo era evidente. — E, se o objetivo desse seu discursinho era pedir desculpas, elas não foram aceitas. Pode se retirar e não se dê ao trabalho de voltar. Tenha certeza de que irei me retirar de qualquer caso em que você esteja envolvida, porque eu jamais serei capaz de tratá-la de maneira justa depois de ler suas mentiras deslavadas. E, francamente, espero nunca mais vê-la de novo.

Ela se sentiu tentada a responder, mas outro conselho lhe pareceu mais evidente: pare de jogar enquanto está ganhando.

— Obrigada, Excelência — disse ela, virando-se e voltando para o tribunal.

CAPÍTULO 2

— E aí, precisa de dinheiro pra fiança? — perguntou Duane Swisher, sócio de Erin, quando ela atendeu o celular.

— Não, Swish. Tô saindo do fórum agorinha — respondeu ela com uma risada, achando graça do humor sarcástico dele.

— E então?

— Ele se retirou desse e de todos os outros casos em que eu tô envolvida.

— Uau. O que tinha na sua justificativa?

— Ah, só uma pequena seleção de falas de um juiz homofóbico. Onde você tá?

— Tô com o Ben. Tentando decidir como agir com o Ministério Público.

— Entendi — respondeu ela, torcendo para que Ben Silver, um dos melhores advogados criminalistas do estado, conseguisse manter seu sócio longe da mira do Departamento de Justiça, que mais uma vez parecia determinado a persegui-lo por vazar informações confidenciais para um repórter do *New York Times*. Três anos antes, Duane havia sido forçado a renunciar ao seu cargo no FBI sob a suspeita de que era ele o responsável. Agora, com o lançamento de um novo livro baseado nas informações vazadas, ele era mais uma vez alvo de uma investigação do Departamento.

— Escuta, você acha que teria tempo pra se encontrar com um novo cliente em potencial? — perguntou Duane.

Ela repassou a agenda mentalmente.

— Sim, acho que consigo. Tenho umas coisas pra resolver hoje, mas tenho tempo. A que horas eles vêm?

— Na verdade, você vai precisar encontrar com ele no presídio de Ocean County.

— Bom, eu não tô exatamente com roupa de ir em presídio, mas que caso é esse?

— Homicídio. Não me surpreenderia se eles tentassem emplacar uma pena de morte.

— Mas espera. A gente não tá mais na lista de defensores públicos.

— Não é um caso da lista. Foi o Ben que repassou. Ele acha que não dá conta. Ele conhece o pai da vítima. É um caso grande, Erin.

— Sim, se você tá falando em pena de morte, eu diria que é grande mesmo. É sobre o quê?

— Você lembra que uns quatro meses atrás um moleque chamado William E. Townsend Jr. foi encontrado morto a facadas em um motel?

— Claro. O pai dele é um figurão do sul de Jersey. Saiu em todos os noticiários. Eles não pegaram alguém umas semanas atrás?

— Isso mesmo.

— Por que o Ben tá indicando a gente? Quer dizer, eu agradeço e tal, mas o Ben conhece todo mundo. E outra: eu nunca peguei um caso de pena de morte.

— Por várias razões. Ele realmente gostou do trabalho que você fez ajudando ele no meu caso e acha você uma boa advogada. Em segundo lugar, quase todo mundo que o Ben conhece vai ter o mesmo problema… Ou a pessoa conhece o sr. Townsend, ou não pode se dar ao luxo de cruzar com ele.

Ela soltou uma gargalhada.

— É, acho que não estamos nessa categoria.

— E tem outra coisa, que é bem importante: o Ben acha que você talvez consiga se relacionar melhor com o réu do que a maioria.

Erin estava prestes a questioná-lo mais, quando se lembrou das notícias e entendeu do que ele estava falando. Ela parou por um momento, ponderando internamente os prós e os contras.

— Bom, se não vai ser pela defensoria, como vamos ser pagos?

— Adiantamento de setenta e cinco mil dólares, trezentos a hora e o pagamento quem está garantindo é o Paul Tillis.

— E eu deveria saber quem é Paul Tillis porque…?

— Ah, como assim, minha amiga? Paul Tillis, armador do Pacers. Que por acaso também é casado com Tonya Tillis, nome de solteira Tonya Barnes, irmã do réu Samuel Barnes. Ela diz que não vê o irmão desde que a mãe e o pai expulsaram ele da casa deles em Lexington, no Kentucky. Mas eles estão dispostos a pagar o advogado.

Erin soltou um assobio baixo.

— Bem, acho que vou ter que ir pro sul. Deixa eu me encontrar com Barnes, e aí eu decido se acho que a gente dá conta ou não.

— Ótimo. Acabei de falar com o defensor público que tá com o caso agora. Ele disse que ia deixar uma cópia do que ele tem na recepção pra você. É só pedir à recepcionista um pacote com o seu nome. Disse que as únicas coisas que têm por enquanto são a ficha criminal de Barnes e o relatório da prisão, de quando pegaram ele em Nova York. Ele também vai mandar um fax pro presídio autorizando que você se encontre com o cliente dele pra fins de possível representação. A propósito, ele tá emocionado que alguém talvez aceite o caso. Parece que ninguém na defensoria quer irritar o sr. Townsend.

— Que maravilha.

— Você pode recusar.

Ela pensou por um momento.

— Vamos ver o que acontece.

— Tá bem. Vou estar no escritório hoje à tarde. A gente se fala quando você voltar.

* * *

Se Erin soubesse que visitaria o presídio do condado, teria vestido algo um pouco mais conservador. Não tinha certeza do que era mais humilhante, as cantadas dos internos ou os olhares maliciosos dos agentes penitenciários.

Ela foi até o vidro blindado, sua identificação na mão; ela sempre deixava a bolsa trancada no porta-malas do carro.

— Posso ajudar? — disse o tenente do outro lado sem olhar para cima.

— Eu estou aqui para ver um interno.

— Volta mais tarde. O horário de visitas é só depois das duas — rebateu ele, um ar de irritação pairando ao redor de suas palavras.

— Eu sou advogada — respondeu ela.

Esfregando a nuca, ele lentamente se recostou na cadeira para olhá-la de cima a baixo.

— Tem certeza de que quer entrar aí, princesa? Esses caras são barra-pesada — disse ele com um sorriso. — Talvez você queira ficar aqui e me fazer companhia.

O homem não tirava os olhos dos seios dela; Erin leu o nome dele no crachá: WILLIAM ROSE. "Babaca", pensou ela, sorrindo de volta.

— Eu não sou sua "princesa", tenente. Mas você pode até ser o meu príncipe encantado, Will, mesmo porque eu não tenho muita escolha se você não trouxer o meu cliente até aqui — disse ela, colocando sua carteira de motorista, o registro de advogada e as chaves do carro na gaveta de metal.

Ele olhou para ela, dizendo com um sorriso malicioso que estava tentando decifrar se ela estava flertando com ele ou tirando sarro.

— Então, você veio aqui falar com quem... *princesa*? — perguntou ele enquanto abria a gaveta e olhava a identidade dela.

— Samuel Barnes.

Seu sorriso desapareceu.

— Maluco e assassino. Você vai precisar de mais do que o seu charme e sua roupa bacana com esse daí.

— Nunca se sabe — disse ela, segurando a língua, ciente de que Sam Barnes colheria o que ela plantou.

O tenente se virou e pegou um telefone.

— Aqui é o Rose. Pega o Barnes e leva ele pra sala de reunião 2. Tem uma advogada aqui pra falar com ele. O nome dela é Erin McCabe. — Ele voltou para a divisória de vidro, colocou um crachá de visitante na bandeja e deslizou para ela. — Eu fico com as chaves do carro, com a sua carteira de motorista e com o registro de advogada até você voltar e me devolver o crachá de visitante. Não quero ninguém fugindo daqui disfarçado de você — disse ele com uma risadinha.

— Obrigada, tenente — disse ela, pegando o crachá de visitante, pendurando-o no pescoço e caminhando em direção às portas de metal para aguardar que alguém as abrisse para ela.

Não importava quantas vezes ela ouvisse o barulho das portas pesadas se fechando, aquilo sempre lhe causava uma onda claustrofóbica de medo que a atravessava como um choque elétrico. Estar trancada e à mercê de outra pessoa para poder sair não era uma sensação da qual ela gostava. Vestida do jeito que estava, o fato de estar presa numa cadeia masculina a deixava ainda mais apreensiva.

Depois de passar pelo detector de metal, os guardas vasculharam minuciosamente a papelada que ela tinha em mãos para se certificar de que não havia clipes de papel nem grampos, encontrando apenas as cópias dos relatórios policiais fornecidas pelo defensor público, seu cartão de visita e um bloco de anotações com o nome *Samuel Barnes* escrito com sua caligrafia legível. Depois de se certificar de que ela não estava tentando esconder nada, um dos policiais a conduziu a uma pequena sala onde havia uma mesa e duas cadeiras; ela se sentou na cadeira mais próxima à porta, como tinha aprendido lá no início, durante sua trajetória enquanto defensora pública. Dessa forma, um guarda que vigiasse pela janela da porta sempre conseguiria olhar para ela e ver sua expressão facial.

Dez minutos depois, ela ouviu a chave na fechadura, seguida pelo barulho da porta de metal se abrindo e revelando Sam Barnes. Ele tinha mais ou menos um metro e oitenta e era muito magro. Ela rapidamente estimou que ele não pesava mais do que 68 quilos. Seu rosto negro tinha vários pequenos cortes e havia um inchaço ao redor dos lábios. Mesmo da mesa, ela podia ver os hematomas escuros em suas bochechas e sob os olhos. Seu cabelo estava trançado desde a raiz e caía até os ombros.

Ele foi se arrastando para dentro, algemado nos tornozelos e nos punhos, com uma corrente grossa passando entre eles. Em dez anos, ela nunca tinha visto um preso algemado dentro do presídio durante uma visita do advogado.

— Você pode soltar ele enquanto ele estiver aqui comigo — disse ela ao guarda.

— Olha aqui, querida, eu não te digo como fazer o seu trabalho, você não me diz como fazer o meu, tá certo? Ele tá protegido, separado dos outros. Vai ficar acorrentado.

O guarda agarrou a cadeira e a puxou, depois colocou as mãos nos ombros de Barnes e o empurrou em direção à cadeira.

— É só pegar o telefone atrás de você quando quiser sair ou se o sr. Barnes aqui te trouxer algum problema. Vai tocar na sala de controle.
— Ele se virou e saiu, fechando e trancando a porta.

Erin ficou ali sentada, analisando o rosto machucado de Barnes.

— Você não é o meu advogado — disse ele, desafiador, e em um tom de voz distintamente feminino.

— Meu nome é Erin McCabe. Eu sou advogada. Estou aqui pra saber se você gostaria que eu te representasse.

— E por que eu ia querer isso? Porra, garota, você não tem nem idade pra ser advogada. Eu já tenho um defensor público. Por que eu preciso de você?

Ela fez uma pausa, querendo ganhar a confiança de Barnes, mas não queria forçar a barra.

— Como você gostaria que eu chamasse você? — perguntou ela calmamente.

— Você quer ser minha advogada e nem sabe o meu nome?

— Eu sei que o nome que consta na sua ficha criminal é Samuel Emmanuel Barnes, mas suspeito que esse não seja o nome que você prefere.

A sala ficou em silêncio.

— Olha aqui, moça, não precisa preocupar o seu coraçãozinho branco, liberal e assistencialista com o nome que eu prefiro. O que você veio fazer aqui afinal?

— Eu já disse o porquê. Pra ver se você quer que eu te represente.

— Quem te mandou aqui? Eu não tenho dinheiro pra advogado nenhum.

— A sua irmã, Tonya, e o marido dela.

Barnes contraiu o corpo e seus olhos se estreitaram.

— Faz quatro anos que eu não vejo a minha irmã. Ela não sabe nem onde eu tô. Além disso, onde ela conseguiu dinheiro pra pagar uma advogada recém-formada?

— Honestamente, eu não sei de onde ela tá tirando o dinheiro. Imagino que seja do marido dela. Mas o meu sócio falou com sua irmã e o marido dela algumas horas atrás e eles perguntaram se eu poderia me encontrar com você. A sua prisão aparentemente virou notícia em Lexington. Foi assim que eles ficaram sabendo onde você estava.

— Quer dizer então que atingi a fama. — Barnes parou e olhou para o outro lado da mesa. — Você tá falando aí da minha irmã e do marido dela... eles moram em Lexington?

— Não, Indianápolis. Mas os seus pais ainda moram lá e contaram pra sua irmã.

Diante da menção aos pais, Barnes pareceu se fechar ainda mais dentro de si.

— Qual é o nome do marido dela? — perguntou ele, desafiando-a.

— Paul Tillis.

Pela primeira vez, Barnes pareceu baixar um pouco a guarda.

— Que bom pra ela. Ela casou com o Paul. Quando eles se conheceram, eu ficava sacaneando ela dizendo que, se eles se casassem, ela iria virar Tonya Tillis. Não sei por quê, mas sempre achei que soava engraçado.

— Eu falei com ela muito rápido no caminho pra cá e ela me pediu pra dizer que te ama e que sente a sua falta. Ela passou os últimos quatro anos procurando por você. Ela queria ter estado lá quando a sua mãe e o seu pai te expulsaram. Ela pode não ter sido capaz de impedi-los de fazer isso, mas ela teria recebido você na casa dela. Ela espera que ainda possa conhecer — Erin fez uma pausa — a irmã dela — disse suavemente, concluindo a frase.

Por um instante, uma lágrima pareceu cair do canto do olho de Barnes, mas ele se inclinou para a frente e a enxugou rapidamente com as costas da mão algemada.

— Você tá só tentando tirar dinheiro da minha irmã? — perguntou ele, novamente ficando na defensiva. — É isso? Você tem noção de que eu esfaqueei um garoto branco filho de um cara importante aí? Ou eles me executam ou vou passar o resto da vida na cadeia. E do jeito que as coisas estão indo, vai ser uma vida muito curta. Então eu não quero que a minha irmã desperdice o dinheiro dela com você.

— Quem te bateu?

Barnes jogou a cabeça para trás e riu.

— Você é uma doida do caralho mesmo. Primeiro vem aqui dizendo que quer me representar; depois começa a fazer perguntas idiotas que vão acabar me matando. — Ele olhou para Erin. — Eu tropecei e caí. Desastrado — disse ele, girando a cabeça.

— Você realmente deveria ter mais cuidado. Parece que você caiu várias vezes. Olha, com base no que a sua irmã disse pro meu sócio, eu suspeito de que você seja uma mulher transgênero. Alguém falou com você sobre tentar te transferir pra uma prisão feminina?

Barnes fechou os olhos.

— Fala sério, ninguém vai me transferir pra prisão feminina nenhuma.

— Você provavelmente tem razão. Mas é uma maneira de tentar te proteger sem delatar ninguém. Mesmo se não te transferirem, você chamou a atenção pra situação, e talvez algum juiz seja um pouco mais sensível ao fato de que você tá apanhando aqui dentro enquanto está supostamente sob proteção. Tenho certeza de que isso não está te protegendo nenhum pouco.

Antes que Barnes pudesse dizer qualquer coisa, Erin continuou:

— Olha, eu não posso te obrigar a falar comigo. A sua irmã me pediu pra vir aqui falar com você. Eu vim. Você quer que eu vá embora? Eu vou embora. Suspeito que o que realmente aconteceu na noite do dia 17 de abril foi muito diferente do a imprensa noticiou. E, até onde posso imaginar, só duas pessoas sabem com certeza o que aconteceu, e uma delas não vai poder participar do julgamento. Se você quiser falar sobre isso, tudo bem; se não quiser, tudo bem também. Mas o que você tem a perder?

Barnes olhou para ela do outro lado da mesa.

— Tá, sra. Advogada, o meu defensor público disse que ele já defendeu quinze casos de homicídio. Você já defendeu algum?

— Três.

— Como se saiu?

— Perdi em todos.

Barnes riu.

— E você acha que eu deveria te contratar? Você não parece muito boa pra mim, querida.

— Eu nunca disse que era. Mas, se é assim que a gente vai medir se um advogado é bom ou não, você por acaso sabe quantos casos o seu defensor ganhou?

— Não, eu não perguntei pra ele.

— Talvez você devesse perguntar. Se ele perdeu todos os quinze, eu sou cinco vezes melhor do que ele.

Barnes franziu a testa, nada impressionado com a lógica de Erin.

— O defensor me disse que eles provavelmente vão querer me dar a pena de morte, mas pra eu não me preocupar porque ninguém é executado em Nova Jersey. Ele disse que o escritório dele tem uma equipe especial que cuida dos casos de pena de morte e que são os melhores advogados do estado. Você já trabalhou num caso de pena de morte?

— Não, nunca. E, honestamente, não estou aqui pra discutir se existem ou não bons advogados no gabinete da Defensoria Pública. Eu fui defensora por cinco anos. E ele tem razão. Nos casos de pena de morte, eles recorrem a um grupo de advogados externos pra formar uma equipe que vai te defender muito bem. A Defensoria geralmente designa os melhores advogados pra representar os réus de casos com pena de morte. Também é verdade que desde 1960 ninguém é executado em

Nova Jersey. Não há nenhuma garantia, mas tem mesmo um esforço pra revogar a pena de morte. Mas, nesse momento, ela ainda existe, e se ainda estiver por aí quando você for a julgamento, é provável que o Estado vá atrás dela no seu caso.

— Se não for pena de morte, vai ser o quê?

— Prisão perpétua provavelmente sem liberdade condicional ou só depois de trinta anos.

— Merda — disse Barnes para si mesmo. — Olha, doutora que eu não sei o nome, eu não tenho a menor chance nesse caso. Mas, se de alguma forma eu tivesse, não seria com uma advogada ruiva e sardenta que não sabe porra nenhuma sobre como tem sido a minha vida. Não faço a menor ideia de por que minha irmã escolheu você, mas volta lá e fala que se ela realmente quer ajudar é melhor conseguir um advogado pica das galáxias que consiga destruir o adversário.

— Beleza. Eu vou falar isso pra ela. Aqui está o meu cartão se você precisar — disse Erin, deslizando o cartão sobre a mesa.

— Por que você? — perguntou Barnes enquanto ela se virava para alcançar o telefone para chamar o guarda. — Quero dizer, se ela tem grana, por que não contrata o Johnnie Cochran?

Erin bufou e se virou para ficar de frente para Barnes.

— Se eu sou boa ou não, de qualquer forma eu sou uma opção melhor do que Johnnie Cochran. — Ela fez uma pausa. — Infelizmente pra você e pro dr. Cochran, ele morreu.

Barnes semicerrou os olhos para ela, sem saber se acreditava que Cochran tinha morrido.

— Então o que você tem de tão especial? Você não é negra. Você não é um cara branco que já trabalhou em um milhão de casos. Você é filha do juiz ou alguma coisa assim? Eu não entendo. Por que a Tonya escolheu você?

— Provavelmente porque você e eu temos uma coisa em comum — respondeu Erin.

— Você tá fazendo programa pra ganhar uma graninha extra? — disse ele com uma gargalhada.

Erin analisou Barnes, sabendo para onde aquilo estava indo, mesmo que ele não soubesse.

— Não, nada disso. Só que eu entendo um pouquinho como é ser rejeitada.

— Por que, não conseguiu entrar em Harvard?

— Não, eu sei o que é ver a minha família e os meus amigos penando pra aceitar quem eu sou. — Ela hesitou e inspirou o ar lentamente, suspeitando que a reação de Barnes seria diferente da de todas as outras pessoas. — Até uns dois anos atrás, o meu nome era Ian.

Barnes a encarou.

— Pera! O que você tá falando? Você tá me dizendo que é trans?

Erin acenou com a cabeça.

— Eu fiz a transição há pouco mais de dois anos.

Barnes ficou sentado balançando a cabeça, sem acreditar. O único barulho que pontuava o silêncio na sala de reuniões trancada vinha dos prisioneiros no corredor gritando uns com os outros. Permaneceram assim por vários minutos enquanto Barnes ponderava suas opções.

Ele lentamente ergueu as mãos algemadas e as colocou sobre a mesa.

— Sharise. — A voz quase inaudível. — Meu nome é Sharise.

Então Sharise deitou gentilmente a cabeça nos braços e começou a chorar baixinho.

— Ele tentou me matar — disse ela, sufocando um soluço. — Ele tinha uma faca e tentou me matar... quando descobriu que eu era trans.

CAPÍTULO 3

— E aí?

Erin tirou os olhos da tela do computador e deu de cara com a figura imponente de Duane Abraham Swisher, "Swish" para os amigos, de pé na entrada de sua sala. Aos 35 anos, seu sócio se mantinha em ótima forma física. Mesmo de terno e gravata, pela maneira como sua camisa esticava sobre o peito dava para perceber que ele era trincado. Seu corpo de quase um metro e noventa, a pele negra escura e o cavanhaque bem-aparado sempre impressionavam de imediato. Ex-aluno da Brown University, foi ala-armador do time de basquete por três anos e titular da seleção da Ivy League por dois. Seu arremesso de três pontos não era apenas preciso — era sempre de *xuá*.

— Ei — disse ela —, onde você estava? Achei que estaria aqui quando eu voltasse.

— Passei pra almoçar com a Cori.

— Ah, que legal. Você é um marido tão bom.

Ele olhou para ela e franziu a testa.

— É, não tenho certeza se ela acha. Quando você casa com um agente do FBI, geralmente acha que ele vai investigar, e não ser investigado.

— Sinto muito. Posso ajudar com alguma coisa?

Ele ficou calado por um instante.

— Valeu, mas acho que não. E também não tenho certeza de que lado você ficaria.

Erin riu.

— Ah, é fácil. Do lado da Corrine.

— Era o que eu temia.

Ela fez sinal para que ele entrasse, e ele se sentou em uma das três poltronas bege que formavam um semicírculo na frente da mesa dela.

— E então, como foi a manhã com o Ben?

— Ele tem uma reunião com o Andrew Barone, do Departamento de Justiça, amanhã. O Martin Perna, do *New York Times*, lançou um livro novo, baseado na perseguição do FBI contra os muçulmanos norte-americanos depois do 11 de Setembro. Como resultado, o Gabinete de Responsabilidade Profissional do FBI reabriu a investigação sobre o vazamento. Como eu fazia parte da equipe envolvida na fiscalização e reclamei internamente que isso era inconstitucional, a suspeita é de que eu vazei informações confidenciais pro Perna. Eles intimaram o Perna pra tentar descobrir quem era a fonte dele, e aparentemente os advogados do jornal já entraram com uma petição pedindo a suspensão do foro privilegiado dele enquanto repórter e os direitos previstos na Primeira Emenda.

— Por que o Gabinete? Você está fora já faz três anos.

— Porque eles conduziram a investigação quando eu ainda era agente. Então, eles estão só continuando de onde pararam.

— Tem alguma coisa que eu possa fazer no momento?

— Rezar — respondeu Duane, dando de ombros.

— Não é o meu forte — respondeu ela. — Mas por você eu vou tentar.

— Obrigado — disse ele abrindo um pequeno sorriso. — Como foram as coisas com o sr. Barnes?

— Muito bem. É um caso interessante, com certeza. Mas, Swish, se a gente pegar esse caso, o nome da nossa cliente é Sharise, e é "ela", "dela" e "sra. Barnes".

Duane riu baixinho, balançando a cabeça.

— Acho que o Ben indicou a pessoa certa.

— Não sei se ele indicou a pessoa certa ou não, mas, se nós vamos representá-la, eu quero ter certeza de que ela irá receber o respeito a que tem direito. E isso começa reconhecendo quem ela é.

— Entendo. Por mim, sem problema. Afinal, eu sempre fui politicamente correto com você, não fui? — alegou ele.

Ela ergueu as sobrancelhas.

— Você tá falando sério? Pra quantas outras mulheres na sua vida você já perguntou "É difícil andar de salto?", "Você sente falta de fazer xixi em pé?", e a minha favorita: "É divertido ter peito?"

— Eu acho que disse seios — rebateu ele em sua defesa.

Ela o fuzilou com o olhar.

— Tá, talvez não. Mas poxa vida, você é a única que eu conheço que mudou de time. Pra quem mais eu vou fazer as perguntas que deixam os homens confusos há séculos? Sempre quero saber como é a vida pras pessoas em situações diferentes. Eu lembro do meu último ano na Brown, um cara veio transferido de Princeton. Naquela época, Princeton tinha vencido os times da Ivy por alguns anos consecutivos e chegado à Associação Atlética Universitária Nacional. Nós, por outro lado, nunca tínhamos ganhado nem uma temporada. Porra, todo mundo queria saber como era jogar pelo time de Princeton.

— O que ele disse?

— Disse que Princeton era uma merda e que ele esperava conseguir jogar umas boas partidas pela Brown.

Ela riu.

— Isso resume a minha situação também. Ser homem era uma merda. Espero umas boas partidas como mulher. — Ela fez uma pausa, inclinando a cabeça para o lado. — Agora, podemos voltar pra Sharise?

Duane acenou com a cabeça.

— Claro, desculpa.

— Bom, por onde eu começo? Sim, ela tem interesse que a gente represente ela. Acho que o próximo passo é conversar com a irmã e o cunhado dela pra discutir o que tá em jogo. Se eles estiverem de acordo, aí... — Ela balançou a cabeça. — Aí vai ter uma porrada de trabalho pra fazer.

— A gente tem algum argumento de defesa? Tipo, ela estava em Detroit na hora do crime?

— Legítima defesa.

— Testemunhas?

— Ela e o sr. Townsend Jr.

— É, meu medo era você dizer isso. E por que eles estavam juntos?

— Eles se conheceram na rua em Atlantic City, onde o jovem sr. Townsend ficou tão encantado por ela que lhe ofereceu cinquenta dólares por um boquete.

— Infelizmente eu acho que sei onde isso vai dar.

— Sim, *spoiler alert*, Junior ganha o boquete, mas é o último da vida dele. Aparentemente, quando ele descobriu que ela não foi designada mulher ao nascer, perdeu a cabeça e tentou matá-la. Ela tentou se defender e o sr. Townsend acabou sendo esfaqueado.

— Alguma ideia brilhante sobre como podemos defender um caso desse?

Ela deu de ombros.

— Desaforamento, talvez? Afinal de contas, o Townsend pai é uma figura tão importante em South Jersey que a Sharise nunca teria um julgamento justo ao sul de Raritan.

Duane coçou o queixo.

— E a gente vai pedir que o caso seja transferido pra onde?

"Boa pergunta." Até algumas horas antes, Erin sabia muito pouco sobre William Townsend. Mas uma rápida pesquisa na internet havia mostrado que seu poder e influência na região sul do estado eram bastante significativos. Ele tinha construído um império imobiliário ao sul do rio Raritan, o que o tornou um dos homens mais ricos do estado. Utilizando-se de seu dinheiro, ele passou para a política e foi eleito senador pelo estado. A combinação de sua riqueza e de sua influência política lhe deu uma mãozinha em quase todas as nomeações políticas em South Jersey. Inúmeras pessoas muito importantes tinham o rabo preso com William Townsend. Algumas pessoas tinham amigos em cargos importantes; o sr. Townsend colocava seus amigos em cargos importantes.

— Que tal o Bronx? — sugeriu ela finalmente.

Duane riu.

— Aham, vai funcionar, claro. A gente só precisa tornar o Bronx parte de Nova Jersey.

— Merda, não sei. Vamos falar com a irmã e o cunhado da Sharise, e aí, se formos contratados, podemos começar a resolver esses pequenos detalhes.

Duane olhou para ela, e ela percebeu que ele estava preocupado com alguma coisa.

— O que foi? — perguntou Erin.

Duane passou a mão em seu black curto e bem-aparado.

— Eu só quero ter certeza de que você pensou bem em tudo. Pra maioria das pessoas, você é só uma advogada atraente. Esse caso vai mudar tudo isso; a ré é transgênero, e você pode apostar que as pessoas vão descobrir que a advogada dela também é. Isso pode render algumas manchetes bem interessantes. — Os olhos dele se estreitaram. — Esse vai ser um caso importante, Erin, e com o Townsend à espreita, a situação tem tudo pra ficar muito feia pra você. Tem certeza de que tá preparada pra se assumir em grande estilo?

Erin se levantou de trás da mesa e foi até uma das janelas. Sua sala ficava em uma das torres do segundo andar de uma antiga casa vitoriana que havia sido transformada em um escritório vinte anos antes.

Ela observou o rio Rahway correndo suavemente ao longo do edifício a caminho de Cranford, agora nada mais do que uma corrente tranquila de água, e pensou nas vezes em que uma chuva forte o transformava em uma torrente violenta. Como o rio, a vida certamente podia ser imprevisível. Dez anos antes, quando ela ainda era Ian, recém-casada e recém-admitida na Ordem dos Advogados, ela nunca pensou que faria a transição, mas ali estava ela. Ela também sabia que Duane estava certo; aceitar aquele caso provavelmente transformaria sua vida em uma torrente violenta. Ela estava realmente preparada para lidar com isso?

Ela se virou para encará-lo.

— Eu sei que você tem razão, e não, eu não tenho certeza se estou pronta pro que provavelmente vai acontecer. — Ela hesitou, tentando encontrar as palavras para expressar algo que sentiu desde o momento em que Sharise lhe disse seu nome. Havia uma conexão entre elas e essa conexão significava alguma coisa. — Eu acho que posso fazer a diferença nesse caso — disse ela por fim, surpresa com a confiança em sua voz. A dúvida que a havia consumido nas últimas duas horas era silenciosa.

— Você já teve problemas suficientes com a sua família durante a transição. Eles não vão ficar nada felizes com o seu nome e a sua foto espalhados por aí.

— Você tem razão. — Ela respirou fundo. — Mas não tem a ver com eles, Swish — disse ela, torcendo para que estivesse sendo sincera. — Eu não sei o que é ser expulsa de casa pelos meus pais e forçada a viver nas ruas, como a Sharise foi. Mas talvez o que eu passei me dê alguma noção de como a gente pode defender ela.

— Ou talvez isso seja a sua tentativa de mostrar pra algumas pessoas que fazem parte da sua vida que elas estão erradas a seu respeito?

Ai. Ela odiava como em alguns momentos Duane parecia saber exatamente o que ela estava pensando.

— E a sua base pra afirmar isso é o seu diploma em psicologia ou os seus anos de treinamento como agente especial?

— Nenhum dos dois. É por saber um pouco sobre a minha sócia extremamente talentosa, mas às vezes insegura.

— Eu vou ficar bem — respondeu ela, sem sequer conseguir convencer a si mesma. — E você? Como você se sentiria se todo mundo soubesse que a sua sócia é transgênero?

— Tanto faz. Se todo mundo estiver focado em você, talvez eu consiga passar despercebido.

Ela deu um sorriso de lado e acenou com a cabeça.

— Podemos prosseguir, então?

— Tem só um outro pequeno detalhe.

— O quê? — perguntou ela, caminhando de volta para sua mesa.

— Eu vou ter que dizer pra Tonya e pro Paul que tô sendo investigado. Concorda?

Ela acenou com a cabeça. Duane estava sendo investigado havia quase quatro meses. Mesmo que ele nunca admitisse, ela podia ver a tensão que ele estava vivendo.

— Por falar em coisas que precisamos discutir, eles precisam saber sobre mim? — perguntou ela relutantemente, sabendo o quão estranha aquela conversa poderia ser.

Duane sorriu timidamente.

— Sim, esse assunto meio que surgiu quando eu falei com eles pela primeira vez.

— Meio que surgiu? — questionou ela, seu tom de voz subindo com a pergunta.

— Bom, eles queriam saber sobre a gente e por que o Ben tinha feito a indicação, e, bom, eu mencionei a Tonya o fato de você ter se transgenerado.

Ela estremeceu.

— Eu imaginava que depois de passar todo o tempo que já passou comigo, pelo menos você aprenderia a terminologia correta. *Transgênero* é um adjetivo. Eu sou uma mulher transgênero. Não é um verbo. *Transicionar* é o verbo que você quer.

— Entendido — disse ele.

Ela abriu um sorriso generoso para ele. Se três anos antes alguém tivesse insinuado que Swish ainda seria seu sócio após a transição, ela teria dito que era loucura. Mas, como sua terapeuta havia alertado, a maneira como as pessoas reagiriam à notícia era totalmente imprevisível. Pessoas que ela achava que sempre a apoiariam nunca mais falaram com ela, enquanto outras, como Swish, que ela imaginou que desapareceria de sua vida, se tornaram um porto seguro na tempestade.

— Sem problemas. Você superou tudo isso comigo — disse ela, abrindo bem os braços —, te dou um desconto quanto à terminologia.

— Obrigado — respondeu ele.

— Por que você ficou do meu lado?

— Nunca pensei em não ficar, eu acho.

— Jura?

— Aham — respondeu ele, seu olhar exibindo surpresa diante da reação dela. — Olha só, quando a gente abriu o escritório, você não me fez muitas perguntas sobre por que eu tinha largado o FBI. Eu suspeito que naquela época você soubesse que a minha saída tinha mais motivos do que eu podia contar. Mas você me recebeu de braços abertos. — Duane hesitou e, com uma voz gentil, continuou: — Eu vi o que estava acontecendo. Eu sei que muitas pessoas próximas de você não souberam lidar com a situação.

Ela assentiu com a cabeça, engolida por seus pensamentos. Algumas perdas haviam sido mais difíceis do que outras, nenhuma pior do que sua ex-esposa, Lauren, seu pai e seu irmão, Sean. E, no caso de Sean, aquilo também significava que ela perderia o contato com os sobrinhos que ela tanto adorava — Patrick, agora com 12 anos, e Brennan, de 10. Antes de fazer a transição, Erin era uma presença constante em suas partidas de futebol, tendo jogado tanto no colégio quanto na faculdade. Isso tudo acabou quando ela se assumiu para o irmão. Caramba, ela sentia saudade deles.

— Obrigada — disse ela, um sorriso triste lentamente enfeitando seu rosto. — Fico feliz de você não ter me abandonado — confessou ela com mais do que uma pitada de apreço em sua voz.

A conversa por telefone com Tonya e Paul correu bem. Provavelmente ajudou o fato de o empresário de Paul ter jogado para Harvard quando Duane jogava para a Brown, e ele falou bem de Duane. A experiência de Duane no FBI também lhe dava alguma credibilidade no trabalho investigativo que precisava ser feito.

Então vinha a parte difícil: descobrir como provar que uma prostituta transgênero de 19 anos havia matado o único filho de um dos homens mais poderosos do estado em legítima defesa.

* * *

Erin trancou a porta do escritório e saiu andando ao longo dos quatro quarteirões que o separavam de seu apartamento, pensando que poderia ser uma boa noite para uma corrida. Ela morava tão perto que sempre deixava o carro no estacionamento do escritório, economizando os 150 dólares mensais da autorização municipal de que precisaria se o parasse perto de casa.

Seguiu depressa pela Union Avenue e cruzou a Springfield Avenue até o centro de Cranford. Quando chegou à North Avenue, virou à direita, passando pela Nino's Pizzeria e por uma loja de presentes chamada In Clover, onde costumava comprar cartões de aniversário, até que a North Side Bakery surgiu à sua frente. Ah, a North Side Bakery, lar de seu pão doce favorito. Seu conjugado ficava no último andar de um prédio que antes fora um banco na North Avenue, que ironicamente ia de leste a oeste.

Catou as chaves na bolsa e destrancou a porta de vidro logo ao lado da padaria. No vidro estava escrito DR. KEITH OLD, DENTISTA em letras douradas; o G do sobrenome tinha sido removido, provavelmente por um infeliz que precisou fazer um tratamento de canal. Começou a subir a escada de madeira encardida que levava ao corredor encardido onde ficava o consultório do dr. Gold. Subindo mais quinze degraus, havia uma porta de madeira vermelha-queimado marcada com a letra A. Por mais humilde que fosse, ela chamava o lugar de casa desde que ela e Lauren se separaram, quase quatro anos antes.

Classificar o prédio como "dilapidado" era generoso. Pode ter sido grandioso quando foi construído durante a Grande Depressão de 1929, mas agora era apenas deprimente. Tudo no apartamento era velho — os canos, as pias, o chuveiro, o banheiro, o sistema de aquecimento a vapor. Não foi difícil descobrir por que ele já estava vago havia seis meses quando ela o alugou. As únicas coisas que ela exigiu foram uma máquina de lavar de um tamanho para apartamento e dois aparelhos de ar-condicionado. O proprietário, desesperado naquele momento, concordou prontamente.

Como o outro apartamento do prédio estava vazio, quando o consultório do dr. Gold encerrava o dia às seis da tarde, o único barulho com que ela tinha que lidar era o dos canos de aquecimento. Na esteira do fim de seu casamento, ela inicialmente achou o fato de estar sozinha algo opressor, e a solidão quase a consumiu. Mas lentamente, conforme sua transição deixou de ser uma possibilidade para se tornar realidade, ela começou a apreciar a privacidade que o antigo edifício oferecia, principalmente quando ela começou a se aventurar enquanto Erin.

Ligou o computador e trocou de roupa para correr enquanto o aparelho carregava. Lentamente, passou por sua rotina de alongamentos. Erin corria desde a faculdade, mas com o tempo a corrida deixou de ser um exercício para se tornar uma terapia. Ela realmente acreditava que pensava melhor quando estava correndo. Tinha esperanças de que isso fosse verdade naquele dia, porque, de alguma forma, contrariando as probabilidades, eles tinham que descobrir uma maneira de defender Sharise.

Ela havia se esquecido de ver seus e-mails antes de sair do escritório, então clicou no acesso remoto para ver se havia algo importante. Não foi o endereço de e-mail que chamou sua atenção — soccerman@aol.com —, foi o assunto: "Oi, tia Erin". Nervosa, ela clicou no e-mail, sem saber o que esperar.

> Oi, tia Erin
>
> É o Patrick (e o Brennan). Esperamos que você esteja bem. a gente acha que o papai não podia imaginar que nós conseguiríamos te encontrar, mas como sabíamos onde ficava seu escritório, fizemos uma busca rápida e encontramos a advogada Erin McCabe no seu endereço. vimos a sua foto e você está ótima.
>
> Só queríamos que você soubesse que estamos com saudade. Nosso time de futebol (isso mesmo tia erin estou jogando no time do patrick) vai participar do torneio estadual, começa no sábado, às 13h30. Sentimos muita falta mesmo de te ver nos nossos jogos. nosso primeiro jogo é contra o westfield no tamaques park e a gente ficou pensando se você não poderia vir, já que é perto de onde você mora — talvez disfarçada ou algo assim. Pode ser que o papai não esteja lá, então talvez você possa ir. é tudo bem você mandar um e-mail pra gente por aqui, é só mandar antes de irmos pra cama por volta das 22 — o papai às vezes olha os nossos e-mails depois que a gente vai dormir, mas vamos apagar todos os seus. Ele não fala nada sobre você, mas a gente sabe que ele também sente a sua falta. a mamãe continua tentando conversar com ele. ainda não contamos pra ele que sabemos que

você é a tia erin agora, mas queríamos que soubesse que ainda te amamos. quem sabe a gente vê você no sábado.
beijos, patrick e brennan

ps caso você tenha esquecido, nós jogamos no Princeton united — o nosso time são os cobras

Erin olhava fixamente para a tela, enxugando as lágrimas. Ela precisou de três tentativas antes de ser capaz de compor o que esperava ser uma boa resposta.

Queridos Patrick e Brennan,
Muito obrigado por me enviar esse e-mail. É maravilhoso ter notícias de vocês dois. Sinto saudades e foi ótimo saber que vocês estão indo bem — e Brennan, parabéns pelo "upgrade". Eu sei exatamente onde fica o Tamaques Park e com certeza irei ao jogo. Então, para vocês saberem quem sou eu, vou usar um boné branco da Adidas, óculos escuros e uma camisa do Arsenal. Não quero causar problemas, então vou evitar ficar onde quer que sua mãe e seu pai estejam assistindo, e provavelmente vai ser melhor se vocês fingirem que eu não estou lá, mesmo se me virem. Vai ser tão bom ver vocês. Boa sorte e saibam que estarei torcendo pelos Cobras!
Com amor, Tia Erin

Ela clicou em enviar, torcendo para não os meter em confusão. Respirou fundo. Ela estava realmente com saudade deles.
Um sinal do computador avisou que havia um novo e-mail.

Aham. não queremos que a mamãe ou o papai fiquem bravos, então não vamos falar nada. Vamos apagar esses e-mails agora mesmo e esvaziar a caixa dos e-mails apagados. não se preocupe, a mamãe e o papai são muito espertos, mas a gente entende mais de computador do que eles. vemos você no sábado. pra cima deles, cobras.

Ela sorriu. "Pra cima deles, Cobras."

CAPÍTULO 4

— Isso é bom demais pra ser verdade. Uma das minhas advogadas é trans e o sócio dela é tudo que eu desejo num homem. Vai ver a minha vida tá melhorando — disse Sharise, olhando para Duane e inclinando a cabeça sedutoramente.

Duane se mexeu desconfortavelmente na cadeira. "Não é um cara flertando comigo", ele repetiu para si mesmo, "Sharise é uma mulher." Ainda assim, estava tendo dificuldades de processar as incongruências da situação. Ele estava em um presídio masculino, ao lado de um interno vestido com o macacão laranja masculino padrão, mas Sharise claramente tinha algumas características femininas, incluindo as inflexões e o tom de sua voz.

— O gato comeu sua língua, meu bem? — perguntou Sharise, com uma gargalhada gutural. — Hum... você é o primeiro homem que eu vejo em um tempo que me faz lamentar estar nessas correntes. A menos que você curta correntes — acrescentou com uma piscadela.

— Sharise, chega. Por acaso eu sou um homem casado e feliz.

— A maioria dos meus clientes é, amor — disparou ela de volta.

— Por mais que eu odeie estragar a sua diversão, eu tô aqui pra falar sobre o seu caso, não pra flertar.

— Não me culpe por tentar. — Ela perguntou, em um tom mais sério: — Então, por que você tá aqui às oito e meia da manhã? Eu já disse pra sua namorada o que aconteceu, o que mais você precisa saber?

— Vamos esclarecer algumas coisas — começou Duane, colocando limites. — A Erin não é minha namorada... ela é minha sócia no escritório e uma excelente advogada. Nesse momento, ela está no gabinete da promotoria, falando com a promotora responsável pelo caso pra tentar saber que provas eles têm contra você. Nós dois vamos fazer o possível não só pra evitar que você seja condenada à morte, caso o estado siga essa linha, mas pra tentar provar a sua inocência. Eu presumo que você gostaria de ajudar a salvar a sua própria vida, então eu preciso saber tudo sobre você. Tudo. Tudo que aconteceu antes e inclusive no dia em que foi presa por homicídio. Em alguns momentos vai ser longo, tedioso e provavelmente doloroso, mas eu preciso saber tudo, as coisas boas e as ruins. Então depende de você. Vai ajudar a gente ou não?

— Você é ex-policial? — perguntou ela com um tom acusatório.

— FBI.

— Então o que aconteceu que você não é mais do FBI?

— Aparentemente eles acham que eu quebrei as regras.

Sharise riu.

— Ué, eles não perceberam que você era negro quando te contrataram?

— Não tem nada a ver com isso.

— Meu bem, ou você é o filho da puta mais idiota do mundo ou tá mentindo. Sempre tem a ver com ser negro. — Seu olhar não demonstrou nenhuma autocomiseração, simplesmente sua fria realidade. — Então, por onde você quer começar? — perguntou.

— Do começo. Onde você nasceu?

* * *

Erin caminhava de um lado para outro na sala de espera do gabinete da promotoria. Como não tinha muitos casos em Ocean County, ligou para advogados que conhecia e que atuavam lá para descobrir como era sua adversária, a promotora assistente Barbara Taylor. Absolutamente todos disseram que ela era uma excelente advogada e tinha fama de ser justa.

— Dra. McCabe, eu sou o promotor assistente Roger Carmichael — disse o jovem caminhando em direção a Erin com a mão estendida. — Prazer em conhecê-la.

— O prazer é meu — respondeu Erin, apertando a mão dele.

— Bom, ontem nós recebemos o pedido de substituição, indicando que você irá representar o sr. Barnes no caso.

— Isso mesmo.

— Então eu presumo que você já esteve com o seu cliente — disse ele com um sorriso irônico.

— Sim, já — respondeu Erin.

— Meio esquisito, né? Quer dizer, ele meio que tem cara de homem, mas fala igual mulher.

Infelizmente, nenhuma refutação espirituosa lhe veio à mente de imediato, então ela simplesmente respondeu:

— Por mim tudo bem.

Roger ergueu uma sobrancelha e deu de ombros.

— Enfim. Venha comigo, eu vou lhe apresentar à promotora assistente Barbara Taylor. Ela está encarregada do caso.

Eles caminharam pelo labirinto de baias que compunham o interior do Ministério Público de Ocean County, chegando finalmente à sala da promotora assistente do condado, Barbara Taylor. Enquanto segunda na linha de comando, a sala de Taylor ocupava um lugar proeminente ao lado da sala do promotor-titular Lee Gehrity. Taylor se tornou promotora assim que saiu da faculdade de direito e, ao longo dos vinte anos seguintes, foi subindo lentamente na hierarquia.

Roger bateu suavemente na porta aberta da sala de Barbara.

— Entra — disse ela ao levantar os olhos e vê-los parados ali.

— Barbara, essa é Erin McCabe, a nova advogada do sr. Barnes. Erin, Barbara Taylor.

Barbara se levantou da cadeira.

— Prazer em conhecê-la — disse Barbara, abrindo um sorriso agradável ao esticar o braço sobre a mesa para apertar a mão de Erin.

Barbara parecia ter quarenta e poucos anos, cabelo curto cor de areia, bem-penteado para realçar os cachos suaves que emolduravam seu rosto. Era uma mulher atraente, e sua maquiagem havia sido sutilmente feita para acentuar suas melhores características. Seus olhos azuis-turquesa chamavam ainda mais atenção por conta de sua blusa de seda azul royal e da saia preta. Parecia ser vários centímetros mais alta do que Erin, mas, como não sabia se a promotora estava usando salto, não conseguia ter certeza.

— Igualmente — respondeu Erin, sentindo que Taylor a analisava.

Havia levado um tempo, mas Erin entendeu que as mulheres se avaliavam de um jeito muito diferente dos homens. Entre os homens, era sempre quem tinha o pau maior — geralmente não de modo literal, embora ela tivesse estado em vestiários o suficiente para saber que às vezes essa era realmente a *question du jour*. Na maioria das vezes, era um eufemismo para definir quem era o mais durão, o macho alfa, que encarava todos os adversários.

Entre as mulheres, havia mais nuances. E, com o tempo, Erin passou a perceber quando o olhar de outra mulher avaliava sua aparência e seu grau de confiança. Era esse o olhar que Barbara Taylor acabara de dar a ela, e era o olhar que ela acabara de dar a Taylor.

— Sentem-se — ofereceu Taylor, apontando para as duas cadeiras diante de sua mesa. — Então você vai representar o sr. Barnes.

— Sim, eu e o meu sócio, Duane Swisher, fomos contratados alguns dias atrás. Eu vim aqui para saber as evidências que vocês têm — respondeu Erin.

— Muito bem. Depois que tiver tido tempo de ler os autos, se quiser conversar, é só me avisar. Até o momento não decidimos se vamos pedir a pena de morte ou não, e dependendo do que acontecer em Trenton, isso pode entrar em discussão. Mas, como tenho certeza de que a doutora já sabe, a vítima era um jovem brilhante cujo pai é muito conhecido nessa região do estado. Não preciso nem dizer que tem havido um clamor público para pedirmos a pena de morte. Mas, como eu disse, nenhuma decisão foi tomada. Se o seu cliente estiver disposto a resolver esse caso rapidamente, confessando o crime e aceitando um acordo, poupando a família dos horrores de um julgamento, talvez nós possamos ser persuadidos a renunciar à pena de morte — disse ela com a confiança de alguém que achava que tinha todas as cartas. — Mas eu não tenho como garantir — acrescentou rapidamente. — Não sei se a doutora já teve a oportunidade de ver a ficha criminal do seu cliente, mas ele tem um baita histórico. Lesão corporal, lesão corporal grave, prostituição, posse de drogas. É meio difícil de acreditar que já tenha acumulado tudo isso e não tenha nem vinte anos.

"Segura a onda", disse Erin a si mesma. Não fazia sentido irritá-los, pelo menos não até que ela descobrisse se eles iriam autorizar a transferência de Sharise.

— Obrigado, mas até agora eu só estive no presídio uma vez e não tive acesso aos autos ainda, então é muito cedo pra saber o que a gente vai fazer. O meu sócio está no presídio agora, e eu vou pra lá assim que terminar aqui. Vamos ver o que acontece.

— Claro, eu entendo — disse Barbara. — Mas só para você saber, as impressões digitais e o DNA do seu cliente estavam por todo o quarto do motel onde a vítima foi encontrada. Nós achamos o carro da vítima abandonado na Filadélfia, e se você estiver se perguntando se as impressões digitais do seu cliente também estavam no veículo, a resposta é "sim". Então, veja, Erin, esse caso já está bem resolvido até onde eu posso entender. E você deve saber também que, aparentemente, o seu cliente estava se passando por uma mulher quando matou o sr. Townsend.

"Lá vamos nós", pensou Erin.

— Na verdade, a minha cliente não estava se passando por uma mulher, a minha cliente é uma mulher transgênero. Antes de ser presa, a minha cliente vinha tomando hormônios femininos havia quase três anos. Como consequência disso, ela desenvolveu seios e outras características femininas. Um dos motivos pelos quais eu queria falar com você era ver se seu gabinete estaria disposto a consentir que ela continuasse a receber cuidados médicos e que fosse transferida para a ala feminina do presídio. Apesar de estar sob proteção, ela teme o tempo todo por sua segurança.

Barbara olhou para Erin, confusa.

— A doutora está pedindo que a gente autorize a transferência do seu cliente para a ala feminina do presídio? — perguntou ela por fim.

— Sim, enquanto uma mulher transgênero, a minha cliente não está segura na ala masculina. Ela não é um homem.

Barbara bufou e olhou para Roger, balançando a cabeça.

— Olha, Erin, eu não quero ser grosseira, mas o seu cliente é tão mulher quanto o Roger. Eu li os relatórios da polícia sobre ele, e ele é um travesti que se prostitui. Ele finge ser mulher para roubar e agredir uns coitados que se enganam achando que ele é mulher. Como, em sã consciência, nós poderíamos colocá-lo na ala feminina? Para todos os efeitos, ele tem um pênis e é um assassino. Nenhuma mulher dentro do presídio estaria segura. Seria como colocar uma raposa num galinheiro — disse ela com uma risada. Depois acrescentou: — Honestamente, eu gosto de pensar que sou uma pessoa bastante razoável, mas mesmo que eu quisesse, o que não é verdade, o xerife daria um piti. Ele está encarregado da segurança e da proteção dos prisioneiros do condado, e posso garantir que ele nunca concordaria. Isso é simplesmente uma loucura.

— Na verdade — rebateu Erin —, não é loucura nenhuma. Eu consigo entender que a maioria das pessoas não compreenda o que significa ser uma pessoa transgênero, mas no caso da minha cliente, ela de fato é uma mulher que nasceu com genitália masculina.

Barbara deu um suspiro exasperado.

— A doutora ouviu o que acabou de dizer? "Ela" — disse Barbara, fazendo aspas com as mãos — é uma mulher que nasceu com um pênis.

Eu sou mulher. Você é mulher. Eu tenho várias amigas, colegas de trabalho e conhecidas que são mulheres. Nenhuma delas tem um pênis. Não existe isso de mulher com pênis.

Barbara cobriu o nariz com as mãos e lentamente as arrastou para baixo sobre a boca e o queixo.

— Me avise se o seu cliente estiver interessado em confessar e fazer um acordo. Caso contrário, iremos à frente com isso.

Barbara se levantou, indicando que a reunião havia acabado.

— O Roger irá lhe fornecer uma cópia das nossas provas. Se houver algum problema em relação a isso, pode tratar com ele. Foi um prazer conhecê-la, dra. McCabe.

Erin se levantou e acenou com a cabeça.

— Foi um prazer conhecê-la também. Obrigada pelo seu tempo. Falaremos em breve, tenho certeza.

* * *

Depois que Erin e Roger saíram, Barbara repassou a última parte de sua conversa com McCabe. "Estranho", pensou. Ficou claro para ela que McCabe estava mais focada em onde o cliente estava sendo mantido do que em discutir uma solução rápida para o caso. Ela fazia aquilo havia quase vinte anos, tempo suficiente para aprender da maneira mais difícil a não subestimar um adversário, mas aquele era um potencial caso de pena de morte. Por que McCabe não agarrou logo a possibilidade de evitar um longo julgamento? Ela pegou o telefone e discou o ramal de Thomas Whitick, o diretor do Setor de Investigações do gabinete.

— Ei, Tom. É a Barbara.

— Ei, Barb, e aí?

— Tom, me faz um favor. Eu preciso do máximo de informações possível sobre uma advogada chamada Erin McCabe. O escritório dela fica em Cranford e aparentemente ela entrou para a ordem dos advogados em 1996.

— Alguma coisa específica?

— Não, eu acabei de conhecê-la. Ela foi contratada pra representar o Barnes, e as minhas antenas ficaram em pé. Além disso, tenho certeza de que o Townsend vai querer saber tudo a respeito dela.

— Pode deixar. Tô sentindo que você precisa disso pra ontem.

— Sim, por favor. Ah, e já que você vai mexer nisso — disse ela, olhando para a carta de apresentação do escritório McCabe & Swisher Associados — verifica o sócio dela também, um sujeito chamado Duane Swisher.

* * *

Erin estava no fórum, sentada em uma pequena sala de reuniões destinada aos advogados, analisando a caixa que acabara de receber de Carmichael. Com 22 páginas, o resumido relatório da investigação não trazia nenhuma grande surpresa. O corpo de Townsend foi descoberto por uma faxineira, Maria Tejada, por volta das 8h45 no Bay View Motel. A placa de NÃO PERTURBE estava na porta, mas depois de bater várias vezes, a sra. Tejada usou sua chave-mestra para abrir. Depois de chamar para ver se havia alguém no quarto, ela entrou e descobriu o corpo do outro lado da cama. Ligou para a polícia e depois para o gerente do motel. A polícia de Tuckerton chegou em dez minutos. Os policiais, por sua vez, ligaram para o Ministério Público de Ocean County, e às 9h34 já havia investigadores no local. A identidade da vítima foi preliminarmente estabelecida por meio de sua carteira de motorista, e o promotor, Lee Gehrity, foi notificado. A perícia foi chamada e foram coletadas as impressões digitais do local, além de amostras de sangue e vômito, vários pelos e fios de cabelo, e uma roupa íntima feminina, tudo enviado ao laboratório estadual para análises de DNA. A busca por veículos motorizados revelou que a vítima era dona de uma BMW 545i 2004, e a polícia disparou um comunicado com as informações.

Aproximadamente às 14h15, a Unidade de Operações recebeu uma ligação do Departamento de Polícia da Filadélfia, avisando que havia sido encontrado um carro abandonado que correspondia à descrição do veículo da vítima.

Erin virou a página. A Unidade de Operações obteve um resultado preliminar das análises de DNA às 16h35 do dia 18 de abril de 2006: o suspeito era Samuel Emmanuel Barnes, vulgo Sharise Barnes, vulgo Tamiqua Emanuel.

Ela encontrou o relatório do legista e o folheou. Causa da morte, um ferimento por arma branca medindo 127,8 mm de profundidade, que perfurou o ventrículo direito, resultando em tamponamento. Aparentemente, o ferimento teria sido feito por uma faca, possivelmente um canivete.

Depois de folhear o restante dos documentos para ver o que mais havia lá, ela levou a caixa para o carro de Duane e foi até o presídio para se juntar a Duane e Sharise.

* * *

— O que você acha? — perguntou ela quando Duane pisou no acelerador, entrando na Parkway North no caminho de volta para o escritório.

— Sinceramente?

— Não, mente pra mim pra eu me sentir melhor — disse ela. — Claro que é sinceramente.

— A história dela parece plausível.

— Plausível? Não me parece muito convincente. Você acredita nela?

— Isso importa?

— Sim, se você tá do lado dela e ela não consegue te convencer, que chance ela vai ter com um júri cheio de pessoas desconhecidas? Provavelmente doze brancos desconhecidos?

Duane coçou a cabeça.

— Erin, eu vou ser sincero. Nada disso faz sentido pra mim. Por que um cara bonito de 28 anos, um cara *solteiro* de 28 anos com um pai absurdamente rico, pegaria uma prostituta negra em Atlantic City e depois levaria ela até Ocean County? Meu Deus, eu só consigo pensar que ele poderia ter ganhado um boquete quando quisesse, e a polícia tá sempre parando garotos brancos do subúrbio dirigindo carros caros quando eles estão em bairros de alta criminalidade, geralmente porque eles estão comprando drogas. Inclusive, você chegou a olhar o relatório toxicológico? Encontrou alguma coisa lá?

— Nada. A taxa de álcool no sangue dele era 0,04 g/l, consistente com algumas cervejas. Nenhuma outra droga no organismo.

— Merda — murmurou Duane. — Isso simplesmente não faz sentido. Não parece que teve a ver com sexo. Era outra coisa. É quase como se o plano dele desde o início fosse matá-la.

Ela se virou rapidamente para encará-lo.

— Você não tá falando sério. Ele pegou ela pensando em assassiná-la?

— Por mais louco que possa parecer, sim, é exatamente o que eu tô achando.

— Swish, eu sei que você não sabe muito sobre a comunidade trans, mas as mulheres trans, e em especial as mulheres trans não brancas, muitas vezes são vítimas de violência quando o cara com quem estão descobrem o segredo delas. Chamam isso de "*trans panic*". Os homens perdem a cabeça, achando que o fato de se sentirem atraídos por uma mulher com um pênis de alguma forma os torna gays.

Ele olhou para ela, seus olhos se cerrando.

— Olha, você tem que usar um argumento melhor do que "mulher com pênis". Desculpa, isso simplesmente não bate.

— É, tô sabendo. — O olhar dele era de confusão. — Depois eu te explico. Aliás, não tenho certeza se isso afeta alguma coisa e nem como, mas a hora da morte foi por volta das duas da manhã do dia 17 de abril.

— Sim, e daí?

— Domingo, 16 de abril, foi Domingo de Páscoa. — Ela fez uma pausa. — Não tenho certeza se isso significa alguma coisa, e não faço ideia de quão religiosa a família Townsend é, mas é um jeito estranho de encerrar a Páscoa. "Acho que vou atrás de uma prostituta."

Ela olhou pela janela do carona, observando a paisagem passar zunindo. Quando era criança, sua família viajava de férias pela costa de Jersey. Naquela época, o lugar sempre parecia tão diferente de onde eles moravam. Ela recordava que havia areia no acostamento da Parkway, trechos intermináveis de pinheiros e, claro, as praias. Era um lugar onde as pessoas iam passar férias ou se aposentar, e não morar. Agora não parecia diferente de North Jersey — conjuntos habitacionais, shoppings e parques industriais. Claro, as praias ainda tornavam o local diferente, mas ele havia perdido um pouco de seu charme rural.

Talvez ela de fato não fosse a pessoa certa para o caso. Quem diabos era ela para pensar que poderia assumir um caso de homicídio passível de pena de morte? Aquilo era diferente dos casos de homicídio com os quais lidava quando era defensora pública. Claro, havia todo o ponto de vista trans, mas Erin realmente acreditava que Sharise tinha agido em legítima defesa. Não que ela nunca tivesse tido um cliente que ela acreditava ser inocente, mas nos três julgamentos de homicídio dos quais havia participado anteriormente, as evidências contra seus clientes tinham sido um tanto avassaladoras. Portanto, a pressão de defender alguém em um caso como aquele, uma pessoa que ela realmente acreditava ser inocente, era algo que nunca havia experimentado antes. E naquele momento, a ficha tinha começado a cair: a vida de Sharise poderia literalmente depender de suas habilidades como advogada.

— Você não me respondeu. Você acredita nela? — perguntou Erin.

— Não sei. Também tem alguma coisa na história dela que me incomoda. Só não sei o que é. Talvez eu tenha uma noção melhor de como me sinto assim que alguém der uma olhada no relatório da autópsia.

— Ele olhou na direção dela. — Você sabe que, se ela estiver contando a verdade, ela tomou uma decisão muito ruim, não sabe?

— É, eu me dei conta disso quando você estava refazendo os passos deles e pediu pra ela contar como ele foi esfaqueado. Se o que ela disse é verdade, e tudo o que ela fez foi impedir que ele a esfaqueasse, as impressões digitais dela não estariam na faca, só as dele.

— Exatamente. Mas aí ela pegou a faca, então a gente nunca vai saber, né?

— É, acho que não — disse ela.

"Não é possível que Swish esteja certo", pensou ela. "Townsend foi lá para matar Sharise? Não faz sentido. Por que ele faria isso?"

— Você vem sábado? — perguntou Duane, interrompendo sua linha de pensamento.

— Você sabe que eu não perderia o aniversário do Austin.

— Você não foi ano passado.

— Sim, bem, era meio difícil, já que eu estava deitada numa cama de hospital me recuperando de uma cirurgia.

Ela sorriu ao ver Duane se contrair diante da menção à cirurgia.

— Você sabe que a Lauren vai estar lá, né? — perguntou ele.

Ela riu.

— Sim, eu meio que presumi que ela iria, já que ela é a madrinha do Austin.

— O marido dela também vai.

— Que cara de pau, levar o marido.

— Só não queria que você fosse pega de surpresa.

— Obrigada.

Os olhos dela estavam fixos adiante, mas sua mente ainda estava tentando processar a ideia de ver Lauren novamente.

— Pode ser que eu chegue um pouco tarde. — Ela fez uma pausa. — Eu recebi um e-mail do Patrick e do Brennan — disse, sua voz quase um sussurro. — Eles me convidaram pra um jogo de futebol sábado que vem, à tarde.

Ele olhou para ela.

— Eles convidaram o tio Ian ou...

— A tia Erin.

— O Sean e a Liz sabem?

— Pelo que os meninos disseram no e-mail, não — respondeu ela. Antes que ele pudesse dizer qualquer coisa, ela prosseguiu: — A garotada sabe pesquisar as coisas na internet. Eles encontraram o site do escritório, que tem o meu contato, e me fizeram o convite. Eu ia em todos os jogos deles.

— Você vai?

Ela sorriu calorosamente.

— Não perderia de jeito nenhum. — Sentindo a inquietação dele, Erin acrescentou rapidamente: — Não se preocupa, eu vou escondida e os meninos não vão contar pro Sean e pra Liz que eu estou lá. Tá tranquilo.

Ele riu.

— Você é demais.

— Que nada — disse ela com desdém. — Vamos voltar pra Sharise. O que você sabe me dizer sobre DNA?

— Você tá falando do CODIS, a base de dados do FBI? — perguntou ele.

— Isso aí.

CAPÍTULO 5

Will Townsend estava parado na porta observando Lee Gehrity, Barbara Taylor e Tom Whitick subirem a entrada da casa. Townsend era alto, tinha cabelos grisalhos cortados baixinho e parecia ainda caber em seu uniforme do exército, deixado de lado trinta e cinco anos antes. Ele trabalhava duro em sua aparência, o que incluía acordar todos os dias às cinco da manhã para fazer sua série de exercícios.

— Gosto quando as pessoas são pontuais — disse ele, fazendo um gesto para que entrassem.

Ele apertou a mão de cada um quando eles passaram pela porta, depois a fechou e os conduziu até a cozinha, que ficava nos fundos de sua casa de veraneio, uma construção estilo Tudor de quase mil metros quadrados na praia de Mantoloking. A cozinha era iluminada e arejada, e na ilha central havia uma variedade de croissants, bagels e pães doces, além de suco e café.

— Achei que, cedo desse jeito num sábado de manhã, eu precisava pelo menos oferecer a vocês alguma coisa pra comer e um café — disse ele, e em seguida apontou para um homem sentado à mesa da cozinha. — Não tenho certeza se todos vocês tiveram a oportunidade de conhecer o meu advogado, Michael Gardner. O Michael era meu superior quando estávamos no Vietnã e trabalhou durante anos no governo. Depois que ele deixou o governo, eu o contratei pra me manter longe de confusão.

Michael se levantou e foi na direção deles para cumprimentá-los. Ele era magro como um caniço, com tufos de cabelo grisalho de cada lado de sua cúpula careca. Seu rosto sulcado, seu queixo quadrado e seus lábios finos pareciam não estar familiarizados com o conceito de sorriso.

— Michael, esse é o promotor-titular de Ocean County, Lee Gehrity, a promotora-assistente, Barbara Taylor e o diretor do Setor de Investigações, Thomas Whitick. — Enquanto Michael dizia olá e apertava as mãos de cada um deles, Will os convidou novamente a comer. —

Por favor, peguem um café e alguma coisa para comer. Tem espaço de sobra na mesa.

Eles deram a volta na ilha, servindo-se de algo para comer e de café. Então, um por um, foram até a mesa.

— Lee, eu realmente agradeço por vocês terem vindo até aqui hoje — disse Will. — Tenho certeza de que todos vocês têm coisas melhores pra fazer numa manhã de sábado.

— Will, para com isso. Não seja bobo. Nós precisávamos conversar e agradecemos sua hospitalidade. Como está a Sheila?

Townsend respirou fundo, balançando a cabeça.

— Ela ainda está completamente desorientada. Mal sai do quarto. Não sei se algum dia ela vai conseguir se recuperar da perda do Billy. Essa casa sempre foi o lugar favorito dela, mas ela não passou nem um único dia aqui durante o verão. Fica muito perto de onde o Bill foi assassinado. Parece que eu não perdi apenas um filho, mas também a minha esposa.

— Sinto muito, Will. Muito mesmo.

O silêncio preencheu a sala. Por fim, Michael disse:

— Lee, nós precisamos conversar sobre o caso. Agradecemos o fato de o seu gabinete ter mantido o Will informado sobre o que aconteceu nas últimas semanas, a prisão etc., mas em que ponto estamos nesse momento?

— Claro — começou Lee. — O suspeito é...

— Espera — interrompeu Michael —, ele é mais do que um suspeito. Fiquei sabendo que o DNA e as impressões digitais dele estão espalhados pelo quarto inteiro e também no carro do Bill. Esse é o cara, certo?

— Sim, Michael. Não temos dúvidas de que a pessoa que foi presa é o assassino, mas pra evitar qualquer violação daquilo que, por questões éticas, estamos autorizados a dizer, é apenas força do hábito se referir a ele como "suspeito" ou "suposto agressor". Seja como for, a pessoa que matou o Bill é Samuel E. Barnes. O que sabemos a respeito do sr. Barnes é que ele aparentemente se disfarçava de mulher e trabalhava como prostituta em Atlantic City. Sem contar o que consta no registro criminal de quando ele era menor, ele foi preso oito vezes, uma por lesão corporal, uma por lesão corporal grave, três por posse de drogas e outras três por prostituição. Em alguns deles, ele admitiu a culpa e conseguiu um acordo. Quase todas as acusações foram tratadas no Tribunal Municipal de Atlantic City. Ele conseguiu sair em condicional em uma das condenações por posse de drogas, e a lesão corporal grave, que ocorreu quando ele agrediu um policial à paisana, foi reduzida a lesão corporal simples. Falando com algumas das outras prostitutas que estavam com ele na noite do crime, nós ficamos sabendo que ele estava vestido de mulher e acreditamos que o assassinato de Bill tenha sido decorrente de uma tentativa de roubo.

Ele fez uma pausa e olhou ao redor da sala, então continuou:

— Will, um dos principais motivos pelos quais a gente queria falar com você é que na sexta-feira, dia 8, o Barnes vai ser levado a juízo. Nessa ocasião, nós somos obrigados a notificar o advogado de defesa, informando se pretendemos pedir a pena de morte. Se formos fazer isso, precisamos informar à defesa em quais agravantes iremos nos basear de acordo com a lei. Acreditamos haver dois agravantes: o fato de o crime ter sido derivado do roubo e também o de o homicídio ter ocorrido como tentativa de evitar a prisão.

— O segundo me parece fraco — opinou Michael.

— Nós também achamos — respondeu Lee. — Sem dúvida é o mais fraco dos dois. Mas a gente acha que vai ser moleza enquadrar o roubo. O cartão do banco e o carro de Bill foram roubados. Depois da hora da morte, foram sacados trezentos dólares da conta dele em um caixa eletrônico, com o cartão roubado. Também não tinha dinheiro na carteira dele, então a gente acredita que também tenha sido roubado. Diante de tudo isso, acreditamos que temos um caso sólido de pena de morte. Temos toda a papelada preparada, mas obviamente queríamos falar com você antes de levar isso a público.

Will estava sentado na cabeceira da mesa, perdido em seus pensamentos.

— As pesquisas mostram que setenta por cento dos eleitores de Nova Jersey são contra a pena de morte, incluindo cinquenta e três por cento dos republicanos — disse ele por fim. — Em algum momento num futuro próximo, provavelmente em dezembro, meu grande amigo, e que em breve deixará o cargo de governador, Neil Rogers, vai emitir uma resolução proibindo o cumprimento de qualquer pena de morte até que um comitê indicado por ele analise se Nova Jersey deveria bani-la definitivamente ou não. Quando você junta isso ao fato de que a nossa

Suprema Corte derruba cerca de três quartos das sentenças que determinam pena de morte, a gente chega à conclusão de que não houve nenhuma execução no estado desde 1962. O que vamos fazer, então? — perguntou ele, olhando ao redor da mesa. — Imaginem em como vou parecer generoso quando a imprensa souber que eu me oponho à pena de morte, mesmo no caso que envolve o assassinato do meu próprio filho. Vou dar cobertura a muitos republicanos que se opõem à pena de morte, sem falar do governador, que vai ficar em dívida comigo quando agir no sentido de proibir a pena capital. Nós precisamos usar isso a nosso favor politicamente, e acho que assumir esse posicionamento agora nos dá o maior retorno político pro nosso investimento. O que me importa se o Barnes vai morrer de uma injeção letal ou na cadeia? Ele vai estar tão morto quanto.

Ninguém disse nada. por fim, Lee perguntou:

— Você está dizendo que quer que a gente anuncie que você pediu pra gente não tentar a pena de morte?

— Claro. Eu não vou fazer vocês assumirem a responsabilidade pela minha decisão. Deve ser de conhecimento público que a decisão foi minha, ou eu não vou poder usar isso politicamente. Não se preocupe, eu vou pedir pro meu pessoal preparar uma declaração pra vocês publicarem.

— Ah... é... tá bem — gaguejou Lee.

— Olha, eu preciso fazer alguma coisa pra desviar a atenção do fato de que o idiota do meu filho catou um travesti e levou pra um motel. Mesmo que a imprensa pegue leve com medo de me irritar, Deus do céu, não é como se fosse possível esconder o que ele fez, que é inclusive a razão de ele estar morto, porra. Com sorte isso vai ajudar a desviar parte da atenção da estupidez dele.

— Suponho que ainda seja muito cedo pra saber se o Barnes tem algum interesse em confessar e aceitar um acordo — disse Michael.

— Eu tive uma breve conversa com a advogada dele, mas ela não deu nenhum sinal.

— Will, tô aqui só pensando alto — introduziu Michael —, mas talvez se a gente deixar a opção da pena de morte na mesa por mais um tempinho, quem sabe isso forçasse o Barnes a fazer um acordo pra evitar a pena de morte.

Will meneou a cabeça e deu um gole em seu café.

— Não, vamos fazer isso do meu jeito. Preciso sair na frente em relação ao que o governador vai fazer. Olha, nós não temos um governador republicano tão popular como Neil Rogers desde Tom Kean. Eu ajudei ele a ser eleito e espero que ele retribua o favor.

— O que a gente sabe sobre o advogado do Barnes? — perguntou Michael.

Lee riu.

— Vocês vão ficar de queixo caído. Tom, vou deixar você fazer as honras.

Whitick parecia um touro. Ele era completamente careca, o que só o fazia parecer mais intimidador. Havia passado cinco anos como policial do exército antes de ingressar no Ministério Público de Ocean County como investigador em 1975. Ao longo dos 25 anos seguintes, ele subiu na hierarquia até se tornar diretor do Setor de Investigações cinco anos antes. Abrindo uma pasta, ele colocou os óculos.

— Na verdade são dois advogados. Vamos começar com o mais fácil — começou ele. — Duane Abraham Swisher. Afro-americano, 35 anos, casado com Corrine Swisher, nome de solteira Corinne Butler. Mora em Scotch Plains e tem um filho de dois anos chamado Austin. Swisher cresceu em Elizabeth, Nova Jersey, craque do basquete durante o ensino médio no St. Cecilia's, que, na época, era uma potência nacional. Foi para a Brown com bolsa integral. Jogou basquete na Brown, e foi da seleção da All-Ivy por dois anos. Aparentemente, tentou entrar em vários times da NBA, mas não conseguiu e então foi estudar direito em Columbia. Depois disso, entrou pro FBI e ficou lá por sete anos. É aqui que as coisas ficam um pouco confusas na vida do dr. Swisher. Aparentemente, ele se demitiu voluntariamente do FBI há três anos, mas, de acordo com as nossas fontes, parece que ele saiu de lá por ter sido alvo de uma investigação interna que talvez ainda esteja em andamento.

— Que tipo de investigação? — interrompeu Michael.

— Mais uma vez, nós não temos certeza, mas pelo que as nossas fontes disseram, pode haver uma investigação criminal em andamento a respeito do vazamento de informações confidenciais referentes à escuta telefônica de muçulmanos depois do 11 de Setembro. — Whitick olhou para Michael.

— Pode ter certeza de que nós estamos tentando obter mais informações.

Michael acenou com a cabeça.

— Obrigada. Por favor, prossiga.

— Depois que saiu do FBI, ele começou a exercer a advocacia com Ian McCabe, abrindo o escritório McCabe & Swisher, três anos atrás.

— Espera. Eu achava que o advogado do Barnes, esse McCabe, era uma mulher — questionou Will.

— Eu disse que vocês iam ficar de queixo caído — rebateu Lee, sorrindo e revirando os olhos. Lee fez um gesto para que Whitick continuasse.

— O escritório McCabe & Swisher fica em Cranford e atua principalmente na área criminal. Alguma outra pergunta sobre Swisher antes de eu passar para McCabe?

Ninguém disse nada até que Michael autorizou:

— Vai em frente.

— Erin Bridget McCabe era anteriormente conhecida como Ian Patrick McCabe.

Will estreitou os olhos, tentando processar aquela informação, mas acenou com a cabeça para que Whitick prosseguisse.

— Ian Patrick McCabe, branco, 35 anos, divorciado, anteriormente casado com Lauren Schmidt, sem filhos. Mora atualmente em Cranford, cresceu em Union, Nova Jersey, estudou na Cardinal O'Hara High School, onde foi jogador de futebol na seleção do condado. Frequentou a Stonehill College em North Easton, Massachusetts. Fez direito na Temple Law School e foi assistente do Excelentíssimo Juiz Miles Foreman em Monmouth County. Depois de assistente, foi trabalhar na Defensoria Pública de Union County. Ficou lá por mais de cinco anos, então saiu pra ter o próprio escritório e logo depois abriu a sociedade com o Swisher. Como eu disse, há cerca de dois anos, ele mudou legalmente seu nome para Erin Bridget McCabe e começou a exercer a advocacia como uma mulher. Aparentemente, todos os seus documentos legais foram alterados para refletir o seu novo nome e o seu novo gênero. Desde então, ele continuou exercendo a advocacia, mas de modo geral manteve a discrição quanto à mudança de sexo. — Ele olhou para Michael e Will. — Me parece que tem muita coisa aqui pra desviar a atenção das partes desse caso que não são exatamente favoráveis ao seu filho, sr. Townsend. Um dos advogados está sendo investigado e o outro é tão doido quanto o réu.

— Obrigado, Tom. Essa é realmente uma informação muito interessante — disse Will, esfregando o queixo com o polegar e o indicador. — Precisamos pensar em como usar isso da melhor forma possível.

— Considerando que o suspeito não se declare culpado, como você acha que eles vão defender esse caso?

Barbara olhou para Lee, mas ele simplesmente acenou com a cabeça, porque, se o caso fosse a julgamento, ela seria a única a cuidar dele.

— A única defesa lógica parece ser a legítima defesa. Em outras palavras, alegar que o Bill pirou quando descobriu que o Barnes não era uma mulher e, ao se defender, o Barnes esfaqueou o Bill.

— Mas, se eu bem me lembro — disse Michael —, não havia sinais de luta no quarto, certo? — Antes que alguém pudesse responder, ele continuou: — E o Bill morreu por conta de uma única facada no peito. Novamente, isso não é indicativo de luta.

— Você tem razão nos dois casos, Michael — explicou ela. — Portanto, mesmo que eles sigam essa defesa, a gente acredita que as evidências são muito mais consistentes com um roubo.

— Obrigado, Barbara — disse Will. — Acho que já deu pra entender a situação — acrescentou ele, interrompendo qualquer conversa futura. — Vou pedir pro meu diretor de comunicação trabalhar no pronunciamento pra você, Lee. Sexta-feira, dia 8, correto?

— Sim — respondeu Lee. — Se você quiser causar o máximo de impacto, eu vou precisar publicar logo depois da sessão.

— Vou garantir que você o receba alguns dias antes, para caso tenha alguma dúvida. Agradeço todo o árduo trabalho que o Ministério Público tem feito pra resolver isso. Espero que a condenação desse desgraçado ajude a Sheila e eu a encontrar um pouco de paz.

Depois que Will os levou até a porta, ele voltou para a cozinha e se serviu de outra xícara de café.

— Merda — disse ele, sentando-se em frente a Michael na mesa. — Eu juro por Deus, se o Barnes não tivesse matado ele, eu teria. E agora?

O olhar de Michael cruzou a mesa.

— Não se preocupa. Eu já te disse que tá tudo resolvido e nenhuma lei foi quebrada. Várias amigas do sr. Barnes que trabalhavam na mesma área encontraram novas carreiras maravilhosas fora de Atlantic City, e o cafetão foi preso por posse de drogas e prostituição, e não tá mais circulando por aí. Supondo que haja julgamento, o Barnes vai ter que tentar convencer o júri de que ele agiu em legítima defesa. E por que o Bill iria atacá-lo? Porque ele pirou quando soube a verdade sobre o sr. Barnes? Esse é o nosso pior cenário. Não tem nenhuma prova que sustente qualquer outra coisa. Nenhuma.

Will se levantou e olhou pela janela da cozinha, bebendo seu café.

— Eu não sei se a Sheila vai sobreviver se esse caso for a julgamento. O depoimento contando que o filhinho dela saiu com um travesti vai acabar com ela. — Ele encostou a testa na janela. — E se o outro cenário se mostrar verdadeiro... — Ele respirou fundo e se virou, seus olhos se estreitando enquanto olhava para Michael. — E isso definitivamente não é o que eu preciso nesse momento em termos políticos. O que eu preciso é que esse caso se encerre o mais rápido possível. Quanto mais tempo isso se arrastar, maior o risco de alguma coisa dar errado — disse ele, sua raiva e exasperação crescendo enquanto falava. — Vamos ver onde isso vai dar, mas, se o Barnes não confessar logo, a gente vai ter que repensar as nossas opções. Como faltam três anos, pro restante do mundo a corrida pelo cargo de governador pode parecer ainda distante, mas preciso me organizar agora. — Ele soltou um gemido gutural. — Eu não preciso dessa merda nesse momento. Enquanto eu for o pobre coitado sofrendo a morte do filho, ninguém vai querer se meter comigo, mas, se isso for a julgamento, quem sabe... Porra! — vociferou ele.

— Você cuida do que tem que fazer e deixa que eu lido com essa merda — disse Michael. — Eu ainda tenho muitos contatos no Departamento de Justiça. Vou descobrir o que tá rolando com Swisher. Também vou ver se tem alguma outra sujeira sobre o McCabe, mas, do jeito que está, já temos o suficiente pra jogar ele na imprensa. Não se preocupa. Vou tornar a vida dos dois um inferno. Quanto mais focados em seus próprios problemas, menos tempo eles vão ter pra defender o Barnes.

Townsend acenou com a cabeça.

— Ótimo. Fica de olho nesses dois. Eu quero saber o que eles estão tramando.

CAPÍTULO 6

A bola rolou para fora do campo. Quando chegou ao local onde Erin estava parada, ela a levantou com o pé e a pegou suavemente no ar. O zagueiro do Westfield correu em sua direção e ela jogou a bola para ele. Depois de agradecer enquanto tentava recuperar o fôlego, ele rapidamente se virou e correu de volta, mas quando chegou o árbitro indicou que era lateral para o Princeton.

Faltavam dez minutos para o fim e, embora tivessem ficado com a posse de bola durante a maior parte do jogo, o time de Patrick e Brennan, o Princeton Cobras, estava com uma vantagem de apenas 1 a 0.

Erin viu quando Patrick saiu de sua posição no meio do campo e recebeu o arremesso lateral. Ele encarou o zagueiro do Westfield e então, com um pequeno movimento que Erin havia lhe ensinado, habilmente passou a bola por cima da cabeça do zagueiro, cortou para a esquerda, recuperou o controle da bola e continuou descendo pela lateral esquerda, cabeça para cima, olhando para o campo. Quando estava a pouco menos de quinze metros do gol, cruzou a bola em direção ao meio da área, para onde Brennan estava indo.

Erin assistia a tudo, fazendo os cálculos involuntariamente na cabeça. Supôs que Brennan chegaria à bola apenas uma fração de segundo antes do goleiro, mas que não teria tempo para dar um chute. No entanto, se espantou quando Brennan, correndo a toda velocidade em direção à bola, a deixou passar bem no meio de suas pernas. A menos de dez metros à sua direita, havia um companheiro de equipe correndo paralelamente a ele. O goleiro, reagindo ao que pensava que seria um chute de Brennan, foi pego totalmente desprevenido quando o companheiro de equipe de Brennan redirecionou a bola para o gol agora vazio.

"GOL!"

A bola nem tinha se acomodado no fundo da rede no momento em que Brennan e seu companheiro de equipe desviaram na direção de Patrick. Os três pularam nos braços um do outro enquanto o resto do time corria ia comemorar com eles. O tumulto de jogadores começou a se desfazer, mas antes de Patrick e Brennan voltarem para o meio do campo, eles se viraram para a lateral e deram uma piscadinha para onde Erin estava com um grande sorriso, batendo palmas. Enquanto os observava comemorar, ela sentiu uma pontada de arrependimento. Havia perdido dois anos de suas vidas. Dois anos em que ambos tinham crescido vários centímetros. Mas foram as mudanças sutis no físico de Patrick que a lembraram de que ele agora estava à beira da puberdade. O garotinho de que ela se lembrava era quase um adolescente, e ela sabia que o tempo que perdera jamais seria recuperado.

Depois que o jogo acabou, ela ficou lá parada, observando os jogadores e os pais atravessarem a rua até o estacionamento em frente ao campo. Começou então a andar na direção oposta, pois havia parado o carro em um estacionamento do outro lado do parque. Três anos antes, quando comprou o Miata, Sean havia provocado ela, dizendo que era carro de mulher. Naquele momento, não era com a provocação que ela estava preocupada.

* * *

Parada na frente de seu armário, pensando no que vestir, a alegria de ter visto seus sobrinhos lentamente começou a se misturar com a ansiedade de ver Lauren e o marido. Embora já tivessem se passado quatro anos desde que tinham se separado e três anos desde o divórcio, os arrependimentos ainda estavam lá. Por mais tolo que parecesse naquele momento, Erin teve esperanças de que eles ficariam juntos. Ela chegou a guardar seu esperma em um banco, iludindo-se com a possibilidade de que o fato de ainda poderem ter filhos juntos convenceria Lauren de que ainda poderiam salvar o relacionamento. Não convenceu.

Erin finalmente se decidiu por um vestido largo cor de chá. Tinha um ar meio hippie dos anos 1960, decote redondo, alcinhas de amarrar e bolsos estilo aventral. Um par de sandálias marrons completava o look. Soltou o rabo de cavalo que tinha usado durante o jogo e usou o babyliss para dar algum volume. Analisando seu rosto no espelho, ela sabia que tinha mais sorte do que muitas mulheres trans. Tinha sido capaz de pagar uma cirurgia facial que deu contornos mais femininos ao seu rosto, e para além dos hormônios e da remoção definitiva dos pelos do rosto, ela tinha uma pele que não precisava de muita maquiagem. Um pouco de blush, um pouco de rímel, um batom coral em tom claro e ela estava pronta para ir. Ao sair, pegou um suéter, sabendo que eles ficariam ao ar livre no deque de Duane e Corrine.

Subindo a entrada da garagem, Erin foi recebida pelo barulho da festa que vinha do quintal. Duane e Corrine moravam em uma rua sem saída tranquila e arborizada em Scotch Plains, que haviam comprado quando ele ainda estava no FBI. Na época, a expectativa era de que aquela seria a primeira de muitas casas em que morariam, pois o trabalho exigiria que ele se mudasse de um lugar para outro por todo o país. Quando sua carreira no FBI chegou abruptamente ao fim, de repente aquela casa se tornou um lar.

Ela chegou e procurou por rostos familiares. Não apreciava o inevitável constrangimento decorrente do momento em que se encontrava com alguém pela primeira vez enquanto Erin, depois de ter sido apresentada como Ian. De modo geral, velhos conhecidos rapidamente encontravam uma desculpa para encerrar a conversa. Assim que avistou Duane parado na churrasqueira, cerveja em uma das mãos e espátula na outra, foi na direção dele.

— Ei, Swish — disse ela, dando-lhe um abraço e um beijo na bochecha.

— Você veio! — disse ele, exibindo um grande sorriso.

— Eu disse que viria.

— Que bom que você veio. Como os meninos do Princeton se saíram?

— Eles ganharam. Dois a zero — disse ela com orgulho.

— Que ótimo. — Ele a analisou. — Deu tudo certo?

— Sim, o Sean e a Liz não fazem ideia de que eu estava lá. Foi tudo bem.

— Que bom — disse ele, parecendo aliviado. — As cervejas estão no cooler vermelho, o vinho, no azul, os refrigerantes naquela tina ali — informou ele, apontando com a espátula — e os copos estão na mesa. Acho que a Corrine tá na cozinha dando alguma coisa pro aniversariante comer. A comida vai ficar pronta já, já.

— Obrigado.

— Ei, Erin, obrigado por ter vindo. Sério mesmo.

Ela sorriu.

— Obrigada por me receber.

Ela foi até a mesa, pegou um copo e se serviu de um pouco de vinho branco. Embora tivesse notado alguns rostos familiares, pela falta de reação, sabia que não tinha sido reconhecida. Abriu a porta da cozinha e viu Corrine sentada na mesa conversando com uma mulher que estava de costas para a porta; uma fração de segundo depois, ela se deu conta de quem era a segunda mulher.

— Ei, garota — soltou Corrine antes que Erin pudesse recuar. — Que bom que você veio — disse ela, com um brilho em seus olhos castanho-claros.

Corrine e Lauren tinham sido companheiras de quarto na Brown e foi assim que Erin a conheceu. Corrine era miúda, usava os cabelos crespos curtíssimos, e seu largo sorriso acentuava as maçãs do rosto salientes. Mas, apesar de sua pequena estatura, ela sempre parecia no controle de qualquer situação. Aparentemente reconhecendo o olhar no rosto de Erin e entendendo o que estava para acontecer, Corrine seguiu em frente.

— Entra. A gente estava falando de você.

A outra mulher girou na cadeira e virou a cabeça. O cabelo loiro, os olhos azuis, o belo rosto simétrico — nada havia mudado. Erin, paralisada no lugar, conseguiu dar um sorriso.

— Oi, Lauren — disse ela, menos confiante do que gostaria. — Que bom te ver.

Lauren lentamente se levantou da mesa, o vestido de verão exibindo seu corpo bronzeado e atlético. Enquanto ela caminhava em direção a Erin, um sorriso lentamente se espalhou por seu rosto.

— Ainda bem que olhei antes no site do escritório, senão não teria te reconhecido. — Ela jogou os braços ao redor de Erin e a abraçou. — É tão bom ver você. Você tá ótima — sussurrou no ouvido de Erin.

Erin estava começando a se arrepender de ter decidido usar rímel, as lágrimas começando a se acumular.

— Obrigada — disse ela quase em um grunhido. — É muito bom ver você também.

Lauren interrompeu o abraço e pegou Erin pela mão.

— Senta aqui com a gente.

Erin se aproximou de Corrine, se inclinou e deu um abraço nela.

— E aí, como você tá?

— Hoje o dia é só de coisa boa, então tô ótima.

— Cadê o aniversariante?

— Não sei. Na última vez que o vi, as avós estavam brigando por ele — disse ela com uma gargalhada gutural antes que um grito repentino vindo de outra sala a colocasse de pé. — Parece que as avós estão adotando uma abordagem salomônica e dividindo ele em dois — disse ela, correndo para fora da cozinha.

— Incrível como você tá linda — disse Lauren por fim com um sorriso sincero.

— Obrigada. Você também tá ótima. Como tá a sua família?

— Tá todo mundo bem. E a sua?

Era apenas uma daquelas gentilezas casuais, mas, pela expressão no rosto de Lauren, ficou claro que, assim que perguntou, desejou não tê-lo feito.

— Minha mãe tá bem. A gente tenta se ver uma vez por semana. Com o meu pai e o Sean continua tudo na mesma.

— Sinto muito, meu bem. Digo, Erin.

— Pode me chamar de meu bem. Não tem problema.

Lauren deu um sorriso triste.

— Não, acho melhor Erin. Meu bem é de um outro momento da nossa vida.

A porta da cozinha se abriu.

— Ah, achei você. Estava te procurando.

Lauren olhou para o homem bonito de cabelos e olhos castanhos parado ali e fez um gesto para que ele entrasse.

— Steve, quero te apresentar minha amiga Erin. Erin, esse é o meu marido, Steve.

Erin não pôde deixar de notar que Steve e sua encarnação anterior tinham pouco em comum. Steve parecia ter cerca de um metro e oitenta, ombros largos e queixo quadrado.

— Olá, Steve Campbell, prazer.

Erin sorriu.

— O prazer é meu — respondeu ela, evitando dizer seu sobrenome.

— Desculpa, eu não queria interromper — disse Steve, virando-se para Lauren.

Ela sorriu educadamente.

— Não, tudo bem, eu estava colocando a conversa em dia com a Erin. A gente não se vê há alguns anos.

— Você é do pessoal da Brown? — perguntou ele a Erin.

Erin ergueu os olhos, grata pelo anonimato.

— Ah, não, eu não estou nessa categoria. A Lauren e eu nos conhecemos desde o ensino médio.

— Steve, você pode dar um minutinho pra gente, tem uma coisa que eu preciso conversar com ela.

— Claro. Vou estar no deque. Erin, prazer em te conhecer — disse ele calorosamente.

— Prazer em te conhecer também — respondeu ela.

Depois que ele saiu, Erin olhou para Lauren.

— Ele parece ser um cara muito legal. Bonito também — acrescentou ela com um leve aceno de cabeça. — Tô muito feliz de você ter encontrado alguém.

— Mesmo? — perguntou Lauren, a trepidação evidente em sua voz.

Erin olhou para ela, mordendo o lábio inferior.

— Claro que sim, Laure. Espero que você saiba que tudo que eu sempre quis foi que você fosse feliz.

— Obrigada. — Ela fez uma pausa. — É... na verdade tem uma coisa que eu preciso te contar.

Por mais que tentasse, Erin não conseguia ler o rosto de Lauren — era uma expressão que ela nunca tinha visto antes. Parecia haver alguma hesitação em seus olhos, mas também havia uma alegria queimando logo abaixo da superfície.

Lauren pareceu se preparar antes de falar.

— Erin, eu vou ter um bebê. Eu tô grávida.

Erin teve uma sensação absurdamente estranha, quase uma experiência fora do corpo. O que foi aquilo? Não foi alegria, não foi dor; não, foi um flashback do começo do fim. Ambas queriam filhos, mas Lauren insistiu que Ian procurasse um terapeuta antes. "Eu te amo, meu bem", disse ela, "mas não quero começar uma família para depois você decidir que precisa fazer a transição para ser feliz. Vá explorar seus verdadeiros sentimentos antes de irmos em frente com o plano de ter uma família."

— Você tá bem? — perguntou Lauren.

Erin não tinha certeza. Ainda estava perdida. Perdida em um mundo onde ela e Lauren eram marido e mulher, planejando o futuro, planejando uma família. Ela forçou um sorriso.

— Lauren, isso é maravilhoso. Eu tô tão feliz por você.

O olhar de preocupação permaneceu no rosto de Lauren.

— Jura?

— Meu Deus, claro. Eu sei o quanto você quer uma família. Eu tô muito feliz por você. — E isso era verdade, quase totalmente. — É pra quando?

— Para o dia de São Valentim.

Erin sorriu.

— Você vai ser uma ótima mãe.

— Obrigada — disse Lauren, com a voz trêmula. — Você sabe... — Ela não conseguiu concluir.

— Eu sei — disse Erin. Ela fechou os olhos, uma época e um lugar diferentes ainda pintados ali. — Eu sei.

As duas se levantaram de suas cadeiras e se abraçaram.

— Eu tô realmente feliz por você — sussurrou Erin. — Você sabe que você sempre vai ocupar um lugar especial no meu coração.

— Eu sei — disse ela. — Você também no meu.

— A propósito, acredito que o Steve não saiba quem eu sou.

— Eu falei pra ele que você poderia estar aqui, mas não disse o seu nome. Acho que imaginei que seria estranho pra todos nós se ele soubesse quem você era. Acredita em mim, ele nunca vai adivinhar quem você é até que eu conte pra ele.

— Obrigada.

— Imagina. Vai ser interessante ver a reação dele — comentou ela com uma risada.

— Ele trabalha com o quê?

— Ele é editor de cidade do *New York Times*.

— Bom pra ele. E você... como vai o mundo editorial?

— Uma loucura, mas bem. Fui promovida há mais ou menos um ano. Sou editora agora. Eu adoro, e tem chance de um projeto meu mais recente virar um best-seller. E você? Como vai o mundo da advocacia?

— Uma loucura — disse ela, balançando a cabeça.

— A Cori me contou sobre o que tá rolando com o Duane. Ele vai ficar bem?

— Sinceramente, não sei.

— Bom, ouvi dizer que ele tem uma equipe jurídica excelente.

— Ah, pelo menos metade dela é — respondeu Erin com um sorriso.

Elas se abraçaram uma última vez, se despediram e Lauren saiu para encontrar Steve. Erin permaneceu perto da porta, observando enquanto sua ex-esposa abraçava o novo marido, tentando não se deixar tomar pelos "e se". Por fim, se forçando a sair dali, empurrou a porta para ver se se encontrava algo para comer.

Ela pegou um hambúrguer em cima da mesa e estava se servindo de mais vinho quando ouviu uma voz familiar atrás dela dizendo "Ei, você!". Ela sabia que seu rosto estaria iluminado ao se virar.

— JJ — disse ela, indo em direção a Jamal Johnson.

Mesmo com as mãos ocupadas, ela lhe deu um beijo na bochecha quando ele se abaixou. Com mais de um metro e noventa de altura, era alguns centímetros mais alto que Duane. Ele mantinha a cabeça raspada e ambos os braços exibiam várias tatuagens, criando uma aparência bastante intimidadora para quem não o conhecia. Mas, apesar de sua aparência, seu sorriso era cativante e seu comportamento estava mais para Mister Rogers do que para Exterminador do Futuro.

— Como você tá, garota?

— Se as coisas estivessem melhores, JJ, seria um pecado.

JJ tinha sido armador do time da St. Cecilia's, um ano à frente de Duane. Havia sido capitão em seu último ano, quando eram os segundos melhores do país. O plano era ficar um ano no time da Notre Dame University, onde teria bolsa integral, depois jogaria profissionalmente, mas em seu primeiro ano ele rompeu os ligamentos do joelho ao tentar pegar uma bola fora da quadra, o que foi agravado quando um de seus fãs caiu em cima ele e lhe causou uma fratura na tíbia. Foram sete meses para conseguir voltar a andar sem mancar. Depois de mais seis meses de reabilitação intensiva e fisioterapia, ficou claro que ele não conseguia mais fazer certos movimentos, e nunca mais jogou pelo Fighting Irish.

— Minha querida, conhecendo você, eu suspeito que seja um pecado — disse ele com um sorriso malicioso. — Você conhece o Mark Simpson? — perguntou ele, acenando com a cabeça para o homem ao seu lado.

— Não — respondeu ela, virando a cabeça.

Mark parecia ter a idade deles. Com cerca de um metro e oitenta, seu cabelo era muito preto e perfeitamente bagunçado, sugerindo que ele o penteava com a ponta dos dedos. Tinha a barba por fazer por tempo suficiente apenas para ficar sexy, sem parecer descuidado, e seus olhos verdes pareciam brilhar.

— Muito prazer — disse ela.

— O prazer é meu — respondeu ele com um sorriso que sugeria que realmente era verdade.

Sem querer, ela retribuiu o sorriso.

— Como vai o trabalho, JJ? — perguntou ela, forçando o olhar para longe de Mark.

Após sua lesão, JJ fez mestrado em serviço social e abriu seu próprio consultório, além de trabalhar em um lar para jovens LGBT desabrigados. JJ chocou seu círculo quando se declarou gay no último ano da faculdade. Quando Erin finalmente decidiu fazer a transição, JJ foi uma das primeiras pessoas com quem ela compartilhou a notícia, e ele havia sido uma fonte constante de apoio enquanto ela abalava o seu próprio mundo.

— Agitado — respondeu ele. — Principalmente no lar. O Swish me contou que vocês acabaram de pegar um caso de homicídio.

— Sim, pegamos. Na verdade, pode ser que a gente precise de um especialista em jovens LGBT expulsos de casa. Você já testemunhou como perito antes, né?

— Sim, já. Me avisa se eu puder fazer algo pra ajudar. — Ele olhou para Mark. — Vou pegar uma cerveja pra mim. Quer uma?

— Não, obrigado. Tô tranquilo.

— Erin, você quer alguma coisa?

— Outra mão — disse ela, segurando em uma das mãos um prato de papel que parecia prestes a se dobrar em dois com o peso de um hambúrguer e da salada de batata, e o vinho na outra.

— Tem uma mesa ali — sugeriu Mark, apontando na direção de várias mesas vazias organizadas no quintal. — Quer ajuda?

— Obrigada — respondeu ela, entregando a ele o copo.

— Vai na frente.

— Você vai me fazer comer sozinha? — perguntou ela colocando o prato na mesa. "Por que eu disse isso? Parece que eu estou flertando."

— Pior que sim. Tô indo jantar na casa da minha mãe daqui a pouco — explicou ele, colocando o copo na frente dela e se sentando do outro lado da mesa.

— Onde a sua mãe mora?

— Roselle Park.

— Ah, eu moro em Cranford.

— Eu moro em Clark — disse ele. — Pelo que eu ouvi do JJ, imagino que você trabalhe com o Swish.

— Sim, o Duane e eu somos sócios. E você? Como veio parar nessa festa?

— Eu jogo basquete com o Swish e o JJ; terça à noite, geralmente.

— Se ele deixa você ficar no time dele, você deve ser bom.

— Não, pode acreditar, não estamos na mesma categoria. Acho que eles me deixaram jogar só pra ter um alívio cômico.

Ela sorriu.

— Eu conheço meu sócio; quando o assunto é basquete, não tem essa de alívio cômico. Aposto que você jogou na faculdade.

— NYU.

— Viu? Eu conheço o meu sócio.

— Acredita em mim, eu tenho que estar no meu melhor só pra ficar no banco.

— E o que você faz quando não está se esforçando pra ser tão bom quanto o Swish no basquete?

— Sou professor de inglês na Westfield High School.

— Inglês sempre foi minha matéria favorita. — "Ai, meu Deus. Eu disse isso mesmo?"

— Engraçado, a minha também — disse ele, o sorriso se abrindo no rosto. — Há quanto tempo você trabalha com direito criminal?

— Na verdade é a única coisa que eu fiz na vida. Fui assistente de um juiz por um ano. Depois passei cinco na defensoria pública, e três anos atrás eu e o Duane abrimos o escritório. E você? Sempre foi professor de inglês?

Ele abriu um sorriso caloroso.

— Não, eu tenho um passado meio confuso. Trabalhei em Wall Street por alguns anos e saí enquanto ainda sobrava um pedacinho da minha alma. Depois disso, acho que como penitência, fiquei dois anos na Nicarágua com o Corpo da Paz. Aí passei um ano fazendo um mochilão pela América do Sul. Quando voltei, seis anos atrás, comecei na Westfield.

— Você gosta de dar aula?

— Sim. Não curto muito aplicar provas nem essa burocracia babaca, mas gosto muito das crianças. — Ela reparou no olhar dele para sua mão esquerda. — Hum, existe um sr. McCabe? — perguntou ele um tanto envergonhado.

— Sim — respondeu ela de pronto. — Dois, na verdade. — Ela notou a expressão dele ficar confusa. — O meu pai e o meu irmão — acrescentou ela. — Eu sou divorciada. E você? — perguntou ela automaticamente.

— Eu nunca me casei. Já fiquei noivo, mas ela não gostava muito da ideia de eu deixar Wall Street e entrar pro Corpo da Paz. A gente tentou ficar junto de novo depois que voltei, mas já não era a mesma coisa.

— Sei lá... um professor de inglês de ensino médio que ainda se aventura numa liga de basquete séria parece mais interessante do que um magnata de Wall Street. — "Será que você pode calar a boca? Ele vai ficar com a impressão errada."

— Bom, ela não achava — respondeu ele com um sorriso triste. — Escuta, Erin, eu realmente preciso ir pra casa da minha mãe, mas como nós somos praticamente vizinhos, será que a gente pode tomar um café em algum momento e aí eu aprendo um pouco mais sobre direito criminal?

— Ah, claro, acho que sim.

— Não me pareceu muito convincente.

— Desculpa. Eu ainda tô tentando me entender nesse momento pós-divórcio. Mas um café me parece uma boa.

— Você já foi no Legal Grounds em Cranford?

— Todo dia.

— Que tal quarta, às sete?

— Por mim tudo bem.

Ele lentamente se levantou da mesa.

— Até quarta, então — disse ele.

— Tá bem. Manda um beijo pra sua mãe — disse ela com uma risada.

Depois que ele foi embora, ela ficou lá sentada. "Tá bem. Manda um beijo pra sua mãe. Onde eu estava com a cabeça?" Ela deu uma mordida no hambúrguer e depois tomou um gole de vinho. "Acho que eu estava mesmo flertando com um cara. Eu devo estar maluca." Seus pensamentos foram interrompidos quando JJ se sentou ao lado dela, com uma cerveja e um cachorro-quente na mão.

— Olha, preciso dizer que estou impressionado — disse JJ.

— E o que isso quer dizer?

— Ah, não vem bancar a tímida comigo, Srta. McCabe. Sou imune aos seus encantos. Mas o meu amigo sr. Simpson, acho que ele foi fisgado pelas suas artimanhas femininas.

— JJ! Eu não fiz nada disso. Eu estava só sendo legal com um amigo de vocês.

— Ah é? Engraçado, porque ele parecia muito animado para ir tomar um café com você na quarta à noite.

— Como você sabe disso?

— Porque quando estava indo embora ele me perguntou se eu achava que você se interessaria por alguém como ele.

Ela olhou para JJ.

— Ai, droga. Sério? JJ, o que eu faço?

Ele pareceu perplexo.

— Qual é o problema?

— JJ, ele não conhece minha história. Além disso, eu nem me sinto atraída por homens. Merda, o que eu vou fazer?

JJ sorriu.

— Você vai tomar um café com ele, vocês não vão casar. Se você quiser ainda vai ter muito tempo pra contar pra ele sua história. E quanto à parte de não se sentir atraída por homens, bom, garota, talvez você queira reavaliar o seu posicionamento em relação a isso porque você definitivamente parecia interessada.

Mais tarde, dirigindo para casa, a mente de Erin não conseguia parar de pensar em como aquela tinha sido uma tarde curiosa. Os sentimentos conflitantes ao ver Lauren novamente, depois saber que ela estava grávida. E então houve sua interação com Mark. "O que eu tava achando, porra? Flertar com um cara... Será que eu estou ficando maluca? Mas ele era gato. Gato? Escuta o que você tá dizendo. Desde quando você acha os homens gatos?"

Ela se viu tentando entender suas próprias emoções. Por que ela de repente tinha achado Mark atraente? Ela nunca havia se sentido atraída por homens antes. Mas, para ser honesta consigo mesma, também não era como se tivesse tido muitas experiências com mulheres — na verdade só com uma. Ela e Lauren se conheceram no colégio e se apaixonaram. Naquele momento de sua vida, embora Erin secretamente sentisse que deveria ter sido uma mulher, estava determinada a ser um novo tipo de homem, certa de que seu amor por Lauren manteria a sensação de ser mulher sob controle. "Bom, a gente sabe como deu supercerto, né?", pensou ela. Nos quatro anos que se seguiram ao divórcio, Erin teve pouquíssimos encontros, mas nas poucas vezes que saiu com alguém, sempre foi com uma mulher. O que tornava seus sentimentos por Mark ainda mais difíceis de compreender. Era como se suas emoções tivessem sido jogadas em um liquidificador e transformadas em uma nova mistura. Independentemente de qualquer coisa, ela não podia negar que havia uma parte dela que estava realmente curiosa sobre como seria ser beijada por ele. Ela voltou à realidade. A vida já estava complicada o suficiente naquele momento; de fato não havia necessidade de deixar tudo ainda mais confuso namorando um cara. Mas, como bem disse JJ, era só um café.

CAPÍTULO 7

— Seu cabelo tá crescendo. Eu gosto dele assim.
— Obrigada. Eu ainda tô aprendendo a fazer coisas diferentes com ele — disse Erin sorrindo para a mãe.

Peggy McCabe sorriu de volta. As rugas que se formavam nos cantos de sua boca quando ela sorria eram as únicas em seu rosto. Para alguém que havia comemorado seu sexagésimo quinto aniversário três meses antes, ela poderia facilmente se passar por alguém na faixa dos cinquenta e poucos.

— Sim, bom, quando você estiver craque no babyliss, venha aqui me dar umas aulas — disse a mãe rindo, afastando seu cabelo castanho-claro da testa. — Você deve estar ocupada, para adiar o nosso café pras sete e meia.

— Mais café? — perguntou a garçonete ao passar.
— Sim, por favor! — responderam as duas ao mesmo tempo.

Depois que a garçonete foi embora, Erin disse:
— Na verdade, mãe, nós estamos mesmo ocupados, e essa é uma das coisas que a gente precisa conversar... Um caso novo em que eu e o Swish vamos estar envolvidos.

Peggy estudou a filha do outro lado da mesa e passou o dedo pela borda da xícara de café, como se estivesse com medo de ouvir o que estava por vir.

— Estou te ouvindo — disse ela, em um tom repentinamente cauteloso.
— É um caso de homicídio.

Sua mãe franziu o cenho.

— Você já trabalhou em casos de homicídio antes. Por que eu ficaria preocupada com esse?

"Estou preocupada porque vai ser você que vai receber o impacto de qualquer reação que Sean e papai tenham quanto ao caso. Assim como você teve que aguentar todo o fardo desde que eu me assumi, e de alguma maneira ainda conseguiu fazer isso com graça e dignidade."

— Tem pouco mais de quatro meses — começou Erin com o olhar fixo na mãe. — A vítima foi o filho de 28 anos de um sujeito muito importante em South Jersey. O nome do garoto é William Townsend Jr. Ele supostamente foi morto por uma prostituta que pegou em Atlantic City.

— Então imagino que o que você está tentando me dizer é que esse caso vai ganhar visibilidade... uma visibilidade que pode envolver você.

Erin se sentiu boba. Por que ela estava fazendo rodeios? "Fala logo."

— Mãe, a prostituta, no caso...

— A sua cliente — frisou a mãe.

— Sim, mãe, a minha cliente. A minha cliente é uma mulher transgênero. Então, considerando a proeminência da vítima... bom, se a imprensa descobrir que eu sou transgênero, então sim, eu tô preocupada com a possibilidade de o caso ganhar visibilidade.

A mãe riu.

— Desculpa — disse ela rapidamente. — O caso não tem graça nenhuma. O que tem graça é você estar preocupada "com a possibilidade de o caso ganhar visibilidade" — disse ela, repetindo a frase de Erin. — Erin, minha querida, o que você tá tentando me dizer é que isso vai estar em todos os lugares e, se — ela fez uma pausa para olhar para a filha — ou *quando* o seu passado for revelado, você terá um papel importante na tempestade de merda que vai vir em seguida. Eu entendi direito? — perguntou ela, inclinando a cabeça.

Erin olhou para seu café.

— É isso mesmo.

— E quando tudo isso acontecer, a cabeça do seu pai e a do seu irmão vão explodir, e eu vou ter que me virar com a bagunça. Não é?

Erin assentiu, levantando o olhar lentamente para encontrar os olhos castanhos de sua mãe.

— Tipo isso — sussurrou ela.

— Você não poderia trabalhar com direito corporativo ou tributário? Alguma coisa que não te levasse pra primeira página do jornal?

Erin deu de ombros.

— Não é minha intenção transformar a sua vida num inferno.

Peggy balançou a cabeça.

— Então, quando tudo isso vai vir à público? Conhecendo você, provavelmente hoje à tarde.

Erin deu um sorriso fraco.

— Não, sexta-feira. Você tem um tempinho até lá.

— As coisas que você apronta com a coitada da sua mãe. E eu achava que não tinha problema nenhum. Um bom marido, dois filhos perfeitos, uma vida financeira estável... e aí...

— Aconteceu alguma coisa com o Sean? — brincou Erin, observando a reação de sua mãe.

— Você era uma criança tão boa — disse a mãe. — Então... mas sério, quão ruim... — Ela parou no meio da frase. — Deixa pra lá. Eu consigo imaginar as manchetes. Tá bem, eu vou avisar a eles o que provavelmente está por vir.

— Como você vai lidar com o papai?

Peggy franziu o cenho.

— Não sei, provavelmente com cerveja e sexo.

— Mãe!

— O que foi? A cerveja é pra ele. O sexo é pra mim. Eu tenho que tirar algum proveito disso. — Ela olhou para a filha e leu sua expressão. — Não se preocupa, querida, ele vai ceder em algum momento, assim como seu irmão. A gente vai superar isso.

A garçonete deslizou os pratos na frente delas, perguntou se precisavam de mais alguma coisa e foi embora.

— E então, o que mais está acontecendo? — perguntou a mãe.

Erin parou, o garfo a meio caminho de sua boca.

— É... por falar no Sean, recebi um e-mail do Patrick e do Brennan.

Sua mãe pousou o garfo no prato.

— Você recebeu um e-mail dos seus sobrinhos?

— Aham.

Sua mãe baixou a voz.

— Pro tio Ian?

Erin balançou a cabeça.

— Na verdade, pra tia Erin. — Ela enfiou a mão na bolsa e entregou à mãe uma cópia dos três e-mails que eles haviam trocado.

Peggy pegou os óculos em cima da mesa, colocou-os e começou a ler os e-mails. Quando terminou, dobrou o papel e o devolveu a Erin.

— Você foi ao jogo?

— Fui.

— O Sean e a Liz viram você?

— Acho que não. Eu realmente fiquei o mais longe que pude. E, lembra, nenhum deles me viu mais.

— Sim, mas, assim como os filhos deles, tenho certeza que eles viram a sua foto no site. Na verdade, eu sei que a Liz viu porque ela comentou comigo um dia como você estava bonita. Eu também não subestimaria o seu irmão — acrescentou ela.

Erin jamais havia subestimado o irmão. Ela cresceu idolatrando Sean, que, quatro anos mais velho, sempre foi o filho perfeito. Ele tinha pouco mais de um metro e oitenta, cabelos cor de areia, rosto quadrado e olhos castanhos que faziam as mulheres desmaiar. Ele também estava sempre entre os primeiros da turma, inclusive durante a graduação em Princeton e o curso de medicina na Universidade da Pensilvânia. Ele era considerado um dos cirurgiões ortopédicos mais importantes de Nova Jersey, e sua reputação crescia a cada ano.

Liz, sua esposa, era alta e magra, com longos cabelos loiros que emolduravam um rosto incrivelmente bonito. Como o marido, havia estudado numa universidade da Ivy League, era independente e administrava sua própria empresa de relações públicas.

Como todas as outras pessoas na vida de Erin, Sean ficou chocado quando ela se assumiu para ele. "Mas você é um cara tão normal", disse ele. "É casado com uma mulher maravilhosa. Sempre foi atleta. Tem certeza de que precisa fazer isso? Você já tentou fazer terapia?"

Ela havia pacientemente explicado a ele que estava fazendo terapia havia mais de um ano, mas que isso não poderia mudar o fato de que ela sempre se sentiu uma mulher. Tentou fazê-lo entender que não importava o quanto ela amasse Lauren, ela não conseguiria viver se isso significasse continuar a ser como todas as outras pessoas a enxergavam — como um cara.

Pelo menos, ao contrário da maioria dos caras de quem ela era amiga que, depois de ela se assumir, simplesmente nunca mais falaram com ela novamente, Sean parecia compreender a situação, embora não a aceitasse completamente. Por isso Erin havia ficado chocada quando Sean repentinamente parou de se comunicar com ela seis meses depois, logo depois que ela fez uma cirurgia facial e começou a viver como Erin. A explicação de Sean para a mãe deles foi que ele precisava proteger Patrick e Brennan do que tinha acontecido. Como os meninos eram muito próximos de seu tio Ian, ele não tinha certeza de como eles reagiriam à notícia de que seu tio agora era sua tia. Quando soube pela mãe os motivos de Sean, Erin ficou arrasada. Proteger os meninos dela? Era como se ela tivesse uma doença contagiosa, ou pior, como se fosse uma espécie de ameaça sexual. Mas, apesar do quanto aquilo lhe doía, ela se agarrou à esperança de que um dia as coisas voltariam ao normal entre ela e Sean. Erin não tinha escolha a não ser se agarrar a essa esperança, porque a alternativa — uma vida sem ele, Liz e os meninos — era dolorosa demais de imaginar.

— Eu realmente acho que eles não me viram, mãe. Eles não tinham motivo nem pra suspeitar que eu estaria lá.

— Os meninos viram você?

— Viram.

— Como você sabe?

— Porque Princeton marcou um gol faltando dez minutos pra acabar o jogo, e quando o Patrick e o Brennan comemoraram, eles olharam pra mim e deram uma piscadinha.

— Esses meninos são demais. Você quer que eu diga alguma coisa pra Sean ou pra Liz?

Erin balançou a cabeça.

— Não, vamos deixar rolar e ver o que acontece. — Ela fez uma pausa, sem saber se deveria continuar. — A propósito, eu encontrei a Lauren.

— Ah — disse a mãe com naturalidade. — Como ela está?

— Tá bem. — Erin hesitou. — É... na verdade, ela tá grávida.

A mãe acenou com a cabeça.

— Eu sei — disse ela com um sorriso gentil.

— Como?

— A gente ainda se fala de vez em quando. Eu sempre considerei a Lauren a filha que eu nunca tive. Quer dizer, até você aparecer, é claro, a filha que eu não sabia que tinha. A Lauren e eu sempre fomos próximas, e acho que diante do motivo que fez o seu casamento desmoronar, nós continuamos próximas. Quer dizer, foi uma época muito triste pra vocês duas. Vocês se amavam muito. Então, nesse aspecto, não foi uma separação típica.

Erin sorriu.

— Fico feliz em ouvir isso.

Erin tomou um gole de café e olhou maravilhada para sua mãe, uma das pessoas mais verdadeiras que ela conhecia. Ela nunca fingia nada. Erin se lembrou de como sua mãe inicialmente sofreu com a notícia de que sua filha era transgênero, perguntando-se se havia feito algo para provocar isso. Mas com o tempo, conforme conversavam sobre o assunto, sua mãe percebeu que Erin não escolheu ser transgênero, era apenas quem ela era, e então se tornou o porto seguro da filha — estaria sempre lá para ela. Pouco antes da cirurgia facial de Erin, ela e sua mãe tinham saído para jantar. Sentada no restaurante, conversando sobre a jornada na qual Erin estava prestes a embarcar, sua mãe alcançou o outro lado da mesa e pegou a mão dela e disse: "Eu realmente não entendo isso, e me preocupo com você e com o que vai acontecer. Mas quero que saiba que você é minha filha e eu sempre vou te amar." E mesmo depois que Sean e seu pai pararam de falar com ela, sua mãe nunca hesitou em oferecer amor e apoio. Naquele momento, ao olhar para sua mãe, Erin se sentia feliz pois inúmeras coisas haviam mudado em sua vida, mas o relacionamento com a mãe havia se tornado algo especial — um vínculo entre mãe e filha.

Depois do café, Erin caminhou até o escritório, chegando lá às oito e meia. Cheryl, sua recepcionista, secretária e assistente, tudo numa coisa só, a cumprimentou com um alegre "olá", como fazia todas as manhãs. Ao passar pela sala de Duane, ela viu que ele já estava concentrado no trabalho. Parada na porta, ela disse:

— Bom dia. Tudo bem?

Quando ele olhou para cima, sua expressão a deixou confusa.

— Tá tudo bem? — perguntou ela novamente.

— Não sei — respondeu ele.

— Swish, o que aconteceu?

Ele baixou os olhos para a mesa.

— Ah, ontem à noite a gente foi jogar basquete — disse ele. — E, depois do jogo, o Mark veio me dizer que ia te encontrar pra tomar um café hoje à noite.

— Sim. Isso é um problema?

— Não sei. Eu não achava que você… homens… ah, você sabe — gaguejou ele. — Eu achava que você gostava de mulher. Porra, ele é meu amigo.

Ela estreitou os olhos e inclinou a cabeça ligeiramente.

— O que você quer dizer, então? Que eu não posso tomar café com um amigo seu? É isso?

— Não, quer dizer, é claro que pode. Mas... ele tá olhando pra isso como um cara tomando café com uma mulher. — Ele hesitou. — Ah, você sabe o que quero dizer. Ele te acha gostosa.

Erin o encarou.

— E...?

— Ah, cara, você entendeu o que eu tô querendo dizer. Como você acha que ele vai se sentir quando descobrir? Eu não quero que ele fique chateado comigo por não ter contado pra ele sobre você.

— Não, *cara*, eu não sei como ele vai se sentir — disse ela. — Foi mal, eu não sabia que precisava da sua permissão pra tomar um café com alguém que você conhece.

Ela rapidamente se virou, foi para sua sala e bateu a porta. Colocou a bolsa na gaveta da escrivaninha e se jogou na cadeira. As lágrimas começaram a correr antes mesmo que ela pudesse processar o que tinha acontecido.

Erin não tinha certeza do que lhe doía mais, as palavras de Swish ou o fato de que elas refletiam tão profundamente sua própria sensação de ser uma mulher de mentira — uma mulher que nascera com um pênis. Ela nunca seria apenas uma *mulher*. Sempre seria uma mulher *transgênero*, com um adjetivo depois do substantivo. Por que ela iria se encontrar com ele para um café? O que diabos ela estava pensando? Por que enganá-lo assim?

Houve uma batida suave em sua porta e uma fresta se abriu.

— Erin, posso entrar, por favor? — perguntou Duane.

— Não — respondeu ela em um grunhido, ainda tentando conter as lágrimas.

Ele gentilmente empurrou a porta e ficou lá parado.

— Erin, me desculpa. Por favor, acredita em mim, você é uma das últimas pessoas no mundo que eu gostaria de magoar. Te juro que não era aquilo que eu queria dizer. Eu não estava tentando te ofender. Espero que você acredite em mim. Acho que eu só tô confuso.

Ela balançou as mãos com as palmas voltadas para ele.

— Deixa pra lá. Você tem razão. Eu não sei onde eu estava com a cabeça. — Ela pegou alguns lenços de papel de uma caixa em cima do aparador e assoou o nariz. — Eu estava sendo idiota, fingindo que era uma mulher de verdade.

— Por favor, não diga nunca que você não é uma mulher de verdade. Você é. Eu entendo isso. Acontece que muitos homens não se sentiriam assim se conhecessem o seu passado. Merda, foi você quem me contou sobre o *"trans panic"* e como os caras podem pirar. O que eu quero dizer... é... eu só não quero que você se machuque.

— Você tá certo — disse ela suavemente. — Eu não sei no que estava pensando. Não quero magoar o seu amigo.

Duane caminhou lentamente pela sala até ficar de pé ao lado da cadeira dela. Ele se inclinou e gentilmente passou os braços ao redor dela.

— Eu me preocupo com você, só isso.

Ela olhou para ele e enxugou os olhos.

— Eu entendo, Swish. Sei lá, eu me senti bem de saber que um cara me achou atraente e fiquei me perguntando como seria... — Ela respirou fundo. — Não se preocupa. Eu vou contar pra ele e acabar logo com isso. Não tenho motivo pra não fazer isso.

* * *

"Olha, Mark, tem uma coisa que preciso te dizer, eu não posso ter filhos. Nossa, que ótimo jeito de começar. O cara te convida para um café e você começa falando sobre não poder ter filhos. Se isso não o assustar, descobrir que você é transgênero vai ser moleza."

Ela se olhou no espelho de corpo inteiro pendurado atrás da porta de seu quarto. Decidiu ir com uma roupa informal, trocando o terninho por um jeans e uma blusa azul-claro soltinha com os ombros à mostra. Não fazia sentido que ela estivesse preocupada com sua aparência enquanto pensava em como dizer ao cara que ela estava tentando impressionar que era transgênero. Ela poderia aparecer de biquíni; depois de ouvir sua história, não importaria que ela fosse a cara da Angelina Jolie.

Descendo as escadas do prédio, ela ainda estava presa em um furioso debate interno sobre se, e como, contar a ele. Mark era um cara bonito que, com base no que Duane lhe contara, tinha achado ela atraente. Por mais estranho que lhe parecesse, o que era ainda mais difícil de entender era o fato de ela se sentir atraída por ele, uma coisa absolutamente nova para ela. Ela tinha saído com algumas mulheres desde a transição, mas sempre se viu comparando-as a Lauren. Nenhuma estava à altura dela. Também nunca se sentiu obrigada a contar a nenhuma delas sobre seu passado. Então, por que naquela situação era diferente? Por que ela sentia que estaria enganando Mark se não contasse a ele o mais rápido possível?

Quem ela queria enganar? Ela sabia o motivo. Bastava perguntar a Sharise. Aos olhos de muitos homens, ela não era realmente uma mulher, e assim que descobriam a verdade, um verdadeiro inferno poderia se instaurar. Não que ela se preocupasse com Mark ficar violento; ele não parecia esse tipo de homem. Mas ela ainda sentia que seria errado não contar a ele.

Ela saiu de casa. Era uma noite quente de fim de setembro, e Erin ainda estava perdida em seus pensamentos. O Legal Grounds ficava a apenas trinta metros da porta de seu prédio, então ela não tinha mais tempo para bolar um plano. "Bem, vamos acabar logo com isso."

Ela respirou fundo, empurrou a porta e entrou. Cumprimentou Donna, a barista da noite, e olhou em volta. Lá, sentado em um canto no fundo da loja, estava Mark. Ele acenou levemente enquanto ela ia em direção à mesa.

— Ei, que bom te ver — disse ele.

Ela deslizou no banco em frente a ele.

— Bom te ver também.

— O que você vai querer?

Ela foi pega de surpresa por seu sorriso caloroso.

— Um cappuccino descafeinado seria ótimo. Obrigada.

— Já trago — disse ele. — Quer dividir alguma sobremesa? — perguntou ele enquanto se levantava.

— Claro, pode ser. Me surpreenda.

Ela olhou para a parede tentando organizar seus sentimentos. "Não conta pra ele. Isso não é um encontro. É só tomar um café, bater papo, nada demais. Não tem motivo nem para mencionar isso."

— Espero que você goste de chocolate — disse ele, deslizando um prato com um brownie cortado em dois pedaços em direção ao centro da mesa antes de voltar ao balcão para buscar as bebidas.

"Não, você tem que contar. Ele é amigo do Duane. Você precisa ser sincera. O que tem de errado em ser você mesma? Você é mulher ou não é?"

— Prontinho. Um cappuccino descafeinado — disse ele enquanto abaixava a caneca alta cheia de chantilly e canela.

Ele colocou sua própria xícara de café na mesa em frente à sua cadeira e se sentou.

— Obrigada — disse ela. — E sim, eu gosto de chocolate, então foi uma boa escolha — acrescentou. Erin ficou olhando para o cappuccino, franzindo as sobrancelhas, ainda tendo dificuldades em decidir o que fazer.

— Pra alguém que gosta de chocolate, você não parece muito animada com a minha escolha. Aconteceu alguma coisa?

Ela olhou para ele do outro lado da mesa e gaguejou:

— N-não, juro. É só que faz um tempo que eu não... — "Não diga encontro", gritou uma voz em sua cabeça. "Não é um encontro. É só um café!" — Não, tá tudo bem.

— Mesmo? Porque você parece desconfortável — disse ele.

— Não, não é nada disso. — "Ah, que se dane. Só conta logo de uma vez." — Desculpa, Mark. Não tem nada a ver com você mesmo. Sou eu.

Foi a vez dele de parecer confuso.

— Olha — disse ela respirando fundo. — Tem uma coisa que você precisa saber sobre mim.

— Tá bem — respondeu ele, tomando um gole de café.

— Você conhece a palavra *transgênero*?

— Claro — respondeu ele, aparentemente sem saber para onde aquilo estava indo.

— Você conhece alguma pessoa transgênero?

— Acho que não. Por quê?

Ela ergueu os olhos do cappuccino e, de alguma forma, encontrou forças para sorrir.

— Agora você conhece. Eu sou uma mulher transgênero — disse ela demonstrando um pouco mais de segurança do que de fato sentia.

Ele inclinou a cabeça para o lado.

— Tá, eu não esperava por isso. Significa que você quer ser um cara? — perguntou ele hesitante.

Ela deixou escapar uma risada sem querer.

— É... na verdade, não — disse Erin, a ênfase na sua voz aumentando no final, soando como uma pergunta. — No meu caso, isso significa que, embora eu tenha sido designado homem ao nascer e vivido parte da minha vida como homem, sempre me senti mulher.

Ele ficou sentado em silêncio pelo que pareceu uma eternidade.

Ela olhou para ele e deu um sorriso corajoso.

— Me desculpa, Mark, de verdade. Eu deveria ter te contado quando você sugeriu o café.

Ele olhou para ela, uma expressão atônita no rosto. Então, ele começou a rir.

— Erin, eu imagino que a sua história não seja algo que você geralmente menciona em uma conversa casual. "Oi, meu nome é Erin, mas eu não nasci menina." Então eu não tô chateado por você não ter me contado isso nos cinco minutos em que a gente conversou na festa sábado. É meio novo para mim, então eu tô tentando processar o fato de que essa mulher linda sentada na minha frente nem sempre foi uma mulher. Mas eu acho que isso também não está certo — concluiu ele antes que ela pudesse dizer qualquer coisa. — Você provavelmente sempre soube quem você era.

Ele a surpreendeu. "Será que ele realmente entendeu?"

— Sim, eu sempre soube — respondeu ela quase em um sussurro.

— Deve ter sido difícil.

Ela acenou com a cabeça.

— Foi sim.

Os dois ficaram sentados em silêncio.

— Tá tudo bem? — perguntou ela por fim.

— Sim, eu acho que sim.

— A gente pode ir embora se você quiser — sugeriu ela.

— Por quê? — perguntou ele, surpreso. — Eu te convidei pra tomar um café pra você me contar sobre o seu trabalho. Você ainda trabalha com direito criminal? — perguntou ele com um sorriso caloroso e verdadeiro.

— Ah, claro, trabalho sim. Desculpa, o que você gostaria de saber? — perguntou ela, nervosa com o sorriso dele.

— Erin — ele começou suavemente —, que tal a gente desencanar dessas suas preocupações? Talvez isso deixe tudo menos desconfortável pra você.

Ela concordou, abaixando a cabeça, como se não olhar para os olhos verdes dele pudesse amenizar a situação

Ele estendeu a mão por cima da mesa e ergueu o queixo dela com o dedo.

— Como eu disse, tudo isso é novo para mim. Não conheço ninguém que seja transgênero, ou pelo menos não conhecia antes. E se você não tivesse me contado, eu nunca teria imaginado. Você é uma mulher muito atraente e parece uma pessoa interessante. Por que eu não iria querer te conhecer melhor?

— Não sei — respondeu ela. — Muitos homens não iriam.

— Eu não sou "muitos homens" — disse ele com um sorriso largo. — Come o brownie.

Eles ficaram lá sentados e conversaram sobre o trabalho de Erin e, em seguida, sobre o Corpo da Paz. Ela nunca tinha conhecido ninguém que tivesse estado no Corpo da Paz e ficou fascinada com o posicionamento dele em relação às coisas boas e às não tão boas que resultavam do momento em que o Corpo da Paz se estabelecia em um país. O sorriso dele vinha com facilidade, e sua risada era suave e delicada. Ela se sentia como se estivesse sendo hipnotizada. E, como aconteceu quando o conheceu no sábado, seu cérebro irrompeu em um debate interno tentando reconciliar sua atração anterior por mulheres com essa curiosidade repentina sobre como seria ser beijada por ele.

— Oi, Erin — ela ouviu sobre seu ombro esquerdo. — Nós vamos fechar em dez minutos. Vocês vão querer mais alguma coisa?

Ela deu uma olhada rápida no relógio — dez para as nove. Eles de fato tinham ficado duas horas ali sentados? Ela olhou para Mark e ele balançou a cabeça negativamente.

— Obrigada, Donna, estamos bem.

Quando ela se virou, ele estava analisando seu rosto.

— Posso te fazer uma pergunta antes de a gente ir? — perguntou ele.

— Claro.

— Você tem planos pra sábado à noite?

Ela sorriu.

— Não sei, tenho?

Mas, antes que ele pudesse responder, o sorriso dela desapareceu.

— Alguma coisa errada? — perguntou ele.

— Não... bem, sim, talvez. Sábado é o dia seguinte da primeira audiência do caso de homicídio no qual eu e o Duane estamos trabalhando e... bem, vamos dizer que por mais que eu espere que não, a minha posição pode se tornar um problema porque a nossa cliente é uma mulher transgênero. Então...

— Você se preocupa demais — disse ele, com um sorriso tranquilizador. — Que tal a gente ir ao cinema e comer alguma coisa depois, e aí você conta tudo sobre esse caso novo?

Ela respirou fundo e virou a cabeça para o lado, tentando entender se ele realmente estava sendo tão legal com ela.

— É uma boa ideia — respondeu ela.

— Ótimo. Te pego às sete.

CAPÍTULO 8

— Os advogados do caso Estado contra Barnes: Vossa Excelência gostaria de falar com os doutores no gabinete — anunciou a assistente.

Duane e Erin se levantaram de seus assentos na sala de audiências ainda vazia e junto com Barbara e Roger seguiram a assistente enquanto ela os conduzia para o gabinete da juíza.

A juíza Anita Reynolds já estava de pé quando eles entraram. Reynolds era uma mulher alta que não usava praticamente nenhuma maquiagem e parecia contar com a toga para disfarçar seu mau gosto para roupas. Ela cumprimentou Barbara e Roger pelo nome quando eles entraram. Quando Erin e Duane entraram, ela estendeu a mão e, com um sorriso caloroso, se apresentou antes de indicar as quatro cadeiras na frente de sua mesa.

— Obrigada a todos por terem vindo tão cedo. Pensei que, se conseguisse falar com vocês às oito e quinze, a sala de audiências ainda estaria vazia e teríamos algum tempo para discutir questões preliminares aqui no gabinete.

— Obrigada, Excelência — disse Erin.

— Então, dra. Taylor — prosseguiu a juíza —, acho que todos estamos esperando para saber se o Ministério Público vai ou não pedir a pena de morte nesse caso. Qual é o posicionamento da promotoria?

— Excelência, o promotor dará uma entrevista coletiva assim que a audiência acabar, mas posso adiantar à senhora e aos advogados de defesa que não vamos pedir a pena de morte.

Erin ergueu uma sobrancelha e olhou para Duane, que apenas deu de ombros.

— Isso é surpreendente, dra. Taylor, principalmente levando em consideração a proeminência da família da vítima.

— Excelência, mais uma vez, o dr. Gehrity terá mais a dizer sobre isso mais tarde, mas, obviamente, toda vez que precisamos tomar uma decisão como essa, em um possível caso de pena de morte, sempre buscamos a opinião da família da vítima. Embora os sentimentos dos familiares não sejam determinantes, damos grande valor ao posicionamento deles e, nessa situação, apesar de o Ministério Público acreditar que o caso justifica a pena de morte, estamos acatando o desejo da família de não a pedir.

— Bom, por mais surpresa que eu esteja com a decisão — disse a juíza —, certamente facilita o desdobramento do caso, pelo menos do meu ponto de vista.

— Excelência, eu irei oferecer à defesa a proposta formal de acordo na audiência, mas o réu deve confessar ter cometido homicídio doloso, com pena de prisão perpétua, elegível a liberdade condicional após o cumprimento de trinta anos.

A juíza voltou seu olhar para Erin e Duane.

— Excelência, estou bastante certa de que haverá julgamento — disse Erin. — Mas, à luz do que ouvimos até agora aqui, obviamente vamos precisar ter uma conversa séria com a nossa cliente.

Reynolds voltou sua atenção para Taylor.

— Todas as provas já foram disponibilizadas para a defesa, dra. Taylor?

— Sim, Excelência. A dra. McCabe pegou uma caixa com os documentos no início da semana, e eu tenho outra lá fora com principalmente fotografias e resultados de perícias, impressões digitais, DNA etc.

— Dra. McCabe, dr. Swisher, eu sei que os doutores ainda não tiveram acesso a todas as provas, mas por acaso haverá algum pedido preliminar?

— Sim, Excelência — disse Duane —, daremos entrada em um pedido de desaforamento. E também esperamos obter o consentimento da dra. Taylor para que a nossa cliente seja examinada por diversos especialistas médicos.

— Que tipo de especialista? — perguntou Taylor.

— É sobre a disforia de gênero da nossa cliente.

— Sobre o quê? — perguntou a juíza.

Duane se virou para Erin, que entendeu a deixa.

— Excelência, a nossa cliente é uma mulher transgênero — explicou Erin com delicadeza. — Em outras palavras, embora tenha sido designada homem ao nascer, ela se identifica como mulher e vive como uma mulher desde os quinze anos. As questões relacionadas à sua identidade de gênero farão parte da nossa defesa. Vamos também precisar desse diagnóstico para embasar a petição em que daremos entrada solicitando que ela seja transferida para a penitenciária feminina e receba o tratamento médico adequado consistente com o seu diagnóstico.

Barbara revirou os olhos.

— Excelência, esse caso é sobre se Samuel Barnes matou William Townsend Jr. Não existe nenhum motivo para transformar o caso em alguma *cause célèbre* sobre direitos de pessoas transgênero.

Reynolds se virou para Erin.

— Dra. McCabe?

Como não tinha nenhuma experiência anterior com Reynolds, Erin não sabia exatamente onde aquilo iria chegar.

— Excelência, nós estamos apenas tentando defender a nossa cliente. Parte da nossa defesa envolve tentar garantir a segurança dela e dar a ela o tratamento médico adequado para sua condição médica. Nossa cliente está atualmente em custódia protetiva na prisão, o que significa que ela passa vinte e três horas por dia trancada. Isso está sendo feito, pelo menos em parte, porque depois de três anos tomando hormônios, seu corpo tem certos atributos femininos que tornam a sua prisão junto a outros detentos algo perigoso. E devido à sua condição, a redução dos hormônios vem causando problemas físicos e emocionais em nossa cliente. E para ser clara, não estamos tentando transformar esse caso em uma *cause célèbre*, longe disso. No entanto, o fato de minha cliente ser uma mulher transgênero é extremamente relevante para a defesa deste caso.

— Está vendo, Excelência? — disse Barbara.

Reynolds se virou para a promotora.

— Dra. Taylor, embora eu seja a primeira a admitir que não faço a menor ideia do que toda essa história de transgênero significa, se é uma condição médica reconhecida, e se de fato o réu sofre dessa condição médica, então ele tem o direito ao tratamento. Por enquanto não vou tratar da questão da transferência, mas todo réu, mesmo um acusado de homicídio, tem o direito de receber cuidados médicos enquanto estiver sob custódia. Portanto, estou inclinada a liberar uma ordem autorizando que o réu seja examinado pelos especialistas apropriados, desde que, é claro, todos os protocolos de segurança sejam seguidos. Se a doutora acredita fortemente que deseja se opor a este pedido, podemos fazer isso tudo oficialmente, mas essa é a minha inclinação neste momento aqui sentada.

Barbara olhou para Erin.

— Excelência, não nos oporemos ao pedido, presumindo, é claro, que se desejarmos que o réu seja examinado em relação a essa, abre aspas, "condição médica", teremos permissão para fazê-lo.

— Ótimo. Dra. McCabe, traga para mim o pedido para que eu possa autorizar. Próxima questão.

— Excelência — disse Barbara —, sei que os doutores assumiram o caso recentemente, mas gostaria de pedir a Vossa Excelência que, como parte do cronograma, estabelecesse um prazo para a apresentação da defesa.

— Claro — respondeu Reynolds.

— Excelência — disse Duane —, podemos enviar a defesa por escrito ao Ministério Público na semana que vem. Alegaremos legítima defesa.

— Está ótimo, Excelência. Obrigada — disse Barbara.

— E a respeito do pedido de desaforamento que você mencionou, dr. Swisher? Quanto tempo o doutor acha que vai precisar pra dar entrada nisso?

— Honestamente, Excelência, ainda não sei. É claro que um pedido de desaforamento é sensível aos fatos. De modo geral eu diria noventa dias, mas aí já estaremos bem perto do recesso judiciário de final de ano, então talvez logo no início de janeiro. Se eu conseguir apresentar a petição antes ou se a gente precisar de mais tempo, eu aviso.

— Com o que exatamente você está preocupado, dr. Swisher? Por que o doutor acredita que o sr. Barnes não vai ter um julgamento justo em Ocean County?

— Excelência, não é só em Ocean County. De início eu já imagino que isso vá acontecer em vários, de Mercer e Monmouth até outros condados ao sul. Não é exatamente um segredo que o sr. Townsend pai é um homem muito poderoso nessa região do estado. Suspeito que provavelmente haja muito poucos juízes no sul de Nova Jersey, sejam eles Democratas, Republicanos ou independentes, que não foram sabatinados de alguma forma pelo Townsend. Além disso, a morte do filho dele tem tido bastante visibilidade, e é difícil considerar que os jurados em potencial ainda não tenham formado opiniões sobre a nossa cliente, principalmente por conta do modo como ela foi retratada na imprensa. Mesmo aqui, todos se referem ao falecido como a vítima. Como divulgamos hoje de manhã, vamos declarar legítima defesa, então acho que é seguro presumir que estaremos alegando que as atitudes do filho do sr. Townsend levaram à sua própria morte. Consequentemente, acreditamos que será impossível conseguir um júri justo e imparcial. — Ele não disse "ou juiz imparcial" em voz alta, mas estava silenciosamente implícito.

Reynolds se mexeu desconfortavelmente na cadeira.

— Dra. Taylor?

Barbara se inclinou e sussurrou algo para Roger.

— Excelência, apesar de acharmos que não há mérito no pedido da defesa, não temos objeções quanto ao pedido, desde que possamos ter trinta dias para responder — respondeu Roger.

— Tem uma outra coisa que gostaria de abordar — prosseguiu Barbara. — Já por diversas vezes agora, a dra. McCabe e o dr. Swisher utilizaram pronomes femininos ao se referir ao seu cliente. Eu gostaria de ser clara: o réu, Samuel Barnes, é um homem, e o Estado não será forçado a tratá-lo como uma mulher. Não sei se os motivos dos advogados se baseiam em alguma noção estranha do politicamente correto ou em uma estratégia geral da defesa para fazer o júri pensar em seu cliente como uma mulher. Mas o Estado não vai permitir que o sr. Barnes, um homem com uma extensa ficha criminal, seja retratado como uma mulher fraca e indefesa.

A juíza mudou seu foco para Erin.

— Excelência, se, como acredito que farão, nossos especialistas derem o parecer de que a ré é uma mulher transgênero, então não vejo razão para que ela não seja tratada de acordo com quem ela é.

— Lá vamos nós, Excelência. Eu lhe disse que a dra. McCabe tentaria transformar esse caso em um espetáculo à parte, em defesa do politicamente correto.

— Dra. Taylor — interrompeu Reynolds. — Até onde posso perceber, a dra. McCabe não está tentando fazer nada além de proteger o cliente. Como eu disse antes, não tenho a menor ideia de como lidar com essas questões de maneira correta, mas certamente pedirei a minha assistente que faça uma pesquisa. Até lá, e até que eu tenha alguma justificativa legal ou médica para proceder de outra forma, o réu será tratado como sr. Barnes. Quando, e se, houver um pedido formal diante deste juízo para mudar a forma como me dirijo ao réu, o farei a partir deste ponto. — Reynolds fez uma pausa e olhou para Erin. — Além disso, mesmo na ausência de um pedido formal, permitirei que os advogados se refiram ao seu cliente da maneira que o cliente preferir, até chegarmos à seleção do júri. Não vejo mal em permitir que um advogado faça isso.

— Obrigada, Excelência — disse Erin com um pequeno sorriso.

— Para que não haja confusão, doutores, presumo que seu cliente, além dos pronomes femininos, também utilize um nome feminino.

— Sim, Excelência, o nome dela é Sharise Barnes. S-H-A-R-I-S-E.

— Obrigada, doutora — disse Reynolds, escrevendo o nome de Sharise em seu bloco de notas. — Algo mais? — perguntou Reynolds, olhando primeiro para Barbara e depois para Erin.

— Não, Excelência — responderam em uníssono.

— Ótimo. São vinte para as nove. Dra. McCabe e dr. Swisher, se os doutores quiserem falar com o seu cliente na cela temporária, eu peço para que a minha assistente os leve até ele. Vou pedir para eles virem buscar vocês e o seu cliente antes de eu subir para a tribuna.

— Obrigado, Excelência — disse Duane.

— Duas outras questões de ordem — disse Reynolds. — Tivemos inúmeros pedidos da mídia para filmar e fotografar as sessões desse caso. Dois dias atrás, tive uma reunião com todos os meios de comunicação que solicitaram cobertura. De acordo com as diretrizes da Suprema Corte, haverá uma câmera de vídeo operando hoje e dois fotógrafos. Com base no que ficou decidido na reunião, não acredito que nenhum canal de televisão pretenda fornecer uma cobertura completa do julgamento e, acreditem em mim, não fiz nada para encorajar a cobertura. Minha sensação é a de que, dada a identidade da vítima... desculpem, do falecido, a maior parte da mídia será muito respeitosa com a família. Por último, mas não menos importante, em especial porque a defesa informou que irá apresentar um pedido de desaforamento, gostaria de lembrar a todos vocês as regras de conduta profissional relativas à publicidade pré-julgamento. Se eu acordar na segunda de manhã e a vir no *Good Morning America*, dra. McCabe, a doutora terá um problema comigo no que diz respeito ao seu pedido. Da mesma forma, dra. Taylor, eu sei que você disse que o sr. Gehrity estaria dando uma entrevista coletiva hoje de manhã sobre a decisão feita pelo seu gabinete em relação à pena de morte. Se ele fizer qualquer coisa para prejudicar o júri, eu também tomarei nota. Em outras palavras, todos devem se comportar da melhor maneira possível. Eu acho que não preciso impor uma medida de restrição, mas o farei se for necessário. Entendido?

— Sim, Excelência — todos entoaram.

Enquanto a assistente conduzia Duane e Erin para a área de detenção, eles passaram por uma porta de onde podiam ver a sala de audiências. O coração de Erin disparou vendo o tribunal lotado, com dois fotógrafos e uma câmera de televisão já bem-posicionados para registrar a audiência. E lá na primeira fila, imediatamente atrás da mesa da acusação, estava William Townsend.

"Que merda! No que foi que você se meteu?"

CAPÍTULO 9

O Bay View Motel, que apesar do nome, não ficava numa baía e não tinha vista para lugar nenhum, foi o último lugar que William E. Townsend Jr. visitou em sua breve jornada pela vida. Escondido em uma marginal da Rota 9, era quase invisível da rodovia, então quando alguém encontrava o caminho até lá, provavelmente sabia para onde estava indo. Em algum momento de sua história, a tira de onze quartos e uma pequena construção independente onde ficava a recepção haviam sido pintados de branco com detalhes verdes. Agora estavam amareladas, e os acabamentos tinham a tinta tão lascada que mal dava para dizer de que cor eram anteriormente.

Duane estacionou o carro na frente do quarto. No porta-malas, os dois pegaram suas bolsas de academia e se dirigiram para a porta verde desbotada com o número oito. Ligeiramente torto, o oito flertava com a possibilidade de se tornar um símbolo do infinito.

— Então, o que você disse pra ele? — perguntou Erin.

— Eu disse que a mulher com quem eu estava gostava de numerologia e queria o quarto número oito. Falei que era o seu número da sorte. — Duane sorriu. — Ele me entregou a chave e disse "Bom, acho que agora vai ser o seu número da sorte também". — Duane apontou para a bolsa dela. — Espero que você tenha trazido alguma coisa sexy pra vestir.

— Você curte mulheres que usam roupas de couro preto e salto alto?

— Quem não curte?

— Eu — respondeu ela. — Só trouxe jeans e tênis de corrida. Se depois de sair daqui a gente for dar uma volta por Atlantic City, pelo menos eu quero estar confortável. — Ela se virou e olhou para ele. — Acho que no fim das contas você não tá com sorte, garotão.

Duane deu a ela um sorriso torto e abriu a porta.

A primeira coisa que atingiu os sentidos de Erin foi o cheiro de carpete novo. Eles entraram, deixando a luz do sol que invadia o cômodo guiá-los, até que ela encontrou um interruptor e o acendeu, enquanto Duane fechava a porta e cerrava totalmente as cortinas.

— Não é exatamente o Ritz-Carlton — disse ela.

— Tá mais praquele biscoito Ritz — respondeu ele. — É minúsculo.

Ela revirou os olhos e começou a olhar ao redor. O quarto era realmente pequeno. A cama queen-size ocupava três quartos da largura do cômodo, e embora houvesse uma mesinha de cabeceira do lado esquerdo da cama, não existia espaço suficiente para outra do lado direito. Bem em frente, havia uma pequena alcova e, à direita, ficava o banheiro.

Duane abriu sua bolsa e tirou uma câmera, uma trena e fotos da cena do crime, que estavam entre as evidências fornecidas pelo Ministério Público.

— Segura isso aqui — pediu ele, esticando a trena de uma parede a outra e depois medindo a parede seguinte. — Uau, três por seis. Esse lugar é minúsculo.

— Você se importa se eu tirar minha roupa de advogada?

— Fica à vontade — disse ele.

Ela riu.

— A propósito, estou gravando secretamente e vou mostrar tudo pra Corrine depois.

— Cuidado. Se ela me colocar pra fora de casa, o único lugar que eu teria pra ficar seria o seu apartamento.

— Acho que você vai ficar sem-teto — disse ela, fechando a porta do banheiro.

Quando ela saiu do banheiro, ele colocou algumas das fotos da cena do crime na cama.

— Olha essa aqui — disse ele, apontando para uma que parecia ter sido tirada com uma lente grande angular para que pudesse mostrar a sala inteira.

— O que você vê? — perguntou Duane.

— O quarto.

Ele suspirou.

— O que você consegue notar em relação ao quarto?

— Nada, exceto as marcas de mãos ensanguentadas ao longo da parede, que parecem estar indo em direção ao banheiro.

— É isso mesmo, né?

— Sim, não dá pra ver o Townsend porque ele tá escondido atrás da cama.

— Esse é o meu argumento. Se o Townsend perdeu a cabeça quando descobriu que a Sharise não era... que ela não tinha nascido mulher... — Ele parou e olhou para Erin.

— Não tinha sido designada mulher no nascimento — sugeriu ela.

— Isso, que ela não foi designada mulher, você não acha que haveria algum sinal de confronto?

— Mas a Sharise disse que ele estava por cima, esticou a mão entre as pernas dela, descobriu a verdade e então puxou uma faca. Você tem um cenário melhor?

— Não sei se é um cenário melhor. Só não tenho certeza se as coisas aconteceram exatamente como ela contou. — Ele balançou a cabeça. — Alguma coisa não encaixa.

— Escuta aqui, J. Edgar, a gente não tá tentando descobrir quem matou ele. A gente já sabe.

— Eu sei, mas tem alguma coisa errada. Tipo, quantos brancos de vinte e oito anos carregam um canivete? Foi assim que a Sharise descreveu a faca, um canivete.

— Não faço a menor ideia. Eu vivo uma vida muito calma no subúrbio.

— Exatamente, o sr. Townsend também vivia.

— O que você quer dizer com isso?

— Garotos brancos de vinte e oito anos do subúrbio não carregam canivetes. Profissionais do sexo que trabalham no centro da cidade, sim, pra se proteger. Além disso, por que ele dirigiu até um motel pulguento no meio do nada, que só quem já sabe onde fica encontra? Ele trouxe ela de propósito pra Ocean County. Quantos hotéis xexelentos você acha que existem em Atlantic City? Vinte, trinta? Por que trazer ela aqui? Talvez por ser isolado, e por ser território do papaizinho dele.

— Mas por quê? Mesmo que ele estivesse premeditando o assassinato, o que ele faria com o corpo dela? E se ele era capaz de matar alguém a sangue frio, então ele não era só mais um garoto branco pacato do subúrbio, então talvez ele tivesse a faca. Mas se ele não tinha uma faca, então como ele pretendia matá-la? Onde tá a arma?

Duane apontou para uma foto de cima da cama, mostrando o corpo de Townsend.

— Lá. As mãos dele. Ele ia estrangular ela. Não é um *modus operandi* incomum pra esses caras que matam por prazer. Depois era só pegar o corpo dela, colocar no carro e jogar num pântano.

— Digamos então que você esteja certo. O sr. Townsend traz ela aqui pra matá-la. Ele vai estrangular ela. A nossa cliente dá um jeito de pegar um canivete e esfaqueia ele até a morte em legítima defesa. O filho de um dos homens mais proeminentes do estado é um psicopata assassino, e a nossa cliente transgênero de dezenove anos, profissional do sexo, mata ele em legítima defesa. Claro, pra mim funciona. Não vai ser nada difícil vender essa teoria pro júri — disse ela sarcasticamente, cruzando o quarto e se sentando em uma cadeira no canto. — Nossa, sabe o que me incomoda mais do que qualquer outra coisa?

— O quê?

— Eu tô começando a acreditar em você. Embora a versão da Sharise seja muito mais fácil de vender, o cara pirou quando soube a verdade.

Ele recolheu as fotos sobre a cama.

— Fica mais difícil com partes faltando. Deita aí — pediu ele.

Ela ergueu as sobrancelhas.

— Para com isso — disse ele. — Vamos, deita. Eu quero ver uma coisa.

Ela se aproximou e se jogou no lado da cama mais próximo da parede no canto direito. Ele se aproximou e subiu em cima dela.

— Tá, vamos reconstituir o que aconteceu como a nossa cliente descreveu.

— Vai em frente — disse ela. — Mas não se esqueça de que é você que acaba morto.

Ele sorriu.

— Entendido. Estou furioso porque descobri o seu segredo. Em primeiro lugar, de onde eu tiro a faca?

Ela olhou para ele perplexa.

— Da calça? — respondeu ela hesitante.

— Olha pra essa foto. Sem calça. — Ele olhou ao redor da sala, tentando juntar as peças. — Tá, digamos que, eu saio de cima de você num salto, pego uma faca no bolso da calça, empurro você pra cama e pulo de volta em cima de você. Você tá se debatendo. Eu abro o canivete, segurando ele firme com meu punho esquerdo. Levanto o meu braço esquerdo de volta à altura do ombro. — Duane simulou Townsend puxando o braço para trás. — Então eu desço o braço na sua direção. — Duane começou a trazer seu braço para baixo em direção ao corpo de Erin em câmera lenta. — Você consegue levantar o braço direito, já que a Sharise disse que com certeza usou a mão direita, e bloqueia o meu braço no momento em que ele desce.

Erin moveu o braço direito para tentar simular o golpe, mas, ao fazê-lo, percebeu que, mesmo que pudesse cruzar o corpo com o braço, estaria em uma posição incômoda para desviar qualquer coisa.

— Ao mesmo tempo, você empurra o braço pra cima com todas as suas forças — prosseguiu Duane — o que vira a faca ao contrário, e quando eu começo a cair pra frente com o impulso que dei pra tentar te esfaquear, sou empalado pela minha própria faca.

Ela olhou para Duane, percebendo que não seria capaz de redirecionar o braço da forma que Sharise descreveu.

— Merda — disse ela, franzindo os lábios e a testa. — Mas a Sharise é maior do que eu, e você é maior do que o Townsend, então não é… não é conclusivo — disse ela, tentando soar otimista.

— Sério? — perguntou ele. — É nisso que você tá depositando as suas esperanças?

— Eu sei que a Sharise disse que ele estava usando a mão esquerda, mas talvez ela esteja se confundindo, quem sabe?

— Não, eu verifiquei. Ele se formou em 1995 na Moorestown High School, onde jogava beisebol, como arremessador e campista.

— Deixa eu adivinhar. Ele rebatia e arremessava com a mão esquerda.

Duane assentiu.

Ela balançou a cabeça.

— Não sei. O que mais a gente tem? — Ela soltou o ar, tentando processar o que tudo aquilo significava. — Ah, inclusive você já pode sair de cima de mim agora.

— Desculpa — disse Duane, deslizando para a beira da cama.

— Então, o que sobrou? Ela é culpada. Matou ele porque ele estava tentando matar ela. Ou aconteceu da maneira que ela descreveu, o que não parece provável.

— Difícil. Eu concordo com você que a maioria das pessoas, principalmente os homens brancos heterossexuais, estaria disposta a aceitar que o cara pirou quando descobriu o segredo dela. Vai ser muito mais difícil fazer elas aceitarem que o filho de um dos homens mais importantes do estado estava tentando matá-la porque era um psicopata.

— Sim — murmurou ela.

— Tá bem, hora de levantar — disse ele, fazendo um gesto para que ela saísse da cama.

Ele pegou a câmera de onde a havia colocado no chão e começou a tirar fotos do quarto de todos os ângulos imagináveis. Quando terminou, olhou para ela e disse:

— Acho que tá bom, né?

— Sim, e tô me sentindo pior do que quando a gente começou.

— Talvez a gente devesse ter começado a reconstituição do momento em que eles chegaram no quarto? — sugeriu ele, um sorriso torto enfeitando seu rosto.

— Ou até o fim — disse ela, seus olhos se estreitando em um brilho ameaçador.

— Entendido.

— Você tá com o seu gravador aí? — perguntou ela.

— Claro. Por quê?

— Talvez na hora de devolver a chave você consiga descobrir se o recepcionista sabe de alguma coisa sobre o Townsend ou o assassinato.

Ele riu.

— Lembre-se, esse não é o Ritz-Carlton. Quando você paga em dinheiro, você não devolve a chave. Só deixa na mesinha de cabeceira e vai embora.

— Perdoe a minha falta de experiência em motéis baratos. Você é um agente especial treinado. Dá um jeito. Quem sabe, talvez ele saiba de alguma coisa.

Erin esperou no carro enquanto Duane voltava na administração. Se Duane estivesse certo, significava que Sharise havia mentido para eles sobre o que aconteceu. Ela estaria mentindo sobre outras coisas? Teria sido de fato apenas um roubo que deu errado, como Barbara Taylor parecia acreditar? Pensando no assunto, com certeza parecia mais plausível do que William Townsend Jr. ser um assassino.

— Você anota tudo? — perguntou ela quando ele voltou para o carro.

— Tudinho.

— Você passou quase quinze minutos lá dentro. O recepcionista estava aqui naquela noite?

— Não, mas o Ray, o recepcionista, e o proprietário, que *estava* aqui naquela noite, conversaram muito sobre isso. E ele estava aqui de manhã quando a faxineira encontrou o corpo.

— Alguma coisa útil?

— Provavelmente mais tentadora do que útil.

— Prossiga.

— O Vinny, dono desse maravilhoso estabelecimento, disse pro Ray que acha que o Townsend esteve no Bay View mais ou menos um ano antes. O Vinny disse que não tinha certeza se era o mesmo cara, mas que ele certamente parecia familiar.

— Por que o Vinny se lembraria de um cara que só veio aqui uma vez?

— Porque a polícia apareceu naquela noite. Aparentemente, quem quer que estivesse aqui começou a usar a mulher com quem ele estava como saco de pancadas. Felizmente pra ela, ela conseguiu pegar o telefone e ligar pra polícia. Eles vieram, mas a mulher se recusou a prestar queixa e simplesmente pediu que alguém pagasse um táxi pra ela voltar pra Atlantic City. Cerca de quinze minutos depois, um carrão preto parou, houve uma breve conversa com os policiais que ainda estavam no local e o agressor foi rapidamente levado embora. Mais tarde naquela noite, dois caras diferentes apareceram e um deles foi embora no carro do agressor.

— Deve ter algum relatório da chamada de emergência.

— Talvez. Mas sem uma data, pode ser como achar agulha no palheiro.

— O Vinny sempre trabalha no turno da noite?

— Na maior parte das vezes. Eles têm outras três pessoas que se revezam entre os turnos quando o Ray ou o Vinny tiram folga. O Ray geralmente chega às seis da manhã e trabalha até às quatro da tarde, enquanto o Vinny trabalha das quatro da tarde às duas da manhã. Das duas às seis eles têm algum tipo de sistema automatizado. As chamadas externas vão pra um serviço de atendimento. As chamadas feitas pra recepção dos telefones do motel são encaminhadas pra um funcionário de plantão. Eles têm um total de seis faxineiras, três que trabalham das seis da manhã às duas da tarde e três que vão das seis da tarde à meia-noite.

— Interessante. Tudo se encaixa — disse Erin.

— E isso significa…? — perguntou ele.

— Eles fizeram o check-in pouco antes das duas da manhã, enquanto ainda tinha alguém trabalhando na recepção. Supondo que o

Townsend conhecesse os horários de trabalho deles, ele saberia que depois das duas não teria ninguém na recepção. Então, se ele tirasse um corpo do quarto às três, não haveria risco de ser visto por ninguém da recepção, porque não tem ninguém até as seis.

Duane assentiu.

— Parece que você tá começando a concordar comigo.

— Ou é isso ou ela matou ele. Como você conseguiu fazer o Ray abrir o bico? — perguntou Erin.

Duane abriu um sorriso.

— Eu disse pra ele que tinha descoberto que a garota maluca com quem eu estava no fundo não gostava de numerologia. Na verdade, ela tinha ficado sabendo que um cara foi assassinado naquele quarto e ela queria transar onde um cara tinha morrido. Aí eu perguntei pra ele "Alguém realmente foi assassinado no quarto 8?". O rosto dele se iluminou feito uma árvore de Natal e a partir daí foi só sucesso. Muito esperto, né?

— A garota maluca com quem você estava? — Ela se virou para ele, com uma expressão emburrada. — É isso que eu sou pra você?

— Mulheres — disse ele baixinho, balançando a cabeça.

* * *

Erin olhava pela janela enquanto eles pegavam as estradas secundárias até Atlantic City, sua mente processando lentamente aquilo que provavelmente se desenrolaria nas próximas 24 horas.

— Por que você tá tão quieta? — perguntou ele por fim.

— Você ouviu as perguntas que os repórteres estavam fazendo quando a gente saiu do fórum? Obviamente, alguém falou de mim pra imprensa. Eram tantas perguntas sobre mim quanto sobre o caso.

— Eu percebi — disse ele. — Mas você sabia que isso iria acontecer mais cedo ou mais tarde.

Ela bufou.

— Sim, não posso dizer que você não me avisou. Acho que no fundo eu pensei que seria uma coisa mais gradual, uma goteira, e não um tsunami logo de cara. — Ela fez uma pausa, balançando a cabeça. — Parecia orquestrado. Os repórteres sabiam de tudo. Foi como se eles tivessem recebido informações sobre mim.

— Você tá bem? — perguntou ele.

— Não sei.

Ela ficou em silêncio novamente, tentando imaginar como seria a cobertura da imprensa. Ciente da advertência da juíza Reynolds, ela havia respondido a todas as perguntas com: "Nada a declarar". Mas as perguntas por si só diziam a ela como seriam as matérias. Ela se sentiu mal por sua mãe, sabendo que seu pai e Sean não ficariam felizes em ver seu rosto nos jornais, em especial naquelas circunstâncias.

— Quer jantar lá em casa amanhã à noite? Ficar um pouco com a gente? Talvez te ajude a se distrair.

De repente, ocorreu a Erin que ela não havia contado a Swish que tinha um encontro com Mark. "Meu Deus, como Mark reagiria se o rosto dela estivesse estampado na capa dos jornais locais?"

— Obrigada, mas, hum, eu tenho planos pra amanhã à noite.

— Ah, tudo bem. Sem problemas.

— É, sim, bem, só pra você saber, na verdade eu vou sair com o Mark amanhã à noite — disse ela um tanto encabulada. — Sim, eu contei pra ele — afirmou Erin quando ele olhou em sua direção, soando defensiva e provocadora ao mesmo tempo. — E sim, mesmo assim ele me convidou pra sair.

— Não é da minha conta — respondeu ele.

— Não, você precisa saber. Ele é seu amigo e eu não quero que seja estranho pra você.

— Se não for estranho pra ele... — Ele parou de falar, constrangido. — Desculpa. Acho melhor eu calar a boca agora.

— Boa ideia. — Foi tudo o que ela conseguiu dizer enquanto tentava se perder na paisagem.

Mais tarde, eles vagaram pelas ruas de Atlantic City, procurando o local onde Sharise informou que estava trabalhando na noite em que Townsend a pegou. "Que lugar estranho", pensou Erin. A entrada dos cassinos ficava de frente para o calçadão. Aquela era a parte da cidade que todos enxergavam, com as luzes brilhantes, os hotéis caros e a vida noturna iluminando o Oceano Atlântico. Mas na Pacific Avenue, literalmente nas sombras dos cassinos, havia um outro mundo. Um mundo no qual as pessoas lutavam para sobreviver — os sem-teto, as prostitutas, os jovens descartáveis que ninguém queria.

Talvez dentro dos cassinos fosse possível arranjar um programa, mas às três da tarde, na esquina da Pacific com a South Providence, havia poucos sinais de vida.

— Acho que vou ter que voltar algum dia depois de escurecer — sugeriu Duane.

— Você ainda tem porte de arma?

— Tenho.

— Então vem armado. Esse lugar me dá arrepios e a gente tá aqui numa tarde agradável. Não consigo imaginar como deve ser isso aqui à uma da manhã.

Quando voltaram para o carro, ele disse:

— Escuta, me desculpa pelo que eu disse antes sobre o Mark.

Ela virou a cabeça para olhar para ele.

— Não é isso. Olha pra esse lugar, Swish. Eu não consigo imaginar como é pra uma garota de dezesseis ou dezessete anos estar na rua, se prostituindo pra ganhar a vida. Sabendo que algum cafetão vai levar a maior parte de tudo que você conseguir. Meu Deus, eu estava com medo de ficar ali em plena luz do dia. A Sharise precisava ganhar a vida ali noite após noite, sempre preocupada com algum maluco psicopata, ou com medo de ser presa ou de que descobrissem que ela é transgênero. Que merda de vida é essa? O que o pai e a mãe dela estavam pensando? Impor à própria filha um pesadelo desses porque acham que ela vai contra as leis de Deus? Dá um tempo. Eles deveriam vir aqui e ver como a filha deles tinha que viver. — Ela tirou um lenço de papel da bolsa e enxugou os olhos. — Espero que a gente consiga ajudar essa garota. Pelo menos uma vez, ela merece um descanso.

CAPÍTULO 10

"Mais cedo ou mais tarde a gente vai te pegar, piranha."

Sharise se sentou em seu beliche, tentando não desabar. Se ela começasse a chorar agora, talvez nunca mais fosse capaz de parar. Como ela havia chegado naquele inferno? Será que aquela era mesmo a punição que Deus lhe estava dando por ela acreditar que era uma mulher? Sua mãe havia lhe avisado que Deus a castigaria por algo tão abominável, mas aquilo estava muito longe de qualquer coisa que ela já havia imaginado. Mas naquela época ela nunca tinha imaginado ser prostituta quando crescesse. Ou estar na prisão. Ou matar alguém. Ela sentia falta de Lexington; ela sentia falta de Tonya; ela sentia falta da mãe e do pai. Como aquilo tinha acontecido com ela?

"Vamos lá, viadinho, você sabe que você quer."

As provocações eram constantes toda vez que ela saía da cela. Parecia que todos os internos sabiam quem ela era e nunca perdiam a oportunidade de sugerir o que lhe iria acontecer. Às vezes até os guardas faziam isso. Não importava; guardas, presidiários, todos zombavam dela. Eles roçavam nela enquanto ela era conduzida pelas celas, apalpando-a, agarrando seus seios.

"Você acha que é mulher? A gente vai te mostrar como é que se trata mulher, piranha."

Dois dias antes, os guardas a haviam arrastado para fora de sua cela, dizendo que ela seria colocada junto com os demais presos. Eles a acompanharam até a Ala A, enquanto um grupo de internos gritava e pedia que a colocassem em sua cela. Os guardas riam. Depois de dez minutos, eles a levaram de volta à sua cela de dois metros por três, a empurraram para dentro, trancaram a porta e continuaram rindo. Rindo dela por estar com medo de ser agredida, estuprada e morta.

"Vamos lá, piranha, não finge que você não quer."

Em tese ela estava sob custódia protetiva, mas aquele era apenas outro nome para a solitária, e definitivamente não tinha nada de protetiva. Ela passava os dias sozinha, olhando para as paredes feitas de blocos de concreto. Não havia televisão, nem rádio, nada para ler, exceto alguns romances de bolso tenebrosos — não havia nada além da porta de ferro com uma abertura pela qual deslizavam a bandeja de comida.

Não havia ninguém com quem conversar. Vinte e três horas por dia passadas naquela cela — sozinha. Por uma hora, uma porra de uma hora, eles a deixavam sair para andar em uma esteira e tomar um banho — mais uma vez, sozinha. E depois de volta para sua cela, de volta para seu beliche — sozinha.

Quando era jovem, ela gostava de ficar sozinha. Isso lhe dava a oportunidade de sonhar acordada com um mundo onde ela era a irmãzinha mais nova de Tonya. Ela fantasiava por horas em relação ao que vestiria e a todas as coisas que fariam juntas. Agora estar sozinha significava ser atormentada por uma realidade que ela jamais seria capaz de mudar.

"Vem cá, boneca, a gente faz a mudança de sexo de graça pra você."

E então houve o dia em que ela foi pega. Havia sido cinco anos antes — cinco longos anos.

Sua mãe estava esperando por ele assim que entrou pela porta de casa, voltando da escola. Ele a tinha visto furiosa antes, então sabia que estava em apuros, mas havia uma expressão em seus olhos que era inédita para ele. Uma fúria realmente assustadora.

— Lá pra cima, rapazinho. Agora! — exigiu ela.

Sam não tinha ideia do que havia feito, mas não se atreveu a perguntar. Ele a seguiu escada acima, observando enquanto ela se virava em direção ao seu quarto. Depois de entrar primeiro, ela deu um passo para trás para que ele pudesse ver.

Quando chegou na porta, ele teve certeza de que seu coração iria parar. Lá, espalhadas em sua cama, estavam as roupas que ele havia escondido num canto no fundo de seu armário. Havia duas calcinhas, um par de meia-calça, um vestido, um sutiã e um par de sapatos de salto alto. Roupas que ele havia acumulado nos dois anos anteriores, algumas retiradas silenciosamente das sacolas de roupas que sua mãe estava doando, outras, como as roupas íntimas, roubadas da irmã. Ele olhou para as peças repousando na cama e rezou para que a casa desabasse e ele fosse esmagado.

Sua mãe batia o pé.

— O que significa isso? — perguntou ela, seus olhos perfurando-o como lasers.

Ele ficou em silêncio, incapaz de encontrar sua voz ou as palavras para responder.

— Eu te fiz uma pergunta, rapazinho. O que é isso aqui?

— Eu posso explicar — respondeu ele, tentando desesperadamente inventar qualquer coisa que pudesse explicar as roupas em cima de sua cama.

— Estou esperando.

Ele teve um branco. Não havia se preparado para aquela possibilidade. Seu cérebro de 14 anos lhe dizia que ele estava seguro, que ninguém jamais encontraria suas roupas. Como seria capaz de explicar aquilo? Não podia dizer a verdade. Não tinha certeza se sabia o que iria acontecer, mas tinha certeza de que não seria bom.

— Foi pra uma brincadeira, na escola — ele disparou por fim.

— Que tipo de brincadeira precisa de roupas de menina? — questionou ela de volta. — Você nunca me contou sobre brincadeira nenhuma. E por que você precisaria de duas calcinhas? — O interrogatório foi rápido e devastador.

— Eu... eu não queria que você ficasse chateada comigo.

A mão aberta da mãe acertou o lado da cabeça dele.

— Você tá mentindo pra mim, garoto. E isso só está me deixando mais irritada.

— Mamãe, por favor — disse ele, seus apelos de repente se misturando com as lágrimas. — Eu só queria saber como é usar um vestido. Me desculpa.

— Ah, é bom mesmo você se arrepender. Quando o seu pai chegar em casa, você vai explicar tudinho pra ele. E não pense nem por um segundo que eu acredito nessa história. Você tá possuído pelo demônio.

O olhar de tristeza dele se transformou imediatamente em horror.

— Por favor, mamãe. Por favor, não conta pro papai. Por favor.

— Você deveria ter pensado nisso antes de decidir querer saber como era usar um vestido. Agora tira a roupa e coloca essas daí pro seu pai poder ver exatamente que tipo de filho ele tem.

— Não, mamãe. Por favor, não faz isso...

— Faz o que eu tô mandando. Agora! — Outro tapa de mão aberta na nuca o fez tropeçar em direção à cama. — Agora!

Ele rapidamente puxou a camiseta pela cabeça. Sentou-se, desamarrou os tênis, retirando-os e colocando-os ao lado da cama. Em seguida, abriu o cinto e abaixou as calças, o olhar penetrante de sua mãe o tempo todo em cima dele. Pegou o vestido em cima da cama e se preparou para vesti-lo.

— O que você tá fazendo? — perguntou ela. — Você vai colocar tudo.

Ele queria sair correndo do quarto, fugir de casa e nunca mais voltar. Mas ele tinha 14 anos; para onde ele iria? Eventualmente, seria forçado a voltar e então a surra seria ainda pior.

Ele largou o vestido e abaixou a cueca samba-canção, mortificado. O mais rápido que pôde, vestiu a calcinha e o sutiã, se esforçando para parecer ter dificuldades com o sutiã, tentando esconder a frequência com que o havia colocado antes. Em seguida, colocou a meia-calça. Por fim, pegou o vestido novamente e o levantou acima da cabeça, enfiando um braço em cada manga e, em seguida, puxando-o para baixo. As lágrimas corriam quentes em seu rosto, a humilhação praticamente completa.

— Os sapatos também — ordenou ela.

Feito um zumbi, ele pegou os sapatos na cama e se sentou. Calçou um, depois o outro.

— Levanta e olha pra mim — exigiu a mãe.

Ele se levantou, mas não conseguiu olhar para ela.

— É melhor você rezar. Reze para que o Senhor Jesus Cristo te perdoe. Reze pra que eu te perdoe. E, acima de tudo, reze para que o seu pai seja misericordioso e te dê outra chance de ser um homem. De ser nosso filho. — Ela passou por trás dele e o guiou até o espelho pendurado acima da cômoda. — Olha pra você. Você é uma desgraça. Você deveria ter vergonha.

Ele não conseguia nem levantar os olhos para olhar.

De repente, ele sentiu a mão dela agarrar sua nuca e puxá-la para cima.

— Olha pra você! — gritou a mãe. — Olha que péssimo exemplo de homem você é.

Ele abriu os olhos. Lá, no espelho, não viu a jovem que tantas vezes tentou imaginar. Naquele dia, viu um menino humilhado, um menino assustado; naquele dia, viu apenas um garoto de vestido.

— Senta na cama e não sai daí. Quando o seu pai chegar em casa, ele vai dar um jeito em você.

Ela se virou e saiu do quarto, fechando a porta. Várias horas depois, ele ouviu seu pai chegar em casa. Passaram-se mais dez minutos antes que a porta de seu quarto abrisse, assustando-o. Seu pai entrou decididamente, em uma das mãos um cinto dobrado em dois, que ele batia suavemente na palma da outra.

— Levanta — ordenou ele.

Sam se levantou. Seu pai se aproximou. O primeiro golpe do cinto atingiu a pele nua do braço de Sam.

— Se algum dia eu pegar você ou descobrir que você tá se desmoralizando por aí usando roupa de mulher, eu te ponho pra fora de casa. Você entendeu?

Começaram a chover golpes. Sam levantou os braços, tentando proteger o rosto, então seu pai mirou mais embaixo, acertando-o nas pernas. O pai o agarrou pelo braço, puxando-o para cima e arrancando o vestido pela cabeça dele. O cinto então chicoteou a parte de trás de suas coxas e suas nádegas, a pele empolando enquanto os golpes continuavam.

Sam gritava, a dor rasgando-o.

— Por favor, papai.

— Não — *plaft* — me vem — *plaft* — com "por favor" — *plaft* — "papai".

— Para! Por favor!

Ele balançou o cinto sem se intimidar.

— Vou fazer você virar homem, garoto, ou você vai se arrepender do dia em que nasceu. Filho meu não vai ser viadinho. Você me entendeu? — Ele desferiu mais alguns golpes e então parou.

Sam estava deitado metade dentro, metade fora da cama, em lágrimas, incapaz de se mover.

— Tira essa roupa, coloca naquela sacola e joga no lixo. Eu juro pra você, Samuel, se alguma coisa desse tipo acontecer de novo, você não é mais meu filho. Você me entendeu?

— Sim — sussurrou ele entre os soluços.

Depois que o pai saiu, ele caiu no chão. Não sabia ao certo o que era mais doloroso, as feridas deixadas pelo cinto ou a humilhação de ter seu segredo descoberto e saber que jamais encontraria aceitação ali.

Seu corpo instintivamente se contraiu quando sua irmã o tocou suavemente no topo de sua cabeça.

— Tá tudo bem, Sam. Sou eu — disse Tonya. Ela se sentou no chão ao lado dele e puxou sua cabeça para o colo, o tempo todo tocando-o suavemente. — Eu sinto muito, Sammy, eu não sabia — disse ela, seu sotaque sulista dando a sua voz uma cadência tranquilizante. — Eu deveria ter suspeitado. Você é uma pessoa tão incrível. Não é como os outros meninos — disse ela, balançando-o suavemente. — Vamos limpar você e colocar um pouco de pomada nesses arranhões.

Ele finalmente virou a cabeça e olhou para ela.

— Obrigado — disse ele com a voz retraída.

— Você quer que eu converse com eles?

— Não! Não, por favor, não — disse ele. — Não, eu nunca mais vou fazer isso de novo. Nunca.

— Ah, Sam, você tem que se sentir livre pra ser quem você é.

Ele se endireitou, sentado, para que pudesse olhar nos olhos dela.

— Não, eles nunca vão entender. Eu vou ficar bem. Eles têm razão. Deus me fez homem e é assim que as coisas são.

Ela estendeu a mão e puxou-o para um abraço.

— Sammy, Deus não fez você do jeito que você é pra te punir. Talvez ele tenha feito você desse jeito pra ajudar outras pessoas a aprenderem sobre aceitação e amor. — Ela beijou o topo de sua cabeça. — Eu sempre vou estar aqui pra você, irmã, irmão, para mim não importa. Eu amo você, Sammy. Sempre.

"Por que tá tão quietinha, boneca? Tá tentando parecer bonita?"

Mas ela não parou. E então chegou o dia em que foi pega pela segunda vez. Seu pai provavelmente a teria matado. O que salvou sua vida foi o fato de a mãe ter se colocado entre eles. Teria sido melhor se ele a tivesse matado. Não, teria sido melhor se ela tivesse se matado. Quem era ela para pensar que poderia viver a vida como uma mulher? Que idiota. Que idiota filha da puta. Agora, ela estava lá, pagando por seus pecados.

"Você matou o cara errado, boneca, tem uma recompensa aí pra quem te matar."

Ninguém jamais acreditaria nela sobre o que tinha acontecido. Ela não acreditava no que tinha acontecido. E aqueles dois advogados malucos não conseguiriam de jeito nenhum convencer um júri do que tinha acontecido. Ela estava destinada a apodrecer na prisão. Não, aquilo também não era verdade. De um jeito ou de outro, sua vida na prisão seria curta. Os outros presos iriam pegá-la, ou ela pegaria a si mesma. Era uma pena de morte, apenas com outro nome.

CAPÍTULO 11

Esfregando os olhos para tentar acordar, Erin agarrou o celular que tocava em cima da mesa de cabeceira e conferiu o visor antes de atender.

— Deve ser alguma coisa ruim pra você estar me ligando às sete da manhã de um sábado.

— Sim, pior do que você imagina — respondeu Duane.

— Merda — disse ela, repentinamente acordada. — Você tá bem?

— Sim, eu tô bem, mas tenho quase certeza de que você não vai ficar.

— Obrigada. Acho melhor eu mesma dar uma olhada então.

Ela fechou o telefone e saiu da cama, sabendo que não adiantava tentar voltar a dormir naquele momento.

Quando saiu do chuveiro, a luz estava piscando em sua secretária eletrônica. Ela foi até lá e apertou o play.

"Erin, é a sua mãe. Não sei se você já viu os jornais de hoje, mas nada como entrar na loja 7-Eleven local e ver uma foto da sua filha com a manchete ADVOGADO TRAVECO PARA ASSASSINO TRAVECO. Pelo menos o Jersey Post-Dispatch foi mais gentil ao te descrever. Mas tenho certeza de que o seu pai e o seu irmão não vão ficar nada felizes. Tentei conversar com o seu pai ontem à noite, mas apesar de nós dois termos ido dormir felizes, não fizemos nenhum progresso em relação a você. Liga pro meu celular quando você levantar essa bunda preguiçosa da cama. Amo você."

Ela balançou a cabeça e se perguntou se estaria fazendo algum favor a Sharise. A maioria dos advogados não se preocuparia com questões relacionadas ao fato de um cliente ser transgênero, apenas fariam a defesa. E talvez, se algum outro advogado estivesse cuidando do caso, não estaria estampado na primeira página de todos os jornais.

Com a mente agora fazendo horas extras questionando a si mesma, Erin vestiu uma calça jeans e uma blusa, fez um rabo de cavalo e pegou um boné e um par de óculos escuros para se disfarçar. Ela se olhou no espelho e riu. Como se Max, que trabalhava no balcão da delicatéssen local onde ela sempre comprava o jornal, não fosse reconhecê-la. Ela pegou a carteira e as chaves da bolsa, colocou na mochila e saiu.

— Bom dia, Max — disse ela enquanto lhe entregava uma nota de dez dólares para pagar o *Times*, o *Mirror*, o *Jersey Post-Dispatch* e o *Ledger*.

Não sabia exatamente se era paranoia sua ou não, mas Max, que era quase sempre sociável, pareceu bastante calado. "Bom dia" foi tudo o que ele disse, entregando a ela o troco.

Ela caminhou pela North Avenue e se sentiu feliz com o fato de o Legal Grounds estar praticamente deserto. Ela levou seu café grande para a mesma mesa que ela e Mark haviam dividido algumas noites antes, largou os jornais e se sentou, mais uma vez de frente para a parede do fundo, as memórias daquela noite ainda frescas. "Como será que Mark vai reagir aos meus quinze minutos de fama?"

Ela rapidamente tentou banir esses pensamentos, abrindo o *Post--Dispatch*, acertando ao adivinhar que a matéria deles seria a mais sensacionalista de todas. Em termos de tamanho, a maior reportagem era a do *Ledger*, que minimizava o fato de Erin ser transgênero. Infelizmente, mesmo minimizada, a questão ainda estava lá. O fato de isso não ter sido mencionado no artigo do *Times* lhe trouxe pouco consolo; o estrago já havia sido feito nos outros jornais.

Quando terminou de ler, recolheu todos eles e os atirou na mochila. O Legal Grounds estava começando a encher, então ela pediu outra xícara de café e decidiu ir para o escritório, de onde ligou para o celular da mãe.

— Alô — atendeu ela.

— Oi, mãe, sou eu.

— Oi, Beth, como você tá? Tô fazendo o café da manhã do Pat agora. Posso te ligar de volta em uns dez ou quinze minutos?

— Claro, mãe. Liga pro meu celular — disse ela, com medo de que, embora fosse um sábado, pudesse haver repórteres ligando para o número do escritório.

— Ótimo. Daqui a pouco falo com você.

Que maravilha. As coisas estavam tão ruins que sua mãe teve que fingir que era outra pessoa ao telefone na presença do pai.

Erin olhou para o telefone do escritório e viu que a luz da secretária eletrônica estava acesa. Ela digitou o ramal e a senha e começou a ouvir as 26 mensagens, dividindo-as em categorias à medida que avançava: repórteres, cidadãos indignados, redes de televisão, publicações jurídicas, sua terapeuta e ameaças de morte. Anotou os nomes e os números de todas as ligações relacionadas à imprensa e salvou as mensagens dos cidadãos irritados e as ameaças de morte — com que propósito, ela ainda não sabia.

Foi até um canto de sua sala, onde havia colocado a segunda caixa com as provas que haviam pegado no dia anterior. Folheou os diversos envelopes pardos até encontrar o que tinha a etiqueta "DNA". Como ela suspeitava, várias amostras de sangue haviam sido examinadas em um esforço de averiguar se todo o sangue era da vítima. Amostras adicionais tinham sido retiradas do vômito sobre o cadáver, além de inúmeros pelos e fios de cabelo que estavam sobre a cama. Duas amostras de sêmen foram encontradas em uma calcinha; ambas estavam contaminadas, mas mesmo assim foram testadas. Uma amostra de sangue também foi retirada da vítima para fins de comparação.

Todo o sangue pertencia à vítima. Um dos DNAS encontrados no fluido seminal que estava na calcinha era consistente com Samuel E. Barnes; o outro, que também estava substancialmente degradado com apenas sete loci presentes, era compatível com o da vítima. O DNA do cabelo e do vômito também eram de Barnes.

Ela agora sabia o que precisava saber. O DNA de William Townsend Jr. constava no banco de dados de Nova Jersey enquanto vítima, o que significava que não estava disponível para outros departamentos de polícia. Ela já podia imaginar a reação que as pessoas teriam quando eles tentassem fazer com que a amostra fosse examinada no CODIS, o banco de dados conjunto, estadual e federal, operado pelo Departamento de Justiça, para ver se o DNA do jovem sr. Townsend também constava no banco de dados enquanto um criminoso não-identificado.

Erin estava prestes a pegar outro envelope quando seu celular tocou.

— Oi, mãe — disse ela.

— Oi, querida. Já tá escondida?

— Ainda não. Minha inscrição para o Programa de Proteção a Testemunhas foi negada. A coisa tá muito feia.

— Que bom que seu pai estava de ressaca hoje de manhã. Se não fosse isso, acho que ele teria tido um derrame.

Apesar de toda a situação, Erin deu uma risadinha.

— É melhor avisar à comunidade médica que a ressaca previne o derrame. Não tenho certeza se isso foi amplamente divulgado na literatura médica.

— Deixa de palhaçada, dra. Traveco.

Erin sentiu um calafrio.

— Posso te pedir um favor? Não usa mais a palavra "traveco". É tipo falar "neguinho". É ofensivo.

— Ah… — Sua mãe hesitou. — Me desculpa. Eu não sabia disso. Mas aí eu vi na primeira página do jornal hoje de manhã… no *Mirror*, talvez? Por que eles usariam esse termo?

— Não tenho certeza se dá para chamar aquele lixo de jornal. Vamos apenas dizer que esse jornal tem uma determinada imagem a zelar, e conseguiu.

— Eu sinto muito. Como você tá? Tenho certeza de que isso não tem graça nenhuma pra você.

— Não, não tem. Não posso dizer que estou exatamente feliz com onde estava me metendo.

— Você quer encontrar comigo em algum lugar e conversar?

— Não, obrigada. Eu tô no escritório tentando terminar um trabalho e depois vou pra Princeton. Os meninos me mandaram um e-mail outro dia; eles têm um jogo às duas da tarde, eu vou tentar chegar a tempo.

— Você acha que isso é uma decisão inteligente? Assim, a sua foto está na capa de vários jornais.

— Vou enfiar meu cabelo debaixo de um boné, vestir um moletom largão e me esconder atrás de óculos escuros gigantes. Vai ficar tudo bem.

— Bom, o seu irmão não vai estar lá essa semana. Ele tá fazendo alguma coisa com os Médicos Sem Fronteiras.

— Ele é um homem bom.

— Sim, ele é. Mas, se eu conseguisse fazer com que ele tirasse a cara do próprio umbigo e aceitasse você, estaríamos bem.

— Mesmo assim, ainda teríamos que lidar com o papai.

— Eu não canso de te dizer, seu pai vai mudar de ideia. Assim que a gente conseguir ter o Sean do nosso lado, eu vou dar um corte no seu pai. Rapidinho ele se convence.

Erin riu.

— Do jeito que você fala parece que dá pra conseguir o que quiser do papai com sexo.

— Você parece surpresa.

— Eu estou.

— Parece que precisamos ter uma conversa entre mãe e filha. Existem dois caminhos para o coração de um homem, e apenas um deles é pelo estômago.

— Obrigada pela dica — disse ela, rindo. — Na verdade, falando em homens... — Sua voz falhou, traindo sua determinação. — Eu tenho um encontro hoje à noite.

Houve uma pausa momentânea.

— Peraí, você tem um encontro com um cara?

— Sim.

— Que interessante. Eu achava que você gostava de mulheres, não?

— Eu gosto... ou gostava... ou... ai, não sei, mãe, tô achando tudo isso muito confuso.

— Você tá achando tudo isso confuso? Bem-vinda, então!

— É sério.

— Eu tô só implicando. Você é uma mulher atraente. Por que não ver o que o resto de nós precisa aguentar? Você pode voltar para as mulheres depois. — Ela parou por um momento. — Posso fazer uma pergunta delicada?

— Ele sabe de mim.

— O que te faz pensar que eu ia te perguntar isso?

— Não ia?

— Bom, ia. E mesmo assim ele quer sair com você?

— Obrigada, mãe.

— Desculpa. Eu meio que imagino que pra muitos homens isso pode ser um obstáculo.

— Geralmente é. Vamos ter que ver o que acontece.

* * *

Eram cinco horas quando Erin subiu correndo a escada de seu prédio. O Princeton havia vencido por 5 a 2, e Patrick tinha feito um gol, e Brennan, um passe. Ela adorava vê-los jogar. Apesar de não ter muitas boas lembranças do ensino médio, ela sempre adorou jogar futebol. Voltando do jogo de seus sobrinhos, pensou em tentar descobrir se havia ligas mistas para adultos. Alguns lugares com futebol de salão haviam aberto recentemente; talvez ela desse uma olhada — *depois* que o caso de Sharise chegasse ao fim.

Erin ainda tinha algumas horas antes que Mark fosse buscá-la, mas ela realmente queria ficar bonita. Tirou o moletom e a calça jeans, jogou-os em cima da cama e ligou o chuveiro porque precisava de pelo menos três minutos para a água quente chegar. O bom era que, assim que esquentasse, ela poderia tomar um banho de meia hora e ter bastante água quente de sobra. Enquanto desabotoava o sutiã, ela olhou para a secretária eletrônica e viu que a luz estava piscando. Apertou o play enquanto pegava duas toalhas no armário.

"Oi, Erin, é o Mark. Olha, me desculpa mesmo, mas eu tive um imprevisto e vou precisar cancelar essa noite. Espero que eu fique com crédito pra uma próxima vez. Te ligo pra gente marcar outro dia. Boa noite pra você. Tchau."

Ela ficou parada na porta, com as toalhas na mão e um olhar vazio para a secretária em sua mesa de cabeceira. Aproximou-se lentamente e apertou o play mais uma vez. A mensagem ainda era a mesma.

Erin caiu na cama e ficou lá sentada, tentando não desmoronar. *"Provavelmente aconteceu alguma coisa com a mãe dele.* Sim, então por que ele não disse isso? *Ele disse que ligaria.* Você realmente não acredita nisso, não é? *Ele sabia sobre mim, não tem a ver com isso.* Claro, ele sabia sobre você, a diferença é que agora todo mundo sabe sobre você — você é o advogado traveco, notícia de primeira página. *Mas isso não importa para ele, ele é dono de si mesmo.* Querida, ele é um homem que tem que olhar nos olhos dos outros homens. Os amigos dele vão sempre lembrá-lo disso. *Não!* Sim, é isso mesmo. *Ai, meu Deus, como pude ser idiota a ponto de pensar que algum homem ia querer sair comigo?"*

Ela rolou para o lado, lentamente se colocando em posição fetal. Enquanto estava lá, enrolada como uma bola, sem se mover, podia ouvir o som do chuveiro correndo ao fundo. No início não houve lágrimas, apenas foi envolvida por uma dormência. Se ela tivesse sido capaz de desligar seu cérebro, teria apenas adormecido. Mas seu cérebro nunca era tão bom assim para ela. Adorava atormentá-la com suas falhas.

As lágrimas vieram a seguir. Mark tinha furado com ela. Lauren estava grávida. Sua foto estava por todos os lados. Ela seria para sempre o advogado traveco. Ela era uma pária.

Não tinha certeza de por quanto tempo chorou. Em algum momento, ela se arrastou para fora da cama e desligou o chuveiro. Estava sozinha. Não tinha ninguém para quem ligar. Nenhum ombro sobre o qual chorar. Além de Duane, todos os seus amigos homens haviam desaparecido quando ela fez a transição, e ela ainda não tinha feito nenhuma amiga. A única coisa em que ela podia se agarrar, a única coisa que a impedia de cair do penhasco, era Sharise. Erin tinha que aguentar firme. Sharise estava numa situação pior, e se Sharise era capaz de aguentar, ela tinha que aguentar também.

Sharise precisava dela. E ela precisava de Sharise.

CAPÍTULO 12

Sharise se deitou no beliche, recostada contra a parede fria de blocos de concreto da cela. Tinha sido muito bom ver Tonya, mas o fato de estarem separadas por uma divisória de vidro o tempo todo só reforçou a distância entre suas vidas. A percepção de que provavelmente passaria o resto da vida na prisão e nunca mais teria a oportunidade de passar um tempo com a irmã fez Sharise se perguntar por que estava ainda tentando se manter viva.

Ela esticou o braço e pegou a papelada que seus advogados haviam enviado. Não sabia ao certo como se sentia em relação ao que eles queriam tentar. Então, mais uma vez, não sabia ao certo como se sentia em relação a seus advogados. Talvez tivesse sido melhor ficar com um defensor público ou talvez devesse apenas aceitar o acordo e encerrar o assunto. Sim, trinta anos em uma prisão masculina — ela não duraria muito. Por quanto tempo ela conseguiria sobreviver? Não, a pergunta era: quanto tempo ela iria sobreviver? Mais cedo ou mais tarde algum bandido enfiaria uma faca nela.

McCabe havia lhe explicado que o pedido era um tiro no escuro, mas, se com isso conseguissem descobrir que o DNA de Townsend constava no banco de dados enquanto um agressor desconhecido, seria um escândalo. Claro, como tudo o que os malditos advogados tinham dito a ela, havia uma desvantagem também. Se houvesse evidências que apontassem que Townsend era um assassino, isso poderia fazer com que o pai do desgraçado tentasse se livrar do caso rapidamente. E a maneira mais garantida de se livrar do caso rapidamente era se livrar de Sharise rapidamente. Irritar o poderoso sr. Townsend — ela queria correr esse risco? Era sua decisão, disseram a ela.

Ela riu para si mesma. "Qual era o risco, porra? Me matar agora, me matar depois, não importa, vou morrer do mesmo jeito." A única questão era em quanto tempo. E, como vinha acontecendo com bastante frequência ultimamente, sua mente encontrou um canto escuro onde acabar com tudo parecia o caminho a percorrer. Sim, pois para que ela viveria — para passar uma vida na prisão enquanto homem? Não, se chegasse nesse ponto, ela encontraria uma maneira de resolver isso sozinha.

Seus pensamentos voltaram para os papéis que estava segurando. Ela não tinha certeza se entendia toda aquela baboseira jurídica, mas com certeza entendia o que eles queriam dizer — o jovem Townsend era um assassino a sangue frio. Ele não foi lá para um boquete; ele foi lá para matá-la. Mas tentar fazer com que alguém acreditasse que ela agiu em legítima defesa seria de algum jeito parecido com suas esperanças de um dia ir para a faculdade; é bom de fantasiar, mas nada provável. Não conseguia imaginar que houvesse por aí muitos jurados em potencial capazes de acreditar que um garoto branco rico e bonito havia tentado matar uma prostituta negra transgênero de 19 anos.

— Vamos, Barnes — gritou o policial Nelson. — Seus advogados estão aí de novo pra te ver.

Agora ela já sabia o que fazer. Colocar na cama todos os papéis que quisesse levar. Virar e ficar de frente para a parede, com as mãos erguidas contra ela. Primeiro, eles acorrentariam seus tornozelos; depois eles a virariam, colocariam o cinto nela e algemariam suas mãos a ele, e passariam outra corrente de seus tornozelos até o cinto.

Seus advogados já estavam sentados na sala quando os guardas a levaram para a cela temporária e jogaram a papelada sobre a mesa. Depois de algumas trocas de gentilezas, McCabe foi direto ao ponto da visita.

— Você chegou a dar uma olhada na petição?

Sharise acenou com a cabeça.

— O que você acha?

— Pode dar entrada — respondeu ela sem emoção.

— Você tá de acordo com o risco? — perguntou McCabe.

— Você me faz rir, garota. Eu tô aqui sentada nesse presídio cheio de homens, aguardando julgamento por matar o filho de um dos homens mais poderosos do estado, e você age como se essa petição fosse uma coisa arriscada. Querida, me dá um tempo. Cada dia que passa e eu tô viva é um milagre. Dá entrada nessa merda. Isso aí só significa que as minhas chances de acabar sendo morta vão de noventa e nove por cento para noventa e nove vírgula cinco por cento. Então, vai em frente, garota.

— Você sabe quem é Lenore Fredericks? — perguntou Swisher.

Os olhos de Sharise se estreitaram quando ela olhou para eles do outro lado da mesa. Por fim, ela assentiu.

— Sim. Por que você quer saber?

— Eu preciso que você leia isso aqui. E depois a gente vai precisar conversar.

Ele tirou os papéis de uma pasta de papelão e os colocou sobre a mesa na frente dela. O título no topo dizia: "Transcrição da chamada com Lenore Fredericks." Ela ergueu as mãos algemadas e as colocou sobre a mesa para que pudesse virar as páginas.

LF: Alô, Duane Swisher?

DS: Sim, é ele.

LF: Sr. Swisher, meu nome é Lenore Fredericks. Consegui seu nome com uma pessoa que eu conheço em Atlantic City. Tô ligando pra falar da Tamiqua, pelo menos esse era o nome de guerra dela. Eu conheço ela como Sharise. Ouvi dizer que você tá atrás de pessoas que conheçam ela.

DS: Estou sim. Você conhece a Sharise?

LF: (risos) Sim, a gente se conhece. Trabalhamos juntas... (longa pausa) e somos amigas. Eu sei que ela tá cheia de problemas.

DS: Onde você tá agora? A gente pode se encontrar e conversar?

LF: Não, a menos que você queira entrar em um avião. Estou em Las Vegas.

DS: Ah.

LF: Escuta, eu não tenho muito tempo, então deixa eu te contar o que eu sei. Eu conheço a Sharise desde que ela apareceu no abrigo pra sem-teto há uns três anos. Ela estava tipo no meio do caminho, você sabe o que eu quero dizer. Ainda não era exatamente a Sharise, mas também não era quem ela era antes. Eu tinha mais ou menos 20 anos e estava nessa já há uns dois. Então eu meio que coloquei ela embaixo da minha asa e mostrei pra ela como funcionavam as coisas. Ela era só uma criança — sei lá, talvez ela tivesse uns 16 anos, eu acho. Ela tentou conseguir um emprego, no McDonald's, no calçadão, mas ninguém contratava ela porque ela não tinha documentos. Então, em algum momento, o meu cafetão aceitou ela e ela começou a trabalhar na rua. Eu conheço algumas das garotas de lá, e todas nós ajudamos ela. Eu arrumei algumas roupas pra ela, ensinei ela a saber quando um cara era policial, tentei mostrar pra ela como se manter viva. O Suave, ele era a porra do meu cafetão, ele era um escroto com ela. Tratava ela pior do que o resto de nós. Não sei por quê. Enfim, ela sobreviveu e nós viramos amigas. Mais ou menos uma semana antes da Páscoa, ela pegou um cliente que dirigia uma daquelas BMWs chiques. Depois, quando eu encontrei com ela, perguntei qual era a do cara da BMW e ela disse que aparentemente ele gostava do fato de ela ainda ter pau.

DS: *Peraí, ele sabia que ela era trans e que ainda não tinha feito a cirurgia?*

LF: *Você parece surpreso. (risos) Tem muitos homens por aí, sr. Swisher, que gostam de garotas com um algo mais. Entende o que eu quero dizer?*

DS: *Desculpe. Continue.*

LF: *Enfim. Eu lembro que era Páscoa e não estava conseguindo acreditar que o Suave tinha mandado a gente pra rua na porra da Páscoa. Já era tarde e a gente estava se preparando pra ir pra casa quando o sr. BMW apareceu procurando pela Sharise.*

DS: *Tem certeza que era o mesmo?*

LF: *Eu não tenho certeza de nada. Mas não tem tantos caras de BMW voltando pra procurar alguém. Então, tenho certeza que é o mesmo desgraçado.*

DS: *Ok.*

LF: *Aí a Sharise foi e entrou no carro e essa foi a última vez que eu a vi. Na manhã seguinte, por volta das dez ou onze, o Suave estava maluco procurando pela Sharise. Aí, uma porra de uma equipe da SWAT chegou e pegou todo mundo. Só depois, quando eu já estava presa, foi que eu ouvi dizer que a Sharise matou o cara.*

DS: *A polícia interrogou você?*

LF: *Claro. Eu disse pra eles que não conhecia ela. Mas o Suave deve ter contado que eu e a Sharise éramos amigas, porque eles continuam me perturbando. No final das contas, eu falei pra eles que não sabia onde ela estava, o que era verdade, e disse que o sr. BMW já tinha aparecido lá pelo menos uma vez. Nesse ponto, um dos policiais me bateu e me chamou de mentirosa do caralho. Aí depois disso eu simplesmente calei a boca.*

DS: *Você sabe dizer de onde os policiais eram? Eram agentes da polícia de Atlantic City ou do gabinete do promotor?*

LF: *Policial é policial. Eles não estavam de uniforme. Não sei de onde eram.*

DS: *Quando você foi pra Las Vegas?*

LF: *Alguns dias depois de eu ser presa, o pastor de alguma igreja apareceu dizendo que queria me ajudar a salvar a minha alma e me arranjou* um emprego em um hotel em Las Vegas. Tudo o que eu precisava fazer era dizer sim e eles iam tirar as acusações de prostituição, me levar de avião pra Las Vegas, me dar quinhentos dólares e eu ia poder começar a trabalhar como faxineira. Me pareceu bom. Então eu aceitei.

DS: Você ainda tá trabalhando lá?

LF: (risos) Não, durou um mês. Voltei pra rua. Pelo menos aqui não é frio.

DS: Eu queria poder te encontrar e conversar com você. Como posso entrar em contato contigo?

LF: (pausa longa) Liga pra 702-396-0023 e pede pra pessoa que atender me avisar que eu te ligo. Por que você quer me encontrar? Eu já disse tudo que eu sei.

DS: Você pode ser útil no caso da Sharise. Talvez a gente precise de você como testemunha.

LF: Hum... Olha, a Sharise é como uma irmã caçula pra mim, mas eu acho que não posso ajudar. O pastor que me ajudou, ele me alertou pra não voltar pra Nova Jersey.

DS: Tá bem, vamos ver o que acontece.

LF: Escuta, fala pra Sharise que eu disse pra ela se cuidar. Eu tenho que ir. Tchau.

DS: Obrigado. Tchau.

Sharise ergueu os olhos do papel. Eles encontraram Lenore, ou Lenore os encontrou. Além de Tonya, Lenore era a única pessoa em sua vida em quem ela havia confiado.

— Ela tá mentindo. Ele não sabia de mim.

— Sharise, a gente tá tentando te ajudar. E a gente acha que ela tá dizendo a verdade — acrescentou McCabe. — A Lenore não tem motivo pra estar mentindo, e tudo se encaixa.

— Vocês dois são malucos. Vocês estão do lado de quem? Estão tentando fazer com que eu fique presa pra sempre? Eu contei pra vocês o que aconteceu. Ele descobriu que eu era trans e pirou.

— Por que tinha sêmen dele na sua calcinha? — perguntou Swisher.

— Você disse que a única coisa que você fez foi chupar ele. A perícia encontrou duas amostras de sêmen na sua calcinha. O seu e o dele.

— O quê? — perguntou ela, seus olhos se estreitando.

— Sharise, aconteceu mais coisa naquele quarto do que só um boquete. Ele sabia sobre você, e se a gente confirmar o lance do DNA, tudo vai fazer sentido.

— Sim, e se vocês não conseguirem, o que vai acontecer então? A Lenore nunca vai vir depor como testemunha. Essa garota não é boba. Você ouviu ela falando. Eles disseram pra ela ficar longe daqui.

— Você não sabe. O Duane vai se encontrar com ela. Pode ser que ela venha.

Sharise riu.

— Ótimo, então vamos ter duas putas trans negras contra um garoto branco rico e morto. Continuo insatisfeita com as chances que a gente tem. — Ela deslizou os papéis de volta na direção de Duane. — Vamos ver o que acontece com essa petição de vocês. Até lá, ele descobriu e tentou me matar. Foi isso que aconteceu.

* * *

— Temos um problema.
— O que foi?
— Uma das que trabalhavam lá tá em contato com o Swisher.
— Você me falou que todas que trabalhavam lá estavam fora da área.
— Me garantiram que sim.
— A gente sabe qual delas tá abrindo a boca?
— Sim.
— Então…
— Pode deixar que vai ser resolvido.
— Obrigado.

CAPÍTULO 13

— Mas que porra eles estão querendo? — exigiu Lee, tirando os óculos de leitura do rosto e os atirando em cima da mesa. — Isso é o fim da picada!

Barbara sabia que não devia interrompê-lo quando ele estava no meio de um de seus discursos. Também suspeitava que sua fúria atual tinha mais a ver com o fato de que ele teria que informar Will Townsend a respeito da petição apresentada pela defesa do que com a potencial relevância do pedido. Afinal, Lee era um político, não um promotor de carreira, e irritar Will Townsend não era algo que ele pudesse se dar ao luxo de fazer.

Por fim, depois de várias outras frases repletas de palavrões, ele fez uma pausa.

— E aí?

— A petição tem o objetivo de produzir provas, mas o que eles estão realmente querendo é que o tribunal emita uma ordem judicial determinando que a amostra de DNA do Bill Townsend coletada no local do crime seja analisada pelo CODIS pra que seja verificado se o DNA dele já consta no sistema como criminoso desconhecido.

— Meu Deus do céu, Barbara. Traduz, por favor.

— O que eles estão alegando é que o Townsend atacou o Barnes. Com base nisso, e no fato de que o dono do motel supostamente disse que o Bill pode ter se envolvido anteriormente em uma agressão a uma prostituta, eles querem que o DNA do Townsend seja examinado pelo sistema como um potencial suspeito de outros crimes.

— Peraí. Eles estão alegando que o Townsend pode estar no sistema porque ele era um criminoso?

Ela assentiu.

Ele ficou sentado balançando a cabeça.

— A gente não pode deixar que isso aconteça — disse ele, a voz tão suave que ela não tinha certeza se ele estava falando com ela ou consigo mesmo. — Você acha que tem alguma chance de a Reynolds autorizar isso?

— Não sei, Lee. Em uma tentativa de ser justa, ela pode solicitar que a gente submeta a amostra do Townsend ao sistema pra ver se existe um resultado compatível.

— Eu não posso deixar isso acontecer. Você sabe o que vai acontecer quando o Will ficar sabendo dessa petição. Meu Deus do céu, a minha carreira vai acabar se isso acontecer.

— Lee, mesmo que ela defira o pedido, eu não consigo imaginar que a gente possa ter algo com que se preocupar.

Ele a analisou por vários segundos antes de estender a mão e pegar seus óculos de leitura de onde eles haviam pousado na mesa, de repente calmo e ponderado.

— Você tem razão — disse ele, franzindo os lábios —, mas o Will e a Sheila não deveriam ter que aturar essa merda. Não é ruim o suficiente eles perderem o filho, agora eles precisam ter esses dois sugerindo que o garoto era um criminoso? Isso tá errado. Vai em frente e prepara uma resposta adequada pra isso, que eu cuido do resto.

"Meu Deus, tem horas em que eu odeio esse trabalho", pensou Bob Redman, resignado diante do que tinha de fazer. Ele precisava do caso Barnes tanto quanto precisava de um buraco na cabeça. Afinal, ele presidia a Divisão Criminal do Tribunal de Ocean County, e havia passado por muita coisa ao longo dos anos.

Assim, ele sabia que era melhor não discutir com Carol Clarke, a principal juíza do condado, que lhe dissera que havia recebido alguns telefonemas particulares "sugerindo" que a juíza Reynolds poderia não ser o magistrado certo para cuidar do caso e que ele deveria assumir. Quando seu assistente anunciou que Anita Reynolds havia chegado, ele colou um sorriso no rosto e caminhou até a porta de seu gabinete para recebê-la.

— Bom dia, Bob — disse ela, dando-lhe um abraço discreto. — Boa sexta-feira. Como estão as coisas essa manhã?

Ele voltou para trás de sua mesa.

— Não tenho do que reclamar — respondeu ele sem nenhuma convicção.

— E aí? Você geralmente não me convida pra descer, a menos que eu tenha feito alguma coisa errada — disse ela com uma pequena risada.

— Anita, provavelmente eu vou fazer o seu dia. Acabei de encontrar com a Carol, e ela sugeriu que eu assumisse o caso Barnes. — Ele ergueu a mão para impedi-la de dizer qualquer coisa. — Me escuta — disse ele com firmeza. — Você é uma das minhas melhores juízas. Você sempre obtém boas avaliações dos advogados e dos litigantes, o que é algo muito difícil de se conseguir numa vara criminal. Você está na tribuna há seis anos, o que significa que no ano que vem você vai estar apta a receber uma nova nomeação e um mandato. Eu sei que você é Republicana, você não causou nenhum problema grave, você é bem-avaliada, o que significa que o governador vai recorrer aos colegas senadores Republicanos pra ver se algum deles se opõe a tudo isso. E a quem todos eles vão recorrer? Ao senador William Townsend. Anita, você toma uma decisão da qual ele não gosta nesse caso, e as suas chances de renomeação desaparecem. Eu não posso me dar ao luxo de perder você. Você é uma boa juíza. Você tá com o quê, quarenta e quatro?

— Quarenta e sete — respondeu ela com um sorriso, suspeitando que ele havia errado de propósito.

— O que estou querendo dizer é que você tem uma longa carreira pela frente. Ser presidente de Divisão ou mesmo desembargadora é algo quase certo em seu futuro. Mas eu conheço você, e você não vai se dobrar e trabalhar da maneira que o senador Townsend quiser. Você vai fazer exatamente do jeito que acha melhor. E você sabe que mais cedo ou mais tarde o Townsend não vai gostar nada de uma dessas decisões e lá se vai a sua carreira — disse ele, estalando os dedos para dar ênfase.

— Bob, eu agradeço o que você está me dizendo. Não é como se eu não tivesse pensado a respeito do cenário que você está descrevendo. É só eu irritar o senador Townsend e a minha carreira já era. Mas eu sou juíza. Se eu sou boa nesse trabalho, eu preciso atuar do jeito que eu achar melhor, e se isso for acabar com minha carreira, então vai acabar com minha carreira.

— E é exatamente por isso que estou tirando esse caso de você. Eu tenho um mandato. O Will Townsend não pode acabar com a minha carreira. Em mais um ano, você vai ser renomeada, vai receber o seu mandato e não vai precisar se preocupar com os Townsends do mundo. Se eu ainda estiver presidindo a Divisão, vou lhe passar todos os casos difíceis. O que você acha? Mas, por enquanto, acredita em mim, eu estou lhe fazendo um favor.

— Meu Deus, Bob... Eu não tive nem tempo de fazer merda nesse. Nós só fizemos a audiência preliminar, pouco mais de um mês atrás. —

Ela parou de falar, olhou para ele, uma expressão confusa no rosto. — A Carol ficou sabendo da petição do CODIS?

Ele assentiu.

— A gente recebeu a petição na quarta-feira e eu dei uma olhada nela ontem à noite. Eu tenho que dar crédito a esses dois advogados. Petição interessante.

— Você tem ideia de qual seria a sua decisão? — perguntou Redman.

— Não, ainda não deu tempo pra Cara, minha assistente, fazer qualquer pesquisa sobre isso. Não tá marcado até meados de novembro. Pode ser um exagero com base em um alegado incidente jogar o DNA da vítima no CODIS, mas, se a vítima fosse um balconista de loja de conveniência de 28 anos, a gente só diria "Claro, por que não?", não é? Ou se a vítima fosse negra e o réu branco... — Ela deixou isso pairando no ar. — Não sei, Bob. Eu odiaria pensar que chegaria a uma decisão diferente por levar em conta quem é o pai da vítima.

— É por isso que eu tenho que tirar você desse caso. Você não mudaria de ideia com base em quem é o pai da vítima.

— A gente não pode fazer isso, Bob. Um réu sempre tem direito a um julgamento justo.

— E eu vou dar a ele um julgamento justo.

— Ela.

— Ela?

Anita deu uma risadinha.

— É melhor você se acostumar. O réu acha que é mulher; a advogada também acha que é mulher. É um mundo totalmente novo lá fora, Robert. Você ainda tem certeza de que quer esse caso?

Ele respirou fundo.

— Eu nunca disse que queria esse caso. Eu disse que estava assumindo ele pra impedir que ele acabe com a sua carreira. Acredita em mim, se a Carol não tivesse insistido que eu mesmo assumisse, tem pelo menos uns dois colegas nossos pra quem eu ficaria feliz em entregar o caso, só pra ver a carreira deles acabar.

— Opa, opa.

— Eu tô brincando, claro — disse ele com uma piscadinha. Ele se levantou, sinalizando que a reunião havia acabado. Conduziu-a até a porta de seu gabinete. — Um dia, você vai me agradecer por isso — repetiu ele com um meio sorriso.

Ela retribuiu o sorriso.

— Eu te agradeço por pensar na minha carreira, Bob. De verdade. Eu gostaria que você não precisasse, mas eu entendo como as coisas funcionam.

Quando ela saiu, ele se virou para o assistente e disse:

— Greg, estou assumindo o caso Barnes. Aqui está uma petição solicitando que o DNA da vítima seja analisado no banco de dados pra descobrir se ele estava envolvido em algum outro crime. Primeiro, coloca isso em sigilo. Em seguida, liga pros advogados de defesa e pra Barbara Taylor no Ministério Público, e fala pra eles que eu estou agendando uma defesa oral pra esse pedido pra sexta-feira, dia dezessete de novembro, às três da tarde. Depois, eu quero que você redija pra mim as justificativas necessárias pra indeferir o pedido.

— Sim, Excelência. É… o doutor tem ideia de em que vai se basear pra fazer isso?

— É por isso que eu contrato jovens advogados brilhantes como você, Gregory. Eu te dou o resultado que eu quero, você encontra o caminho pra que eu chegue lá sem risco de ter a decisão anulada pelos meus colegas da segunda instância. Alguma outra pergunta?

— Não, Excelência. Entendido.

— Ah, tem uma outra petição. A defesa quer que eu transfira o réu, que é um homem, pra um presídio feminino. Acho que não vai ser muito difícil para você negar esse pedido.

Greg deu uma risadinha.

— Não, Excelência. Acho que consigo resolver isso.

* * *

— O Lee me mandou isso aqui por fax hoje de manhã.

Townsend entregou os papéis a Michael, que os leu.

— Você acredita que esses idiotas não aceitaram o acordo? Pelo amor de Deus, a gente ofereceu pra ele uma chance de sair em liberdade condicional, embora ele jamais fosse capaz de conseguir isso. O que diabos eles estão tentando provar? — Will se virou, pegou os papéis da mão de Michael e começou a andar de um lado para outro em sua sala. — Eu não estou gostando nada de onde isso vai dar. — Ele parou e se virou para ficar de frente para Michael. — Aquilo que o Whitick estava vendo era outra coisa, certo?

— Sim, aquilo tinha a ver com um resultado parcial. O que eles estão buscando com essa petição é jogar o DNA completo do Bill no sistema.

— O Whitick cuidou da parcial?

— Sim, ele e o Lee garantiram que ela foi retirada do sistema e que os detalhes não foram divulgados a ninguém.

— Ótimo.

— Como você quer resolver isso? — perguntou Michael.

— O Lee e eu concordamos que a gente precisa de um novo juiz, alguém um pouco mais experiente. O Bob Redman vai assumir.

Townsend caiu na cadeira atrás da mesa e olhou para Michael. Eles haviam passado por muita coisa juntos no Vietnã, quando ele salvou a carreira de Gardner. Gardner estava conduzindo dois pelotões até um vilarejo para capturar alguns suspeitos de serem vietcongues. Era para ser um passeio no parque. Eles foram vítimas de uma emboscada ainda fora do vilarejo e Gardner perdeu cinco homens. Pelo que Townsend ficou sabendo mais tarde, Gardner perdeu o controle e ordenou que o local fosse incendiado. A contagem final de inimigos mortos foi de mais de 75. Townsend arriscou sua própria carreira para garantir que nunca fosse relatado o fato de que cinquenta dos vietcongues mortos eram na verdade mulheres e crianças. Depois de deixar o exército, Gardner cursou direito e depois foi trabalhar para o governo; primeiro na CIA e depois na NSA, a Agência de Segurança Nacional. Townsend manteve contato desde sempre e, quando Gardner se aposentou, Townsend o contratou como seu advogado e faz-tudo. Não apenas ele era de confiança, mas seus anos na CIA e na NSA o haviam ensinado a ler nas entrelinhas.

— Olha só, a gente precisa tirar esses dois malas do caso e fazer o Barnes aceitar a porra do acordo. Obviamente, a imprensa inteira dizendo que McCabe é transgênero não os deteve. Vamos explorar a investigação do outro e fazer eles sentirem um pouco de medo. Nada extremo nesse ponto, mas eu confio na sua discrição.

Michael acenou com a cabeça.

— Entendido.

— A outra situação está resolvida?

— Tá em andamento.

— Ótimo. Obrigado.

CAPÍTULO 14

Erin havia perdido os jogos dos sobrinhos nas duas últimas semanas, mas, durante a sua ausência, os Cobras haviam continuado em seu caminho vitorioso. Naquele dia, como o jogo seria a apenas oito quilômetros de sua casa, ela conseguiu arranjar tempo para ir à partida das quartas de final contra o Colonia FC Cannon, que jogava em casa.

Ela havia se posicionado entre os torcedores do Colonia, torcendo para evitar ser vista por Liz ou Sean. O jogo foi equilibrado desde o início, então não foi nenhuma surpresa quando terminou empatado em zero a zero. O vencedor da partida seria então decidido nos pênaltis.

A tensão era quase insuportável sempre que cada jogador caminhava até a marca do pênalti. De pé junto à torcida do Colonia, ela só conseguiu respirar aliviada depois que Patrick e Brennan bateram. O placar ficou em 4 a 3 quando o jogador de Princeton se aproximou para mais um. Se ele errasse, o jogo acabaria. Se ele marcasse, os pênaltis continuariam. Quando ele acertou a bola, ela parecia perfeita, mas se ela girou demais ou atingiu algo no chão — era difícil dizer — o barulho decidido da bola batendo no metal foi audível em todo o campo, e todos os jogadores e torcedores do Princeton assistiram horrorizados o momento em que a bola ricocheteou na trave, para longe do gol. Fim de jogo. Os jogadores do Cannon correram para o campo, gritando e comemorando, sabendo que na semana seguinte eles estariam jogando a semifinal da Copa Estadual. Tudo o que os jogadores do Princeton podiam fazer era baixar a cabeça e voltar para os companheiros reunidos no meio do campo.

Olhando para o lado, ela rapidamente concluiu que tentar sair dali naquele momento, passando pelos torcedores do Princeton, seria correr o risco de ser vista por Sean ou Liz, então ela decidiu esperar, escondida entre a multidão que comemorava a vitória do Colonia.

Lentamente, os torcedores e os jogadores do Princeton começaram a tediosa jornada até seus carros, pais abraçando os jogadores, jogadores gesticulando, provavelmente reclamando de um passe que deu errado ou de uma oportunidade perdida. Ela esperou, demorando-se entre os torcedores do Colonia.

Quando aparentemente todo o pessoal do Princeton havia chegado ao estacionamento, ela se sentiu segura para ir embora. Estava na metade do caminho para o estacionamento quando viu seus sobrinhos voltando pelos portões do complexo, indo em sua direção. "O que eles estão fazendo?" Ela parou, se preparando para se virar e voltar para a segurança proporcionada pelos torcedores do Colonia, quando Brennan e Patrick começaram a correr em sua direção.

— Tia Erin! — gritou Patrick.

O ritmo deles acelerou e eles começaram a acenar para ela.

— Tia Erin — chamaram eles em uníssono.

Ela congelou. Parada ali, ela ficou olhando, confusa com o que estava se desenrolando à sua frente. Conforme se aproximavam, começaram a andar mais lentamente, sorrisos estampados em ambos os rostos. Quando a alcançaram, eles a abraçaram, cada um de um lado.

— Meninos, o que vocês estão fazendo? Cadê a sua mãe e o seu pai?

— A gente falou pra eles que você estava no jogo — disse Patrick — e, como não sabíamos quando iríamos te ver de novo, dissemos que viríamos aqui pra falar com você.

— A gente não liga se você é nossa tia agora, você sempre veio aos nossos jogos. A gente sente a sua falta, tia Erin — acrescentou Brennan.

Ela se abaixou, colocou os braços ao redor dos dois e percebeu que estava sufocando as lágrimas.

— Meninos, é tão bom ver vocês, mas eu não quero que vocês arrumem confusão com seus pais.

— Não se preocupa, eles não vão arrumar confusão — respondeu uma voz familiar de mulher.

Ela olhou para cima e viu Liz e Sean parados a cerca de três metros de distância, observando a reunião de família acontecendo na frente deles. Ela tentou não olhar para o irmão, o irmão que ela sempre havia idolatrado, o irmão ao qual ela sabia que nunca seria capaz de se igualar.

Cada um de seus sobrinhos agarrou um braço seu e eles começaram a conduzir Erin. Quando apenas alguns centímetros os separavam, ela sorriu timidamente.

— Oi, Liz. Oi, Sean — disse ela.

Liz deu alguns passos à frente e lhe deu um abraço.

— Oi, Erin. Que bom finalmente ver você.

Brennan saiu do lado de Erin e se aproximou do pai; pegando a mão dele, o menino começou a puxá-lo em direção aos demais.

— Oi — disse ele.

— Oi — respondeu ela.

— Parece que meus filhos são muito mais determinados do que eu imaginava.

— Você não deveria ficar surpreso. Eles têm pais muito especiais — disse ela com um sorriso torto.

Ele deu de ombros.

— Como você tá?

— Bem. E vocês?

— Bem. Eu tô bem. — Ele hesitou. Olhou para seus filhos, ambos olhando fixamente para ele. — Bom te ver — disse ele finalmente.

— Obrigada — disse ela, as lágrimas escorrendo pelo rosto —, é bom ver todos vocês também.

— Isso significa que a tia Erin pode vir almoçar com a gente? — perguntou Brennan em um misto de entusiasmo juvenil e inocência.

Liz olhou para o marido e depois para o filho e sorriu.

— Se ela quiser. Nós vamos adorar. E talvez enquanto a gente estiver lá, você e o seu irmão possam explicar pro pai de vocês como a tia Erin sabia onde vocês iam jogar hoje — respondeu ela, mas com um olhar que denunciava que ela já sabia a resposta.

Todos eles voltaram a atenção para Sean.

— Hmm, você quer vir com a gente? — perguntou ele. — Tem uma pizzaria no centro comercial perto do Home Depot. Pensamos em comer alguma coisa por lá.

Ela olhou para os sobrinhos, seus rostos implorando para que ela fosse, e depois voltou os olhos para o irmão.

— Tem certeza que não tem problema?

Sean acenou com a cabeça.

— Eu adoraria — respondeu ela com um sorriso hesitante. — E eu quero que vocês dois me digam — prosseguiu ela, seu olhar pousando sobre Brennan e Patrick — como aprenderam a bater pênaltis daquele jeito. Vocês foram incríveis.

Lentamente eles começaram a caminhar em direção à pizzaria.

— Por que vocês não vão na frente e pegam uma mesa pra cinco? Acho que pode estar cheio — disse Sean aos filhos.

Depois que eles saíram correndo, Sean se virou para Erin.

— Como você ficou sabendo do jogo?

Erin hesitou, não querendo colocar os meninos em confusão. Mas, antes que ela pudesse dizer qualquer coisa, Liz interrompeu.

— Tá tudo bem, Erin, eu sei que os meninos entraram em contato com você.

Erin não conseguiu esconder sua surpresa.

— Sério?

— Sim, apesar de os meninos acharem que entendem mais de computador do que os pais, eles estão só parcialmente certos — disse ela com uma risada, olhando na direção de Sean.

— Estou totalmente perdido — disse Sean.

Erin olhou para Liz, que assentiu.

— Antes do primeiro jogo, os meninos me mandaram um e-mail e me convidaram. Eu fui a outros dois outros jogos antes desse.

— Os meninos te convidaram? — perguntou Sean.

— Sim, eles encontraram o site do meu escritório e me mandaram um e-mail, pedindo que eu viesse.

Sean olhou para Liz.

— Você sabia que ele... hmm, desculpa — disse ele dando um rápido olhar para Erin —, que ela estava nos jogos e não me contou? Por quê?

Liz ergueu as sobrancelhas.

— Porque você estava sendo tão babaca em relação a tudo isso que eu decidi deixar rolar.

— Acho que eu merecia isso mesmo — murmurou ele.

Erin sorriu para Liz. Elas sempre haviam se dado bem, mas agora ela tinha a sensação de que teria um relacionamento muito mais próximo com ela.

— Você se importa em me falar como você sabia? — perguntou Erin a Liz.

Liz de repente ficou constrangida.

— Fui eu que criei as contas de e-mail deles e, quando fiz isso, configurei para que eu recebesse uma cópia oculta de todas as mensagens deles. Assim, cuidado nunca é demais. Tá cheio de gente bizarra por aí.

Eles caminharam em silêncio, quando de repente Sean parou e agarrou o braço de Liz.

— Você configurou a minha conta de e-mail também. Você recebe cópia das minhas mensagens também?

Liz deu a ele um sorriso diabólico.

— Você realmente acha que eu faria isso com você? — respondeu ela com um tom inocente.

Erin olhou para o irmão mais velho e teve a sensação de jamais tê-lo visto tão confuso como ele parecia estar naquele momento, e a melhor parte é que aquilo parecia tê-lo distraído do fato de estar com ela. Recorrendo ao passado deles, ela puxou uma frase que às vezes os dois usavam quando um clima estranho se instaurava durante uma conversa.

— E aí? E o Yankees, hein? — disse Erin.

CAPÍTULO 15

A mão de Andrew Barone instintivamente se esticou e pressionou o botão soneca antes de perceber que não era o despertador, mas sim o telefone tocando.

— Alô? — atendeu ele enquanto lutava para levar o aparelho até o ouvido.

— Parece que eu te acordei.

— Não — disse ele, reconhecendo a voz de Ed Champion do outro lado da linha. — Tive que me levantar para atender o telefone. Que horas são?

— Seis e meia.

— Seis e meia? É domingo de manhã, porra. Acho bom que alguém tenha morrido. O que aconteceu?

— É melhor você levantar e ir comprar o jornal.

— Eu recebo em casa. Por quê? O que tá acontecendo?

— Vou ler a manchete pra você: ADVOGADO DE SUSPEITO DE HOMICÍDIO SOB INVESTIGAÇÃO DO DEPARTAMENTO DE JUSTIÇA POR ESPIONAGEM E VAZAMENTO DE INFORMAÇÕES.

De repente ele despertou.

— O quê? É sobre o Swisher?

— Aham.

— Quem publicou essa matéria?

— Essa é do *New York Times*.

— O que você quer dizer com isso? Tem mais de uma?

— Sim, em outros três jornais.

— Merda! Onde eles conseguiram essa porra?

— Não sei. Mas, aparentemente, a investigação de vazamento vazou.

— Algum sinal de que o Swisher é a fonte?

— Não, a matéria é construída pra constranger o Swisher. Eles falam sobre como o Swisher foi considerado a fonte do vazamento dos grampos secretos que o FBI colocou nos telefones dos muçulmanos depois do 11 de Setembro e dizem que foi por isso que ele deixou o FBI.

— Merda. Será que ninguém consegue guardar uma porra de um segredo?

— Aparentemente não.

— Não foi o Perna que escreveu a matéria do *Times*, não, né?

— Não, uma tal de Cynthia Neill. Não conheço ela. Você conhece?

— Também não. Alguma ideia de quem é a fonte?

Ele riu.

— Você tá brincando, né? Assim, eu sei que vocês do Departamento de Justiça gostam de achar que estão conduzindo essa pequena investigação clandestina e secreta sobre o Swisher, mas quase todo mundo em Newark sabe que tem alguma coisa rolando. Caramba, três anos atrás vocês viraram o nosso escritório e o escritório do FBI em Newark de cabeça para baixo. A maioria das pessoas achava que o Swisher era um bom agente que tinha sido incriminado de maneira injusta. E não é segredo que os seus homens começaram a investigar de novo quando o livro do Perna foi lançado. Então, pode ser qualquer um.

— Então, por que isso agora? Obviamente, alguém não gosta dele.

— O caso de homicídio a que a matéria se refere...

— Sim.

— A vítima era o filho de um político muito importante de Nova Jersey.

— Peraí! O caso que envolve o filho do Will Townsend assassinado por uma prostituta?

— Esse mesmo.

— Eu não tô entendendo. Qual é a conexão entre o homicídio e a investigação do vazamento?

— Não tenho certeza se tem alguma. Mas o Swisher é um dos advogados que representa o suspeito do homicídio, e o Townsend não é alguém com quem se deve mexer.

— E eu não sei? — disse Andrew, seu tom voz denunciando o cansaço. — O que você tá querendo dizer então, que o Townsend tá tentando detonar o Swisher?

— Não faço ideia. Eu não acompanhei tudo o que rolou nesse homicídio. Tô passando a maior parte do tempo trabalhando no Jersey

Sting, vendo quantos políticos a gente consegue apanhar por corrupção. Eu sei que eles tentaram pegar o Townsend nessa. Teve até um delator que abordou ele enquanto usava uma escuta.

— Conseguiu alguma coisa?

— Ainda não, mas não foi por falta de vontade nem de tentativa. Assim, tem jeito melhor de o chefe abrir o caminho pro palácio do governo do que derrubando o maior político do seu próprio partido? É uma maneira de eliminar a competição.

— Quer um conselho? Não arrisca o seu pescoço por causa disso. O Townsend tem muitos amigos na cidade. Ele foi chefe de campanha em Nova Jersey e quase conquistou a maioria no estado.

— Ah, confia em mim, eu sei. Ele tem muitos amigos aqui também.

— Tá, de volta ao nosso amigo Swisher. Deixa eu verificar isso com o Gabinete. Eles têm uma escuta nele. Vou ver se pegaram alguma conversa.

— Me parece um bom plano.

— E só um alerta, assim que eu falar com o procurador-geral adjunto sobre o vazamento da investigação, eu tenho certeza que ele vai falar pra eu ir pra cima do Swisher.

— Obrigado. Vou ficar esperando você me ligar.

— Tá bem. Eu entro em contato.

— Quer que eu faça mais alguma coisa?

— Não, segura a onda até eu te ligar.

— Pode deixar. Não tem nada que eu possa fazer.

Erin foi correndo para Scotch Plains. Corrine havia ligado pouco antes das nove da manhã, sua voz oscilando entre preocupação e absoluto pânico. Duane tinha saído para comprar bagels e os jornais às sete e meia e não tinha voltado nem atendia o celular. Então, quinze minutos antes, Ben havia ligado e dito a Corrine que era importante que Duane ligasse de volta o mais rápido possível.

Erin tinha ligado para Ben assim que ela chegou ao carro, e eles trocaram algumas informações enquanto ela dirigia. Aquilo tudo parecia loucura para ela, mas Ben acreditava que o FBI havia pegado Duane para interrogá-lo a respeito do que tinha sido publicado no jornal. Eles concordaram que Ben entraria em contato com Ed Champion, o primeiro assistente do procurador-geral, que Ben conhecia, e Erin veria o que poderia descobrir em Scotch Plains. Ela encontrou o carro de Duane estacionado em uma rua transversal a alguns quarteirões da casa dele. Ligou para Corrine para contar a teoria de Ben e depois parou para comprar o *Times* e ler a matéria. Depois de passar os olhos nas páginas, Erin ligou para Ben.

— Encontrei o carro — disse ela.

— Eu encontrei o Duane — devolveu Ben.

— Onde?

— Exatamente onde eu achei que ele estava. Tô indo buscar ele agora.

— Você quer que eu te encontre em algum lugar?

— Não, eu vou me encontrar com o Champion no escritório do FBI em Newark. Assim que eu pegar o Duane, te encontro na casa dele. Você vai indo, explica pra Corrine o que tá acontecendo e se certifica de que ela tá bem.

Duas horas depois, Ben e Duane entraram pela porta da cozinha, nos fundos da casa, onde Corrine e Erin estavam sentadas à mesa. Corrine imediatamente deu um pulo e o abraçou. Quando finalmente soltaram o abraço, ele olhou para Erin e balançou a cabeça.

— E aí, garotão — disse Erin antes que ele pudesse falar qualquer coisa. — Já que você se perdeu no caminho indo comprar bagels, eu trouxe alguns pra você. Sirva-se — acrescentou ela, apontando para a sacola na bancada. — Também comprei pra você um exemplar do *Times*, um do *Mirror* e outro do *Herald*. Não é todo dia que o seu sócio tá no topo da página seis do *New York Times*. Acho que você não estava feliz por eu ser a única a receber toda a publicidade negativa nesse caso. Quis estar também no centro das atenções. — Ela fez uma pausa, olhando para Duane e Ben, esperando que eles dissessem algo. Finalmente, cansada do silêncio deles, ela disse: — Bom...

— Sério, Erin — começou Duane enquanto se servia de uma xícara de café —, eu e o Ben viemos falando sobre isso o caminho inteiro até aqui. Acho que todos nós sabemos quem mandou plantar as matérias, mas por quê?

— Ele tá tentando afastar a gente pra conseguir alguém que esteja disposto a fazer ela aceitar o acordo.

Duane inclinou a cabeça para o lado.

— Você não acha que tá dando muito crédito pra gente? Tipo, nós não somos exatamente o time dos sonhos. Por que se livrar da gente? Tem vários outros bons advogados por aí.

— A petição. Eu acho que você estava certo. O jovem sr. Townsend foi lá pra matá-la, e a gente acabou cutucando o vespeiro com essa petição.

— Posso saber do que diabos vocês estão falando? — interrompeu Ben. — Se eu entendi direito, vocês acham que o Bill Townsend pegou o seu... a sua cliente com a intenção de matá-la?

Erin olhou para Duane e os dois deram de ombros.

— Sim, essa é a nossa teoria — respondeu ela por fim. — Nós queremos que o DNA dele seja analisado no CODIS.

Ben observou os dois.

— Desculpa, Corrine, por favor não me leve a mal, mas eu gostaria de falar com o Duane e a Erin em particular. Tem algum lugar onde a gente possa conversar? — perguntou ele a Duane.

— Não, vocês ficam aqui — respondeu Corrine. — Eu vou levar o Austin lá pra cima pra tirar uma soneca.

Depois que Corrine saiu da cozinha, Ben olhou para eles, esfregando a mão na testa.

— Vocês entraram com uma petição alegando que o Townsend tentou matar a cliente de vocês e que ele acabou sendo morto antes?

Erin respirou fundo, seu estômago embrulhando. Ben era o melhor advogado criminalista que ela conhecia e ela não gostava da maneira como ele soava.

— Sim — respondeu ela, com a voz embargada.

— Vocês têm noção de que o Townsend é um dos homens mais poderosos do estado? Se vocês estiverem certos, ou mesmo se ele estiver preocupado que vocês talvez estejam certos a respeito do filho dele, nada vai impedi-lo de garantir que a verdade nunca venha à tona.

— Ben, não sei exatamente o que você tá sugerindo que a gente deveria ter feito — disse ela. — E se nós estivermos certos e o Townsend tentou matar a nossa cliente? Ela tá correndo o risco de pegar trinta anos de cadeia. A gente deveria apenas dizer a ela pra se declarar culpada?

— Não — respondeu ele delicadamente. — Eu nunca falaria isso pra vocês. Vocês devem fazer absolutamente tudo o que for necessário pra salvar a cliente. Eu entendo isso. Mas eu conheço o Townsend. — Ben parou e respirou fundo. — Não subestimem o que esse homem é capaz de fazer, e tomem cuidado. Estou preocupado com vocês dois. — Ele fez uma pausa. — E com sua cliente. Vocês viram que o Townsend pode conseguir o que quer da imprensa, e tenho certeza de que já sabem que há mais do que alguns membros do judiciário que devem o cargo no tribunal à generosidade dele. Mas uma imprensa e um judiciário desonestos não são o que me preocupa. Vocês dois são bons advogados com uma carreira toda pela frente, e estão cutucando uma onça muito grande com uma varinha muito curta.

* * *

Já era tarde quando Erin finalmente voltou para casa. Depois que Ben foi embora, ela ficou lá com Swish, Cori e Austin, eles assistiram aos Giants perder com uma cesta no último segundo e depois pediram comida chinesa.

Subindo as escadas, ela repassou os eventos do dia — estranho, mesmo para seus padrões. Ao chegar ao topo da escada, ela parou abruptamente. Enfiou a mão na bolsa e tirou o celular e o spray de pimenta, com a mão trêmula.

— Emergência, como posso ajudar?

— Alô, meu nome é Erin McCabe. Eu moro na North Avenue, número 27A. — Ela fez uma pausa. — Eu acabei de chegar em casa e tem um bilhete me ameaçando, preso na porta do meu apartamento com uma faca.

— Tem alguém no apartamento agora?

— Eu não sei, mas com base no bilhete preso na porta, eu duvido. Mas não vou entrar até que tenha um policial aqui comigo.

— Onde você está nesse momento, sra. McCabe?

— Parada do lado de fora da porta do meu apartamento.

— Certo. Talvez seja melhor a senhora sair do prédio. Estou mandando um policial aí para verificar para a senhora.

— Obrigada.

Ela analisou o bilhete preso à porta com um canivete, um canivete semelhante ao que Sharise havia descrito. Havia também uma substância que parecia ser sangue tanto na lâmina da faca quanto no próprio papel. O bilhete havia sido datilografado e impresso. Estava todo escrito em letras maiúsculas.

> QUE PENA QUE NÃO TE ENCONTREI
> MAS NÃO SE PREOCUPE, EU VOU VOLTAR
> QUERO VER SE VOCÊ TEM UMA BOCETA AGORA
> E SE TIVER
> QUERO GARANTIR QUE ELA VAI SER USADA

Antes de guardar o celular, mudou para o modo câmera e tirou várias fotos do bilhete. Erin sabia que ele seria confiscado como prova, então queria poder mostrá-lo para Swish. Quando terminou, ela se virou e desceu as escadas o mais rápido que pôde. Quando chegou à porta externa, uma viatura estava parando junto ao meio-fio, com as luzes piscando. Ela saiu do prédio, e a policial desceu do carro, caminhando em direção à calçada.

— Foi a senhora que acabou de ligar para a emergência? — perguntou ela.

— Sim, senhora — respondeu Erin, agradavelmente surpresa pelo fato de a policial ser uma mulher que, com cerca de um metro e setenta, parecia perfeitamente capaz de cuidar de si mesma. — Meu nome é Erin McCabe. Tem um bilhete me ameaçando preso na porta do meu apartamento.

— A senhora chegou a entrar no apartamento?

— Não — respondeu Erin. — Mas, quando você vir a porta, imagino que vá entender o porquê.

— Está bem. Onde fica o apartamento?

— Dois lances de escada — Erin hesitou, olhando para a identificação da policial —, Oficial Montinelli.

— Posso ver a sua identidade, sra. McCabe, para confirmar que você mora aqui? — Depois de anotar algumas informações do documento, Montinelli o devolveu a Erin. — Está bem, espere aqui que eu vou dar uma olhada. A porta está trancada?

— Deveria estar, mas eu não testei. — Ela enfiou a mão na bolsa e entregou a chave a Montinelli.

— Algum animal de estimação? — perguntou Montinelli.

— Não — respondeu Erin.

Cerca de dez minutos depois, Montinelli voltou e entregou a Erin sua chave.

— Não tem ninguém lá agora — disse Montinelli —, mas com certeza o seu apartamento foi invadido. Deixa só eu passar um rádio e então nós podemos voltar juntas pra você poder dar uma olhada. Só não toque em nada.

Erin observou enquanto Montinelli contatava a delegacia.

— Central, três-zero-dois.

— Sim, três-zero-dois, Crammer falando. O que você tem aí?

— Aparentemente é uma violação de domicílio com um bilhete ameaçando a moradora fixado na porta com um canivete de quinze centímetros.

— Qual é a sua localização?

— North Avenue, 27A, terceiro andar. É melhor chamar uma equipe forense aqui pra dar uma olhada no local e no bilhete.

— Ok, já estão a caminho.

— Positivo.

* * *

— Oi, Swish, é a Erin. Desculpa te incomodar, mas alguém fez uma visita ao meu apartamento hoje enquanto eu estava com você e preciso de um lugar pra ficar essa noite... Não, eu tô bem. Te explico quando chegar aí. Mas depois do que aconteceu com você hoje e disso, a gente precisa conversar, porque eles estão realmente começando a me irritar.

CAPÍTULO 16

Foi impossível para Erin não se questionar se sua recém-descoberta sensação de vulnerabilidade era algum tipo de dívida cármica por todos os anos que ela passou interrogando as vítimas dos crimes cometidos por seus clientes. Quantas vezes ela tentou contestar o testemunho delas de que o sentimento de ter sido violada havia durado demais depois do crime? Agora, ela entendia como alguém invadindo seu espaço deformava sua noção de segurança, instilando medo no lugar exato onde você deveria se sentir mais seguro — sua própria casa.

Na noite de domingo, ela ficou com Swish e Cori enquanto a polícia vasculhava seu apartamento em busca de pistas. Na tarde de segunda-feira, ela se encontrou com dois detetives, um do Departamento de Polícia de Cranford e outro do Ministério Público de Union County. Ela conhecia o cara do condado, Nick Conti, de seus tempos na defensoria pública. Claro, ela era Ian na época, e o detetive Conti não parecia muito entusiasmado em se reencontrar com ela.

Além de determinar que quem quer que tivesse arrombado o apartamento havia subido pela escada de incêndio e quebrado a janela do quarto, eles não encontraram nada — nenhuma impressão digital, nenhum fio de cabelo, nada, o que sugeria algo feito por um profissional. Não que fosse tão difícil entrar na casa dela. A escada de incêndio ficava em um beco deserto cheio de latas de lixo, e com certeza não era difícil subir a escada de incêndio sem ser visto ou ouvido, principalmente porque o outro apartamento do prédio estava vazio.

Ela disse a eles que aquilo só podia estar relacionado ao caso Barnes, pelo menos o bilhete estava preso na porta com um canivete que era praticamente idêntico ao que havia matado Townsend. Eles ouviram educadamente e, em seguida, rejeitaram de forma condescendente sua "teoria", argumentando que era mais provável que alguém que tivesse lido uma das matérias no jornal fosse perturbado o suficiente para tentar agredi-la. Quando ela mencionou que acreditava que a pessoa que fez aquilo era um profissional, eles pareceram não levar a sério. No momento em que finalmente percebeu que não fariam mais nenhuma investigação, Erin pediu que eles lhe dessem cópias dos relatórios policiais e foi embora.

Depois que Erin falou com os detetives, Swish a persuadiu a ficar com eles na segunda à noite, para dar ao proprietário, na terça-feira, tempo suficiente para instalar um alarme e um novo vidro na janela. Enquanto ela se preparava para voltar para casa na terça-feira, Duane passou em sua sala.

— Por que você não procura outro lugar pra morar? Você é bem-vinda pra ficar com a gente enquanto isso.

Ela deu um sorriso sarcástico ao sócio.

— Se quem fez isso vier me procurar de novo, eles simplesmente vão me abordar de um jeito diferente. A gente fica sempre se protegendo da última ameaça, enquanto os bandidos já estão trabalhando em um plano diferente. Eu vou ficar bem. Mas acho que precisamos instalar um sistema de segurança no escritório.

— Concordo.

— E eu tô preocupada com você e com a Cori. Não sei o quão louco esse desgraçado é, mas você ouviu o Ben. "Nada vai impedi-lo." Você tem que pensar no Austin.

— Nós estamos bem. A Cori conseguiu o porte de arma quando eu estava no FBI, e verdade seja dita, ela atira melhor do que eu. — Swish passou o lábio inferior entre o polegar e o indicador. — Escuta, eu sei o que você acha de armas de fogo, mas talvez seja bom você arrumar uma.

— Swish, você e eu sabemos que uma arma não vai me ajudar em nada. Se eu realmente precisar de uma arma, estou ferrada.

A sobrancelha de Duane se enrugou quando ele fechou os olhos, mas ele preferiu não discutir com ela.

— Você tá indo pra casa agora? — perguntou ele por fim.

— Sim.

— Eu vou com você. Deixa só eu pegar uma coisa aqui e te encontro lá na frente.

— O que é isso? — perguntou ela enquanto caminhavam em direção ao seu apartamento.

— Isso vai me informar se tem algum dispositivo de escuta no seu apartamento.

— Sério? — disse ela com um olhar de descrença.

Enquanto subiam as escadas, ele pediu que ela desse uma olhada para ver se havia algo fora do lugar, algo que a polícia não notaria, mas que continuasse falando normalmente com ele. Enquanto ele fazia uma varredura em seu quarto em busca de escutas, ela começou a olhar ao redor.

— Ai, meu Deus, que perturbado de merda! — disse ela, sua voz cheia de nojo e raiva.

— O que foi?

Ela ergueu um grande consolo para que Swish pudesse ver.

— Isso não é meu — disse ela. — Meu Deus, que desgraçados doentes. Eles não só invadiram meu apartamento, como foram até a minha gaveta de calcinhas e me deixaram um consolo de presente.

Duane acenou com a cabeça e continuou usando o aparelho em sua mão, movendo-se do banheiro para a sala de estar e depois para o quarto. Quando ele se aproximou do telefone na mesinha de cabeceira, as luzes do dispositivo começaram a piscar. Ele gesticulou para que ela continuasse falando enquanto ele desenroscava o fone. Ele então se endireitou, checou um abajur e foi para a cozinha. Desta vez, ele tirou o telefone da parede da base e observou o medidor de seu dispositivo acender como uma árvore de Natal.

Quando ele terminou de andar pelo apartamento, apontou para a porta e disse:

— Não vejo nada além do seu novo brinquedo sexual. Que tal a gente tomar um café? Ainda acho que você deveria ficar com a gente essa noite.

Ela assentiu para indicar que entendia.

— Obrigada pela oferta de uma permanência contínua na Chez Swisher, mas o café é por minha conta como agradecimento pela sua hospitalidade.

Eles atravessaram a rua e se acomodaram na já familiar mesa dos fundos.

— Tem dois, ambos nos seus telefones. Eles são ativados quando você está numa ligação. Eles não pegam conversas no apartamento. Então só toma cuidado e não usa o telefone fixo, a menos que você queira que alguém ouça.

— Por que grampear os meus telefones? — perguntou ela, tomando um gole de café.

— Acho que é só pra ficar de olho em você. — Ele parou de repente, e sua expressão exibiu igualmente raiva e preocupação.

— O que foi? — perguntou ela.

— Merda, como eu posso ser tão idiota?

— O escritório — disse ela.

— Se eles grampearam os seus telefones, com certeza fizeram isso no escritório também.

— Ah, merda...

— Lenore — disse ele, concluindo seu pensamento. — Ela me ligou no escritório.

— Você tem o número que ela te deu?

Ele abriu o celular, rolando a lista de contatos.

— Tá aqui — disse ele.

A chamada caiu direto numa caixa postal genérica.

— Oi, meu nome é Duane Swisher. Sou advogado em Nova Jersey. A Lenore Fredericks me deu esse número pra ligar caso eu precisasse falar com ela. Eu preciso falar com ela. É urgente. Peça a ela que me ligue no 908-555-0137 o mais rápido possível. É o meu celular. Por favor, diga a ela para não ligar para o número do meu escritório. Obrigado. — Ele desligou. — Merda — murmurou baixinho. — Por que diabos eu não pensei nisso antes?

— Swish, não fica se culpando. A gente nem sabe se tem algum grampo no escritório. Tem quase dez anos que eu faço isso e nunca imaginei que alguém fosse me grampear. É uma coisa inédita. Então não vamos tirar conclusões precipitadas.

— Sim, mas nesse caso o jogo é outro.

— Faz quanto tempo que você falou com ela?

Ele parou por um momento.

— Faz dez dias que a gente deu entrada na petição, foi uma semana antes disso... então, duas semanas e meia.

— Olha, eles só invadiram a minha casa e colocaram as escutas no domingo, então talvez esteja tudo bem.

— Talvez, mas o meu palpite é que grampear você foi uma ideia que eles tiveram depois. Nós dois sabemos que o principal motivo foi deixar você assustada pra caralho.

— Missão cumprida — disse ela.

Ele afastou a cadeira da mesa.

— Se o escritório estiver grampeado, eu preciso descobrir e encontrar uma maneira de entrar em contato com a Lenore o mais rápido possível.

— Eu vou com você — se ofereceu ela, seguindo para fora do Legal Grounds.

Duas horas depois, eles estavam no escritório de Ben; Duane tinha feito a varredura assim que eles chegaram lá, após eles encontrarem grampos em suas salas e em seus telefones.

Ben entrelaçou as mãos atrás da cabeça e se recostou na cadeira.

— Olha, vocês estão presumindo que os grampos no escritório têm a ver com o caso Townsend. Existe a possibilidade de que o FBI esteja ouvindo como parte da investigação do vazamento.

— Você sabe melhor do que eu, Ben — disse Duane. — Se fosse por ordem do tribunal, eles não teriam colocado escutas no telefone. Eles simplesmente iriam até a companhia telefônica e interceptariam as chamadas. Todos os aparelhos do escritório, tanto das nossas salas quanto da sala de reuniões, estavam grampeados.

— Sim, mas você está presumindo que os seus amigos do Departamento de Justiça estão seguindo as regras.

Duane balançou a cabeça.

— Não, a investigação do vazamento está sendo conduzida fora do Departamento de Justiça. Eles podem ser uns escrotos, mas geralmente seguem as regras.

— Ben, me faz um favor, procura aí Lenore Fredericks e vê se aparece algum resultado — disse Erin.

Ben se virou, digitou o nome dela no Yahoo e aguardou. Ele rolou a lista de resultados e balançou a cabeça.

— Nada.

— Obrigada — disse ela, aliviada.

— Eu preciso tentar achar a Lenore — disse Duane. — Ben, tudo bem se eu ligar da sua sala de reunião? No momento, o seu escritório é o único lugar que eu conheço que tá limpo.

— Claro.

* * *

Erin estava escovando os dentes quando ouviu seu celular tocar.

— Ei, o que houve?

— Ela morreu.

— O quê?

— A Lenore. Ela morreu.

Erin lentamente escorregou as costas na parede até se sentar no chão do banheiro.

— Como você sabe?

— Liguei pra um agente que eu conheço do FBI de lá. Foi pra ele que eu liguei do escritório do Ben. Ele acabou de me ligar. Foi encontrada sem identificação, duas semanas atrás. A polícia de Las Vegas conseguiu descobrir quem era pelas digitais.

— Causa da morte?

— Caiu do alto de um prédio de vinte andares.

— Merda — disse ela lentamente, de modo quase inaudível. Erin respirou fundo e tentou organizar seus pensamentos. — Algum suspeito?

— Eles registraram como suicídio.

— O quê? — gritou ela. — Como assim? Isso tá errado.

— Pelo que o meu amigo me falou, não houve nenhuma testemunha e o legista afirmou que não havia sinais de luta.

— Como eles achariam sinais de luta se ela foi atirada do alto de um prédio de vinte andares?

— Daqui a uns quinze ou vinte dias sai o resultado do exame toxicológico, mas eu aposto que vai dar positivo pra heroína. Drogaram ela, levaram lá pra cima e jogaram ela. Fim da testemunha.

Erin começou a chorar. Ela não conhecia Lenore, nunca havia falado com ela, mas agora ela estava morta e a única coisa que ela tinha feito para que isso acontecesse foi ligar para Swish na tentativa de ajudar Sharise. Tudo que Erin conseguia imaginar era uma mulher indefesa, os braços se agitando enquanto tentava desesperadamente voar antes de atingir o chão.

— Desculpa, Swish. Eu não sei o que dizer. — Ela esticou a mão, pegou um pouco de papel higiênico e assoou o nariz.

— Eles estão pegando pesado, Erin. Estão brincando com a gente. Eles são profissionais, nós somos amadores. E se de alguma maneira a gente conseguir manter o placar empatado, eles vão simplesmente encerrar o jogo. A Sharise vai acabar igual à Lenore. Morta. E o que é muito escroto é que não tem merda nenhuma que a gente possa fazer pra impedir.

— A gente precisa de um plano.

— Sim, bem, boa sorte. É meio difícil ter um plano quando o adversário tem todas as cartas e cria todas as regras.

Depois que eles desligaram, Erin não conseguiu encontrar forças para se levantar do chão do banheiro. O exaustor continuou a murmurar enquanto ela ficava lá sentada, braços apoiados nos joelhos, a cabeça apoiada nas mãos. As peças estavam todas lá — ela estava apenas cansada demais para descobrir como encaixar todas elas. Os grampos, a morte de Lenore, as matérias de jornal, estava tudo ali, mas se ela fosse até o Ministério Público, não chegaria a lugar algum, ou pior, chegaria diretamente a Townsend.

CAPÍTULO 17

— Você tá com uma cara péssima — disse a mãe de Erin.

Ela fez uma cara feia; o estoque de sinceridade da mãe não acabava nunca.

— Obrigada, mãe. Foram semanas longas.

— Parece que sim. Você cancelou o café da manhã duas semanas seguidas e apareceu hoje aqui como se tivesse dormido três horas essa noite.

— Foram duas, mas que diferença faz?

A expressão do rosto de sua mãe mudou, os olhos enrugando nos cantos em sinal de apreensão.

— Estou preocupada com você. O que tá acontecendo?

— Nós temos estado ocupados com o caso e nos deparamos com alguns outros problemas, mas antes de entrar nesse assunto, você falou com meu irmão recentemente?

— Muito rapidamente. Ele ligou no domingo à noite pra dar oi.

— E aí?

— E aí que ele disse que te encontrou no jogo dos meninos e que eles ficaram tranquilos com você. Na verdade, ele disse que os meninos ficaram muito felizes em te ver e levaram ele e a Liz até você depois do jogo. Ele disse que ficou surpreso com a sua aparência, mas que você parecia estar bem. Tenho a impressão de que ainda é um pouco estranho pra ele ver você como Erin, mas ele vai ficar bem com isso em algum momento.

— Ah é? E o que te deu essa impressão?

— Ele disse que é um pouco estranho ver você como Erin, mas que vai conseguir ficar bem com isso em algum momento.

Erin fechou os olhos e respirou fundo.

— Você é demais, viu?

— Ah, me deixa em paz. Eu conversei muito com a Liz e ela também ficou bastante feliz em te ver. Ela disse que depois que o seu irmão viu o quão facilmente as crianças te aceitaram, ele ficou um pouco constrangido com a maneira como agiu. Ela disse que ele vai ficar bem.

— Fico feliz em ouvir isso.

— Eu também. Isso vai facilitar o Dia de Ação de Graças.

Erin olhou para sua mãe interrogativamente.

— O que é que tem o Dia de Ação de Graças?

— Vai ser a primeira vez que vamos estar todos juntos desde que você fez a transição.

— E quando você pretendia me dizer que nós vamos comemorar o Dia de Ação de Graças?

— Tô dizendo agora.

— Talvez eu tenha outros planos — disse Erin, sem saber ao certo se estava pronta para enfrentar o pai. Dois anos atrás, ele havia deixado dolorosamente claro que não queria vê-la, e mesmo que ele estivesse pronto agora, o que ela duvidava, ela não tinha certeza se ela estava.

A mãe olhou feio para ela.

— O que o papai acha dessa reunião de família? — perguntou ela, ainda esperando que houvesse uma saída.

— Nada. Eu não contei pra ele ainda.

— Você vai contar, ou eu vou só aparecer de surpresa?

Sua mãe parou por um instante, levando Erin a pensar que ela realmente estava cogitando aquela possibilidade.

— Tudo no seu tempo, minha querida.

— Mãe, eu não quero apressar você, mas o Dia de Ação de Graças é daqui a duas semanas.

Peg apenas sorriu para a filha.

— O jantar é às seis. Chega umas cinco pro aperitivo.

— Então, como você vai convencer o papai, cerveja e sexo de novo?

Sua mãe parou novamente por um momento.

— Talvez tequila e sexo.

— Eu não sabia que o papai bebia tequila.

— Ele não bebe. É pra mim. — Ela sorriu para a filha. — A propósito, como foi o seu encontro?

Erin baixou a cabeça.

— Não foi — respondeu ela suavemente. — Ele desmarcou.

Erin não levantou os olhos, mas podia sentir sua mãe olhando para ela.

— Sinto muito, eu não sabia.

— Não precisa se desculpar — disse Erin, tentando disfarçar a cara feia com um sorriso. — Você não sabia porque eu não te contei. Eu acho que entendo por que ele cancelou. Quer dizer, quem quer sair com alguém que todo mundo sabe que é trans? Eu entendo.

Peg se esticou sobre a mesa e gentilmente pegou a mão da filha.

— Você é uma mulher linda, por dentro e por fora. E seja com um homem ou com uma mulher, eu espero de todo o coração que você encontre alguém que não se importe com merda nenhuma e ame você pelo que você é.

Erin mordeu o lábio, tentando conter as lágrimas. Depois de tudo que havia passado nos últimos quatro anos, ela se orgulhava do fato de ser capaz de lidar com qualquer coisa; naquele momento, não estava tão certa disso. Em meio à falta de sono, ao estresse do caso, e a todas as outras merdas acontecendo ao seu redor, Erin sentia como se pedaços dela estivessem começando a quebrar e cair. Sua fachada de pedra de repente parecia argila endurecida, dissolvendo-se um pouco mais a cada segundo.

Ela estava tão perdida em seus pensamentos que nem percebeu que sua mãe havia sentado ao seu lado no banco. Ela gentilmente envolveu Erin em seus braços, puxando-a em direção ao seu ombro.

— Parece que tem muito mais coisas aí do que você tem mostrado. Conversa comigo... Por favor.

Lentamente, Erin começou a descrever o que tinha acontecido nas últimas semanas, suavizando a invasão ao apartamento o máximo possível, deixando o bilhete de fora. No final das contas, ela decidiu não contar a Peg sobre a queda de Lenore de um prédio de vinte andares; já era preocupação suficiente para sua mãe.

— As últimas semanas foram difíceis — concluiu ela. — Ah, e por falar nisso, só liga pro meu celular. Todos os meus outros telefones estão grampeados.

Sua mãe a encarou por tempo suficiente para que Erin começasse a se sentir desconfortável.

— Sinto muito que você esteja passando por tudo isso — disse ela por fim. — Eu suponho que ainda tenha mais coisas além do que você me disse.

— Obrigada, mãe. Vai ficar tudo bem.

— Acho que nem eu nem você acreditamos muito nisso.

— Eu acho que a gente não tem muita escolha — respondeu Erin.

Mais tarde, enquanto Erin caminhava os dois quarteirões do restaurante ao escritório, vasculhou novamente sua cabeça em busca de opções que não prejudicassem nem eles nem Sharise. Se eles fossem ao Procurador-Geral do Estado ou ao Ministério Público, Townsend provavelmente descobriria, e ele já havia provado ser capaz de mandar matar uma pessoa. Então, se ele mataria Lenore, por que não Sharise?

O FBI também não parecia uma alternativa viável. Para começar, eles estavam investigando Duane, o que não os tornava parceiros exatamente atraentes. Sem mencionar que o procurador-geral, Jim Giles, era Republicano como Townsend. Mas mesmo se eles conseguissem se aproximar deles, a violação dos direitos civis de Sharise eram os únicos crimes federais nos quais ela era capaz de pensar. Como Giles era notoriamente um conservador, ela não conseguia imaginar o gabinete dele se preocupando com o sofrimento de uma prostituta transgênero, principalmente uma acusada de homicídio. Se Townsend os tivesse grampeado, sempre havia a chance de pegá-lo por escuta telefônica ilegal, mas Giles tentaria pegar Townsend por isso? Era pouco provável.

Ela só tinha mais uma outra ideia, e considerá-la um tiro no escuro seria bastante generoso.

— Ei — disse ela, entrando na sala de Duane.

Ele olhou para cima, seus olhos vazios pela falta de sono.

— Ei — respondeu ele. — Você tá péssima.

— Parece haver um consenso em relação a isso. Mas é o sujo falando do mal lavado. Você também parece um pouco esgotado, né?

Ele se esforçou para dar um sorriso, mas parecia que seu espírito não queria cooperar.

— Eu me sinto pior do que pareço — disse ele em um tom mal-humorado e resignado.

— Pensou em alguma coisa? — perguntou ela.

— Nada — respondeu ele. — E você?

— Num tiro no escuro que exige muito esforço da sua parte, mas é tudo o que eu tenho.

— Sou todo ouvidos — disse ele.

— Então, lembra que havia duas amostras parciais de sêmen, uma compatível com a Sharise e a outra compatível com o Townsend?

— Sim...

— Bem, vamos supor que as duas entraram pro banco de dados enquanto amostras desconhecidas.

Um pequeno sorriso se formou no rosto dele.

— Você tem razão, isso daria um trabalho, mas... — Ele começou a rir. — Meu Deus, é um tiro no escuro mesmo.

— Quantos homicídio perto de onde ele morava?

— Seis nos últimos cinco anos. — Ele se virou para o computador e abriu uma planilha. — Agora tudo o que a gente tem a fazer é torcer pra que o DNA de um suspeito tenha sido encontrado em alguma dessas investigações.

— E que o DNA corresponda ao sêmen encontrado na calcinha da Sharise — acrescentou ela. — Como o DNA no sêmen é parcial, não vai ser um resultado conclusivo, mas pode ser o suficiente pra exigir que o perfil completo do DNA do Townsend seja colocado no sistema. Ah — acrescentou ela, enquanto se levantava lentamente da cadeira —, eu sempre ouvi dizer que você era um dos melhores em tiros no escuro.

CAPÍTULO 18

Havia momentos em que Erin se perguntava por que havia decidido ser advogada criminalista. Talvez fosse o sonho de habitar o mundo de Atticus Finch e Clarence Darrow, mas a realidade de um advogado criminalista não se assemelhava em nada às quixotescas batalhas jurídicas evocadas por suas disputas fictícias e não fictícias nos tribunais.

Não, no mundo real, ser um advogado não é para os fracos, nem é particularmente bom para o ego. Ela podia contar em uma mão as vezes que havia entrado em uma sala de audiências com esperanças de vencer. As cartas pareciam estar sempre contra seus clientes. Claro, havia os "direitos" constitucionais dos quais os réus supostamente gozavam — o direito de permanecer calado, o direito a um advogado, a presunção de inocência — mas alguém de fato presumia que um réu era inocente? Depois, havia a questão dos recursos, a única coisa que faltava à maioria de seus clientes. E mesmo em um caso como o de Sharise, em que ela tinha recursos, havia os intangíveis, como juízes que haviam sido promotores no início de suas carreiras ou que tinham dívidas com políticos que ajudaram a colocá-los no tribunal.

Apenas por um instante, Erin queria saber como era estar em vantagem. Olhando para suas anotações uma última vez antes de o juiz Redman ocupar o banco, ela sabia que não seria naquele dia.

Sharise estava sentada ao lado dela em seu macacão laranja padrão. Se eles fossem a julgamento, Sharise teria permissão para usar roupas comuns, mas até lá ela compareceria ao tribunal vestindo o macacão laranja com *S Barnes* costurado nas costas. Enquanto olhava para sua cliente, Erin percebeu que Sharise balançava, nervosa, a perna direita para cima e para baixo, como se acompanhasse uma música que só ela podia ouvir.

Ela decidiu não contar a Sharise sobre Lenore. Que bem aquilo faria? Considerando como Sharise se sentia quanto às suas chances de sobrevivência, por que dar a ela ainda mais motivos para pensar que seu dias estavam contados? Que ela se agarrasse à pouca esperança que tinha de que poderia haver uma maneira de sair viva da prisão.

— Todos de pé. O Tribunal Superior de Nova Jersey está aberto, presidido pelo Excelentíssimo Doutor Robert Redman.

Redman, careca e acima do peso, caminhou até a tribuna carregando uma pilha de papéis.

— Podem se sentar — entoou ele antes mesmo de chegar ao degrau mais alto. Atirou os papéis na tribuna e se sentou lentamente. — Existe alguém presente nessa sala que não seja advogado nem parte do caso Estado contra Samuel Barnes?

Erin se virou, olhou por cima do ombro e notou um indivíduo de aparência severa sentado na primeira fila atrás de Taylor e Carmichael.

— Excelência — começou Taylor, se levantando. — Bem atrás de mim está Michael Gardner. Ele é o advogado pessoal de William Townsend, o pai da vítima. O sr. Townsend não pôde comparecer hoje, mas pediu que seu advogado fosse autorizado a estar aqui.

— Tudo bem, dra. Taylor. Certo, oficial, por favor, tranque a porta. Como os advogados estão cientes, eu já havia entrado com uma ordem judicial determinando o sigilo dessa petição, e a audiência de hoje será fechada ao público, pois acredito que a necessidade de proteger a privacidade da família da vítima diante de uma petição tão frívola como essa supera em muito o direito de publicidade do público.

"Uma petição tão frívola" foi como um tapa na cara, mas a expressão facial de Erin não mudou em nenhum momento. "Faça a melhor defesa oral que puder", lembrou a si mesma, esperando que Redman concluísse.

— Apresentem-se, por favor.

— Barbara Taylor e Roger Carmichael pelo Estado, Excelência.

— Erin McCabe pela ré, que agora atende pelo nome Sharise Barnes, Excelência.

Redman tirou os óculos e olhou para Erin.

— O sr. Barnes mudou legalmente de nome, doutora?

— Não, Excelência, ainda não. Nós já demos entrada nesse processo. Mas a juíza Reynolds concordou que, pelo menos fora da presença do júri, ela honraria o novo nome da *sra.* Barnes.

— Bom, doutora, caso não tenha percebido, a juíza Reynolds não é mais responsável pelo caso.

"Ah, eu percebi."

— Além disso — continuou ele —, eu costumo me referir aos réus pelo nome de registro e pelo nome usado na denúncia. Portanto, na minha frente, tenho o sr. Samuel Emmanuel Barnes, e é assim que ele será chamado em meu tribunal. Fui claro, doutora?

— Ah, perfeitamente, Excelência — respondeu ela, esperando que seu desdém não fosse muito óbvio.

Erin se sentou enquanto Redman continuava.

— Eu tenho aqui duas petições. A primeira visa a obrigar o Ministério Público a submeter ao CODIS o DNA obtido a partir das amostras de sangue da vítima no local de sua morte, para verificar se a vítima consta no sistema como autor de algum delito. O réu declara que agiu em legítima defesa; há uma declaração de um funcionário de um motel, afirmando que a vítima já havia estado no motel antes; e, por fim, uma análise de homicídios não solucionados de — ele fez uma pausa e fez aspas com os dedos — "prostitutas transgênero" que foram assassinadas nos últimos cinco anos em locais perto de onde vivia a vítima do presente crime. O segundo pedido requer que o réu, um homem de dezenove anos, seja transferido para a penitenciária feminina. O réu também pediu para receber tratamento médico, para que lhe seja concedido acesso a hormônios femininos. A defesa apresentou relatórios da dra. Mary O'Connor, médica, e de Jamal Johnson, assistente social, alegando que o réu sofre de "disforia de gênero" e é na verdade uma mulher, apesar de ter sido "designado homem no nascimento". Em oposição, o Ministério Público apresentou um relatório da dra. Sydney Singer, que examinou o réu e o considerou biologicamente homem, apresentando comportamento delirante, já que o réu acredita ser uma mulher apesar do fato de ser, em todos os aspectos, um homem. Tendo descoberto que o réu é um biologicamente homem, a opinião da dra. Singer é a de que seria impróprio alocar o réu em um presídio feminino e que fornecer hormônios femininos a um homem seria não só negligência médica, quanto uma medida desnecessária e inapropriada.

O juiz Redman fez uma pausa.

— Em primeiro lugar, uma questão de ordem processual. Dra. Taylor, para os fins desta sessão, a doutora está representando o gabinete do xerife?

— Sim, Excelência.

— Obrigada. Dra. McCabe, como eu disse, assumi este caso recentemente, então não estava cuidando dele no início. No entanto, eu li relatos da imprensa na época da acusação que indicavam que a doutora também é uma transgênero. Isso procede?

Erin torceu para que seu suspiro não tivesse sido audível. Ela se levantou e olhou diretamente para Redman.

— Não sei exatamente a relevância disso, mas sim, eu sou uma mulher transgênero, juiz. A palavra *transgênero* é um adjetivo, Excelência, não um substantivo.

— Obrigado. Eu quero ser claro. Sei que a doutora alterou oficialmente o seu nome, o seu registro de advogada e tudo mais. Portanto, tem o direito de ser tratada neste tribunal como dra. McCabe. No entanto, no que diz respeito ao seu cliente, de acordo com a dra. Singer, ele é biologicamente homem, o que significa que tem genitália masculina. Isso é o que importa.

— Como Vossa Excelência sabe que eu não?

Redman pareceu confuso e irritado com a interrupção.

— Você não o quê?

— Tenho genitália masculina — respondeu Erin.

O rosto de Redman começou a ficar vermelho.

— O quê? — perguntou ele, seu tom de voz subindo. — Não é da minha conta o que você tem ou não, dra. McCabe. Não é a doutora que está sob custódia. Seu cliente é um homem, fim de papo. Por isso, mesmo se eu tivesse autoridade para dizer ao xerife onde manter o seu cliente, o que acho que não tenho, eu jamais poderia determinar que o réu fosse transferido para o presídio feminino. Também concordo com a conclusão da dra. Singer de que o condado não tem obrigação de pagar a conta pelos delírios de seu cliente e fornecer hormônios a ele.

— O tribunal vai ouvir minha defesa nesse assunto, Excelência?

— Não, eu já tomei minha decisão.

— Excelência, eu posso pelo menos me manifestar para fins de recurso?

— Não, doutora, eu já decidi.

— Excelência...

— Doutora, eu não quero ouvir mais nenhuma palavra sua, caso contrário, o xerife irá decidir em que cadeia *você* vai passar a noite. Está decidido. Ficou claro?

Ela olhou para ele, sua linguagem corporal mostrando seu desprezo.

— A doutora vai me responder?

— Vossa Excelência me instruiu a não dizer mais uma palavra. Eu estava apenas tentando seguir as instruções do tribunal.

Redman olhou feio para Erin.

— Se a doutora está tentando me provocar, está fazendo um ótimo trabalho.

— De forma alguma. — Ela fez uma pausa. — Excelência, estou apenas tentando seguir o que me disseram para fazer. — "E foda-se você e a sua opinião de merda."

Redman respirou fundo e então olhou para suas anotações.

— Em relação ao que vou chamar de petição do CODIS, doutora, eu irei ouvi-la.

— Obrigada, Excelência — disse Erin. — No entanto, antes de chegar ao mérito, gostaria de registrar que, nas suas considerações iniciais, Vossa Excelência se referiu à morte do sr. Townsend como um homicídio e se referiu a ele como vítima. Com todo o respeito — disse ela, sabendo que não tinha mais respeito por ele —, se o sr. Townsend foi assassinado ou não, é exatamente do que trata este caso. Da mesma forma, se o sr. Townsend foi ou não uma vítima, é parte do assunto desta petição. Por fim, Vossa Excelência afirmou que precisava proteger a família da vítima desta petição frívola, o que certamente parece indicar que Vossa Excelência já decidiu o mérito.

Ela fez uma pausa e olhou para ele, mas ele se recusou a fazer contato visual com ela.

— Como espero que Vossa Excelência seja capaz de compreender — prosseguiu ela, sabendo que não havia absolutamente nenhuma chance de que isso pudesse acontecer —, minha cliente alega que agiu em legítima defesa.

— "Meu cliente" — interrompeu Redman.

Erin semicerrou os olhos para ele, confusa com a interrupção.

— Perdão, Excelência?

— A doutora disse "minha cliente". Eu já determinei aqui que o seu cliente é homem.

Um sorriso confuso se espalhou pelo rosto de Erin. "Vamos nessa."

— Excelência, eu concordo que o senhor já determinou, mas isso não muda quem a minha cliente é, assim como afirmar que vai me tratar como uma mulher não muda quem eu sou. Eu sou tão mulher transgênero quanto a minha cliente. Nós duas fomos designadas homens no nascimento. O fato de eu poder ter tido o benefício de certas intervenções médicas não eleva o meu status em relação ao dela. As cirurgias não tornam uma pessoa mais ou menos transgênero. É o que está aqui em cima — disse ela, apontando para a cabeça —, não o que está entre as pernas de uma pessoa, que determina seu gênero. Tudo o que a cirurgia pode fazer é alterar a aparência externa de uma pessoa. Mas, ao contrário dos padrões sociais que todos nós performamos diariamente, as cirurgias não têm relevância para quem eu sou nem para quem a minha cliente é. Nós somos iguais. Então, o senhor terá que me tratar da mesma maneira que trata a minha cliente. Portanto, se Vossa Excelência vai insistir que, ao me referir à minha cliente, eu devo usar pronomes masculinos que não refletem quem *ela* é, então vou precisar insistir que o tribunal se refira a mim com pronomes masculinos também, mesmo que isso não reflita quem eu sou.

Redman passou os dedos pelos cabelos ralos e ergueu os olhos para o teto.

— Eu não vou entrar nesse assunto agora. Por favor, prossiga.

Erin olhou para suas anotações e, ao fazê-lo, percebeu que Sharise estava olhando para ela, sorrindo.

— Obrigada, Excelência. Como já informei, minha cliente alega que *ela* agiu em legítima defesa — disse Erin, certificando-se de reforçar a palavra *ela*. — Por isso, acredito que Vossa Excelência esteja pré-julgando os méritos deste caso. A defesa afirma que a sra. Barnes foi vítima de uma tentativa de homicídio perpetrada pelo sr. Townsend.

Erin prosseguiu com sua defesa, mantendo os olhos fixos em Redman, na esperança de fazer contato visual, mas ele fez questão de encarar os papéis à sua frente, fazendo uma anotação ou outra de vez em quando. Ela abordou o incidente anterior no motel e o fato de que, onde quer que Townsend estivesse, prostitutas transgênero apareciam assassinadas.

— Eu serei a primeira a admitir que não temos nenhuma prova definitiva de que o DNA do sr. Townsend está no CODIS — continuou Erin. — Mas há muitos motivos pelos quais ele pode não estar. Porém, se o tribunal decidir pela submissão da amostra ao sistema e nada for encontrado, ninguém terá sofrido dano algum. Por outro lado, se isso não acontecer e se, de fato, o DNA constar lá como infrator, talvez seja negado à minha cliente um elemento-chave para fortalecer o seu argumento de legítima defesa. Por fim, Excelência, a petição também visa a obrigar o Ministério Público a disponibilizar qualquer informação que eles tenham sobre qualquer compatibilidade do DNA do sr. Townsend com outros crimes. Acredito que este aspecto não deva ser controverso, pois qualquer evidência em posse do Ministério Público, comprovando que o sr. Townsend cometeu outros crimes, deve ser fornecida à defesa, conforme o caso Brady contra Maryland. Obrigada, Excelência.

— Dra. McCabe, eu imagino que se o Ministério Público estivesse tentando jogar o DNA do seu cliente no banco de dados, a doutora estaria aqui esbravejando, dizendo que eles precisariam de nexo causal. Não é mesmo?

— Não, Excelência. Se o DNA de uma pessoa é encontrado na cena de um crime, não existe a necessidade de nexo causal para submetê-lo à análise. Qualquer coisa descoberta na cena que seja desconhecida deve ser analisada.

Redman se virou na cadeira para ficar de frente para Taylor e Carmichael.

— Dra. Taylor, algo a acrescentar? — perguntou ele, com uma expressão no rosto que geralmente significava "Você vai ganhar, então fique de boca calada".

Surpreendentemente, Taylor se levantou e argumentou que a petição era frívola, que não havia razão para enviar as amostras, que aquilo era ofensivo para a vítima e sua família e que a petição nada mais era do que uma grande pescaria — o artifício favorito dos advogados de defesa preocupados com a possibilidade de haver peixes prontos para serem fisgados.

Enquanto observava Taylor, ela notou Michael Gardner olhando fixamente para ela, depois para o juiz. Havia algo inquietante em relação a ele, mas além do fato de ele parecer inacreditavelmente sério, ela não conseguia dizer o que era.

Quando Taylor terminou sua argumentação, Erin lentamente se levantou da cadeira.

— Posso fazer uma réplica muito breve, Excelência?

Redman olhou para ela, então pareceu olhar na direção de Taylor — ou Gardner, ela não sabia exatamente qual dos dois.

— Não, doutora, eu já ouvi o suficiente. Estou pronto para proferir a decisão. Como disse no início, considero esta uma petição frívola — começou Redman, lendo os papéis que havia levado para a tribuna.
— Este é um caso clássico de pescaria, conforme observado pela dra. Taylor nas provas e argumentos que nos trouxe hoje. Na minha opinião, o réu não apresentou nenhuma evidência sólida o suficiente para que eu me dispusesse a invadir a privacidade da vít... do sr. Townsend, exigindo que o Ministério Público submeta as amostras de seu DNA ao banco de dados. Mesmo na morte, devemos respeitar a dignidade de uma pessoa. Resta decidido também que, caso sejam apresentadas quaisquer outras petições relacionadas a este pedido, ou atacando o sr. Townsend, elas deverão ser apresentadas diretamente ao tribunal para que eu possa definir se devem ou não ser mantidas em segredo de justiça.

Ele ergueu os olhos dos papéis em suas mãos.

— Quanto ao argumento da doutora, alegando que eu estaria julgando antecipadamente o caso, eu me expressei mal antes. Obviamente, eu deveria ter dito que o réu é acusado de homicídio e, claro, como todos os réus criminais, é considerado inocente. Portanto, para ser claro, de maneira alguma eu pré-julguei este caso, e se o réu decidir ir a júri, serei capaz de garantir que ele tenha um julgamento correto e justo.

Redman continuou lendo sua decisão e, quando terminou, disse:

— Mais alguma coisa?

— Excelência, nem a dra. Taylor nem Vossa Excelência abordaram a questão da compatibilidade com as amostras de DNA em posse do Ministério Público.

O juiz, que estava recolhendo os papéis em cima da tribuna, respirou fundo e passou a mão na boca.

— Dra. Taylor?

— Excelência, o Ministério Público está perfeitamente ciente de suas obrigações.

— Obrigado, dra. Taylor.

— Perdão, Excelência, mas isso não responde se o Ministério Público detém ou não essas informações.

— Dra. McCabe, você pode não gostar da resposta, mas, acho que ela responde à sua questão. Gostaria de falar com os doutores no meu gabinete, por gentileza. — Ele enfiou os papéis debaixo dos braços e começou a descer da tribuna.

— Perdão, Excelência — interrompeu Erin, fazendo Redman parar. — Posso ter apenas cinco minutos para discutir a decisão de Vossa Excelência com a minha cliente antes que ela volte para a prisão?

A cara feia de Redman sugeria que ele tinha vontade de dizer não, mas em vez disso suspirou.

— Cinco minutos, doutora. — Ele desceu do banco e desapareceu em direção aos seu gabinete.

Ainda sentada, ela olhou para a esquerda e viu Taylor e Carmichael inclinados sobre a grade, falando com Gardner na primeira fila.

Depois voltou o olhar em direção a Sharise. Seu rosto parecia mostrar inúmeros sentimentos — decepção, raiva e outra coisa que Erin não sabia exatamente o que era.

— Obrigada — disse Sharise antes que Erin pudesse falar qualquer coisa. — Você foi a primeira pessoa na minha vida que saiu em minha defesa por eu ser quem eu sou. E você é uma advogada fodona que não engole merda nenhuma do juiz. Piranha atrevida.

— Obrigada — respondeu Erin. — Quando a gente se conheceu, eu te disse que tínhamos algo em comum. Não sei como é pra você estar num presídio masculino, e não vou fingir que sei, mas só posso imaginar que não é nada divertido. Então fodona ou não, eu não vou desistir. E, olha, as chances são mínimas, mas eu queria levar em consideração um agravo de instrumento, que seria só um recurso antes de o caso ser concluído. Apesar do que ele disse, eu ainda acho que a gente tem uma chance.

Sharise inclinou a cabeça para o lado, balançando-a levemente.

— Se você acha que tem alguma chance, tudo bem. Mas, por favor, não desperdiça o dinheiro da minha irmã. Eles são boas pessoas e eu não quero que eles fiquem quebrados por causa de uma inútil como eu.

Erin se inclinou e abraçou Sharise.

— Você não é inútil, garota. Aguenta firme. A gente pode ganhar isso.

Sharise olhou para ela e sorriu.

— Fico feliz que uma de nós acredite nisso.

Eles esperaram cerca de quinze minutos na área onde ficava a secretária de Redman antes que ele os chamasse. Quando entraram no gabinete, Redman estava de pé atrás da mesa e cumprimentou Taylor e Carmichael pelos primeiros nomes, apertando suas mãos. Quando Erin se aproximou, ele apertou a mão dela também e disse:

— Prazer em conhecê-la, dra. McCabe. Sente-se — completou ele, apontando para uma cadeira vazia.

Então ele prosseguiu:

— Bom, deixem-me ir direto ao ponto aqui, pessoal. Pelo que eu entendi do que a juíza Reynolds me disse, a proposta do Ministério Público é de pena de prisão perpétua, com elegibilidade à liberdade condicional depois de trinta anos. Parece-me uma oferta bastante razoável, dra. McCabe. Como a doutora costuma advogar mais para o norte, preciso lhe dizer também que geralmente o Ministério Público costuma fazer a melhor proposta no início do caso e, em determinado momento, se a defesa continuar a apresentar novas petições, eles irão passar para prisão perpétua, sem liberdade condicional. Então, talvez o seu cliente queira aceitar o acordo enquanto ele ainda está na mesa.

— Obrigada, Excelência. Com certeza eu vou dizer pra ela que a oferta atual tem um prazo de validade. Mas, até agora, ela não mostrou nenhum interesse em se declarar culpada e insiste que agiu em legítima defesa.

Redman inclinou-se ligeiramente para a frente na cadeira.

— Olha, dra. McCabe, pare de chamar o seu cliente de *ela*. Eu não sei muito sobre essas coisas de transgênero, e eu irei oferecer à doutora absolutamente todo o respeito a que qualquer advogado que comparecer ao meu tribunal tem direito, mas não estou nem um pouco contente com o seu discursinho lá fora, e a doutora não vai me incitar a criar um problema relacionado à sua condição. No que me diz respeito, a doutora é uma mulher, o seu cliente é um homem e eu vou tratar vocês dois de acordo.

— Excelência, com todo respeito, eu vou continuar a transformar isso numa questão e não estou fazendo isso para incitar o senhor a cometer nenhum erro. É para deixar claro que a minha cliente é exatamente como eu e merece ser tratada com o mesmo respeito. Se e quando este caso for a julgamento, eu pretendo insistir que minha cliente tenha permissão para se vestir como a mulher que é.

— Dra. McCabe, gostaria de lhe lembrar que este é o meu tribunal e que irei decidir de que maneira o julgamento será conduzido — disse Redman, com um tom mais irritado.

— Eu compreendo, Excelência, mas suponho que o senhor gostaria de conduzi-lo de acordo com a lei e não discriminar a minha cliente com base em sua identidade de gênero.

— Eu não faço a menor ideia do que você está falando, dra. McCabe. É claro que não vou discriminar nenhum réu.

— Imaginei que não, Excelência. Portanto, é por isso que o senhor precisa estar ciente de que atualmente existe um projeto de lei em trâmite que pretende acrescentar a identidade de gênero à classe de pessoas protegidas pela Lei de Nova Jersey contra Discriminação. Desse modo, se formos a julgamento, uma vez que o tribunal é um local público, acredito que a minha cliente terá o direito de se apresentar de acordo com sua identidade de gênero.

Com o canto do olho, Erin pensou ter visto Taylor sorrir. Redman olhou para Taylor e Carmichael como se esperasse que eles fossem contestar, mas não o fizeram. Por fim, Redman disse:

— Eu não vou me preocupar com isso agora. Sugiro fortemente, dra. McCabe, que o seu cliente leve em consideração a proposta em vigor. — Ele olhou para um pedaço de papel em cima da mesa. — Vejo que a doutora informou à juíza Reynolds que vocês entrariam com um pedido de desaforamento. Isso ainda está nos planos?

— Sim, Excelência. A juíza Reynolds nos deu até o dia 5 de janeiro de 2007 para apresentarmos a petição e acreditamos que o faremos diligentemente.

Redman olhou para o calendário em sua mesa.

— Ok, vou agendar uma audiência para sexta-feira, 15 de dezembro. Se pudermos concluir a instrução antes disso, seria ótimo. Caso contrário, discutiremos quaisquer pedidos pendentes. — Ele se levantou.

— Obrigada, doutora. Tenha um bom dia de Ação de Graças.

* * *

Depois que eles voltaram para a sala de audiências vazia e começaram a recolher seus papéis, Taylor se inclinou e disse para Carmichael:

— Vai na frente, Roger. Quero dar uma palavrinha com a dra. McCabe.

Barbara então se virou para Erin, que havia acabado de arrumar sua pasta.

— Você é intrigante, sabia disso?

— Acho que não sei exatamente o que isso significa, mas...
— Você realmente acredita que ele agiu em legítima defesa?
Erin franziu a testa.
— O que eu acredito importa?
— Importa, claro. Você tá indo contra um dos homens mais poderosos do estado. Você entrou com uma petição que basicamente afirma que o filho dele é um assassino em série. Ele vai acabar com você. Você tá entendendo isso?
— Isso seria uma ameaça?
Taylor bufou levemente.
— Meu Deus, não. É exatamente o oposto. Eu tô tentando te avisar, porque parece que você não tá entendendo.
Sem saber exatamente por que estava fazendo aquilo, Erin enfiou a mão na pasta, encontrou a cópia do boletim de ocorrência sobre a invasão de seu apartamento e entregou a Barbara. Taylor pegou o papel, aparentemente confusa.
— Peraí, isso foi no seu apartamento?
Erin assentiu.
— Não entendi. Por que você tá me mostrando isso?
— Continua lendo.
Quando ela chegou perto do final do documento, Taylor soltou um suspiro audível, cobrindo a boca com a mão esquerda. Quando terminou, olhou para Erin.
— Eles descobriram quem invadiu a sua casa?
Erin balançou a cabeça.
— Não.
Barbara passou a mão na testa.
— E o bilhete foi pregado na porta com um canivete?
Erin fechou os olhos e respirou fundo.
— Sim, o mesmo tipo de faca que o legista acredita ter sido usada pra matar o sr. Townsend.
— Por que você tá me mostrando isso?
— Porque você disse que queria me avisar sobre com quem eu estava lidando — respondeu ela, fixando o olhar em Barbara. — Eu sei com quem eu tô lidando. Mas achei que devia a você a cortesia de retribuir o favor.

CAPÍTULO 19

Erin havia decidido manter sua aparência o mais discreta possível e por isso se vestiu de maneira casual — calça, casaquinho, sapatilhas, maquiagem leve e bijuteria. Aquilo já seria difícil o suficiente, e ela estava com medo de que a cabeça de seu pai pudesse explodir se ela entrasse usando vestido e salto alto.

Chegou atrasada de propósito, se perguntando como seria capaz de comer o jantar de Ação de Graças com o estômago tão embrulhado. Patrick e Brennan, que estavam na sala de estar jogando o mais novo videogame portátil, deram um pulo do sofá.

— A tia Erin chegou — gritaram ele em uníssono em direção à cozinha.

— Oi, meninos — disse ela quando eles se aproximaram e a abraçaram. — Que bom ver vocês de novo.

Liz entrou na sala e a abraçou.

— Tá tudo bem com você? — perguntou Liz, o tom de sua voz já antecipando um mal-estar. Como se quisesse dizer, "não importa o que você estava sentindo antes, agora vai piorar".

Sentindo a inflexão sinistra na voz de Liz, Erin hesitou.

— Não sei. Tá tudo bem comigo?

— Não tenho certeza. Em um esforço pra se preparar pra se encontrar com você, o seu pai tomou alguns drinques. Digamos apenas que ele está um tanto falante.

— O meu pai? O homem cuja ideia de conversa durante um jantar é "Passe o sal, por favor"?

— Ele mesmo — disse Liz, erguendo as sobrancelhas.

— Eita.

— Oi, querida — interrompeu a mãe de Erin entrando na sala enquanto enxugava as mãos no avental. — Que bom que você veio.

— Obrigada — respondeu Erin, enquanto se inclinava e dava um beijo na mãe. — Ouvi dizer que papai tá anestesiado.

— Foi isso mesmo que ele tentou fazer. Tudo o que a gente pode fazer é torcer.

Ela deu o braço a Erin e a levou para a cozinha, onde Sean estava de pé perto da pia e seu pai estava sentado à mesa da cozinha com uma cerveja na mão.

— A Erin chegou! — anunciou Peg quando elas entraram na cozinha.

Sean deu um passo hesitante para a frente e estendeu a mão com um sorriso cauteloso.

— Ei, bom te ver.

Erin, internamente se encolhendo ao receber um aperto de mão em vez de um abraço, estendeu a mão e apertou a de seu irmão.

— Bom te ver também — respondeu ela antes de se virar para a mesa da cozinha. — Oi, pai — disse ela, sua voz falhando levemente.

Seu pai ergueu os olhos da mesa, mas os fechou. Quando os abriu novamente e viu que Erin ainda estava lá, deu a ela uma olhada rápida da cabeça aos pés. Fechou os olhos novamente, respirou fundo e desta vez disse:

— O que quer que eu diga, que é bom te ver? Bem, não é. Não assim — disse ele, gesticulando com os braços. Ele empurrou a cadeira para longe da mesa e saiu em direção à sala.

Erin ficou lá, com o rosto vermelho, sem saber o que dizer.

— É, nada mal — murmurou Sean, em um tom sarcástico.

Peg se virou para Liz.

— Me faz um favor, querida, mexe o molho pra mim — disse ela, entregando a colher a Liz e pegando Erin pela mão. Peg saiu marchando até a sala, Erin a reboque, fechando a porta atrás delas. Ela praticamente empurrou Erin na poltrona em frente ao sofá onde seu marido tinha se refugiado e então parou na frente dele.

— Patrick McCabe, olhe para mim.

Ele olhou para o rosto irritado da esposa.

— Me escuta bem. Isso não é jeito de tratar a nossa filha.

— Peg, isso não é hora...

— Palhaçada! — disse ela, interrompendo-o. — Já faz mais de dois anos que você condenou a sua filha ao ostracismo, e é hora de esse absurdo acabar.

— Eu não tenho uma filha — disse ele defensivamente.

— E eu tenho uma notícia pra você: você tem sim. E ou você aceita isso ou o seu jantar de Ação de Graças vai ser no McDonald's. Sozinho!

— Escuta aqui, Peg, você não pode me forçar a aceitar isso — disse ele, evitando olhar na direção de Erin.

— Vamos ver se eu não posso.

— Vocês dois sabem que eu estou sentada bem aqui, né? — interrompeu Erin.

— Fica quieta, mocinha. Isso não tem nada a ver com você — retrucou sua mãe.

Erin deu uma risada reflexiva.

— Na verdade, mãe, eu acho que tem sim. — Quando seus pais olharam para ela, ela continuou: — Olha só, vocês dois, parem. Eu não quero que vocês briguem por minha causa. Eu não quero que vocês briguem, ponto. É Dia de Ação de Graças. Esse era o meu feriado favorito porque tem a ver com a família e com estarmos juntos. — Ela respirou fundo, esperando que seu estômago se acalmasse. — Honestamente, eu não estou a fim de causar confusão. — Ela fez uma pausa e olhou para o pai. — Na verdade, pai, eu achava que você não estava pronto pra me ver assim. Mas a mamãe realmente achou que ficaria tudo bem. É claro que não está tudo bem.

Seu pai deu uma gargalhada estranha.

— Eu não sei por que alguém acharia que eu ficaria bem com isso. Um dia, meu filho decide que é mulher e eu tenho que dizer só "Ah, claro, por mim tudo bem". Bom, por mim não tá tudo bem. Você quer fingir que é mulher, fique à vontade. Só não me peça pra embarcar nessa sua fantasia.

Ela olhou para o pai, ferida pelo açoite de suas palavras.

— Não, pai — disse ela suavemente. — Eu não decidi ser mulher. Eu sempre fui assim. Eu nasci assim. Não sei por quê. — Ela baixou o olhar, encarando o chão. — Sempre tentei muito ser o filho que você queria que eu fosse; honestamente, o filho que você merecia. Eu queria tanto agradar você, fazer você se orgulhar de mim, ser um homem por você. Eu me odiei por muito tempo porque sabia que iria te decepcionar se você soubesse a verdade. Então eu fingi ser a pessoa que você via. — Ela enxugou uma lágrima da bochecha antes de se certificar de que estava olhando nos olhos dele. — Eu simplesmente não podia ser aquela pessoa. Aquilo sim era fingir, pai.

Ela se levantou da cadeira e parou na frente dele, com um tom de desafio em sua voz.

— Pai, olha bem pra mim. Eu não tô fingindo agora. E o mais importante, pela primeira vez na vida, eu estou feliz com quem eu sou. Não escolhi ser mulher, como a mamãe e a Liz também não. Essa aqui sou eu. — Ela sorriu tristemente para ele. — Espero que você saiba que, não importa o que aconteça, eu não poderia ter pedido um pai melhor. Tudo o que posso esperar é que talvez um dia você entenda e que a gente possa ser uma família novamente. — Ela fez uma pausa, tentando desesperadamente se controlar. — Feliz Dia de Ação de Graças, pai. Eu amo você — disse Erin, dando a ele um último olhar melancólico antes de sair da sala.

Ela entrou na cozinha sob os olhares de seus sobrinhos, Liz e Sean.

— Tá tudo bem, tia Erin? — perguntou Patrick, embora ele parecesse entender que não.

— Tudo ótimo, Patrick. — Ela olhou para ele e depois para Liz e Sean. — Eu estava só conversando com a vovó e o vovô. Infelizmente, eu não vou poder ficar — disse ela bagunçando o cabelo dele. — A gente se vê em breve.

Brennan olhou para ela, seus olhos implorando para que ela não fosse.

— Mas você acabou de chegar! Você não pode ficar e jantar com a gente? — perguntou ele, se virando para a mãe à espera de que ela intercedesse.

— Eu adoraria, Bren, mas eu tenho uma coisa urgente pra resolver. — Erin se abaixou e deu um abraço no sobrinho. — Vou combinar com a sua mãe e o seu pai de ir visitar vocês. Prometo.

Ela entrou na sala, seguida de perto por Liz, para pegar o casaco e a bolsa.

— Tem alguma coisa que a gente possa fazer? — perguntou Liz.

— Não, ele só não tá pronto ainda. Não achei que estivesse, mas a mamãe insistiu.

— Vai ser muito triste se você for embora. Por que você não fica?

— Obrigada, Liz — disse ela, envolvendo a cunhada num abraço. — Se eu ficar, vai ser ainda pior.

— Você vai ficar bem? — perguntou Liz enquanto elas se afastavam.

Erin assentiu de forma não convincente.

— O que você vai fazer?

— Não sei. Dar uma corrida, eu acho. Eu vou pensar em alguma coisa. Me faz um favor, tenta manter a paz aqui. — Ela hesitou. — Estou com a sensação de que a Terceira Guerra Mundial está prestes a estourar. Talvez você possa desarmar todo mundo antes que se torne uma guerra nuclear. Não quero que seus filhos vejam isso.

— Vou tentar — respondeu Liz, sufocando as lágrimas. — Vai dar tudo certo. Ele só precisa de tempo.

O rosto de Erin denunciou sua dúvida.

— Espero que sim — disse ela, apertando o braço de Liz. Então ela se virou, saiu silenciosamente da casa e fechou a porta.

* * *

Era o primeiro Dia de Ação de Graças que Tonya passava com sua família em quatro anos. O que aconteceu com Sharise os havia separado e era difícil para Tonya não culpar os pais. Sharise era filha deles, carregava o mesmo sangue — isso deveria contar mais do que orgulho, religião ou qualquer que fosse a origem da raiva deles. Mas com tudo o que estava acontecendo, ela decidiu que era importante tentar convencê-los de que precisavam ser uma família novamente. Sabendo como seu pai se sentia em relação a Sharise, ela era grata pelo apoio de Paul. Só podia esperar que o status do marido enquanto jogador da NBA tivesse alguma influência sobre seu pai.

À mesa de jantar haviam conversado sobre tudo, menos o elefante na sala. Finalmente, quando ela e a mãe começaram a tirar a mesa, ela tocou no assunto.

— Podemos falar sobre o Sam? — perguntou ela timidamente.

Seu pai, que havia entrado na sala para conferir o placar do jogo de futebol, ficou tenso.

— Prefiro não — respondeu ele friamente.

— Papai, por favor, não abandona o Sam.

Ele fechou os olhos, sua raiva se infiltrando, chegando muito perto da superfície.

— Eu já disse que prefiro não falar sobre isso. Eu tinha uma filha e um filho. Mas meu filho morreu.

Ela olhou do pai para a mãe, que estava parada na porta.

— Mamãe, o Sam não morreu. Mas ele pode acabar passando o resto da vida na prisão. Ele precisa de você e do papai.

O olhar da mãe se encontrou com o dela e não desviou mais.

— O Samuel tá tendo o que merece. Seu pai e eu demos a ele a chance de se arrepender e se afastar do caminho do pecado. Em vez disso, ele escolheu se afastar de Deus.

— Vocês não entendem? O Sam não escolheu ser assim. Vocês realmente acham que Deus fez o Sam assim só pra sofrer?

O pai olhou para ela.

— Não ouse questionar os motivos de Deus. Deus dá a todos nós fardos que devemos carregar. Seu irmão escolheu o caminho mais fácil, o caminho do pecado, para lidar com o que Deus lhe deu. Se Deus quisesse que eu tivesse duas filhas, Ele teria me dado duas filhas.

— Você não percebe, papai? Ele te deu duas filhas. Talvez Deus não esteja colocando o fardo sobre Sam, talvez Ele queira só testar vocês dois pra ver se vocês seriam capazes de amar um filho mesmo que ele não estivesse de acordo com as suas crenças.

Os olhos de seu pai se arregalaram e ela ficou tensa, achando que ele estivesse prestes a dar um tapa nela. De repente, seu marido se colocou entre ela e o pai.

— Não, Frank — disse ele em uma voz que ressoou em cada centímetro de seu corpo de um metro e noventa e cinco. — A gente não veio aqui pra brigar. A gente veio pra falar sobre ajudar o Sam.

Franklin Barnes deu um passo para trás, a figura imponente de seu genro contendo sua raiva.

— Não tem nada pra conversar.

— Você sabe que a Tonya e eu contratamos advogados pro Sam.

— Isso é problema de vocês.

— Nós não estamos pedindo a sua ajuda pra pagar os advogados, Frank. Mas os advogados acham que, quando o caso for a julgamento, seria muito bom ter você e a Vi lá pra apoiar e talvez até falar sobre o seu relacionamento com o Sam.

— Não — respondeu ele sem hesitação. — Não tenho intenção de ser transformado em um vilão sem coração por algum advogado que, pelo que eu li, é tão doido quanto o Sam.

Tonya e Paul trocaram olhares, surpresos com o fato de seu pai estar acompanhando o caso na internet.

— Ninguém tá tentando transformar você em nada — disse Tonya. — Os advogados do Sam só querem que o júri saiba que ele tem uma família que apoia e ama ele.

— O Samuel tinha uma família amorosa e solidária. Mas quem quer que seja essa pessoa, não é o Samuel.

— Papai, você sabe que o Sammy estava só se protegendo. Ele nunca machucaria ninguém de propósito.

Mais uma vez o temperamento de seu pai se inflamou, sua voz se tornando mais forte e mais alta.

— Ele é uma prostituta, uma prostituta qualquer. Você sabia disso? Ele faz sexo com homens por dinheiro. Não venha me dizer que ele é inocente. Ele está sofrendo a ira de Deus pelos seus pecados, e eu não vou mexer um dedo para ajudar.

Tonya abaixou a cabeça, lágrimas se formando nos cantos dos olhos. Ela caminhou até o armário no saguão e tirou os casacos dos cabides.

— Acho que é melhor a gente ir — disse ela baixinho, entregando a Paul o casaco dele, e depois se virando para dar um beijo na bochecha da mãe. — Obrigada pelo jantar — sussurrou ela, e depois disse para o pai: — Desculpa, papai, mas Jesus nunca tratou ninguém como você trata o seu próprio filho. Eu não sei o que vai acontecer, mas o Paul e eu pretendemos apoiar o Sammy. Ele é meu irmão... — Ela fez uma pausa. — Não, ela é minha irmã, e eu nunca vou abandoná-la. Não importa o que aconteça.

CAPÍTULO 20

Fechando as cortinas, Erin deu uma olhada na direção do Downtown Cranford antes de procurar o frasco de ibuprofeno na bolsa. Parecia que dentro da sua cabeça havia pequenos demônios marcando o tempo em um bumbo, e aquela última taça de vinho, que antes havia parecido uma boa ideia, não tinha nada de bom naquele momento.

Depois de sair da casa dos pais, ela decidiu tentar substituir a dor do Dia de Ação de Graças pela dor de uma longa corrida. Para sua infelicidade, embora a corrida tenha sido dolorosa, não ajudou em nada emocionalmente. O plano B tinha sido vinho tinto, o que só a deixou mais melancólica, fazendo-a revisitar outros Dias de Ação de Graças e recordar por que aquele era o seu feriado favorito.

Depois de ficar deprimida em seu apartamento por meia hora, ela resolveu se vestir, pegar um café e ir para o escritório, onde decidiu que deveria passar o dia se dedicando a seus outros clientes, cujos casos estavam um completo caos em razão de todo o tempo que eles dedicavam ao caso de Sharise.

Ao entrar em sua sala, ela viu a luz do telefone piscando. "Ah, pelo amor de Deus. Quem ligaria no dia seguinte ao Dia de Ação de Graças?" Ela tentou ignorar, mas a luz irritante por fim a venceu.

A voz era grave, mas um tanto abafada, como se quem ligasse estivesse tentando disfarçar sua voz.

— Dra. McCabe — dizia —, você não me conhece, mas eu estou ligando porque seu cliente Samuel Barnes está sendo retirado da custódia protetiva e transferido para junto dos demais presos hoje, no caso, sexta-feira, 24 de novembro. Não sei nenhum outro jeito de fazer contato com você. Espero que você receba essa mensagem antes que seja tarde demais.

Erin olhou para o telefone, momentaneamente atordoada. Então, de repente, ela se deu conta: sendo verdade ou não, outras pessoas haviam ouvido a mensagem também.

Ela pegou a bolsa e o celular e correu para fora do prédio para começar a fazer ligações. Primeiro, ligou para Duane para informá-lo do que estava acontecendo; então, por ser feriado, começou a procurar números de emergência. Quando ligou para o número de emergência do Ministério Público e disse que precisava falar com Barbara Taylor, eles foram indiferentes o suficiente para que ela se surpreendesse quando o celular tocou dez minutos depois.

— Alô — respondeu Erin respondeu hesitantemente, sem saber quem estava ligando.

— Dra. McCabe?

— Sim. Barbara, é você?

— Sim, eu acabei de receber uma ligação do oficial de plantão me dizendo que eu precisava ligar pra você imediatamente. Erin, por que você está me ligando? O que não pode esperar até segunda-feira?

Erin respirou fundo.

— Barbara, eu recebi um telefonema anônimo informando que a minha cliente está saindo da custódia protetiva hoje. Você tá ciente disso?

— Erin, do que você tá falando? Um telefonema anônimo... isso parece loucura. Por que o seu cliente seria transferido? Eu suspeito que alguém esteja brincando com você.

— Talvez você tenha razão, mas quem deixou a mensagem parecia estar falando a verdade. Você poderia, por favor, ligar pra lá e verificar pra mim?

Houve uma longa pausa.

— Tá bem. Eu já falo com você.

Cinco minutos depois, Taylor retornou a ligação.

— Erin, eu não sei quem te ligou, mas seja lá quem for, sabia do que estava falando. A transferência do seu cliente está programada pro final da tarde.

— Barbara, você precisa impedir isso! Você sabe que ela não vai estar segura junto com os outros presos.

— Espero que você acredite em mim. Eu tentei. Mas o chefe da carceragem me disse que era uma ordem direta do xerife. Eu não tenho autoridade pra suspender essa decisão.

Erin repassou suas opções rapidamente.

— Barbara, eu vou tentar encontrar o juiz de plantão e entrar com um pedido emergencial pra impedir a transferência. Quando eu descobrir quem é o juiz, vou precisar dar entrada na petição. Se eu conseguir uma sessão de urgência e der um jeito de te levar a papelada, você vai também?

— Erin, a minha filha veio da faculdade passar uns dias em casa. A gente ia sair pra fazer compras. — Houve um longo silêncio, então um suspiro. — A juíza Sylvia Wolfe está de plantão hoje. Você pode me enviar os papéis por fax nesse número.

— Obrigada, Barbara. Te agradeço muito.

Enquanto Erin ia atrás da juíza, Duane corria freneticamente para reunir a papelada necessária, principalmente fazendo um "copiar/colar" de sua petição que solicitava que Sharise fosse transferida para o presídio feminino. Alguns de seus argumentos se baseavam na consciência acerca do perigo que ela correria se fosse retirada da custódia protetiva. Para alívio deles, a juíza Wolfe concordou em realizar a sessão por telefone ao meio-dia e deu a Erin um número de fax para que ela lhe enviasse a papelada. Erin passou a informação para Barbara, e naquele momento tudo o que podia fazer era torcer para que a transferência ainda não tivesse acontecido.

* * *

Ed Champion olhou o visor do celular antes de atender.

— O que é isso, vingança? Eu te acordei num domingo de manhã, então você me liga no feriado?

— Engraçado. Mas não — respondeu Andrew Barone.

— Então, o que foi?

— Vocês grampearam o Swisher ou a sócia dele?

— O quê? Claro que não. Por que a gente estaria em cima deles? Além do mais, se a gente tivesse feito isso, vocês do Departamento de Justiça deveriam saber. Você me disse outro dia que vocês estavam ouvindo o Swisher. Tô confuso.

— Acabei de receber uma ligação do agente que está conduzindo a investigação do vazamento. Ele me diz que há mais ou menos uma hora, o Swisher recebeu uma ligação da sócia em pânico. Aparentemente, chegou uma ligação no escritório deixando uma mensagem urgente dizendo que Sharise estava sendo retirada da custódia protetiva.

— Tem como você traduzir isso, por favor?

— Não posso. Mas aí ela disse pro Swisher que, como a chamada tinha sido feita pro escritório e a linha estava grampeada, o Townsend ia ser informado de que eles sabiam da transferência.

A ligação ficou muda por vários segundos.

— Olha, eu não faço a menor ideia do que isso significa. Talvez o Ministério Público tenha grampeado eles e o Townsend é bem-relacionado o suficiente pra descobrir seja lá o que eles estiverem conversando. Nós temos contatos nos condados e no gabinete do procurador-geral. Eu posso verificar com os meus contatos na semana que vem e ver se tem alguma coisa rolando.

— Tá bem. Mas tem mais. O agente disse que há umas duas semanas tiveram outras duas outras chamadas atípicas. Uma entre o Swisher e um agente que ele conhece em Las Vegas. A segunda, entre o Swisher e a sócia dele, imediatamente depois dessa ligação. Se você estiver perto de um computador, eu te mando.

— Beleza.

— Qual é o seu e-mail pessoal?

— EQChampion1952@home.com.

— O que diabos significa o Q?

— Quincy.

— Quem é o infeliz que coloca Quincy como segundo nome do filho?

— John e Abigail Adams.

— Engraçadinho.

— Sério, a minha mãe era professora de história na Rutgers. Ela amava Abigail Adams.

— Que seja. Tô te mandando nesse minuto. Me liga depois de ler.

O e-mail apareceu em sua caixa de entrada e ele abriu os anexos. A primeira conversa era entre Swisher e o agente especial Terrance Johnson, que ele não conhecia. A segunda era uma ligação de Swisher para sua sócia, imediatamente depois que ele desligou com Johnson. Quando chegou ao final, Ed voltou e releu a transcrição. "Como aquilo estava conectado ao Townsend? Por que eles tinham certeza de que Townsend ficaria sabendo da ligação feita para o escritório?" Embora tudo que ele tinha fosse uma transcrição asséptica, ele podia sentir o medo na voz de Swisher. Ele sabia o que era aquilo. Sabia como era quando uma testemunha-chave desaparecia de repente. Havia um pânico profissional, sim, mas quando se tem um grama de humanidade, também há o medo de que algo que você fez de errado custe a vida de alguém.

Ele releu a transcrição da ligação que Swisher fez ao agente Johnson — "Ela é prostituta em Las Vegas e eu preciso encontrá-la porque acho que a vida dela pode estar em perigo. Tentei o número que ela me deu, mas não consegui falar com ninguém" —, então pegou o celular e começou a discar. Ao fazer isso, seus olhos se concentraram em outra parte da transcrição. "Eles estão pegando pesado, Erin. (…) E se de alguma maneira a gente conseguir manter o placar empatado, eles vão simplesmente encerrar o jogo. A Sharise vai acabar igual à Lenore. Morta."

— O que você acha? — disse ele, atendendo ao primeiro toque.

Houve uma longa pausa.

— A gente sabe quem é a Lenore?

— Sim, meus homens falaram com o Departamento de Polícia de Las Vegas antes de me ligar. O nome da pessoa era Lenore Fredericks, também conhecido como Leonard Fredericks. Aparentemente, foi preso algumas vezes por prostituição e, conforme descrito, se jogou do alto de um prédio de vinte andares.

— Tá, eu não tô conseguindo ligar os pontos aqui.

— Eu puxei a ficha dele. Parece que o Fredericks era originalmente de Nova Jersey. Estava na mesma linha de trabalho em Atlantic City. Preso quatro vezes por prostituição em Nova Jersey, duas vezes por posse de drogas. Aproximadamente cinco horas antes da chamada entre Swisher e Johnson, o Swisher ligou pra um número de celular divulgado tentando falar urgentemente com um tal L. Fredericks. O Swisher deixou uma mensagem dizendo pro Fredericks não ligar pro escritório dele, mas deixou o número do celular pra ele ligar.

— E você tá compartilhando tudo isso comigo… por que exatamente?

— A minha autorização pra grampear o Swisher acaba semana que vem, e eu não tenho nenhum argumento pra prorrogá-la. Ele não falou com ninguém sobre o vazamento. Meu Deus do céu, até isso acontecer, acho que a gente não tinha nenhuma ligação completa gravada, porque obviamente não estavam relacionadas à nossa investigação. Você e eu sabemos que provavelmente a gente devia ter dado menos importância pras ligações que eu mandei pra você, mas tenho como contornar isso. O que eu não tenho como contornar é o fato de não haver nada pra que eu consiga obter uma extensão desse prazo.

— E?

— Olha, eu sei que você deu uma pista sobre o caso Jersey Sting.
— Sim. E isso te ajuda em quê?
— Quem tá conduzindo a investigação?
— Phil Gabriel, Corrupção de Agentes Públicos. Ele se reporta diretamente a mim e ao chefe. Mas é o chefe que tá realmente à frente desse caso.
— Talvez você possa me ajudar a ficar em cima do Swisher e, em troca, eu compartilho o que eu escutar sobre isso que talvez seja útil pra você.
— O que você está dizendo, então?
— Vê se funciona pra você...

* * *

Depois que a juíza anotou seus nomes e quem eles representavam, ela imediatamente perguntou a Barbara Taylor se a promotora tinha autoridade para falar em nome do departamento do xerife e da penitenciária. Quando Taylor hesitou, a juíza Wolfe disse:
— Dra. Taylor, a defesa afirma que na ocasião do pedido perante o juiz Redman para que o cliente fosse transferido para o presídio feminino, a doutora representou o xerife e a instituição. Procede?
— Sim, Excelência.
— Alguma coisa mudou desde então?
— Bem, Excelência, não tive a oportunidade de conversar com eles sobre esse assunto.
— Dra. Taylor, deixe-me ver se consigo facilitar isso. Esse é um pleito urgente para impedir que o réu Samuel Barnes, que também atende pelo nome de Sharise Barnes e que foi diagnosticado como transgênero, seja transferido da custódia protetiva para a encarceramento geral de uma prisão masculina no dia seguinte ao dia de Ação de Graças sem ter a oportunidade de contestar a transferência e, pelo menos de acordo com a petição apresentada pela dra. McCabe, correndo imenso risco quanto à sua integridade física. Gostaria de saber se a doutora tem alguma objeção à concessão da liminar temporária solicitada até que todos os documentos necessários possam ser reunidos e uma audiência seja realizada. Em outras palavras, há algum motivo para a não manutenção do *status quo*? Na verdade, deixe-me perguntar de outra forma. Que dano será causado ao escritório do xerife, ao departamento de correções ou

ao Ministério Público caso o sr. Barnes não seja transferido até que uma análise completa da situação possa ser realizada?

Erin prendeu a respiração, pronta para escrever cada palavra da resposta de Taylor.

— Nenhuma, Excelência.

Erin respirou aliviada.

— Ótimo — respondeu a juíza Wolfe. — Vou assinar o despacho ordenando que a situação do sr. Barnes seja alterada e que ele permaneça, portanto, em custódia protetiva até nova ordem do tribunal. Dra. Taylor, quando nós encerrarmos essa chamada, quero que a doutora ligue para o oficial de plantão no presídio, provavelmente o chefe da carceragem, e lhes informe que o sr. Barnes não deve ser retirado da custódia protetiva. Se por algum motivo ele já tiver sido colocado junto aos demais internos, quero que ele retorne ao status de custódia protetiva imediatamente. Diga a eles que receberão uma cópia do despacho por fax nos próximos cinco minutos. Alguma pergunta?

— Não, Excelência.

— Muito bem. Dra. McCabe, mais alguma coisa?

— Sim, Excelência. Gostaria de autorização para visitar minha cliente hoje para ter certeza de que ela está bem. Como hoje é feriado estadual, eu precisaria de um pedido de Vossa Excelência.

— Alguma objeção, dra. Taylor?

— Hmm, supondo que... É...

— Deixe-me ver se posso ajudar. Dra. Taylor, quando você ligar para o chefe da carceragem, avise-o que a dra. McCabe está autorizada a fazer uma visita hoje entre... A que horas você vai, dra. McCabe?

— Imediatamente, Excelência. Devo estar lá por volta das duas horas.

— Ótimo. Ela pode fazer a visita a qualquer hora entre duas e quatro horas essa tarde. Se o chefe da carceragem dificultar a sua vida, me ligue de volta. Caso contrário, vou presumir que não houve mais nenhum problema. Algo mais?

— Não, Excelência — entoaram as duas simultaneamente.

— Obrigada, doutoras. Aproveitem o resto do dia.

A viagem de carro de Cranford até Toms River levava geralmente uma hora, mas naquele dia parecia durar uma eternidade. Erin havia dito a Duane que ele fosse para casa ficar com Cori e Austin, mas que ela precisava ver Sharise para ter certeza de que estava bem.

Mais tarde, sentada na sala de visitas, ela começou a ficar nervosa. O sargento na recepção havia chamado Barnes, mas ela já estava esperando havia vinte minutos. Estava prestes a pegar o telefone e ligar para a sala de controle quando viu Sharise descendo o corredor escoltada por dois policiais.

O guarda que conduzia Sharise até a sala olhou para Erin.

— Olha só, farinha do mesmo saco — disse ele enquanto empurrava Sharise para baixo em direção à cadeira. — Vocês já sabem como funciona — acrescentou ele, saindo da cela e trancando a porta.

— O que você tá fazendo aqui hoje, garota? Ontem não foi Dia de Ação de Graças? Você não tem nada melhor pra fazer?

— Só queria ter certeza de que você está bem.

Sharise inclinou a cabeça e franziu a testa.

— E por que eu não estaria bem? Teve algum sonho ruim ou coisa do tipo?

Erin explicou o que tinha acontecido no início do dia, deixando de fora apenas o fato de que eles estavam sendo grampeados. Quando ela terminou, Sharise balançou a cabeça.

— Quem te ligou pra avisar?

— Não faço ideia. Na verdade, nem quero saber. Não sei quem poderia saber às nove da manhã que você seria transferida, mas alguém sabia e me avisou.

— Deve ser meu anjo da guarda. Ela finalmente acordou e disse: "Puta merda, aquela Sharise deve estar metida em confusão. Melhor evitar que alguém mate ela." — Ela soltou uma gargalhada sarcástica. Quando parou de rir, sua expressão ficou séria. — Obrigada — disse ela.

Sharise olhou ao redor da sala, desconfiada.

— Eu sei que a gente saiu perdendo na última audiência, e eu não tô dizendo que o que a Lenore disse pro seu sócio aconteceu, mas você realmente acha que a Lenore viria depor? E, se ela fizesse isso, eu teria maiores chances?

Por uma fração de segundo Erin baixou a cabeça. Ela rapidamente olhou para cima, mas, antes que pudesse dizer qualquer coisa, Sharise entendeu.

— Ela tá morta, não tá?

Erin fechou os olhos e assentiu.

— Ai, meu Deus, não — disse Sharise, lentamente balançando para a frente e para trás em sua cadeira. — Ah, não, Senhor, por favor, não. A Lenore não.

As regras do presídio a proibiam de tocar em um preso, mas ela estendeu o braço sobre a mesa e colocou a mão no pulso algemado de Sharise.

— Sharise, eu sinto muito.

— Como? — perguntou Sharise em meio aos soluços, não sendo mais capaz de conter suas emoções.

Erin olhou ao redor da cela. Poderia ser paranoia, uma vez que eles realmente queriam pegá-la? Ela concluiu que havia pelo menos cinquenta por cento de chance de alguém estar ouvindo, então deixou de fora a parte sobre o escritório estar grampeado. Erin disse a ela que Duane tinha um amigo na polícia de Las Vegas que havia lhe contado sobre a morte de Lenore.

Sharise apoiou a cabeça nos braços algemados e chorou. Quando finalmente olhou para cima, com os olhos inchados de lágrimas, disse:

— Foi por minha causa, não foi?

— Por enquanto a gente não sabe, Sharise. O caso ainda tá sendo investigado — mentiu Erin. — Pode ter sido suicídio.

A cabeça de Sharise ia de um lado para o outro.

— Não, a Lenore não. Ela era a mais forte. Não, alguém jogou ela daquele prédio. Aquela garota não pulou de jeito nenhum. Ela era uma piranha atrevida, igual a você, a Lenore.

Dez minutos depois, quando Erin passou pelo último conjunto de portas trancadas em seu caminho para fora da sala, o tenente Rose estava esperando com outro oficial ao seu lado.

— Tenente — disse ela ao vê-lo.

— Dra. McCabe, de acordo com as regras, não é permitido tocar em um preso. Essa é uma infração grave. Eu poderia impedir você de visitar o seu cliente.

— É mesmo, tenente? A menos que eu esteja enganada, acredito que o direito a um advogado ainda se aplica aqui em Ocean County. — Ela sorriu. — E o que te faz pensar que eu toquei em alguém? Você estava assistindo, tenente?

O rosto dele ficou vermelho.

— Temos autorização para observar para fins de segurança — respondeu ele em um tom de voz desafiador.

— É mesmo? A gravação tem áudio também? Talvez eu deva assistir às imagens com o senhor, tenente. Não me lembro de ter tocado em ninguém, mas se o senhor quiser me mostrar…

Os lábios dele se contraíram, e lentamente ele foi fazendo uma cara feia.

— Considere isso um aviso, *dra*. McCabe — disse ele, enfatizando o "doutora". — Na próxima vez, vamos dar entrada numa ação disciplinar contra você.

— Obrigada, Tenente. E, por favor, certifique-se de guardar essas imagens. Eu posso querer assistir futuramente. — Ela pegou sua carteira de advogada da mesa e murmurou: — Tenha um bom dia.

Erin foi embora, tratando de rebolar o máximo possível enquanto saía pela porta, sentindo um prazer perverso em tentar excitar o muito transfóbico tenente Rose.

Ela voltou para Cranford um pouco antes das cinco. Havia ligado para Duane no caminho para avisá-lo de que Sharise estava bem, mas que tinha precisado contar a ela a respeito de Lenore. Agora, subindo as escadas para seu apartamento, percebia que a solidão do prédio tinha passado de convidativa para absolutamente assustadora. Ela havia comprado temporizadores para as lâmpadas da sala de estar e do quarto, para não ter que entrar no apartamento escuro, mas estava começando a achar que Swish tinha razão; por mais que gostasse de ir andando para o escritório, talvez fosse hora de começar a procurar um lugar um pouco mais seguro.

As luzes estavam acesas quando ela entrou e, enquanto olhava em volta, spray de pimenta na mão, tudo parecia normal. O telefone do quarto tinha três mensagens. Ela apertou o play.

"Mensagem recebida às 9h28 da manhã. Erin, querida, é a mamãe. Eu sinto muito por ontem. É tudo culpa minha. Eu realmente pensei que seu pai estivesse pronto. Por favor, não use isso contra ele. Por favor, me liga. Estou preocupada com você."

"Mensagem recebida às 15h05. Erin, é a mamãe de novo. Por favor, me liga."

"Mensagem recebida às 16h14. Erin, é o Mark. Olha, eu sei que te devo desculpas. Eu realmente gostaria de te ver para poder explicar pessoalmente o quão idiota eu sou. Se você estiver disposta a tomar outro café comigo ou alguma coisa assim, por favor, me liga."

Ela desligou e discou o número de Duane.

— Ei — disse ela quando ele atendeu.

— Ela tá bem?

— Sim, ela tá bem. Ninguém tinha falado nada pra ela sobre a transferência.

— Tá. Escuta, a Cori e eu vamos jantar agora, a gente pode falar sobre isso na segunda-feira?

— Claro, por mim tudo bem. Manda um beijo pra Cori.

— Pode deixar.

Ela olhou para o telefone sabendo que havia outra pessoa ouvindo enquanto ela o devolvia à base. "Talvez faça a gente ganhar algum tempo", pensou ela, pegando o celular e discando.

— Oi mãe. Eu tô bem. O dia foi longo. A propósito, mãe, você lembra que eu te pedi pra não ligar pro meu telefone fixo?

CAPÍTULO 21

Mark abriu um sorriso discreto quando Erin se sentou à mesa do Cranford Hotel, um dos restaurantes favoritos dela.

— Oi — disse ele, muito mais reservado do que nas outras duas vezes em que se encontraram.

— Oi — disse ela sem qualquer emoção, colocando a jaqueta de couro e bolsa no assento ao seu lado. — Desculpa pelo atraso.

— Tudo bem. Tô feliz que você tá aqui. Achei que talvez você tivesse decidido não vir.

— Eu pensei em não vir. Então, posso saber por que você me ligou? — perguntou ela, reconhecendo imediatamente que sua voz saiu um pouco mais estridente do que pretendia. — Assim, obrigada por ter me ligado, mas você realmente não precisa se desculpar por nada. Eu acho que sei o que aconteceu.

Ele olhou para baixo, evitando seu olhar astuto.

— Acho que o principal motivo de eu ter ligado é que sinto que te devo desculpas. Eu agi igual a todo mundo. Eu gostaria de não ter feito isso, mas eu fiz.

Seu sorriso era fraco e havia resignação em seu tom.

— Mark, eu entendo, de verdade. Uma coisa é você saber sobre meu passado, e honestamente, eu fiquei surpresa com como você lidou com isso, mas outra coisa é você saber que todo mundo sabe sobre meu passado. De repente, todo mundo sabe que a mulher com quem você tá saindo é transgênero e... digamos que eu entendo o que passa em seguida pela mente da maioria das pessoas.

— Mas isso não deveria importar — respondeu ele desafiadoramente.

— Mas nós dois sabemos que importa. Desde que estive na primeira página dos jornais, tem pessoas em algumas lojas da cidade que de repente não falam mais comigo, embora eu frequente o lugar há dois anos. Então eu sei que isso importa. — Erin deu a ele um sorriso triste do outro lado da mesa.

— Vocês querem alguma coisa? — interrompeu a garçonete.

Ela percebeu que era hora de decidir. Se ela pedisse algo, teria que ficar pelo menos o tempo suficiente para terminar uma bebida. Ou ela poderia simplesmente se levantar, dizer "Prazer em ver você de novo" e ir embora.

Erin olhou para ele do outro lado da mesa, seus olhos implorando para que ela ficasse. Ela respirou fundo e fechou os olhos por uma fração de segundo.

— Eu vou querer uma Corona — disse ela.

O olhar dele transmitiu uma sensação de alívio e um agradecimento.

— Uma Brooklyn Ale — respondeu ele, depois esfregou o lábio inferior entre os dedos. — Obrigado por ficar.

— Não tenho certeza se de fato decidi de ficar, acho só que seria grosseiro vir até aqui e não ouvir você.

— Justo — disse ele.

Eles ficaram sentados em meio a um silêncio constrangedor pelo que pareceram minutos. Ela afastou o cabelo do rosto e disse por fim:

— Então, por que a gente tá aqui? Você poderia ter se desculpado por telefone.

Ele esperou a garçonete servir as bebidas antes de responder.

— Olha, desde o momento em que nós fomos apresentados na casa do Swish, eu quis te conhecer. Você é uma mulher solteira, inteligente e atraente, e nas poucas vezes em que a gente esteve junto, eu realmente gostei das nossas conversas. — Ele parou e tomou um gole da cerveja, sua expressão séria e genuína. — Tudo isso continua sendo verdade.

— Mark, isso não vai acabar bem nem pra mim nem pra você. Quando cheguei aqui, eu disse que entendia por que você tinha desmarcado o nosso encontro, mas isso não significa que foi fácil para mim, não foi. Eu chorei muito naquela noite. Seja honesto comigo: se a sua família ou os seus amigos descobrissem que você saiu comigo, você ia acabar ouvindo um monte de merda, certo? Algumas pessoas que conhecem você provavelmente te chamariam de viado ou coisa pior. Não seria legal pra você. E a partir do momento em que você decidiu que não valia a pena aturar todas as bobagens, passou a não ser legal pra mim. Então, por que a gente não economiza tempo e aborrecimento e nem mesmo dá espaço pra que isso aconteça?

— Acho que é porque eu espero ser homem o suficiente pra passar por cima de toda essa merda. — Ele tomou um gole mais longo da cerveja. — Eu queria poder jurar pra você que nada disso importa, mas eu não sei. Talvez você esteja certa. Mas eu tô aqui porque quero estar. Estou aqui porque conheci uma mulher que gostaria muito de conhecer melhor. Eu tô aqui por sua causa.

Ela balançou a cabeça.

— Mark, você parece ser um cara muito legal e merece conhecer uma mulher muito legal que não venha com a bagagem que eu carrego.

— Erin, eu estraguei tudo. Eu admito. — Seus olhos verdes perfuravam os dela. — E você tem todo o direito de dizer: "Obrigada, Mark, mas não estou interessada." Mas, por favor, não tenta me proteger de você. Eu sou bem grandinho. Eu posso cuidar de mim mesmo.

Ela correu o dedo ao longo da borda do copo de cerveja.

— Tá bem — disse ela. — Mas eu sei como as pessoas reagem. — Ela fechou os olhos e respirou fundo, o dia anterior ainda fresco em sua mente. — Eu não passei o Dia de Ação de Graças com a minha família porque o meu pai simplesmente não é capaz de me aceitar como filha. O meu irmão, que é um dos melhores caras que eu conheço, acabou de voltar a falar comigo depois de dois anos. Então, digamos que as minhas experiências até agora com os homens próximos a mim não me deixaram muito confortável em relação a tudo isso.

— Eu não sei o que dizer. Eu só te conheço desse jeito — disse ele, gesticulando na direção dela. — Lamento muito que você tenha que lidar com isso. Eu não consigo imaginar como é pra você.

— Não é legal. — Ela fez uma pausa. — Eu não entendo. Por que eu? Tem várias mulheres lá fora. Não entendo por que você estaria interessado em mim.

— Por que você acha tão difícil acreditar que um homem te acharia atraente e se interessaria em conhecer você?

— Porque você conhece o meu passado, e isso muda tudo pros homens.

— Vocês querem o cardápio? — interrompeu novamente a garçonete.

— Claro — respondeu Mark.

Depois que a garçonete colocou os dois cardápios sobre a mesa e se afastou, Erin inclinou a cabeça para o lado.

— Um pouco inapropriado, talvez?

— Não, a gente não precisa pedir. Você já comeu?

— Não, mas não sei exatamente se estou com fome.

Ele deu a ela um sorriso resignado.

— Deixa eu fazer uma sugestão. A gente come alguma coisa e fica aqui só uma hora. Se sairmos daqui e você nunca mais quiser me ver de novo, pelo menos eu tentei. E se no final eu nunca mais quiser te ver, pelo menos você comeu. O que você acha?

— Tá bem — respondeu ela, tomando um gole de cerveja.

— Ótimo — disse ele. — Sinto muito pelo seu pai e pelo Dia de Ação de Graças. Com certeza é difícil lidar com isso.

— Eu fico mal pela minha mãe. Ela é uma mulher maravilhosa e só quer que a gente seja uma família de novo. Então eu sei que é muito difícil pra ela. Mas, enfim, como foi o seu Dia de Ação de Graças?

— Foi bom. Os últimos anos foram difíceis. Meu pai morreu há três anos de um infarto que veio do nada. Ele tinha só sessenta e três anos. E a minha mãe ainda tá tentando se ajustar.

— Eu sinto muito.

— Tudo bem — disse ele dando de ombros. — Ele era um cara muito bom e nós sentimos a falta dele. — Ele não disse nada por um tempo. — De todo modo, os meus irmãos mais velhos estavam lá com as esposas e os filhos, e a minha irmã e a amiga dela estavam lá. Foi legal.

Ela se esforçava para avaliar o que ele havia acabado de dizer, tentando não ler demais as entrelinhas.

— Posso fazer uma pergunta idiota?

Ele deu a ela um sorriso compreensivo.

— A amiga da minha irmã é namorada dela.

— E como estão todos com o fato de a sua irmã ser lésbica e ter uma namorada? — perguntou ela com cautela, com medo de qual seria a resposta.

Ele estremeceu.

— Você é péssimo em disfarçar.

— Já me disseram isso.

— E?

Ele olhou para ela, seus olhos denunciando seu desejo de evitar aquela conversa.

— Digamos que, tendo uma origem católica, a minha família não ficou feliz quando a Molly se assumiu. Acho que foi um choque. A Molly era líder de torcida, popular, saía com homens, então quando ela trouxe a Robin pra casa alguns anos atrás, houve um certo alvoroço.

Erin riu.

— Eu sei. Provavelmente eu só deixei claro o quão ignorante eu sou em relação a lésbicas, como se elas não pudessem ser uma líder de torcida popular e bonita. Mas eu tenho que confessar, foi assim que todo mundo se sentiu.

— Até você? — perguntou ela.

— Sim — respondeu ele timidamente. — Até eu.

— Por quê?

Ele assentiu.

— É complicado.

— E você acha que vou ter dificuldade com uma coisa complicada?

— Touché — disse ele com um pequeno bufo disfarçado de riso.

Ele deu um longo gole em sua cerveja.

— A Molly é dois anos mais nova que eu e nós sempre fomos próximos. Quando eu estava no último ano do ensino médio, ela começou a namorar o meu melhor amigo, o Leo. Eles namoraram durante toda a faculdade e um ano depois que ela se formou, eles se casaram. Logo depois do casamento deles, eu fui pro Corpo da Paz e quando voltei, eles não estavam mais juntos e estavam se divorciando. Bom, quando eu descobri que o motivo era que a Molly era lésbica, tenho certeza de que a minha reação não foi como ela esperava. — Ele fez uma pausa e tomou outro gole da cerveja. — Foi logo depois de eu ir passar um ano fazendo mochilão. Quando eu voltei, a Molly tinha se mudado pra Washington e estava trabalhando pro Departamento de Saúde e Serviços Humanos.

— E o que aconteceu entre vocês?

— No caminho do Chile pra casa, eu parei em Washington. Em um ano é possível refletir sobre muita coisa, e depois de mais ou menos uma semana lá, ficou tudo bem, e tá assim desde então.

— Quando ela se assumiu pra sua família?

— Acho que foi há uns dois anos. Ela e a Robin foram morar juntas tem uns quatro, enquanto a Robin estava terminando o pós-doutorado em Georgetown. Dois anos atrás, a Robin conseguiu um emprego na NYU. Foi quando a minha irmã contou pra todo mundo que elas não eram só colegas de quarto e que era por isso que ainda moravam juntas. Eles moram em Jersey City agora.

Ela ergueu uma sobrancelha.

— E como é a sua família com a Robin?

— No início foi difícil. Eu sei que a minha mãe sofreu. E levou um tempo pro Jack e pro Brian, os meus irmãos. Mas acho que as pessoas começaram a se ajustar.

Ela olhou para o copo de cerveja.

— Eu sei o que você tá pensando — disse ele.

— Não é óbvio?

— Eu sei, se eles tiveram tantas dificuldades com uma filha e uma irmã lésbica, como vão lidar com você?

Ela suspirou.

— Prontos pra outra rodada? — perguntou a garçonete, que de repente se materializou ao lado da mesa. — A comida vai chegar em breve.

Com um gesto, Mark comunicou que dependia dela.

— Hmm, claro — respondeu ela.

— Sim, obrigado — disse Mark à garçonete. Depois, se voltando para Erin: — Eu não sei como eles vão reagir, mas a gente tá se precipitando. Ainda nem terminamos o jantar.

Ela riu.

— Tem razão.

A tensão de antes começou a diminuir conforme eles batiam papo, conversando sobre seus livros e restaurantes favoritos. Como na maioria das noites de sexta-feira, o Cranford Hotel lotou por volta das nove e o barulho se tornou ensurdecedor. Olhando ao redor do salão lotado, Erin tomou uma decisão.

— Posso fazer uma sugestão? Talvez a gente possa continuar essa conversa em outro lugar. Não tenho Brooklyn Ale, mas tenho Sam Adams, ou posso fazer um café.

Ele sorriu.

— Um café seria perfeito.

Era uma noite tranquila enquanto cruzavam o quarteirão do restaurante até o prédio dela. As luzes da rua iluminavam o rosto dele em feixes curtos conforme eles andavam, e ela começou a se perguntar o que tinha dado nela ao convidar um cara bonitão para ir até o seu apartamento. Ela balançou a cabeça levemente, ainda um pouco perplexa sobre ter começado a achar os homens bonitões.

— Então você é o professor de inglês aqui. Quais são seus romances favoritos?

— Eu realmente gosto de muitos livros, mas, se eu tiver que escolher, dois dos meus favoritos são *Ardil-22* e *Matadouro-Cinco* — respondeu ele.

Ela riu.

— Um lado um pouco sombrio, absurdo... isso explica muita coisa.

— Você já leu?

— Com certeza. Amei os dois.

— Então você tem um lado sombrio e absurdo também?

— Eu sou advogada — respondeu ela com uma piscadinha.

— Tá certo. Mais alguma coisa que devo saber sobre seus hábitos de leitura?

— Douglas Adams é um dos meus autores favoritos.

Foi a vez de ele analisá-la enquanto eles estavam parados na esquina esperando o semáforo.

— Você é uma mulher complexa mesmo.

Ela ergueu uma sobrancelha.

— Achei que isso já estivesse claro.

Eles cruzaram a North Avenue e ela destrancou a porta do prédio que dava para o andar de cima. Enquanto eles subiam as escadas em direção ao segundo andar, Mark disse:

— Bem, agora eu sei por que você corre. Pra ficar em forma só pra poder chegar em casa.

— Ainda tem outro lance — respondeu ela.

— Eu espero que você goste de ficar sozinha, porque esse lugar é realmente melancólico.

— O que eu posso dizer? O preço era acessível e ficava perto do escritório.

Ela destrancou a porta, parando antes de abri-la. O que ele pensaria? Ela vivia uma vida muito frugal e talvez ele achasse que não era feminina o suficiente. Será que de um lado existia algo que seria um apartamento de "mulher" e, no extremo oposto, um apartamento de "homem"? Ela constantemente se pegava lutando contra estereótipos de feminilidade que não pareciam combinar com suas próprias sensibilidades. Ela precisava se vestir ou agir de determinada maneira para ser mulher? Ela se preocupava em cumprir certos padrões de feminilidade por ser transgênero ou era apenas vítima de imposições sociais com as quais todas as mulheres tinham de lidar?

Ela empurrou a porta e acendeu a luz.

— Seja bem-vindo — disse ela enquanto tentava medir a reação dele. "Nossa, é o seu apartamento. Por que você se importa com o que ele pensa? Relaxe", disse ela para si mesma enquanto colocava a bolsa sobre a mesa e acendia outra luz. — Então, ainda quer o café ou prefere uma Sam Adams?

— O café seria ótimo se não for dar muito trabalho.

— Trabalho nenhum. Entra — disse ela enquanto ia para a cozinha.

Ela abriu o armário, abriu o recipiente de cerâmica hermético e despejou os grãos no moedor, sabendo exatamente o quanto precisava para duas xícaras, antes de ligá-lo.

— Estou impressionado. Você mói o seu próprio café.

— Um dos meus poucos vícios: café moído na hora.

— Percebi que vinil é outro — acrescentou ele, apontando para a vitrola.

Ela sorriu.

— Sim, é mesmo. Uma das melhores coisas de estar sozinha no prédio é que poder ouvir música bem alto sem incomodar alguém.

— Você se importa se eu der uma olhada?

— Fica à vontade — disse ela. Ela foi até o toca-discos e ligou as caixas. — Você só precisa mover o braço e a plataforma giratória vai ligar — explicou, voltando para a cozinha. — Você quer leite ou açúcar?

— Não, puro mesmo.

Cinco minutos depois, enquanto as notas de abertura de "Mercy Mercy Me" começaram a sair dos alto-falantes, ela levava duas canecas de café para a sala, gentilmente as colocando sobre os porta-copos em cima da mesinha de centro.

Ele se aproximou e se sentou ao lado dela no sofá.

— Boa escolha — disse ela.

— Eu trapaceei. Já estava na vitrola. Embora eu goste de Marvin Gaye — acrescentou ele com um sorriso. Ele pegou o café e tomou um gole. — Gostoso! — disse ele.

— Obrigada.

Eles ficaram lá sentados, sem jeito, conversando sobre música e tomando café.

— Então, posso fazer um comentário? — disse ele, colocando o café na mesa e movendo seu corpo no sofá para que pudesse ficar de frente para ela.

Ela acenou com a cabeça.

— Pra duas pessoas de trinta e poucos anos, nós dois estamos tão nervosos quanto dois adolescentes. — Ele acariciou a barba por fazer em seu queixo com a mão. — Por que isso?

Ela riu.

— Você tá falando sério? Por quê? Talvez seja porque...

Ela nunca conseguiu concluir seu pensamento porque naquele instante ele se inclinou e a beijou. Não foi um beijo incrível, principalmente porque ele a pegou no meio da frase, mas a impediu de falar. E quando ele a beijou novamente, ela lentamente relaxou e deixou seus lábios cobrirem os dela, colocando o braço em volta do pescoço dele para que pudesse puxá-lo para mais perto. Ela ficou surpresa com o quão diferente era. Aquele não era seu primeiro beijo. Ela adorava beijar Lauren e devia tê-la beijado milhares de vezes, mas, quando ela o puxou para perto, seu cheiro, a sensação da pele dele na dela, o sabor de seus lábios, tudo parecia muito mais intenso. Era como se de repente ela tivesse acordado no Mundo Fantástico de Oz — tudo ao redor agora estava cheio de cor. Erin fechou os olhos e acariciou lentamente a nuca dele, apreciando a maneira como ele reagia, seu próprio corpo respondendo de um jeito que ela nunca havia experimentado, o calor dos lábios dele se espalhando pelo corpo dela, que formigava de uma forma estranha, mas maravilhosa.

Mais tarde, depois que ele foi embora, ela se arrastou para debaixo do edredom, tentando organizar seus sentimentos. Eles pareciam tão estereotipadamente femininos que foi impossível não se perguntar se ela estava tentando viver alguma fantasia profundamente arraigada do que significava ser mulher. Como poderia ter passado de alguém sexualmente atraída por mulheres a alguém que se sentiu tão confortável com o abraço e o beijo de um homem? Aqueles sentimentos sempre haviam estado lá, adormecidos? Não, ela tinha certeza de que nunca tinha se sentido daquele jeito antes. A aspereza de sua barba por fazer, a força em seus braços, o calor de seus lábios nos dela — era tudo tão novo e estranho que ela sentiu que de alguma forma seus sentimentos não podiam ser reais, ainda que não parecessem outra coisa.

CAPÍTULO 22

Erin tinha uma rotina aos domingos que poderia seguir de olhos fechados: comprar o *New York Times*, preparar uma xícara de café fresco — geralmente um *blend* da Costa Rica —, verificar seus e-mails e, em seguida, se esticar no sofá e ler o jornal. Depois de um começo preguiçoso, ela saía para uma longa corrida.

Mas aquela manhã foi diferente. Havia tentado se convencer de que o fato de Mark não ter ligado no sábado significava simplesmente que ele não queria parecer muito ansioso, mas a sensação de estômago revirado lhe dizia que era outra coisa. Ainda de pijama, ela colocou o café ao lado do laptop e abriu o e-mail. Assim que viu msimpson1791@home.com e o assunto — "Preciso de mais tempo" — ela fechou os olhos e respirou fundo. Então clicou na mensagem.

    Querida Erin,
    Me desculpe. Sei que, ao ler isso, você vai pensar que estava certa; que nenhum homem jamais seria capaz de te querer. Mas isso não é verdade. Você é uma mulher linda e inteligente. O problema não é você — sou eu e minhas próprias inseguranças. Sei que seu passado não deveria importar para mim, mas não seria nada honesto com você se eu te dissesse que nesse momento isso não importa. Preciso de tempo para entender como me sinto em relação a tudo isso. Sei que esta é a segunda vez que te magoo, então não te julgaria se você me dissesse "já vai tarde" e nunca mais quisesse ouvir falar de mim, mas espero que isso não aconteça. Por favor, não se menospreze. Você é uma pessoa extraordinária. Prometo manter contato.
    Mark.

Erin foi até o sofá, onde pegou uma das almofadas e a abraçou contra o peito. Não sabia como se sentia, mas estava decidida a não chorar.

Não sentia raiva. O mais surpreendente é que ela não estava nem mesmo se repreendendo por pensar que ninguém seria capaz de amá-la. Só estava triste. Ela gostava dele. Ele parecia ser um cara legal. Ela gostaria de ter tido a oportunidade de conhecê-lo melhor. Gostaria de ter a chance de explorar as emoções estranhas que sentiu. Mas o que poderia fazer? Ela era quem ela era e não havia como mudar isso.

Por fim, ela se arrastou para fora do sofá e vestiu as roupas de corrida. Precisava clarear a mente. Precisava deixar de lado todas as merdas pessoais que estavam acontecendo em sua vida e manter o foco em Sharise e em seu caso. Precisava ligar o foda-se para o resto do mundo e viver a sua vida.

Erin trancou a porta e desceu a escada. Ao sair naquela fria manhã de novembro, trancou a porta da rua, respirou fundo e se dirigiu para o Nomahegan Park.

Sentados na janela do Legal Grounds, dois homens a observaram sair.

— Vamos.

Eles atravessaram a rua e o que estava na frente tirou as chaves que tinham conseguido com o corretor de imóveis. Ele rapidamente abriu a porta da rua e entregou a chave ao homem atrás dele.

— Se por algum motivo ela voltar antes de você terminar, eu te ligo. Você sai do apartamento dela e finge que se perdeu enquanto procurava o apartamento que tá pra alugar.

— Karl, não se preocupa. Eu vou estar de volta antes de você terminar o seu café.

* * *

Will tirou os óculos de leitura e apertou a ponte do nariz.

— Parece normal, mas eu te conheço, você não estaria aqui no domingo do feriado de Ação de Graças a menos que estivesse precisando falar comigo pessoalmente. O que tá te incomodando?

Michael encostou-se na ilha da cozinha.

— Bom, pra começar, tem o fato de que alguém avisou a eles que o Barnes estava sendo transferido.

— Alguma ideia de quem foi?

— A gente já volta nesse assunto. — Ele caminhou até a mesa e apontou para a transcrição. — É isso que tá me incomodando.

Will se virou na cadeira.

— O quê, a conversa que ela teve?

— É armação, Will. Ela passa o dia inteiro envolvida com a situação, tentando evitar que o Barnes seja transferido e quando volta pra casa tem três mensagens: duas da mãe, que parece muito chateada e preocupada com alguma coisa, e uma de um cara que quer se encontrar com ela pra se desculpar. E qual é a primeira ligação que ela faz? Pro Swisher. Ela não liga de volta pra mãe do telefone fixo em momento nenhum, e também não liga de volta pro cara.

— Ela provavelmente usou o celular.

— Exatamente! Então a questão é: por que ligar pro Swisher do telefone fixo e usar o celular pra ligar pra mãe e pro cara?

— Você acha que ela sabe que tem alguém ouvindo.

— Acho. Depois que ela recebe a ligação avisando que o Barnes tá sendo transferido, não tem nenhuma chamada do escritório pro Swisher; as únicas ligações são pra juíza. A gente sabe que ela ligou pra Taylor, mas foi do celular. Eu escutei as gravações que a gente recebeu do escritório na semana passada e é tudo um monte de bobagem. Eles não estão discutindo o caso. Honestamente, eles não estão fazendo nada que tenha a ver com esse caso ou qualquer outro.

— Como? As únicas pessoas que sabem são você, eu e o Joe, o encanador.

— O Swisher é ex-agente do FBI. Eu acho que ele verificou o apartamento depois que foi invadido e encontrou as escutas. Depois só ligou os pontos.

Will cerrou os dentes e murmurou "merda" baixinho.

— Então, o que mais você acha que eles sabem?

— Eu chuto que eles sabem sobre Las Vegas. Fiquei sabendo que na sexta-feira rolou um momento bem sentimental entre o Barnes e a McCabe, o que seria consistente com o Barnes sendo informado que uma amiga estava morta. Mas eu não acho que eles saibam do resto. Pelo menos ainda não.

— Quem sabe, além do Lee?

— Whitick. Foi ele quem recebeu a ligação primeiro.

— Ele é confiável.

Michael puxou a cadeira em frente ao lugar onde Townsend estava sentado.

— Talvez.

Os olhos de Will se arregalaram e sua cabeça caiu involuntariamente para trás.

— Você tá preocupado com o Whitick?

— Will, vamos voltar à sua primeira pergunta. Você me perguntou quem eu achava que tinha avisado eles sobre a transferência do Barnes. Tudo bem que mais pessoas sabiam sobre isso e poderiam ter sido a fonte. Mas eu ouvi a fita da ligação pro escritório da McCabe e, apesar de não ter certeza de que é o Whitick, não posso eliminar ele como suspeito. E, se for ele, aí a gente tem um problema muito maior.

Townsend fixou os olhos em Michael.

— Então você não tem certeza se é ele que tá vazando. Em segundo lugar, eu conheço Tom Whitick há vinte anos. Não é um gênio nem nada, mas é um cara leal. Ele também é o Diretor do Setor de Investigações do condado. Michael, eu sei que você resolve tudo pra mim, mas deve ter alguma outra maneira de consertar isso. Uma coisa é uma prostituta em Las Vegas se suicidar...

— Então eu acho que chegou a hora de a gente achar um jeito de esse caso acabar logo.

Will fechou os olhos e esfregou as têmporas.

— Como? Ele ainda está sob custódia protetiva. Se ele estivesse no meio dos outros presos, teria sido fácil. Agora tem uma ordem judicial dizendo que ele não pode ser transferido.

— Você precisa estar em condição de negar conhecimento de qualquer coisa relacionada a isso — disse Michael. — Então deixa que eu me preocupo com esse assunto. Eu tenho algumas ideias, mas vamos deixar assim por enquanto.

Will acenou com a cabeça.

— Não sei como pode aquele idiota de merda ter o mesmo DNA que eu. — Ele olhou para cima e encontrou os olhos castanhos e frios de Gardner. — Que tal seguir em frente? O que acontece se outras pessoas estiverem olhando?

— Espero que isso esteja resolvido.

— Vamos torcer que sim — disse ele em voz baixa, mais como uma oração do que como uma resposta.

— Também decidi tirar tudo do apartamento da McCabe e do escritório. Se eles souberem mesmo, eu não quero nenhuma evidência deixada pra trás.

— Concordo. Não preciso de mais problemas, só preciso acabar com isso.

— Tem mais uma boa notícia. Acontece que o Gabinete de Responsabilidade Profissional do Departamento de Justiça grampeou o celular do Swisher.

— Sim, e daí?

A expressão de desprezo de Gardner quase pareceu um sorriso.

— Eu não passei esse tempo todo na NSA sem ter algumas fontes no Departamento de Justiça. Eles prometeram me atualizar do assunto.

Will olhou para Gardner, balançando a cabeça.

— Estou feliz que você esteja do meu lado.

CAPÍTULO 23

Duane estava parado do lado de fora do reluzente e ultramoderno edifício da Segurança Pública, todo de aço e vidro, onde ficava o Departamento de Polícia de Providence, Rhode Island, lembrando-se da última vez em que esteve na cidade. Ele ainda estava no FBI e tinha sido enviado para entrevistar um suspeito de "terrorismo", que descobriu não ser nada além de um aluno muçulmano bêbado da Johnson & Wales University que gritou "Allahu Akbar!" a plenos pulmões do lado de fora de uma casa de fraternidade. Embora ela tenha violado a política de proibição ao consumo de bebidas alcoólicas dentro da universidade e talvez alguns princípios religiosos, não se tratava de uma nova onda de terrorismo a ser comunicada ao FBI pela polícia do campus. Naquela época, a polícia de Providence estava alojada em um prédio mais adequado para um romance de Dickens do que para sede de um departamento de polícia. Com sessenta anos, decrépito e extremamente superlotado, mal funcionava.

"Como as coisas mudaram."

Parado ali, Duane percebeu que havia momentos em que ainda sentia falta de fazer parte da força policial. Mas ele sabia que não tinha volta. Jamais poderia limpar sua ficha de antecedentes. Para o resto do mundo até poderia parecer que ele havia deixado o FBI voluntariamente, mas qualquer um que estivesse contratando alguém nessa área cavaria um pouco mais fundo e, assim que o fizesse, encontraria pistas minimamente suficientes para seguir um rumo diferente. *C'est la vie*. Ao menos trabalhar junto à defesa o mantinha envolvido em alguns casos interessantes.

Acabou subindo para o Setor de Investigações e preencheu a papelada que autorizava a sua entrada. Cerca de dez minutos depois, um cara de aparência cansada, com cerca de cinquenta anos, vestindo um terno cinza amarrotado que ao se observar mais de perto era possível perceber que se tratava na verdade dos restos de dois ternos cinza amarrotados, aproximou-se do balcão.

— Swisher? — perguntou ele.

— Sim, sou eu.

— Detetive Vince Florio — disse ele. — Obrigado por ter vindo. Pode vir comigo.

Eles seguiram por um labirinto de baias e então Florio fez uma curva repentina à direita, entrando em um escritório de tamanho razoável. Surpreso de Florio ter uma sala e não uma baia, Duane rapidamente absorveu o máximo que pôde: fotos do que parecia ser a esposa, três filhos, vários prêmios pendurados tortos e aleatoriamente nas paredes.

— Sente-se — ofereceu Florio, apontando para uma cadeira diante da sua mesa antes de se jogar sem cerimônia em sua cadeira. — Você se formou na Brown em 1993, certo?

Duane acenou com a cabeça.

— Isso mesmo.

— É, o meu filho mais velho tinha uns treze anos nessa época. Eu vi você jogar, sei lá, uma meia dúzia de vezes talvez. Meu filho era um grande fã do Providence College. Mas você era bom para um Bear. A gente gostava de te ver jogar.

— Obrigado. O seu filho joga?

— Jogava — respondeu ele, uma sensação repentina de outra coisa entrando na conversa pairando no ar. — Morreu de leucemia em 1997. Ainda sinto falta dele.

A mente de Duane imediatamente se voltou para Austin enquanto tentava absorver a dor de perder um filho. Não conseguiu. Era inimaginável.

— Sinto muito. Eu sei que isso é totalmente inadequado, mas eu sinto mesmo.

— Obrigado. — Florio pareceu momentaneamente perdido, como se o fantasma do filho estivesse por perto. Por fim, fingiu um sorriso e seguiu em frente. — Escuta, eu te agradeço por ter vindo até aqui. Como eu disse ao telefone, parece que eu tenho as informações que você está buscando e talvez você tenha as informações que estou buscando. — Ele fez uma pausa e deu um pequeno sorriso para Duane. — Quer começar?

Duane acenou com a cabeça, identificando a mentalidade dos policiais de querer saber o que iam ganhar antes de compartilhar o que tinham. Sabia que não era apenas porque ele agora era um civil — aquilo também havia acontecido com ele quando era agente, provavelmente ainda mais vezes, porque os policiais locais em geral nunca confiavam no FBI para compartilhar qualquer coisa, normalmente por um bom motivo. Lenta e metodicamente, Duane começou a explicar o caso e suas suspeitas a respeito de William Townsend Jr., incluindo quem era seu pai, tendo o cuidado de nunca dizer nada que pudesse incriminar Sharise de alguma maneira caso fosse repetido em um tribunal. Florio não demonstrou qualquer emoção enquanto Duane explicava tudo; ele apenas ficou sentado lá, os braços cruzados sobre o peito, ouvindo.

Quando Duane terminou, Florio descruzou os braços e se balançou para a frente na cadeira.

— Você realmente acredita que o Townsend era um assassino em série?

— Não tenho certeza — respondeu ele. — Mas é a única coisa que faz sentido.

— Sua cliente não pode simplesmente ter roubado e assassinado o cara?

— Muitas peças não se encaixam pra que isso seja verdade.

— Ou talvez você simplesmente não queira que elas se encaixem. O maior erro nesse tipo de trabalho? Criar uma teoria do que aconteceu e fazer com que as peças se encaixem nessa teoria.

— Acredita em mim, muitas outras teorias oferecem uma chance maior de ela não ser considerada culpada, ou mesmo que o júri fique num impasse, do que o Townsend ser um assassino a sangue frio.

A risada de Florio foi profunda e cínica.

— Provavelmente eu não sou o primeiro a sugerir que as suas chances de ela não ser considerada culpada são mínimas.

— Talvez. Mas é por isso que eu tô aqui.

Florio abriu uma pasta de papel com quase três centímetros de espessura.

— Anthony DiFiglio Jr. — disse ele com naturalidade. — A data do óbito é 19 de setembro de 2000. Encontrado em uma lixeira na Valley Street. Dezenove anos, morando na rua. Tinha sido expulso de casa pelo pai, que não conseguia lidar com o "filho viado"; palavras do pai, não minhas. Causa da morte, estrangulamento. Morto cerca de cinco dias antes de o corpo ser encontrado. O corpo estava em péssimo estado quando foi encontrado, nenhuma impressão digital. A única evidência recuperada foi uma mancha de sêmen no vestido que Anthony estava usando.

Duane percebeu imediatamente o tom e a familiaridade na voz de Florio.

— Você conhece a vítima?

Florio balançou levemente a cabeça, mas as palavras pareciam entaladas.

— Sim — disse ele quase em um sussurro. Ele inspirou e depois soltou o ar rapidamente. — Conheço bem o pai dele. Ele é policial em Pawtucket. Estudamos juntos na academia. Ele começou aqui, então se mudou pra Pawtucket depois de uns cinco anos no emprego. Nós mantivemos contato. — Ele deixou seus olhos se fecharem lentamente. — O Tony Júnior era deslocado desde o começo. Não gostava de esportes, vivia com as meninas... deixava o pai maluco. Tony, o pai, é o tipo de cara violento. Não me entenda mal, ele não é um cara ruim. Mas ele queria jogar futebol com o filho, ir a um jogo juntos, sabe, fazer aquelas merdas típicas de pai e filho. Mas o Júnior nunca foi esse tipo de garoto e isso enlouquecia o cara. Quando o garoto tinha uns dezessete anos, o Tony deu um ultimato ao filho: ou entra pro exército e vira homem, ou vai embora. O garoto foi embora. Assim, pra falar a verdade, esse garoto tinha tanta chance de se dar bem no exército quanto a Sininho. — Ele deixou escapar um pequeno suspiro. — De todo modo, depois que ele foi embora, passou a viver nas ruas como mulher. Olhando pra ele, você nunca diria que era um cara. Ele foi preso algumas vezes por posse de drogas, prostituição; você sabe, crimes de sobrevivência. Eu garanti que as pessoas soubessem quem era o pai dele e tentei garantir que pegassem leve com ele. Também tentei falar com o Tony. Mas, meu Deus, nós, descendentes de italianos, podemos ser teimosos pra caralho, e se tem uma coisa que o Tony é, é teimoso.

Ele olhou para os papéis na pasta.

— Eu era chefe da Divisão de Homicídios quando o corpo foi encontrado. Não havia identificação no corpo nem próximo à lixeira. Os detetives que foram chamados ao local não faziam ideia de quem era. Só um pobre coitado que acabou em dentro de uma lixeira. Eles acharam que era um garoto que tinha tido uma overdose; os amigos entraram em pânico e largaram ele lá. Quando li os relatórios, acho que tive um mau pressentimento sobre quem poderia ser... Um cara vestido de mulher, a idade estimada. Quando o legista voltou com quem era e a causa da morte...

Ele tentou continuar, mas não saiu nada. Ele coçou a sobrancelha, seus olhos mostrando que a memória não havia desaparecido.

— Eu fui até a casa do Tony contar pra ele. Assim que ele me viu na porta, ele soube que não era porque o garoto tinha sido pego de novo. Ele sabia pra onde eu tinha sido designado e sabia qual era o meu trabalho. Os joelhos dele dobraram um pouco quando eu contei, mas ele se agarrou à porta e se firmou rapidamente. Depois que nós liberamos o corpo, ele pediu a um agente funerário que levasse o garoto e enterrasse ele junto com a mãe. Sem velório, sem funeral, sem cerimônia nenhuma. Como eu disse, o Tony não é um cara ruim, mas isso foi um pouco frio, até pros meus padrões.

— Do que a mãe dele morreu?

— Ela e o Tony se divorciaram quando o menino tinha uns quatro anos. Cerca de três anos depois, ela teve câncer de mama em estágio quatro. Acho que ela não durou nem um ano. Quando ela ficou muito mal, o Tony voltou a morar com o pai. A partir daí foi ladeira abaixo.

— Ele tinha irmãos?

— Não, filho único.

Duane fez uma nota mental para brincar com seu filho quando chegasse em casa.

— O que a investigação revelou?

Florio observou Duane antes de continuar.

— Depois que o legista disse pra gente que foi um homicídio, eu pedi pra perícia revisar tudo. Foi assim que nós descobrimos a mancha no vestido. Mas, como você pode imaginar, o local do crime não era exatamente limpo e a amostra estava bastante degradada. Tudo o que nós tínhamos era a mancha. Nenhuma testemunha, nenhuma pista, nada. Então, nós jogamos no sistema. Quando voltou, não havia nenhuma correspondência, mas como a amostra estava muito degradada, estávamos só em busca de uma parcial da qual poderíamos obter alguma pista. Mais ou menos um ano depois disso, eu saí da Homicídios.

— Você pediu pra sair? — perguntou Swisher.

Ele deu um sorriso malicioso para Duane.

— Sim, eu pedi pra sair da Homicídios, assim como você pediu pra sair do FBI. — Seus olhos pareciam perfurar Duane. — Não, vamos apenas dizer que eu perdi a paciência um dia na sala de interrogatório.

— Onde você tá agora?

— Não estou com o pessoal das balas de borracha, se é isso que você tá perguntando. Estou na sua antiga frente de trabalho, antiterrorismo.

Duane ficou impressionado com o fato de Florio ter feito o dever de casa para uma mera reunião.

— Então, se você não tá mais na Homicídios, por que ligaram pra você?

— Qualquer pessoa que está na Homicídios há algum tempo tem um caso que os assombra. Sua baleia branca. Eu passei dez anos na Homicídios. Tony DiFiglio Jr. é a minha Moby Dick. Mesmo que o pai dele não se importe, e eu suspeito que ele se importe, eu devo aos dois descobrir quem matou o garoto.

Duane deu a ele um olhar confuso.

— Então, por que estamos aqui?

Florio coçou a nuca.

— Todo ano, eu peço pro pessoal do laboratório examinar o CODIS e todo ano, como uma gentileza pra mim, eles o fazem. Como eu disse, dado o estado da amostra que nós coletamos, eu nunca imaginei que a gente fosse conseguir alguma coisa. Então, há uns dois meses, eu pedi pra eles buscarem de novo pra mim. Algumas horas depois, a Andrea Peters, que coordena o laboratório, bateu na porta e disse: "Tenho uma novidade pra você." Ela começou a me contar que eles tinham encontrado uma correspondência parcial. Se você conhece o CODIS, sabe que não existem identificadores, apenas o remetente da amostra. Então, naturalmente, eu liguei na mesma hora pro remetente, o Ministério Público de Ocean County, e perguntei pelo chefe do gabinete. Digo a ele quem eu sou, o que eu tenho em mãos e dou a ele o número da amostra. — Ele olhou para algumas anotações manuscritas dentro da pasta. — O nome do cara é Whitick, Tom Whitick. Você conhece ele?

Duane balançou a cabeça negativamente.

— De qualquer maneira, poderia ter sido melhor. Ele me disse que mandaria os homens dele investigarem e me daria um retorno. Cerca de meia hora depois, ele me liga de volta e diz que havia ocorrido um terrível engano e que a amostra era de uma vítima e nunca deveria estar na categoria de suspeito desconhecido. Eu fiquei, tipo, do que diabos você tá falando. Eu não tô nem aí se a amostra pertence a Madre Teresa, só me dá o nome. E ele disse, "não, essa amostra foi enviada sem seguir os protocolos apropriados e por isso eu não posso fornecer nenhuma informação pra você". — Florio franziu a testa, mal escondendo a raiva.

— Olha — continuou Florio —, eu tenho um excelente radar pra enrolação, e o que ele me disse era pura enrolação. Depois que eu desliguei, liguei pra um amigo meu do FBI e perguntei se tinha algum jeito de eu conseguir essas informações, e ele me disse que, se o remetente não cedesse, não havia nada a ser feito.

Florio soltou um pequeno bufo.

— Sabe o que é mais engraçado? Depois que isso aconteceu, eu passei todas as noites por cerca de duas semanas tentando encontrar todos os assassinatos que podia em Ocean County, Nova Jersey, procurando vítimas que fossem transexualizadas. Nunca pensei que pudesse ser o contrário.

— É transgênero, na verdade.

— Quê? — disse Florio, visivelmente confuso.

— Você disse que estava procurando por vítimas transexualizadas. O termo correto é *transgênero*. É um adjetivo.

A expressão de Florio ficou ainda mais perplexa.

— Desculpa — disse Duane. — A minha sócia é uma mulher transgênero, e ela está constantemente me ensinando sobre o uso correto da terminologia.

Florio se mexeu desconfortavelmente na cadeira.

— Certo. Que seja — respondeu ele.

— Então, o que eu tenho sobre o Townsend é o seguinte. — Duane enfiou a mão na pasta e tirou uma folha de papel. — Este é o perfil parcial do DNA de uma mancha de sêmen encontrada no local. O que aconteceu foi que a roupa íntima da minha cliente foi deixada no local. Então, eles enviaram para o laboratório da Polícia Estadual para análise. Aparentemente, eles não perceberam que havia manchas de sêmen na roupa íntima; pensaram que era apenas sangue. Consequentemente, quando a Polícia Estadual inseriu tudo no sistema, as manchas de sêmen não foram colocadas como amostras conhecidas das vítimas. Como aconteceu com a sua amostra, essas também estavam bastante contaminadas, então eles só obtiveram resultados parciais em ambas. Uma mancha era consistente com o DNA da nossa cliente, a segunda, de acordo com o relatório, era consistente com o sr. Townsend. Mas por não ter sido apresentada como uma amostra da vítima, ela foi analisada como se fosse de um suspeito. Suponho que seja por isso que quando Andrea procurou a sua amostra no sistema, a busca trouxe um resultado parcial. Nós entramos com uma petição pedindo que toda a amostra conhecida do Townsend fosse analisada na seção de casos não resolvidos do CODIS. Infelizmente, nosso pedido foi indeferido.

Florio pegou a folha de papel e olhou para ela.

— Eu não consigo entender esse jargão. Você se importa de eu ver se a Andrea pode se juntar a nós?

— Claro, sem problemas.

Depois de fazer a ligação, o foco de Florio voltou para Duane.

— Você consegue encaixar o Townsend aqui?

Duane lançou a Florio um olhar astuto.

— Eu fiz todas as buscas que pude envolvendo o Townsend: registros postais, eleitorais, escolares... qualquer coisa que eu pudesse obter legalmente. Em agosto de 1999 ele alugou um apartamento a dois quarteirões da Providence College, onde morou de setembro de 1999 até maio de 2001, quando concluiu o MBA. Então dá pra colocar ele na sua cidade na época do assassinato.

— Ele tentou estrangular a sua cliente? — interrompeu Florio.

— Não posso responder a essa pergunta.... Você sabe que eu não posso falar sobre o que a minha cliente me contou.

Florio acenou com a cabeça.

— Depois de concluir o MBA, ele se mudou pra Boston e ficou lá dois anos. Aí voltou pra Nova Jersey. Os pais dele têm casas em Moorestown e Mantoloking. Moorestown é um subúrbio da Filadélfia, e Mantoloking não fica muito longe de Atlantic City, onde minha cliente exercia seu ofício.

Florio lançou-lhe um olhar perspicaz.

— Você tem outros aí, não é?

Duane tirou outra folha da pasta.

— Engraçado você ter mencionado Pawtucket, porque uma mulher transgênero foi morta lá em março de 2001, o crime não foi resolvido. Não tá claro se ela era prostituta ou não. As outras eram todas prostitutas transgênero. Houve um assassinato em Boston em fevereiro de 2002, e dois na Filadélfia, um em janeiro de 2003, o outro em março de 2005. A tentativa de homicídio da minha cliente foi em abril de 2006.

Duane entregou o papel para Florio. Quando terminou de ler, ele inclinou a cabeça para o lado.

— Curioso. Tirando o caso do Tony, todos foram no inverno.

— É só um chute — disse Duane —, mas, se Tony foi o primeiro, e se todos os casos estão relacionados, talvez ele tenha aprendido algumas lições... No inverno existem menos testemunhas em potencial, e talvez demore um pouco mais pra que se perceba o desaparecimento de alguém, porque as pessoas não saem tanto. Não tenho certeza, mas sim, parece haver um padrão.

— Você tem alguma informação sobre as amostras de DNA de algum deles?

— Não, eu estive com o detetive Bradley em Pawtucket hoje de manhã. Não é um tipo dos mais amigáveis. Ele me disse que não havia nenhuma amostra de DNA arquivada lá. O laboratório da Polícia Estadual de Massachusetts cuida dos casos de Boston e eles não quiseram falar comigo. Na Filadélfia me disseram que eles verificaram o DNA do homicídio de 2005, mas não encontraram nenhum correspondente, e que não coletaram nada no caso de 2003.

— Então você tem um possível caso na Filadélfia e um autor desconhecido em Boston. — Ele fez uma pausa. — Em tese eu consigo descobrir pelo menos se o pessoal em Boston verificou alguma coisa. A gente compartilha muitas informações com Massachusetts. Se a polícia de Boston enviou amostras na época, talvez a gente possa conseguir que eles pesquisem de novo no sistema.

Houve uma batida suave na porta e uma atraente mulher afro-americana na faixa dos quarenta anos entrou na sala.

— Estava me procurando?

— Andrea, essa aqui é a nossa amostra do caso DiFiglio, e essa é de um outro caso. O que você acha?

Ela puxou os óculos do topo da cabeça e analisou os dois documentos. Depois de cerca de um minuto, ela olhou para Florio.

— Pode ser a mesma pessoa. Como eu te expliquei, precisamos de pelo menos treze loci pra ter uma correspondência. A nossa amostra está tão degradada que o melhor que vamos conseguir são oito, porque é só isso mesmo que a gente tem. Essa amostra tem só sete loci, então ela deve ter sido degradada também, mas os sete daqui correspondem aos nossos sete. Então pode ser o mesmo cara, mas isso nunca seria admitido como prova. Essa aqui parece a que eu te trouxe dois meses atrás.

— É essa mesmo.

Ela olhou para ele por cima dos óculos e depois os removeu e colocou de volta no topo de sua cabeça.

— Andrea Peters, esse é Duane Swisher. Dr. Swisher, Andrea Peters.

Depois de apertarem as mãos, ela voltou sua atenção para Florio.

— Então, o que tá havendo?

— Graças ao dr. Swisher, nós temos um nome e algumas informações sobre o nosso suspeito. Você costuma tratar com o Laboratório da Polícia Estadual em Massachusetts, o Swisher tem um caso em Boston. Essas são as informações sobre ele. Você acha que consegue descobrir se eles coletaram alguma amostra de DNA do homicídio que aconteceu lá e se encontraram alguma correspondência? — perguntou ele enquanto entregava o papel a ela.

Ela olhou para ele sem nem mesmo colocar os óculos de volta.

— Claro. Mais alguma coisa?

— Não, só isso. Obrigado pela ajuda.

Depois que ela saiu e fechou a porta, Florio fechou a pasta em sua mesa.

— Ela não gosta de mim, mas é muito boa no que faz. — Florio pareceu que pararia por ali, mas continuou sem esperar que Duane perguntasse. — O garoto em quem eu bati na sala de interrogatório era um garoto negro que tinha sido trazido como suspeito de estar envolvido numa troca de tiros que matou uma garota de sete anos que por acaso estava no lugar errado na hora errada. Acontece que ele era completamente inocente e eu fui um escroto de merda. É por isso que eu tô aqui, e não na Homicídios. O governo pagou ao garoto uma grana pra ele deixar quieto, mas a Andrea e os outros não ficaram muito felizes com as insinuações raciais. Digamos que eu chamei ele de algumas coisas das quais não me orgulho. Depois que a única coisa que aconteceu comigo foi ser afastado por noventa dias e depois transferido pra divisão antiterrorismo, algumas pessoas, incluindo a Andrea, ficaram furiosas. Estou te contando isso porque, se você tá pensando em me usar como testemunha, você precisa saber que eu tenho uma investigação na Unidade de Assuntos Internos na minha ficha, e não é nada agradável.

— Vamos falar sobre a possibilidade de você ser testemunha — disse Duane. Ele então começou a explicar em que ponto o caso estava, o pedido que o juiz já havia indeferido e como eles esperavam usar essas informações. Ele também deu a entender que poderia haver outra maneira de Florio ajudar e, enquanto discutiam essa possibilidade, Florio parecia genuinamente intrigado.

* * *

Duane tinha acabado de entrar no Garden State Parkway a caminho de casa quando seu celular tocou.

— Swisher — atendeu.

— Oi, é o detetive Florio. Escuta, eu tenho uma boa e uma má notícia.

— Pode falar.

— Aparentemente a polícia de Boston tem uma boa amostra de DNA. Havia células da pele sob as unhas da vítima, que aparentemente arranhou o assassino.

— E a má notícia? — perguntou ele.

— Eles não encontraram nenhuma correspondência quando pesquisaram hoje.

— Merda — disse Duane.

— Tem mais. Eu pesquisei a nossa amostra hoje de novo e não consegui a correspondência parcial que a gente tinha encontrado dois meses atrás.

— A polícia de Ocean County tirou ela do sistema — sugeriu Duane.

— Aparentemente.

Os dois ficaram em silêncio. Por fim, Duane disse:

— Vou mandar a declaração juramentada por fax amanhã pra você dar uma olhada. Mas, antes de a gente apresentar essa outra petição, eu ainda quero tentar aquilo que a gente conversou ontem.

— Vou tentar ligar pra ele amanhã.

Duane desligou com Florio e ligou imediatamente para Erin para atualizá-la. Quando terminou, ficou surpreso por ela não parecer tão animada.

— Tá tudo bem?

— Não.

— O que houve?

— Eu... eu, não, nós fomos invadidos de novo.

— Do que você tá falando?

Ela não disse nada por um longo tempo.

— Eu saí pra correr ontem e depois que voltei, senti que tinha alguma coisa errada. Tentei me convencer de que estava só sendo paranoica, mas mesmo assim desenrosquei o telefone do quarto pra verificar. O grampo não estava mais lá. Eu verifiquei o telefone da cozinha e também não estava mais. Corri imediatamente pro escritório e verifiquei os telefones e os lugares onde você me disse que estavam os outros grampos. Todos tinham sumido.

— Por que você não me ligou?

— Eu sabia que você estava indo pra Providence. Além do mais, o que você ia poder fazer?

— Sei lá. Você chamou a polícia?

— Pra quê? Dizer pra eles que alguém invadiu o meu apartamento e tirou as escutas ilegais que instalaram no meu telefone? Imagino que teria corrido tudo bem. Talvez eu devesse até ter enrolado papel alumínio na cabeça pra fazer com que eles realmente achassem que eu era maluca.

— Você tá bem?

— Não! Alguém invadiu o meu apartamento pela segunda vez em o quê, três semanas? E, a propósito, eles não forçaram a porta. Então, não, eu não tô me sentindo nem um pouco segura ultimamente.

— Sinto muito — disse ele.

— Eu também. — Ela fez uma pausa. — Eu quero foder com a vida desses desgraçados. Só espero que a gente ainda esteja vivo até lá.

CAPÍTULO 24

Eles estavam reunidos na sala de Erin escrevendo o rascunho da declaração que seria enviada para que Florio assinasse quando Cheryl ligou para a mesa dela.

— Erin, é a promotora, dra. Taylor. Ela disse que quer falar com você e que é urgente.

Erin deu de ombros ao ver o olhar questionador de Swish.

— Obrigada, Cheryl. Pode passar a ligação.

Erin imediatamente apertou o botão do viva-voz para que Duane pudesse ouvir.

— Oi, dra. Taylor. Coloquei você no viva-voz porque estou aqui com o meu sócio.

— Tudo bem. Sinto muito, eu tenho informações muito limitadas no momento, mas recebi uma ligação do diretor do presídio há uns cinco minutos. O cliente de vocês foi levado às pressas pro hospital. Aparentemente, ao ser levado hoje de manhã pra sala de exercícios, ele rolou uma escada e se machucou.

— Se machucou sério? — perguntou Erin.

— Infelizmente eu não tenho informações específicas nesse momento, mas fui informada pelo diretor que... que ela estava inconsciente e que os ferimentos dela pareciam ser graves.

Erin soltou o ar com força.

— Pra qual hospital ela foi levada?

— Bristol General.

— Está bem. Eu tô saindo agora pro hospital. Posso te pedir o favor de me ligar se você receber alguma atualização sobre o estado dela?

— Claro. — Ela hesitou. — Humm, Erin, eu não sei dizer se o sr. Barnes tem família, e se tiver, como falar com eles. Mas talvez você queira entrar em contato.

Assim que desligou, Erin ligou para Tonya e contou o que eles sabiam.

— Eu vou no primeiro avião em que conseguir embarcar. Aviso vocês assim que tiver as passagens na mão — respondeu Tonya.

Eles saíram em carros separados, sem saber o que eventualmente precisariam fazer. Depois de chegar ao hospital, foram avisados de que Sharise havia sido levada para a unidade de terapia intensiva. Ao se aproximarem da enfermaria, Barbara Taylor estava saindo de um dos quartos acompanhada por alguém que parecia ser um médico. Quando Taylor os viu, ela acenou para que eles se aproximassem.

— Dra. McCabe, dr. Swisher, este é o dr. Peter Ogden, ele está cuidando do sr. Barnes. — Eles trocaram apertos de mão e Taylor prosseguiu: — Eu expliquei para o dr. Ogden que não há familiares no local e que vocês dois são advogados do sr. Barnes. Falamos também sobre como lidamos com a divulgação de informações médicas de acordo com a legislação federal e com as decisões que precisam ser tomadas em relação aos cuidados do sr. Barnes. Uma vez que o sr. Barnes está sob a custódia do departamento do xerife do condado, e eles têm não apenas a autoridade, mas o dever de tomar as decisões médicas apropriadas em seu nome, eu falei com o xerife e ele concordou que, dadas as circunstâncias, vocês deveriam ser avisados de sua condição e participar do processo de tomada de decisão, a menos e até que um membro da família possa fazer isso em nome dele. Eu presumo que vocês concordem com isso.

Erin ficou momentaneamente surpresa com o que Taylor tinha acabado de dizer. Ela esperava que eles fossem precisar lutar para obter informações médicas sobre Sharise.

— Obrigada, Barbara. Agradecemos muito que você esteja cuidando disso pra gente. E a Sharise tem uma irmã em Indianápolis. Nós já falamos com ela e ela está a caminho.

O dr. Ogden parecia perplexo.

— Com licença. Quem é Sharise?

Erin lançou um olhar para Taylor.

— É uma longa história — respondeu ela a Ogden. — Samuel Barnes também atende pelo nome de Sharise Barnes. Desculpe pela confusão.

Ogden acenou com a cabeça.

— Sem problemas.

— Doutor, se não se importa, o senhor poderia dizer à dra. McCabe e ao dr. Swisher o que acabou de me dizer?

— Claro. O sr. Barnes sofreu uma fratura desde a base do crânio até a testa em decorrência da queda. Ele estava inconsciente quando chegou. Dada a gravidade da fratura, o colocamos em coma induzido, na esperança de minimizar qualquer inchaço potencial do cérebro e, se ele sobreviver, qualquer lesão cerebral traumática de longo prazo. Ele também quebrou a clavícula e três costelas, e há outros hematomas e lesões em tecidos moles. Nesse momento, ele está em estado crítico e nós estamos monitorando de perto para o caso de edema cerebral, o que pode exigir que façamos novas cirurgias. Se ele atravessar as próximas setenta e duas horas sem maiores complicações, ele tem uma chance razoável de sobreviver. Mas agora é muito cedo para dizer.

— Obrigada, doutor. Podemos vê-la? — perguntou Erin.

— Vê-la? — respondeu Ogden.

— Como eu disse, é uma longa história — disse ela.

Ogden olhou de Erin para Taylor e depois para Duane.

— Sim, claro.

— Podemos falar em particular? — perguntou Taylor a Erin e Duane.

Os três caminharam até o final do corredor e pararam em frente a uma grande janela que dava para o estacionamento do hospital.

— Olha — começou Taylor —, eu sou promotora, então sou desconfiada por natureza. Obviamente, eu sei sobre a tentativa de tirar o cliente de vocês da custódia protetiva e que, depois que isso não aconteceu, ele acabou gravemente ferido por conta de uma queda. Eu sei que, se eu estivesse no lugar de vocês, com certeza estaria me perguntando o que está acontecendo. Eu só quero que vocês saibam que eu compartilho dessas preocupações. Já falei com o diretor pra garantir que todos os vídeos sejam preservados. Não acho que nada disso irá mudar a minha opinião sobre o seu cliente, mas, da mesma forma, se alguém está tentando prejudicá-lo, faz parte do meu trabalho garantir que isso não aconteça. — Ela parou e puxou o lábio inferior entre os dentes, aparentemente sem saber o que dizer.

— Obrigada, Barbara. Eu... Nós agradecemos, especialmente por tentar proteger as gravações. Tudo o que eu posso dizer é que outras coisas aconteceram... coisas que não temos liberdade pra discutir e que nos fazem ter quase certeza de que isso não foi um acidente. Com sorte, ela vai sair dessa. Mas, enquanto isso, quando a irmã dela chegar aqui a gente vai pensar num jeito de tentar protegê-la.

A expressão de Taylor deixava evidente sua confusão.

— Obviamente, ela ficará sob segurança armada durante todo o tempo em que estiver aqui.

Erin deu um sorriso malicioso.

— Desculpa, mas a cena de *O poderoso chefão*, quando eles vão matar o Don Corleone no hospital, continua passando pela minha cabeça. Isso sem dizer que ela está sendo vigiada por policiais do mesmo departamento que estavam com ela quando ela — Erin fez uma pausa para fazer aspas com as mãos — "rolou" escada abaixo. Então, por favor, me perdoe se eu não me sinto exatamente entusiasmada com a segurança dela.

Taylor não disse nada.

Por fim, Erin disse:

— Desculpa. Eu não queria que isso fosse um ataque pessoal a você ou ao que você fez. Nós realmente estamos gratos por você possibilitar que o médico falasse conosco. Não é em você que nós não confiamos, é em todos os outros que parecem querer a nossa cliente morta.

— Eu acho que entendo — disse Taylor. — Eu informei aos oficiais do xerife que você e qualquer membro da família têm autorização pra estar no quarto. Haverá dois guardas do lado de fora o tempo todo, e quando houver visitas no quarto, um dos guardas vai ficar do lado de dentro. — Ela respirou fundo. — Por favor, me avisem se vocês precisarem de mais alguma coisa.

Como Taylor indicou, havia dois policiais parados do lado de fora da porta da unidade de terapia intensiva. Lá dentro, Sharise estava conectada a um ventilador, a vários monitores, e tinha uma bolsa de soro presa a cada braço. Seu rosto estava machucado e inchado. Suas mãos estavam algemadas à grade da cama.

Erin olhou para as algemas e balançou a cabeça revoltada. Ela agarrou uma das cadeiras destinadas a visitantes, colocou-a ao lado da cama e se sentou. Ela se abaixou e falou baixinho com Sharise.

— Sharise. Somos nós, Erin e Duane. A gente tá aqui com você. Sua irmã está a caminho. Com sorte, ela vai estar aqui em algumas horas. Aguenta firme, garota. Você consegue.

Ela se recostou na cadeira e olhou para Duane para dizer algo quando avistou o policial parado perto da porta, a uma distância da qual podia ouvi-la. Ela se voltou para Sharise, balançando a cabeça.

— Aguenta firme — repetiu ela em um sussurro.

Depois, quando estavam sozinhos no corredor, Erin se virou para Duane.

— Eu tenho uma ideia. Não tenho certeza se vai funcionar, mas a gente precisa que a Tonya e o Paul topem.

— Manda ver — disse ele, a curiosidade evidente no tom de sua voz.

Quando ela terminou de explicar sua ideia, ele balançou a cabeça.

— Isso é loucura. Você realmente acha que eles vão aceitar?

— Foi você quem me disse que o Paul tá ganhando mais de cinco milhões por ano, e que tá no primeiro ano de um contrato novo garantido por mais três.

— Não custa tentar — disse Duane com um bufo.

Pouco antes das onze, Tonya ligou para avisá-los de que o dono dos Pacers iria disponibilizar o jatinho da empresa dele para que eles fossem para Atlantic City e uma limusine para levá-los até o hospital. Enquanto estavam no telefone, Erin explicou sua sensação de que a queda de Sharise não tinha sido um acidente e seu plano de como tentar protegê-la contra outra tentativa.

Ao longo do restante da manhã e do início da tarde, eles se revezaram sentados ao lado da cama de Sharise, conversando com ela. Por volta das duas e meia, houve uma batida na porta.

— Tem uns parentes aqui pra ver o Barnes — disse o policial que estava do lado de fora para o outro, que estava sentado no quarto observando Erin. — Eu já verifiquei, estão liberados.

Erin sempre havia ficado impressionada com o tamanho e a estrutura física de Duane — ele claramente se mantinha em grande forma —, mas quando Paul Tillis entrou no quarto ela de repente percebeu o quão grandes eram os jogadores da NBA. Ele não apenas era mais alto do que Duane, mas seu tamanho era imponente de um jeito que o de Duane não era. Tonya, com 1,75m, parecia pequena em comparação a ele. Ela era uma mulher linda, pele negra e cabelos pretos cacheados caindo sobre seus ombros. Erin e Duane haviam conhecido Tonya quando ela visitou Sharise na prisão, mas nenhum dos havia estado com Paul.

Depois de algumas breves apresentações, Tonya correu para o lado da cama de Sharise. Quando olhou para o rosto machucado de sua irmã, ela cobriu a boca com a mão, sufocando os soluços que queriam desesperadamente se transformar em um lamento. Paul se aproximou e pousou a mão no ombro de Tonya e, em seguida, a puxou suavemente em sua direção. Ela se permitiu entrar no abraço dele, abalada pela visão do corpo maltratado de Sharise.

Por fim ela se abaixou na cadeira e se inclinou para ficar a poucos centímetros de Sharise.

— Olá, meu amor. É a Tonya. O Paul tá aqui comigo também. Eu sei que você tá me ouvindo. Você vai sair dessa. Eu te amo, irmãzinha.

Erin silenciosamente saiu do quarto e esperou no corredor junto com Duane. Após cerca de quinze minutos, Paul saiu.

— Tem algum lugar onde a gente possa tomar um café? — perguntou ele. — A Tonya falou comigo sobre a sugestão de vocês e eu gostaria de falar disso com você.

"Bem, pelo menos ele não disse não."

— Sim, tem uma lanchonete no primeiro andar.

— Tá bem, deixa só eu avisar à Tonya onde a gente vai estar. Depois do que eu acabei de ver aqui, acho que quero seguir em frente com isso o mais rápido possível.

CAPÍTULO 25

— Bom dia, xerife. Como posso te ajudar?

— Barbara, estou tentando falar com o Lee, mas parece que ele está fora hoje por conta de uma reunião muito importante. Estou ligando porque a fiança do Samuel Barnes acabou de ser paga.

— Charlie, do que diabos você tá falando?

— A irmã dele acabou de entrar aqui e entregou um cheque de um milhão de dólares, com fundo. A fiança dele.

— Como ass… — Ela estava prestes a dizer a ele para não libertar Barnes até que ela pudesse chegar ao tribunal para aumentar o valor da fiança, quando se deu conta de que Barnes estava em coma e não iria a lugar nenhum. O que diabos McCabe estava fazendo? — Tá… Charlie, não faz nada por enquanto. Como você sabe, o Barnes tá em coma no hospital, então não é como se ele fosse desaparecer de repente. Deixa eu verificar o que está acontecendo.

— É… Você vai avisar ao Lee?

— Claro, Charlie. Vou descobrir onde ele está e informar o que tá acontecendo.

Ela desligou e ligou para Angela, a assistente de Lee, apenas para ser informada de que ele estava em uma reunião com Will Townsend. Angela prometeu deixar recado pedindo para que ele ligasse urgentemente para Barbara.

Barbara pegou seu celular e percorreu seus contatos.

— Oi, Barbara. — Erin atendeu no primeiro toque. — Imaginei que você fosse me ligar.

— A irmã do seu cliente acabou mesmo de pagar uma fiança de um milhão de dólares?

— Sim.

— Erin, o que você tá fazendo? Você sabe que o seu cliente não pode ir a lugar nenhum. Eu realmente vou ter que ir ao fórum pra impedir isso?

— Espero que não. Olha, a irmã da minha cliente quer que a sua própria equipe de segurança proteja a Sharise e suas próprias enfermeiras particulares cuidando dela. Pode me chamar de paranoica, mas eu estou um tanto preocupada que uma enfermeira possa acidentalmente injetar alguma coisa na veia da Sharise e acabar matando ela. Eu não ligo se vocês colocarem policiais no final de cada corredor e em cada saída do hospital. Você sabe que a Sharise não pode sair daqui. Nós queremos apenas ter a certeza de que ela está segura. Um trabalho que o condado não fez bem.

Houve um longo silêncio.

— Barbara, você ainda tá aí?

Ela fez uma pausa.

— Sim, estou pensando.

— Só pra você saber, eu estou no hospital e o Duane tá com a irmã da Sharise agora. Também designamos a irmã como guardiã temporária dela. Talvez você também queira informar ao xerife que ele vai precisar reposicionar seus homens, porque nós vamos insistir pra que eles não fiquem na porta dela. Não que não a gente não confie neles nem nada.

— Erin fez uma pausa. — Ah, e a propósito, por favor, pede pra eles tirarem as algemas. A partir de agora, ela está sob fiança.

— Erin, você já pensou nos desdobramentos do que tá fazendo?

— Pra ser honesta, provavelmente não. Mas eu pensei nos desdobramentos de não fazer isso, e realmente não há escolha.

Barbara suspirou.

— Tá bem. Eu entro em contato.

Barbara esfregou os olhos e refletiu sobre suas opções. Não era como se Barnes fosse a algum lugar. Naquele momento, nem era certeza se Barnes iria sobreviver. Ela pegou o telefone e discou.

— Charlie, é a Barbara. Sim, eu confirmei e por enquanto, até que eu consiga falar com o Lee, apenas peça pros seus homens ficarem de guarda nas extremidades do corredor. Aparentemente, a irmã contratou seguranças particulares pra fornecer proteção. Então, por enquanto, vamos dançar conforme a música. Não é como se eles pudessem tirar ela de lá, ou ele, ou seja lá o que for. Fica de olho aí e me avisa se alguma coisa atípica acontecer. Ah, e, Charlie, pede pros policiais tirarem as algemas. Obrigada.

Cerca de dez minutos depois, Lee ligou.

— Ei, ouvi dizer que você estava me procurando e que é urgente. O que tá acontecendo?

— Você ainda tá com o Will Townsend?

— Sim, já estamos terminando aqui. Por quê?

— A irmã do Barnes acabou de pagar a fiança.

— O quê?

— Essa parece ser a reação de todo mundo.

— Qual é a fiança? Não é um milhão em espécie?

— Exatamente, e antes que você me pergunte como, o cunhado do Barnes joga na NBA e é dele que vem o dinheiro, então a gente não tem como questionar a fonte. É legítima.

— Barbara, você precisa ir até o fórum e impedir isso imediatamente. O Barnes não pode ser solto.

— Lee, antes que você perca a cabeça, deixa eu te lembrar de que o Barnes está em coma e pode nem sobreviver. Ele não vai a lugar nenhum. Eu falei com a McCabe, e o motivo pelo qual eles fizeram isso é pra que pudessem ter sua própria segurança pessoal na porta e trazer suas próprias enfermeiras pra cuidar dele. Em outras palavras, eles não confiam na gente.

— Eu não dou a mínima se eles confiam ou na gente ou não, eu não posso permitir que isso aconteça.

— Lee, se a gente for levar em consideração a responsabilidade civil, é melhor deixar isso quieto por enquanto.

— De que raios você tá falando? Responsabilidade, que responsabilidade?

— Lee, o Barnes tá deitado numa cama de hospital com uma fratura no crânio e pode não sobreviver. Eu assisti ao vídeo da prisão e, embora não seja conclusivo quanto ao motivo, não há dúvida de que houve contato entre o agente penitenciário e o Barnes, e isso fez com que ele, que estava algemado e acorrentado, caísse escada abaixo. O agente diz que foi acidental e não há como contestar isso, mas eu suspeito que em algum momento haverá um processo. Se o Barnes sobreviver e sair do coma, aí sim a gente pode começar a se preocupar em ir até o tribunal e aumentar a fiança. Mas agora, dada a situação, pode parecer um pouco mal-intencionado. A gente sempre pode alegar que não fez nada agora pra que ele pudesse receber os cuidados que a família queria que ele recebesse. Se a gente lutar contra a fiança agora e ganhar, se ele não sobreviver, o condado vai ser responsabilizado.

Lee não disse nada por vários segundos.

— Eu preciso conversar com o Will e com o Michael. Eu te ligo de volta.

O telefone ficou mudo e Barbara se perguntou por que eles estavam juntos em primeiro lugar. Ela vinha fazendo aquele trabalho havia tempo suficiente para confiar em seu faro, e seu faro estava lhe dizendo que tinha algo errado. O caso, que no início já parecia solucionado, lentamente se transformou em algo muito mais complicado. Lee estava agindo de forma estranha, e toda a sequência de eventos que levaram à queda de Barnes a estava consumindo. Sua intuição gritava que alguém queria Barnes morto.

Ela não precisava daquela complicação toda. Sabia que, embora conseguisse esconder de todo mundo, seu divórcio de Dan e a venda da casa deles haviam cobrado um preço emocional. Então, ela secretamente esperava que, assim que o caso chegasse ao fim, Townsend mostrasse seu apreço, ajudando-a a ser nomeada juíza. Com Vicky prestes a se formar na faculdade no meio do ano, o momento seria perfeito.

Barbara girou em sua cadeira, abriu a gaveta do arquivo onde estava a pasta *Estado contra Barnes* e tirou a tabela que Swisher apresentou mostrando os homicídios de prostitutas transgênero ocorridos próximo ao local onde Townsend morava. Ela respirou fundo. "Merda. Se algum dia Will ficar sabendo que eu investiguei os antecedentes do filho dele, minhas chances de ir parar na tribuna já eram." Mas algumas coisas eram mais importantes do que se tornar juíza — como conseguir se olhar no espelho à noite. Ela não estava convencida de que Bill Townsend era um assassino, mas já não estava mais convencida de que ele também não era.

* * *

Will andava de um lado para o outro.

— Eu disse que precisava que esse fosse caso encerrado — vociferou ele. — Já estou imaginando o que vai acontecer se o Barnes sobreviver. Esse caso pode se arrastar por meses enquanto ele se recupera. Não estou nem um pouco feliz, Michael.

— Bom, receio que as notícias que eu tenho vão te deixar menos feliz ainda.

Will inclinou a cabeça para o lado e olhou para ele desconfiado.

— Eu te falei que tinham prometido me deixar atualizado sobre o grampo no celular do Swisher.

— Sim.

— Na segunda-feira ele estava em Providence, Rhode Island, numa reunião com o detetive que ligou pro Whitick.

— Aquele que tinha a correspondência parcial?

— Sim, ele mesmo. Supostamente, o Swisher vai conseguir uma declaração desse sujeito sobre a conversa com o Whitick. Eles ainda não ligaram os pontos, mas estão perigosamente perto disso.

Will fechou os olhos e respirou profunda e lentamente.

— Merda — murmurou ele. — O que a gente faz agora? Eles têm a declaração desse cara?

— Me disseram que ainda não. Mas eu suponho que eles vão ter isso em mãos nas próximas vinte e quatro ou quarenta e oito horas.

Will esfregou o rosto com as mãos.

— Bom, acho que não tem jeito. Se o Departamento de Polícia de Providence sabe, é só uma questão de tempo.

— Talvez não — disse Michael.

— Explique.

— O que me disseram é que quando o Swisher ligou pra McCabe, ele explicou que o policial com quem se encontrou tinha alguns problemas de assuntos internos e, por conta disso, não está mais na Homicídios. Aparentemente, o assassinato que envolve a correspondência parcial é um caso não solucionado que ele continua investigando de vez em quando. Então é possível que ele seja o único que tem as informações, ou, pelo menos, ele é o único que se preocupa com essas informações. Lembre-se de que o Whitick resolveu tudo dois meses atrás e nós não ouvimos um pio de Providence. Então, eles não estão exatamente arrombando a porta de ninguém por causa desse caso.

— Essa merda parece que só piora — disse Will, a raiva retornando à sua voz.

— Nunca te vi desistir no meio de uma missão — respondeu Gardner.

— Eu nunca falei nada sobre desistir — rebateu ele em voz alta. — Simplesmente não estou contente com como essa missão bizarra está se desenrolando. Se as coisas tivessem acontecido como deveriam, nós não estaríamos nem mesmo tendo essa conversa.

— A maioria das pessoas não teria sobrevivido à queda. Pode ser que ele também não. A gente só precisa lidar com todas as eventualidades.

— A gente? Achei que esse fosse o seu trabalho — disse Will.

CAPÍTULO 26

A noite de quarta-feira foi longa. O dr. Ogden havia avisado a Tonya que Sharise estava tendo uma hemorragia cerebral. Eles imediatamente a levaram para o centro cirúrgico, onde Ogden realizou uma craniectomia na tentativa de aliviar a pressão em seu cérebro. A cirurgia começou por volta das quatro da tarde e se passaram quase cinco horas antes que Ogden entrasse na sala de espera para dizer a eles que as coisas haviam corrido da melhor forma possível. Em nenhum momento eles falaram sobre qual seria o estado mental de Sharise se, de fato, ela sobrevivesse. Quando Sharise saiu da recuperação e voltou para a UTI, já passava das onze.

No dia seguinte, Erin se arrastou para o escritório às nove da manhã. Ela e Duane haviam estado fora do escritório nos últimos dois dias, e o trabalho estava se acumulando. Enquanto ouvia suas mensagens, ficou aliviada por não haver nenhuma de Taylor nem Carmichael indicando que estavam indo ao tribunal a fim de exigir o aumento do valor da fiança.

Por volta das dez, Tonya ligou para dar notícias. Sharise havia tido uma febre de 40 graus e eles aumentaram as doses dos antibióticos intravenosos, preocupados que houvesse uma infecção decorrente da cirurgia. Apesar dos contratempos, Ogden sentia que Sharise tinha cinquenta por cento de chance de sobreviver, embora tivesse sido bastante evasivo quando Tonya perguntou sobre a possibilidade de Sharise ter sofrido danos cerebrais a longo prazo.

Duane chegou por volta das dez e meia, finalizou a declaração de Florio e a enviou por fax. Depois, ele e Erin se sentaram na sala dele, apenas olhando um para o outro. As últimas 48 horas haviam estado tão fora de controle que mal tinham tempo para lidar com uma crise quando passavam para a próxima. Estavam vivendo em um furacão e se viam física e mentalmente exaustos.

— Você acha que ela vai sobreviver? — perguntou Duane.

Erin deu a ele um pequeno sorriso.

— Olha, quer saber? Eu acho. Ela foi expulsa de casa e sobreviveu nas ruas por quatro anos. Ela não é só durona, eu diria que ela é muito forte. Então, sim, eu aposto que ela vai sair dessa.

Duane acenou com a cabeça. Enquanto o observava, ela não pode deixar de notar o quão desconfortável ele parecia estar. Ele estava realmente inquieto.

— Que foi? — perguntou ela por fim.

— Eu fui jogar basquete na terça à noite — respondeu ele.

— Que maravilha, eu aqui me acabando pra reunir a papelada da fiança, caso eles decidissem aumentar o valor, e você jogando bola — disse ela com sarcasmo, mais para chamar atenção do que sendo sarcástica de verdade. — Então, imagino que tem mais por trás da sua confissão do que só me informar que você pecou.

— Sim, tem mais — respondeu ele timidamente. — Eu e o Mark conversamos depois do jogo.

— Sim, e daí? Ele é seu amigo, vocês podem conversar um com o outro.

Duane baixou a cabeça e em seguida lentamente a ergueu de modo que a olhasse nos olhos.

— Erin, isso é um pouco estranho, mas olha, eu te conheço... bem, você ficou atraída pelo Mark. E eu sei que as coisas não saíram exatamente como você queria. Mas acho que eu só estava me perguntando se por acaso você ainda consegue se lembrar de como é ser homem e de ver as coisas da perspectiva de um homem?

— Swish, que porra é essa, do que você tá falando?

— Bem, quando você era homem, você achava a Lauren muito atraente, certo?

Erin respirou fundo, sua impaciência aumentando.

— Sim, e daí?

— E você me disse que antes do Mark, você nunca se sentiu atraída por um homem. Certo?

O olhar dela deu uma resposta suficiente para ele prosseguir.

— Bom, vamos supor que quando você era um homem, você se sentiu atraído por uma mulher, mas depois descobriu que ela havia sido designada como homem ao nascer. — Duane fez uma pausa e parecia querer sorrir por ter acertado a terminologia, mas o olhar penetrante de Erin o dissuadiu. — Enfim, se você descobrisse isso, qual seria a primeira coisa que você iria se perguntar?

Ela olhou para ele incrédula.

— Você tá falando sério? Você tá tentando me dizer que o Mark tá sofrendo porque não sabe o que eu tenho no meio das pernas?

Ela pôde ver as bochechas dele ficarem vermelhas.

— Qual é, Erin, você realmente acha isso difícil de entender? — perguntou ele por fim.

— Bem, obrigada pelo aviso. Se o Mark me chamar pra sair de novo em algum momento, pode deixar que eu esclareço pra ele.

— Olha, eu só estava tentando ajudar. Eu achei que talvez se ele soubesse, você sabe... que, bem, tá tudo normal.

Ela suspirou, balançando a cabeça.

— Então você disse pra ele que eu fiz a cirurgia?

Os olhos dele responderam.

A expressão confusa de repente desapareceu do rosto dela.

— Olha, tem uma parte de mim que entende. Mas aí tem outra parte que fica tão ofendida que dá vontade de começar a arremessar coisas pela sala. Basicamente, o que você tá dizendo é que se eu não tivesse feito a cirurgia lá embaixo e ele estivesse atraído por mim, talvez ele ficasse revoltado com o fato de ter beijado uma mulher que ainda tinha um pênis. Mas, se eu tenho as partes certas, as partes que se espera que as mulheres tenham, se eu não sou uma mulher com um pênis, então tá tudo bem pro mundo.

Ela se levantou, pegou sua bolsa e se dirigiu para a porta.

— Espera, Erin, onde você vai?

Ela parou e se virou para encará-lo.

— Olha, Swish, eu agradeço que você esteja tentando ajudar. Eu não estou chateada com você, de verdade, não estou — disse ela com um ar de resignação. — E quer saber, de fato tem uma parte de mim que entende por que isso é importante. Mas, caramba, Swish, é tão degradante saber que, no final do dia, a única coisa que importa para as pessoas é o que eu tenho no meio das pernas. Sério, pensa só. É exatamente por isso que eu não consigo fazer um juiz ou um promotor aceitar a Sharise como mulher. Porra, eu não consigo nem fazer com que *se refiram* a ela como uma mulher. Mas sabe de uma coisa? Ela é tão mulher quanto eu. E talvez esse seja o problema; as pessoas me percebem como mulher, então me aceitam. Mas, assim que essa percepção é desafiada, o mundo desaba. Aí, eu sou exatamente como a Sharise e tô delirando. Você sabia que foi isso que o Redman disse que estava acontecendo com a Sharise durante a audiência, que ela tem um comportamento delirante? Disse que não iria obrigar o condado a pagar pelo tratamento dela por conta de um delírio. Bom, se ela tá delirando, eu também tô. Eu sou só um cara maluco que tem a ilusão de ser uma mulher.

Ela puxou o casaco do cabideiro no canto da sala.

— Eu já volto. A gente tem muita coisa pra fazer. Só preciso de um pouco de ar fresco — disse ela enquanto saía pela porta.

* * *

— Obrigada por ter vindo — disse Erin, enquanto sua mãe se inclinava e lhe dava um abraço.

— É o mínimo que eu poderia fazer depois do desastre do Dia de Ação de Graças.

Erin deu um tapinha no ar.

— Eu já te disse, não é culpa sua. O papai vai entender quando tiver que entender, ou, como estou descobrindo, talvez nunca entenda.

— Isso parece um mau sinal. Pode me explicar?

— Na verdade não. Posso te fazer uma pergunta?

— Claro que sim, minha querida.

— Tá bem. Vamos supor que, hipoteticamente, eu não tivesse feito a cirurgia lá embaixo.

Sua mãe ergueu as sobrancelhas.

— Sim.

— Mas, fora isso, eu tivesse exatamente a aparência que tenho hoje.

Sua mãe inclinou a cabeça como uma indicação para que ela continuasse.

— Você consideraria que um cara que se sentisse atraído por mim seria gay?

— Você me tirou do conforto do meu escritório não pra falar sobre o Dia de Ação de Graças, ou sobre o seu pai, ou pra saber como eu estou, ou me contar como você está, mas pra me perguntar se um homem que te acha atraente é gay ou não?

— Basicamente, sim.

— Presumo que isso tem a ver com o cara que te deu um pé na bunda não uma, mas duas vezes.

— Aham.

— Meu Deus, se em algum momento eu tive dúvidas de que você era uma mulher, elas se foram agora.

— O que isso significa? Isso é absurdamente...

— O quê? Sexismo? Estereótipo? É mesmo. Como você está descobrindo, nós mulheres podemos ser nossas piores inimigas às vezes. Constantemente nos culpamos pelas falhas dos homens por quem nos sentimos atraídas. Se fôssemos apenas melhores esposas, mães, namoradas, amantes, seja o que for, preencha a lacuna, então eles não estariam tendo seja lá qual for o problema que estão tendo. E é exatamente isso que você está fazendo, Erin. Se esse cara por quem você se sente atraída está tão obcecado pelo fato de que em um ponto da sua vida você viveu como um homem, isso é problema dele, não seu. Ou você se considera uma mulher ou não, mas cabe a você estar confortável com quem você é, e que se dane o resto das pessoas.

Surpresa com o tom severo de sua mãe, Erin não disse nada.

— Olha — continuou a mãe —, o seu pai pode ser um completo idiota às vezes, como ficou claro diante do que aconteceu no Dia de Ação de Graças. Mas eu não estou aqui sentada me culpando porque ele é um idiota. Estou culpando ele. Isso não muda o fato de que eu o amo e de que preciso aprender a lidar com as falhas dele. Mas não posso fazer isso transformando as falhas dele em falhas minhas. Elas pertencem a ele, não a mim. Não vai se afundar porque um cara tá preso ao que você tem entre as pernas ou não. É problema dele, não seu.

Erin se recostou, os olhos bem abertos.

— Bom, tô feliz de ter tirado isso do meu peito.

Sua mãe segurou uma risada.

— Desculpa. Eu acho que só tô cansada de ver você se punir. Novamente, essa costuma ser uma coisa que as mulheres fazem bem. — Ela sorriu para a filha, estendeu a mão e pegou a dela. — Estou incrivelmente orgulhosa de quem você é. E como era de se esperar, eu tenho certeza de que, pra muitos homens heterossexuais, a sua história pode ser um obstáculo. Mas sabe de uma coisa? Não tem absolutamente nada que você possa fazer a respeito. Então, a minha sugestão é aceitar, lidar com isso e seguir em frente.

Antes que Erin pudesse responder, seu telefone começou a tocar. Ela olhou para baixo e viu que era Duane. Ergueu um dedo para sua mãe e abriu o telefone.

— Oi. Tô conversando com a minha mãe.

— Erin, volta pra cá assim que você puder. Aconteceu uma coisa com o Florio.

— Do que você tá falando? Ele não vai assinar a declaração?

— Não, ele levou um tiro.

— Ai, merda. Estou a caminho.

Ela olhou para a mãe do outro lado da mesa.

— Desculpa, mamãe. Quando esse pesadelo acabar, a gente combina de sair e eu te explico.

A preocupação de Peg estava estampada em seu rosto.

— O Duane está bem?

— Sim, mas uma testemunha-chave talvez não.

Ela deslizou para fora da mesa, pegou suas coisas e deu um abraço na mãe.

— Toma cuidado — sussurrou a mãe.

— Vou tentar — disse ela antes de sair correndo.

* * *

Ela subiu as escadas depressa até o segundo andar, passou por Cheryl e chegou à sala de Duane.

— O que aconteceu? — perguntou ela sem sequer parar na porta.

— Não sei. Eu liguei pra lá pra saber se ele tinha recebido a declaração e, quando perguntei pelo detetive Florio, me deixaram esperando. Aí o sargento Brown atendeu o telefone e perguntou por que eu estava ligando. Quando contei a ele, ele me disse que o detetive Florio havia levado um tiro na noite passada, mas que não tinha como me dar mais detalhes no momento. Eu imediatamente entrei na internet e encontrei o site do *Providence Post*, que dizia que o Florio havia recebido uma ligação a respeito de um possível suspeito de terrorismo por volta das cinco da tarde, e ele e outro policial foram investigar. Quando chegaram ao local, foram emboscados. O outro policial escapou ferido, mas Florio foi levado pro hospital em estado crítico.

Erin se sentou em uma cadeira e colocou as mãos atrás da cabeça. Ela queria acreditar que não tinha relação com o caso, mas como era possível?

— Alguém foi preso?

— Não.

— Você acha que isso tá relacionado com a gente? — perguntou ela.

Duane acenou com a cabeça.

— Por quê?

— O tiroteio aconteceu a um quarteirão de onde o corpo da vítima do homicídio de Providence, Tony DiFiglio, foi encontrado. É um recado pra gente. Ninguém mais vai perceber ou acreditar na conexão. Mas o recado foi dado em alto e bom som.

— Mas peraí. Não pode estar conectado. Como eles saberiam que você se encontrou com o Florio e deu informações pra ele? E mesmo se de algum jeito eles soubessem, por que matar um policial mudaria as coisas? Outros policiais seguiriam com o caso.

— Eu pensei nisso também. Então, você se lembra quando eu estava voltando de Providence pra casa na segunda-feira, liguei pra você e repassamos tudo?

— Sim — disse ela confusa, franzindo a sobrancelha.

— Bom, eu me lembro de ter dito que o Florio não estava mais na Homicídios e que essa era a sua baleia branca, o caso não solucionado que assombrava ele.

O rosto dela se contorceu à medida que a compreensão do que ele estava sugerindo se espalhou lentamente por seu rosto.

— O seu celular?

Ele assentiu.

— Mas como? Eles teriam que chegar até você pra grampear o seu celular. Nem o Townsend é tão poderoso assim.

— Não, mas o Departamento de Justiça é.

— Swish, tem alguma coisa que não tá fazendo sentido. Supondo que você esteja certo e que o Departamento de Justiça tenha uma escuta no seu celular, presumivelmente por conta da investigação do vazamento, como isso sai de lá e chega no Townsend? Talvez a gente esteja vendo coisa onde não tem.

— Você tem razão, não sei como isso sai do Departamento de Justiça e chega nele, mas eu não acredito em coincidências.

Nenhum deles disse nada por um longo tempo. Por fim, Erin disse:

— Eu sei que isso vai soar um pouco inescrupuloso, mas tem mais alguém que poderia assinar a declaração?

— Talvez — respondeu ele. — Eu conheci a mulher responsável pelo laboratório. Já liguei pra ela. Ela não me respondeu.

— Você acha que Florio ligou pro Whitick antes de ser baleado?

— Não sei. Ele me disse que tentaria ligar ontem. Mas não sei se ele fez isso.

O computador dele apitou, alertando-o a respeito de uma nova reportagem sobre o tiroteio. Ele rapidamente se virou e atualizou a página.

— Puta merda — murmurou ele, apoiando a testa nos dedos. — Ele morreu. — Duane fechou os olhos, uma expressão de dor consumindo seu rosto. — Ele tinha dois filhos. E eu não consigo não me sentir responsável. Nós somos tipo o beijo da morte.

Ela inspirou o ar lentamente e acenou com a cabeça, a ideia de duas crianças agora sem um pai a assombrando. Mais uma pessoa estava morta por causa deles. Eles ficaram sentados em silêncio, permitindo que aquilo os envolvesse, como uma mortalha.

— Você já se perguntou por que o Townsend não veio atrás da gente? — perguntou ela por fim.

— Sim.

— E?

— É meio irônico, mas acho que a gente não vale o risco. — Ele deu de ombros. — A Lenore parecia suicida. A Sharise teve uma queda acidental. E agora o Florio é morto cumprindo seu dever, tudo bastante plausível. Como alguém mataria a gente sem que parecesse suspeito?

A expressão dela denunciou seu cansaço.

— Não sei, mas espero que ele não descubra como.

Mais tarde, Duane entrou na sala de Erin quando ela estava se preparando para sair.

— Vou voltar para Providence na segunda-feira.

— Por quê? — perguntou ela, levantando os olhos do teclado e esfregando a nuca.

— Eu preciso tentar convencer a chefe do laboratório a assinar a declaração.

— Ela não vai assinar.

— Não. Como ela disse, esse caso era um caso perdido de Florio, e ela não está nem aí se quem matou o traveco vai ser pego um dia.

— Eita. Ajudaria se eu fosse com você? Talvez eu possa fazer uma boa apresentação em nome de todos os travecos — disse ela com um sorriso malicioso.

— Obrigado. Sem querer ofender, mas não tenho certeza se isso vai ajudar. Mas pode deixar que eu vou falar bem de você.

— Obrigada. Boa sorte.

— Obrigado. Acho que vou precisar.

CAPÍTULO 27

Duane olhou para o relógio em seu pulso pela terceira vez. Andrea Peters estava ignorando-o completamente, ou aquela era sua maneira de se vingar por ter passado por cima dela, indo diretamente ao seu chefe? Ele estava esperando havia mais de uma hora e sua paciência começava a se esgotar. Quando estava prestes a pedir para falar com o chefe, um jovem vestindo um jaleco, provavelmente com quase trinta anos, chamou o nome dele.

— Olá, meu nome é Richard Barbieri, eu sou um dos assistentes da dra. Peters — disse ele. — Ela pediu que eu viesse te buscar e que pedisse desculpas pela demora.

— Sem problemas — mentiu Duane, reparando com interesse no fato de que Florio nunca havia usado o título formal de Andrea.

Quando eles entraram no laboratório, Barbieri o conduziu até a porta de vidro de um gabinete, passando por uma série de pessoas que trabalhavam em mesas de laboratório. Quando eles se aproximaram, Peters ergueu os olhos do que quer que estivesse lendo e fez um gesto para que entrassem.

— Obrigada, Richard. A gente finaliza depois que eu falar com o dr. Swisher. Por favor, feche a porta ao sair. — Em seguida, voltando sua atenção para Duane, ela disse: — Por favor, sente-se, dr. Swisher.

Duane acenou com a cabeça.

— Obrigado por disponibilizar tempo pra falar comigo.

Ela colocou um dedo curvado na boca, exibindo suas longas unhas vermelhas.

— Eu só concordei porque o meu chefe pediu. Caso contrário... — Ela parou, deixando o restante por dizer.

— Eu sinto muitíssimo pelo detetive Florio.

Os olhos dela o perfuraram.

— Dr. Swisher, embora eu hesite em falar mal de alguém que morreu no cumprimento do dever, não é segredo nenhum que nós não nos dávamos bem.

— Ele me contou. E me deu uma versão muito truncada de por que o relacionamento entre vocês era tenso.

Ela soltou uma risada sarcástica.

— Ah, eu tenho certeza de que foi truncada. Provavelmente lapidada e inventada também. Deixa eu te dar uma razão, nua e crua. Na minha opinião, o detetive Florio era um racista, simples assim. — Ela fez uma pausa. — Ele te contou que o sujeito era inocente e que durante o interrogatório bateu nele com tanta força que quebrou a mandíbula do garoto e, enquanto fazia isso, chamava ele de "neguinho" sem parar? Ele te contou isso?

— Não. Com esse requinte de detalhes, não. Ele me disse que a vítima no caso era uma garota afro-americana de sete anos que foi atingida no fogo cruzado de um tiroteio.

— Eu tenho certeza de que ele fez isso tentando fazer parecer que não foi tendencioso, que só perdeu a paciência, certo? Bom e velho Florio, indignado com a morte de uma pobre jovem negra inocente. — Ela o encarou. — Dr. Swisher, eu andei pesquisando a seu respeito, então sei que você trabalhava no FBI. Suspeito que o doutor saiba como às vezes a polícia pode ser preconceituosa. Pra mim, pessoas como o detetive Florio são emblemáticas desse problema.

Ele assentiu lentamente.

— Você tem razão. Existe muito preconceito na polícia e eu experimentei alguns deles pessoalmente. Quando eu estava no FBI, um policial me parou quando eu estava andando no meu próprio bairro. Mais tarde, ele me disse que me parou porque suspeitou de um negro andando num bairro branco. A ironia é que ele é negro. Então sim, eu concordo com você. Mas você não precisa ser um ítalo-americano branco pra disseminar preconceitos nessa profissão.

Ela beliscou o lábio inferior entre os dedos e seus olhos continuaram deixando clara sua cautela com ele.

— Tony DiFiglio era a baleia branca do Florio, não a minha. Sinceramente, eu não me importo com o caso, porque no fim das contas você e eu sabemos que nunca vamos ser capazes de provar quem matou o DiFiglio com base na amostra de DNA. Você deu pro Florio um suspeito, e isso é tudo que a gente vai ter: um suspeito.

— Você sabia que o pai do DiFiglio é policial?

— Por favor, não me faça rir. Pelo que ouvi falar do pessoal de Pawtucket, perto dele o Florio parece o Martin Luther King.

— Olha, eu não posso obrigar você a fazer nada. Mas a minha cliente é uma prostituta afro-americana transgênero de dezenove anos que foi expulsa de casa quando tinha quinze. Ela é acusada do homicídio do filho de vinte e oito anos de um dos políticos brancos mais proeminentes e poderosos do estado de Nova Jersey. Eu e a minha sócia estamos convencidos de que o cara que ela é acusada de matar é na verdade um assassino em série. No momento, a única coisa que a gente tem pra prosseguir é o assassinato do Tony DiFiglio e o perfil de DNA que você conseguiu e que não está mais no sistema. E enquanto a gente tá sentado aqui, eu nem tenho certeza se a minha cliente está viva, porque quando saí ontem à noite pra vir pra cá, ela ainda estava em coma, porque "rolou" um lance de escada depois que um agente carcerário acidentalmente "esbarrou" nela. Então, sinceramente, eu não me importo se o Florio era membro de carteirinha da Ku Klux Klan. Isso não tem a ver com ele, e você tá certa, não tem a ver com o Tony DiFiglio também. Isso tem a ver com a Sharise Barnes e com tentar salvar a vida dela.

— Bem, eu desejo a você tudo de bom nessa missão, dr. Swisher, mas isso não é meu trabalho. O meu trabalho é ajudar a polícia estadual, a polícia municipal e a local a solucionar crimes aqui em Rhode Island. Me parece que resolver crimes em Nova Jersey é função de outra pessoa.

Ele deslizou sobre a mesa a declaração que havia redigido para ela.

— O que é isso? — perguntou ela.

— É o documento que eu gostaria que você conferisse e, se estiver tudo bem, assinasse.

Ela deu uma risadinha.

— Você não estava me ouvindo, dr. Swisher? Eu não tenho motivo nenhum pra te ajudar.

O olhar dele era frio.

— Eu acho que tem.

* * *

Mais tarde, sentado em sua sala, Duane sorria como o Gato de Cheshire, enquanto Erin conferia a declaração assinada.

— Você fez ela entrar em contato com Massachusetts enquanto você estava lá? — Sua voz se elevou com entusiasmo. — Puta merda, tem uma correspondência parcial com Boston também. — Ela ergueu os olhos dos papéis. — Swish, isso é inacreditável. Existem duas correspondências parciais nos locais em que ele vivia na época dos assassinatos. Meu Deus do céu.

— E a polícia de Boston tem um perfil de DNA completo do suspeito deles. Se a gente conseguir obter o perfil de DNA completo do Townsend em Massachusetts, talvez a gente tenha uma correspondência total — acrescentou ele.

Ela enxugou os olhos.

— Como você conseguiu isso?

Ele soltou um pequeno bufo.

— Eu realmente pensei que ia voltar sem nada. Ela não estava cedendo nem um centímetro. Então, eu expus tudo pra ela. A Lenore, a invasão da sua casa e do nosso escritório, a escuta, a tentativa de transferir a Sharise na prisão, depois a queda e, finalmente, a nossa suspeita de que o Florio, de quem ela não gostava, foi assassinado por causa desse caso. No início, ela só riu de mim, mas conforme eu repassava tudo, acho que ela começou a perceber que era plausível.

— E Boston?

— Ela fez um acordo comigo. Disse que ligaria pra um colega que conhecia na Polícia Estadual de Massachusetts e enviaria os resultados do nosso caso. Se houvesse uma correspondência parcial, ela daria pra gente a declaração e me ajudaria a conseguir uma de Massachusetts.

Erin se levantou da cadeira, deu a volta na mesa até onde ele estava sentado, se curvou e deu-lhe um abraço.

— Bom trabalho. Bom trabalho. E temos mais boas notícias.

— É?

— A Tonya me ligou por volta das três. A febre da Sharise baixou e ela não teve mais inchaço nem sangramento no cérebro. Ainda é muito cedo pra dizer se houve algum dano permanente, mas o dr. Ogden acha que ela vai sobreviver.

— Porra, isso é ótimo. Talvez o anjo da guarda dela esteja finalmente fazendo o seu trabalho.

— Sim, vamos torcer — respondeu ela com um sorriso caloroso. — Vamos torcer.

Nenhum dos dois disse nada por um tempo, apenas tentando saborear um bom dia — um dos primeiros em muito tempo.

— Então, como você quer prosseguir com isso? — perguntou ele. — Tipo, ainda são só duas parciais, não ganhamos o jogo ainda.

— Eu sei. E com a ordem do Redman em vigor exigindo que a gente apresente as coisas pra ele previamente, eu fico preocupada que eles ainda tentem enterrar isso tudo.

Ela pensou por um momento, imaginando como ter certeza de que as evidências poderiam ser preservadas e encaminhadas para a imprensa se aqueles que mexiam os pauzinhos tentassem enterrá-las.

— Vou preparar um pedido de revisão da decisão, mas, em vez de requerer que o perfil completo do Townsend seja inserido no sistema, vamos só pedir que o perfil de DNA completo seja enviado pra Massachusetts pra que eles possam ver se existe uma correspondência total por lá. — Ela fez uma pausa. — E pra Filadélfia também. Não tem motivo pra não incluí-los. Se houver uma correspondência, eu diria que já era, a gente venceu.

Ela continuou a revirar as coisas em sua mente, refletindo sobre o respeito mútuo que sentia estar se desenvolvendo entre ela e Taylor.

— O que você acha de eu ligar pra Barbara e marcar uma reunião pra discutir algumas novas evidências que a gente encontrou? Se a gente conseguir trazer ela pro nosso lado, acho que nem mesmo o Redman se recusaria a enviar o DNA pra Massachusetts e pra Filadélfia.

— Por mim tudo bem.

Ela estendeu a mão e discou para o número do gabinete de Taylor, que já havia memorizado. Depois de quatro toques, a ligação caiu na caixa postal.

— Oi, Barbara, aqui é a Erin e o Duane. Estamos ligando porque gostaríamos de marcar uma reunião pra discutir algumas evidências novas. Liga pra mim no escritório amanhã. Obrigada.

Ela desligou o telefone e olhou para o sócio.

— Eu sei que tá frio pra caralho, mas o que você acha de a gente tomar uma cerveja pra... eu ia dizer comemorar, mas isso pode ser prematuro e não quero azarar nada. Que tal a gente tomar uma cerveja só por tomar mesmo?

— Acho ótimo — respondeu Duane com um largo sorriso. — É por minha conta.

CAPÍTULO 28

No caminho até o carro, Barbara praguejou por conta da frente fria antecipada em dezembro. As últimas 72 horas tinham sido absurdamente frias, e naquele dia os ventos fortes só deixavam tudo mais gelado ainda. Ela jogou a pasta atrás do banco e ligou o carro, aumentando o aquecimento o máximo que podia. Mesmo sabendo que só sopraria ar frio até que o carro esquentasse, ela ainda esperava que fosse mais quente do que o que ocupava o interior de seu carro naquele momento.

Ela refletiu um instante, tentando pensar no que queria jantar. Era segunda-feira à noite e ela não estava com vontade de cozinhar. Desde o divórcio e com Vicky na faculdade, ela raramente sentia vontade de preparar algo para comer. Estava tentando gerar um pouco de calor esfregando as mãos uma na outra, ao mesmo tempo em que procurava uma ideia de onde pedir comida, quando seu celular tocou.

— Oi, Tom, tudo bem?

— Barbara, onde você tá? Eu preciso me encontrar com você.

O tom da voz de Whitick a deixou confusa. Ele parecia em pânico. Durante todos os anos em que trabalhava no Ministério Público, os últimos três como primeira assistente, ela nunca tinha visto Whitick abalado.

— Tom, tá tudo bem? O que houve?

— Não tem como falar por telefone. A gente precisa se encontrar hoje à noite, o mais rápido possível.

— Hmm, eu tô no estacionamento. Ainda não saí. Você ainda tá no prédio? A gente pode se encontrar na minha sala.

— Não! — disse ele de sobressalto. — A gente não pode se encontrar lá. Precisa ser num lugar particular.

Ela tirou o telefone do ouvido e olhou para o aparelho, preocupada com a estranheza da conversa.

— Tá bem. Onde você quer se encontrar?

— Tem como você vir pra minha casa, daqui a uns vinte minutos?

Ela tinha estado na casa dele muitas vezes, tanto socialmente quanto a trabalho, geralmente para fazer com que ele aprovasse alguma investigação em que o gabinete estava envolvido.

— Claro. Tem certeza de que você tá bem?

— Sim, te vejo em vinte minutos.

Eram apenas quinze minutos do escritório até a casa de Whitick, então ela parou em uma 7-Eleven para pegar um café, na esperança de não apenas se aquecer, mas também acordar.

A casa de Whitick ficava em um condomínio de modestas casas de dois andares construídas na década de 1970, todas iguais, exceto pela cor. Quando ela parou o carro, aparentemente não havia nenhuma luz acesa nem do lado de dentro nem do lado de fora. A única iluminação vinha de um poste próximo e da luz amarela piscante de uma caminhonete da companhia de eletricidade estacionada a algumas casas de distância.

Quando ela se aproximou da porta de Tom, com a bolsa e o café nas mãos, a luz da varanda se acendeu e a porta da frente se abriu.

— Entra — disse Whitick.

Quando ela entrou no hall, ele rapidamente apagou a luz externa.

— Sua casa estava tão escura que pensei que talvez você estivesse sem luz.

— Não, eu não sei o que é — disse ele enquanto olhava, nervoso, para o lado de fora, antes de fechar a porta apressadamente. — Eles estão mexendo ali desde ontem.

— Tom, o que está acontecendo?

— Desculpa, Barbara. Eu sei que você deve estar me achando maluco, mas a gente precisa conversar. Em particular. Por favor.

Eles cruzaram a cozinha no escuro e entraram no escritório, iluminado apenas por um abajur. Ela colocou o café na mesa, tirou o casaco e o ajeitou nas costas de uma cadeira enquanto ele ia até a escrivaninha, pegava alguns papéis e voltava até uma poltrona em frente a ela.

— Você já tinha visto isso aqui? — perguntou ele, entregando uma folha de papel.

— Tom, eu mal consigo ver a minha mão, tá muito escuro aqui. Você pode acender alguma luz?

Ele se aproximou e acendeu uma luminária que estava ao lado do sofá.

— Desculpa.

Ela analisou o documento antes de erguer os olhos.

— Parece um perfil de DNA? Mas como não sei de quem é, não sei se já vi antes.

— O Lee alguma vez te falou alguma coisa sobre Providence, Rhode Island?

— Providence? Não, por quê?

Ele respirou fundo.

— O Lee alguma vez te contou sobre uma correspondência parcial no caso Townsend?

— Não. Tom, pelo amor de Deus, do que você tá falando? — perguntou ela, a frustração penetrando em sua voz.

Ele tirou os óculos e esfregou o olho direito.

— Uns dois meses atrás, eu recebi esse papel que eu acabei de te entregar de um detetive de Providence. Eles tinham descoberto a correspondência de sete loci com uma das amostras de sêmen do nosso caso, então ele estava atrás do nome do suspeito pra que pudessem começar a investigar e ver se batia com o local do crime. Como nós havíamos carregado os dados, ele procurou a gente pra conseguir ajuda.

De repente, ela percebeu aonde aquilo estava chegando.

— Townsend?

Ele assentiu levemente.

— Tom — disse ela em voz alta. — Por que eu não soube disso?

Ele respirou fundo.

— Eu fui até o Lee. Tipo, isso era... é... potencialmente explosivo. Eu expliquei o que era e o que em tese significava. Ele me disse que eu tinha que tirar isso do CODIS e dizer pro cara de Providence que tinha sido um erro. Eu falei pro Lee que a gente precisava contar pra você, mas ele disse "Não, isso tem que ficar entre a gente".

Ela se inclinou para a frente no sofá, cobrindo a boca com as mãos enquanto tentava entender o que estava acontecendo.

— Por que você tá me contando agora?

Mesmo na penumbra, ele parecia pálido.

— Na quarta-feira passada, eu recebi um telefonema do detetive de Providence. Ele me disse que tinha informações sobre o Townsend e que tinha como colocá-lo na cidade na ocasião do homicídio de uma prostituta transgênero. Ele disse que se eu não devolvesse a amostra ao sistema, ele iria processar a gente pra conseguir obter as informações.

— Peraí, ele tinha informações sobre o Townsend? Como ele conseguiu isso?

— Lembra da mancha de sêmen que entrou como DNA desconhecido? A amostra estava degradada, mas estava entre as provas fornecidas à McCabe e ao Swisher.

— Mas como ele conectou isso ao...? — Ela parou no meio da pergunta. — O relatório que o Swisher apresentou listando os lugares onde o Townsend tinha morado e onde ocorreram homicídios de pessoas transgênero. O Swisher deve ter falado com o detetive de Providence. — A sobrancelha dela franziu quando ela ligou os pontos. — Merda. Então a McCabe e o Swisher podem estar certos. O Townsend pode estar no banco de dados como suspeito porque... — Ela fez uma pausa. — Porque ele já matou antes.

— Tem outra coisa sobre Providence que você precisa saber — explicou ele. — Eu fiquei tão abalado com a ligação que tirei folga na sexta e na segunda para tentar descobrir o que fazer. Quando voltei pro escritório hoje, na minha mesa havia um alerta nacional emitido pelo pessoal de Providence notificando todos os gabinetes de polícia que eles estavam procurando por um suspeito armado e perigoso que havia emboscado e assassinado um de seus detetives. — Ele fez uma pausa e fechou os olhos. — O detetive assassinado foi o cara que me ligou.

Ela balançou a cabeça.

— Você tá me dizendo que isso tudo tá conectado?

— Sinceramente, eu não sei o que pensar. Ninguém mais sabia a respeito da ligação dele pra mim, então eu quero acreditar que foi só uma terrível coincidência, mas não tenho certeza porque tem mais coisa ainda.

— Tá... — disse ela.

Ele respirou fundo.

— Eu não acho que a queda do Barnes foi um acidente. Eu acho que estão tentando matar ele pra impedir que essa informação seja divulgada.

— Por que você acha isso? — perguntou ela em um tom abafado, com medo de denunciar suas próprias preocupações.

Whitick olhou para ela.

— O Barnes tá na UTI com o crânio fraturado. Você realmente acha que foi um acidente?

— Eu não sei — respondeu ela, expressando suas dúvidas pela primeira vez para outra pessoa. — Eu li os relatórios, então sei qual é a versão oficial. O policial estava levando ele da cela pra área de exercícios. Eles pararam no alto da escada porque o agente estava esperando que o parceiro se posicionasse na parte inferior. Um prisioneiro gritou atrás dele, ele se distraiu e, quando se virou, acidentalmente esbarrou no Barnes, fazendo com que ele perdesse o equilíbrio e rolasse os degraus. — Ela analisou o rosto dele. — Mas você não acredita nisso, né?

— Não, não. Dez dias atrás, eles tentaram tirar ele da custódia protetiva pra juntar com os outros presos. E agora, depois que esse movimento foi bloqueado, ele cai da escada e talvez não sobreviva. Ao mesmo tempo, o Swisher e a McCabe estão trabalhando em evidências potencialmente contundentes. Barbara, não são só coincidências não relacionadas.

Ela abriu a boca para falar, mas ele ergueu a mão.

— Na noite de Ação de Graças, eu recebi um telefonema do diretor do presídio — recomeçou Whitick. — Ele me disse que tinha acabado de falar no telefone com o Lee, que queria que o Barnes fosse transferido para as celas comuns no dia seguinte. Um dia depois do Dia de Ação de Graças, quando todos os tribunais estavam fechados. O diretor estava fora de si. Ele me disse que o Barnes estaria morto no domingo à noite e que ele seria crucificado por causa disso. Ele me implorou pra que eu ligasse pro Lee pra ver se eu conseguia fazer ele mudar de ideia. Então eu liguei pro Lee. Quando comecei a falar com ele, ficou claro que ele tinha bebido. Eu contei pra ele as preocupações do diretor e ele começou a gritar comigo, me dizendo que não era da minha conta, dizendo que eu não sabia de porra nenhuma, que eu não teria que responder ao Townsend. Nem preciso dizer que fiquei meio chocado, porque nunca vi o Lee se comportar assim. — Ele olhou para seu colo. — No dia seguinte de manhã, eu fiz o que pude pra impedir.

Ela se recostou na cadeira ao compreender o que ele tinha acabado de admitir.

— Foi você que ligou pra McCabe?

— Eu tive que ligar. Eu tinha certeza que... — Ele parou e respirou fundo. — Olha, você sabe que eu acho que o Barnes e o estilo de vida dele são totalmente bizarros, mas, sabendo do que eu sabia, eu acreditava que seria cúmplice do assassinato dele se não tentasse impedir que isso acontecesse. Eu posso ser muitas coisas, incluindo um escroto de merda, mas não sou um assassino.

— Por que você não me ligou?

— Eu estava torcendo para que a McCabe recebesse a mensagem e impedisse. Também liguei pro diretor e disse pra ele atrasar a transferência o máximo que pudesse, porque eu estava tentando impedir que ela prosseguisse. Felizmente, a McCabe recebeu a mensagem e de fato impediu que aquilo acontecesse. Se ela não tivesse feito isso, eu teria ligado pra você. Mas, honestamente, eu tenho tentado te manter fora disso. Não quero arruinar a sua carreira. Se as coisas correrem bem pra você, talvez o Townsend te indique pra promotora-titular ou juíza. Mas, se você cruzar o caminho dele, nunca vai ter uma chance.

Ela deixou escapar um sorriso triste de gratidão.

— Obrigada, Tom. É muito generoso da sua parte. Mas o juramento que eu fiz envolve buscar que a justiça seja feita, e não agradar a Will Townsend. E, se isso significa que nunca vou poder ser promotora-titular ou juíza, que seja.

— Bom, agora eu já coloquei você no meio disso tudo. Mas achei que não tinha escolha. Depois da queda do Barnes, e agora com essa merda em Providence, eu não sabia a quem mais recorrer.

Ela fechou os olhos, perdida em pensamentos. Sua intuição estava certa. Ela pensou no quanto aquilo era curioso. Não havia ligado para Whitick para pedir ajuda na investigação do passado de Bill Townsend porque não tinha certeza se podia confiar nele, o que a deixou sozinha. Acontece que ela o subestimou.

— Você tá bem? — perguntou Whitick.

Ela deu a ele um sorriso triste.

— Sim, ótima — disse ela. — A gente precisa resolver isso. O que vai acontecer se nós contarmos pro Lee e ele nos demitir antes que a gente consiga revelar o que sabe pra McCabe? Tipo, eu sei quais são as nossas obrigações morais, mas quais são as nossas obrigações legais? Você já teve notícias do pessoal de Providence?

— Não, mas eu presumo que com um detetive assassinado e um suspeito em liberdade eles têm outras coisas com que lidar agora.

— Você disse que quando ele te ligou na semana passada, ele tinha informações sobre o Townsend.

Ele assentiu.

— Então a McCabe e o Swisher devem estar indo a todos os lugares com aquele relatório tentando encontrar uma conexão com o Townsend.

— Esse é o meu palpite. — Ele fez uma pausa. — Talvez a gente possa esperar e deixar eles fazerem o trabalho sujo no nosso lugar?

Ela olhou para o Diretor do Setor de Investigações com um sorriso resignado.

— O meu palpite é que você já tinha imaginado esse cenário antes de me ligar.

— Sim, já. Talvez eu esteja maluco, mas não pareceria que eu estaria fazendo o meu trabalho se a gente seguisse esse caminho. E se o assassinato do detetive de Providence estiver mesmo conectado... bem...

— Eu te entendo — disse ela, sabendo que ele estava certo, mesmo que alguma coisa lhe dissesse para deixar as coisas seguirem o seu rumo.

Ela olhou para o relógio e se perguntou se McCabe ainda estaria no escritório às seis e quinze. Depois olhou para Whitick.

— Eu preciso me encontrar com os advogados do Barnes e avisar a eles. Você concorda?

Apesar de sua expressão desconfortável, ele acenou com a cabeça.

— E o Lee? O que você vai falar pra ele?

— A verdade. E se ele me mandar embora... — Ela fez uma pausa e deu uma risadinha. — Quem sabe, talvez eu contrate a McCabe e o Swisher pra me representar depois que me processarem por eu ser informante.

Ela olhou sua lista de contatos e decidiu ligar para o escritório de McCabe e não para o celular, esperando que ela já tivesse ido para casa, a fim de que isso lhe desse algum tempo para descobrir o que dizer a eles. Após o quarto toque, a ligação caiu na caixa postal.

— Erin, é Barbara Taylor. Me liga amanhã. Eu gostaria de marcar uma reunião com você e o dr. Swisher pra discutir algumas novas informações que recebi. Devo estar disponível depois das dez e meia. Obrigada.

— Você quer uma cerveja ou uma taça de vinho? Alguma coisa pra aliviar a tensão — ofereceu ele.

Ela pensou por um momento.

— Por que não? Você tem vinho branco?

— Sim, eu tenho uma pequena adega no porão que fica embaixo da escada da entrada. Sempre mantém o vinho na temperatura perfeita.

— Não, imagina, não vai abrir uma garrafa só pra mim.

— Quem disse que eu vou abrir só pra você? — disse ele, oferecendo a coisa mais próxima de um sorriso que ele havia mostrado desde que ela chegou.

— Tá bem, só se você beber comigo. Se importa se eu usar o banheiro?

— Claro, fique à vontade.

Os dois se levantaram e, enquanto ele caminhava lentamente pela cozinha, ela se dirigiu ao corredor e ao banheiro de hóspedes.

Os movimentos dele eram instintivos, gravados em sua memória motora porque já os havia feito centenas de vezes antes. Mas assim que ele abriu a porta para acender a luz do porão, ela reconheceu o cheiro.

— Nã... — gritou ela, mas a explosão que se seguiu devorou o seu grito, assim como seu corpo, e naquela fração de segundo, Barbara Taylor e Tom Whitick deixaram de existir. A bola de fogo que se seguiu engoliu a casa e os restos deles em igual medida, deixando apenas uma lembrança medonha das pessoas que haviam sido.

* * *

Enquanto lavava a louça e limpava tudo depois do jantar, Erin ligou a televisão para assistir o News 12. Quando a imagem finalmente apareceu, a cena de uma casa em chamas a cumprimentou.

— E, como você acabou de ouvir do promotor de Ocean County, Lee Gehrity, não apenas os oficiais estão preocupados com a segurança do Diretor do Setor de Investigações, Thomas Whitick, que é o dono da casa aqui atrás de mim, mas o medo está crescendo também em relação à promotora assistente Barbara Taylor, cujo carro estava estacionado em frente à casa de Whitick e de quem não se teve notícias desde a explosão.

Erin imediatamente desligou a água e tentou processar o que acabara de ouvir. Então pegou o celular e ligou para o telefone fixo de Duane, torcendo para que não estivesse grampeado, e contou a ele o que estava no noticiário.

— Você tá aí? — perguntou Duane depois que ela ficou em silêncio.

— Não, eu não tenho certeza de onde eu tô.

— Erin, você perguntou outro dia por que eles não tinham vindo atrás da gente, e eu disse algo do tipo que seria muita confusão para eles. Eu não acho mais isso. Com base nisso, acho que vou levar a Cori e o Austin pra um lugar seguro. A minha sugestão é que você fique com os seus pais ou o seu irmão. Só não fica aí. Se eles foram capazes de eliminar o Whitick e a Taylor, nós somos os próximos.

— Sim, claro — disse ela, seu tom quase robótico. — Eu concordo, tira a Cori e o Austin de Dodge e, quando você voltar, a gente vê o que faz a seguir.

Erin fechou o celular e olhou para a televisão no mudo, o familiar mapa da previsão do tempo agora enfeitando a tela onde apenas momentos antes havia imagens da pira funerária de Barbara e Whitick.

Ela se forçou a sair do sofá, vestiu seu casaco pesado de inverno, conferiu se tinha tudo o que precisava na bolsa e saiu em meio à escuridão em direção ao escritório.

Lá, ela fez cópias da petição que solicitava a revisão da decisão, mudou o destinatário da carta de apresentação da promotora-assistente Barbara Taylor para o promotor-assistente Roger Carmichael, colou os adesivos de carta registrada em cada um e saiu de novo. A vantagem de ter uma caixa postal era que o saguão externo dos correios ficava aberto até as nove da noite. Não havia ninguém trabalhando, mas ela poderia colocar os envelopes na caixa de envio do correio e saber que seriam retirados às oito da manhã.

* * *

Faltava pouco para as nove da noite quando Michael tocou a campainha. A porta se abriu e Will Townsend deu um passo para o lado para permitir que Gardner entrasse. Will não disse nada enquanto eles se dirigiam até a cozinha, mas a fúria em seus olhos dizia tudo.

— Eu achei que tivesse te dito não — apontou Will, andando de um lado para outro. — Eu te falei pra descobrir outra solução. Agora, de acordo com o noticiário, não foi só o Whitick, mas a Taylor estava na casa também. Eu te falei que conhecia Tom Whitick há quase vinte anos. Que merda é essa que você tá fazendo?

Os olhos de Gardner estavam frios e ele mostrou quase nenhuma reação ao discurso de Townsend.

— Nós não tínhamos escolha — disse ele por fim. — A gente tinha uma escuta na casa dele. A caminhonete tinha dois propósitos, e um deles era ouvir. Ele passou todas as informações pra ela e eles estavam tentando falar com a McCabe e o Swisher. Will, se isso vazar agora, estaremos todos na merda. A gente precisa parar eles.

Townsend baixou a cabeça.

— Não — murmurou ele, a raiva se esgotando. — Isso tá saindo do controle. Quantos mais? Primeiro era só uma prostituta. Em seguida, era se livrar do Barnes. Me parece que já tá transbordando.

— A gente só precisa resolver os dois que sobraram e vai estar resolvido.

— Não! De jeito nenhum. Imagina o que isso iria parecer. A promotora e os advogados de defesa mortos, e o réu com uma fratura no crânio. Por que a gente só não aponta um holofote pra mim e diz "Ei, vem aqui me investigar"?

Michael analisou os olhos de Townsend e então olhou para o relógio.

— Deixa eu ver o que posso fazer — disse ele, pegando um telefone pré-pago. — Eu sei que consigo falar com o pessoal que tá no Swisher, mas o que vai visitar a McCabe… Digamos apenas que ele tem um interesse um pouco distorcido pela anatomia dela. Foi ele que invadiu o apartamento nas outras duas vezes.

Michael digitou rapidamente "ABORTAR" e depois "CONFIRMAR" e clicou em enviar.

— Will, não importa o que aconteça, nada disso vai voltar pra você. A barra tá limpa. Não tem testemunhas. Não se preocupa. Você esteve lá pra mim; eu não vou deixar nada acontecer com você. Você sabe que eu levaria um tiro por você. E, se alguma coisa acontecer com a McCabe, vai parecer que ela… *ele* foi vítima de um estuprador perturbado. O que, ironicamente, é exatamente o que o cara é.

* * *

Ele a havia seguido do apartamento até o escritório. Ele quase tinha decidido abordá-la lá mesmo. Mas as instruções foram claras: não dê nenhum passo antes das nove da noite.

Quando ela voltou para o apartamento depois de ir aos correios, ele soube que era seu dia de sorte. "Perfeito." Com sorte, a rua estaria deserta o suficiente para que ele pudesse agarrá-la quando ela abrisse a porta do prédio, mas, se não estivesse, ele simplesmente usaria a cópia que fez da chave do corretor de imóveis.

Ela estava a um quarteirão da porta quando o celular dele vibrou. "Merda", pensou ele quando viu "ABORTAR". Momentaneamente pensou em ignorar a mensagem. Ele sempre poderia dizer que desligou o telefone e não recebeu a mensagem a tempo. Mas Gardner poderia ser um louco, e não fazia sentido arrumar confusão com ele naquele momento. Eventualmente, fosse a trabalho ou para seu próprio prazer pessoal, ele teria a chance de conhecer McCabe de perto e pessoalmente.

"CONFIRMADO", ele digitou, depois clicou em enviar e virou em uma rua lateral.

CAPÍTULO 29

Erin ficou deitada, sem vontade de sair da cama. Ela não tinha nenhum compromisso e não precisava ir ao tribunal, e mesmo se precisasse, não tinha certeza se isso teria importância. Era mais do que falta de sono, era tudo — as matérias de jornal, os telefones grampeados, as ameaças e agora os assassinatos, tudo acontecendo com uma regularidade que parecia mais condizente com um drama policial de televisão do que com a vida real.

Não era como se ela e Barbara Taylor fossem amigas, mas Erin sentia como se elas tivessem começado a desenvolver um respeito mútuo. Agora ela estava morta. Erin tentou imaginar como tinha sido para Barbara; ela se levantou, foi trabalhar, fez planos para o dia seguinte, assim como Erin tinha feito. Mas, literalmente, num piscar de olhos, todas as esperanças e planos de Barbara se foram. Desapareceram. Os pensamentos continuavam vindo e se repetiam, e tudo que ela conseguia fazer era chorar. Aquilo não estava certo. Ela queria recomeçar. Ela queria que todos estivessem vivos novamente. Por que ela não conseguia acordar daquele pesadelo?

O celular a assustou. Ela estendeu a mão e o pegou na mesa de cabeceira.

— Alô — disse ela, sua voz trêmula e quase inaudível.

— Erin, onde você tá? Você tá bem? Eu tentei o escritório três vezes e a Cheryl disse que você não estava e que não sabia onde você estava.

— Eu tô na cama, Swish. Eu... eu...

— Tá tudo bem?

— Não! — gritou ela. — Pessoas estão morrendo. A nossa cliente tá na UTI. Pelo que eu tô vendo, estão tentando matar a gente. Não — disse ela enquanto sua voz diminuía para quase um sussurro —, definitivamente não tá tudo bem.

— Onde você tá?

— Em casa.

Houve uma longa pausa.

— Eu pedi pra você ficar em outro lugar ontem. Por que você ainda tá no seu apartamento?

— Porque eu estava em choque demais pra ir pra qualquer outro lugar.

— Erin, você não tá segura aí. Eu acho que alguém invadiu o escritório de novo ontem à noite. Quando eu falei com a Cheryl, ela disse que os papéis da petição que a gente preparou ontem não estavam lá. Ela não tá achando.

— Eu pus no correio.

— O quê?

— Eu fui no escritório ontem à noite depois de ver o... eu fui lá e mandei os documentos pelo correio. Eu queria ter certeza de que se alguma coisa acontecesse com a gente, eles seriam enviados.

— Peraí, você mandou pro tribunal e pra Barbara?

— Eu mandei pro tribunal, mas àquela altura eu já sabia que a Barbara tinha morrido, então eu enviei pro Carmichael e pro Gehrity. — Ela pegou um lenço de papel e assoou o nariz. — Onde você tá? Por favor, me diz que você, a Cori e o Austin estão seguros.

— Nós estamos bem. Eu vou sair daqui a pouco pra voltar pra Nova Jersey. Obviamente, não quero dizer onde a gente tá por telefone, mas a Cori e o Austin vão ficar aqui por alguns dias, só pra ter certeza de que tá tudo bem.

— Tá bem, ótimo. Que bom que vocês estão bem.

— Escuta, eu devo estar de volta lá pras cinco. Por que a gente não combina de jantar junto pra tentar descobrir os próximos passos?

— Claro.

— Erin, por favor, toma cuidado. Ontem à noite, antes de a gente ir embora, eu liguei pra um amigo meu que é policial em Scotch Plains e pedi pra ele ficar de olho na minha casa. Tem mais ou menos uma hora que eu falei com ele. Ontem à noite, por volta das nove, ele parou um carro que estava passando na frente da minha casa pela segunda vez. Como eu moro no final de uma rua sem saída, ele achou um pouco estranho. Ele me disse que tinha dois caras no carro e que eles disseram que estavam perdidos. Ele não tinha razão para tirar eles do carro e revistar, então liberou os dois. Ele checou a placa do carro e descobriu que era de uma locadora em Woodbridge. De qualquer maneira, ele achou um pouco suspeito.

— Eu vou tomar cuidado, prometo.

Ela finalmente se arrastou para fora da cama e em algum momento conseguiu ir até o escritório. Tentou se ocupar com outros casos, mas sua mente continuava repetindo a cena da casa de Whitick em chamas. Havia pegado o *Ledger* e o *Herald News* ao entrar, e ambos traziam reportagens sobre a explosão. O relatório inicial era de que havia um vazamento de gás nas redondezas. O promotor Gehrity lamentou a perda de dois "superstars" de seu gabinete e prometeu que haveria uma investigação completa.

Duane chegou por volta das cinco, como prometido, e eles se dirigiram ao Cranford Hotel.

— Eu ainda tô em choque — disse ela enquanto tomava um gole de vinho. — Tá sendo muito difícil processar que a Barbara morreu. É estranho, no fim das contas eu realmente sentia que nós estávamos criando um certo vínculo. Que nós duas sabíamos que estavam acontecendo coisas pra além do nosso controle, mas que estávamos fazendo o melhor que podíamos pelos nossos respectivos clientes. Eu sei que é loucura e, se a gente tivesse se enfrentado no tribunal, provavelmente teríamos nos odiado, mas, pelo menos por agora, eu sentia que ela finalmente tinha me aceitado. Bobagem isso, né?

— Não, Erin. Eu não acho mesmo que seja bobagem.

— Quando eu finalmente cheguei ao escritório hoje de manhã, tinha uma mensagem de voz dela.

— Da Barbara?

— Sim, chegou às 18h16 de ontem. Ela dizia que tinha algumas informações novas e que queria encontrar a gente pra conversar.

Duane coçou o queixo.

— Uau, perdemos a ligação dela por pouco. Tínhamos ligado pra ela cerca de quinze minutos antes. Tínhamos acabado de sair pra tomar uma cerveja.

— Eu sei. Eu também me dei conta disso. Eu presumo que ela estava na casa do Whitick quando ligou, então acho que não teria feito nenhuma diferença se a gente estivesse lá pra atender o telefone. Estaríamos no telefone na hora da explosão.

— Imagino que o Florio deve ter ligado pro Whitick como disse que faria. Talvez seja sobre isso que eles estavam falando. Você acha que ela sabia sobre a ligação do Florio pro Whitick alguns meses atrás?

Erin pensou um pouco.

— Não tenho certeza. A Barbara me parece... quer dizer, me parecia uma pessoa bastante honesta. Eu acho que se ela soubesse que o Whitick estava escondendo algo, ela teria feito alguma coisa.

Ela balançou o vinho na taça, desejando de alguma forma que tudo aquilo fosse apenas um sonho ruim. Nenhum dos dois disse nada por um longo tempo. Tudo que Erin conseguia ver era a casa de Whitick consumida pelas chamas, e sua mente voltava à última vez em que estiveram juntos, quando Erin avisou Barbara sobre com quem ela estava lidando. Na época, nunca havia passado pela cabeça de Erin que Barbara acabaria morta.

— Tivemos boas notícias hoje — disse Erin por fim. — Eu recebi uma ligação da Tonya. A Sharise abriu os olhos. Ela ainda não está respondendo aos comandos verbais, mas o dr. Ogden pareceu confiante de que ela estaria saindo do coma.

— Isso que é uma boa notícia — respondeu Duane, cansado demais até para sorrir.

— A Tonya também me perguntou se nós representaríamos a Sharise no processo contra o condado. Mesmo que *tenha sido* um acidente, ela acha que devemos processá-los.

— O que você falou pra ela?

— Que nem você nem eu trabalhamos com casos cíveis, mas que vamos indicar alguém pra ela. E aí ela disse: "Ninguém nunca cuidou da minha irmã como vocês dois, nem mesmo a própria família. Eu quero que vocês cuidem do caso. Se vocês precisarem trazer outra pessoa pra ajudar, tudo bem, mas não aceito não como resposta."

Duane soltou um leve bufo.

— Bom, acho que vamos ter que aprender a defender um caso cível.

— Na verdade, eu trabalhei em alguns casos de acidentes de carro logo depois que saí da defensoria. Naquela época, eu aceitava o caso de qualquer um que fosse idiota o suficiente pra entrar pela porta.

— E a sócia do Ben, Elizabeth Sullivan, trabalha em um monte de casos cíveis. Tenho certeza de que a gente poderia trazê-la a bordo.

Ela assentiu.

— Me parece bom. Um caso cível é a última das nossas preocupações nesse momento. Vou descobrir o que a gente tem que fazer, no que precisamos dar entrada e partimos daí.

— A propósito, o Ben me ligou hoje pra falar sobre a minha investigação.

— E...?

— Ele disse que tinha recebido uma ligação bem estranha do Andy Barone do Departamento de Justiça, e do Edward Champion, o primeiro assistente do procurador de Newark. O Ben disse que eles pareciam mais interessados no que estava acontecendo no caso Townsend do que em mim. Eles perguntaram se eu gostaria de me encontrar com eles depois das festas de fim de ano pra discutir o caso.

— Peraí, pra discutir a sua investigação ou o caso da Sharise?

— O caso da Sharise.

— Isso é bizarro — disse ela. — Como eles saberiam qualquer coisa sobre o caso da Sharise?

— O Ben não sabia e eles não disseram. Talvez a explosão? Sei lá.

— O que você vai fazer?

— Depois que a gente conversou sobre o assunto, o Ben ligou pra eles de volta e disse que, desde que não me perguntassem sobre a investigação do vazamento, nós ficaríamos felizes em encontrar com eles.

— Uau. Você acha mesmo que eles estão interessados no Townsend ou isso é algum tipo de manobra?

— O Ben e o Champion se conhecem, então a gente presume que seja confiável.

— Quem sabe, talvez ele receba o que merece, afinal.

Depois que terminaram o jantar, Duane insistiu em acompanhar Erin de volta ao apartamento dela.

— Você arranjou uma arma como eu te sugeri? — perguntou ele.

— Não, você sabe que eu odeio armas.

— Eu realmente gostaria que você ficasse em outro lugar — disse ele, subindo os degraus do prédio dela.

— É seguro — respondeu ela.

— Porra nenhuma — rebateu ele. — Não mora mais ninguém aqui.

— Eu fiz algumas aulas de defesa pessoal pra mulheres e acrescentei um pouco de segurança extra. — Ela abriu a porta, acendeu a luz e fez sinal para que ele entrasse. — Depois do segundo arrombamento, uma semana atrás, eu pedi ao proprietário pra instalar um trinco por dentro — disse ela, mostrando a fechadura, que para ela ficava no nível dos olhos. — As janelas têm alarmes. Essa porta é de madeira maciça e até alguém conseguir derrubá-la, eu já vou ter ligado pra polícia e os policiais já estariam aqui. Eu vou ficar bem — disse ela com um sorriso triste.

Ela então estendeu a mão, o puxou para um abraço e beijou a bochecha dele.

— Mas obrigada por se preocupar comigo.

Os olhos dele se arregalaram um pouco.

— Por que isso? — perguntou ele, parecendo um pouco encabulado.

— Por se preocupar comigo e ser meu amigo — respondeu ela dando uma piscadinha. — Onde você vai passar a noite?

— Em casa. Mas lembre-se de que eu tenho uma arma e sei como usá-la. Eu vou ficar bem.

— É melhor mesmo — disse ela enfaticamente. — Não tenho condições de lidar com mais nenhuma merda na minha vida.

CAPÍTULO 30

Will colocou a papelada em cima da mesa e respirou fundo, estreitando os olhos. Não era daquele jeito que ele imaginava passar a manhã.

— O que você acha? — perguntou a Lee Gehrity, que estava sentado do outro lado da mesa.

— O Roger Carmichael acha que a gente tem chance de conseguir que o Redman negue o pedido deles — disse Gehrity.

Will deu uma risada sarcástica.

— Por mais que eu tenha certeza de que Bob Redman ficaria feliz em ajudar, tanto o pessoal de Boston quanto o da Filadélfia têm um perfil de DNA completo nos registros de suspeitos. O Redman não precisa nem requerer que o perfil do Bill seja inserido no CODIS, basta mandar pra esses dois lugares.

— Isso não significa que o DNA do Bill vai ser uma correspondência conclusiva. Afinal, em Rhode Island eles só tinham oito loci. A Barbara diz… — Gehrity fez uma pausa. — Desculpa, ainda é difícil me acostumar com o fato de que ela não tá mais aqui. — Ele inspirou o ar lentamente e então continuou. — A Barbara costumava me dizer que são necessários treze loci pra uma correspondência conclusiva.

Will assentiu levemente.

— Você tem razão, isso tá longe de ser uma prova conclusiva. — Ele hesitou. — Quando o Redman vai analisar isso?

— Tem uma conferência agendada pra daqui a uma semana, mas eu tenho certeza que, diante do que aconteceu, talvez a gente consiga adiar pra depois das festas de fim de ano.

— Supondo que o Redman envie o perfil do DNA do Bill pra Boston e pra Filadélfia, quanto tempo até eles voltarem com os resultados?

— Pelo que me disseram isso é muito específico, deve levar alguns dias — respondeu Gehrity.

Will esfregou a lateral do rosto com a mão.

— Deixa eu pensar sobre isso, Lee. Vou me decidir no fim de semana e depois te aviso o que prefiro fazer. — Townsend se levantou. — Te agradeço por vir até aqui falar sobre isso pessoalmente. Eu sei que essa foi uma semana incrivelmente difícil pra você. Como você, também está sendo difícil pra mim aceitar o fato de que o Tom e a Barbara se foram. Uma perda tremenda, tanto pessoal quanto profissionalmente. Como está a filha de Barbara?

— Pelo que eu sei ela tá passando por um momento muito difícil. Primeiro o divórcio e agora isso… difícil pra qualquer jovem lidar.

Will deu a volta em sua mesa e, em vez de pegar a mão oferecida por Gehrity, puxou-o para um abraço camarada e deu um tapinha nas costas dele.

— Vejo você amanhã no velório da Barbara e depois no sábado, no do Tom. Vão ser dias difíceis pra todos nós. Aguenta firme — disse ele enquanto escoltava Gehrity até a porta do escritório.

Depois de mostrar a saída a Gehrity, Will se virou e olhou para Gardner.

— O que aconteceu foi totalmente desnecessário.

— A gente não sabia sobre Providence na época, Will. No entanto, mesmo assim era importante que a Taylor e o Whitick saíssem de cena. Lembre-se, foi o Whitick que ligou pra McCabe, então nós sabemos que ele não era confiável. Ele poderia ter causado muitos problemas no futuro. E a julgar pela reação da Taylor, ela estava prestes a se voltar contra você também.

— Meu Deus, Michael, eu conhecia essas pessoas.

Enquanto encarava Will, Michael tinha o olhar frio.

— Você ainda quer ser governador, não quer? — Ele não esperou por uma resposta. — É claro que você quer. E quem sabe, talvez aí você se torne conhecido nacionalmente. Sete anos atrás você me contratou pra resolver tudo pra você. Então eu resolvi. Isso tinha que ser feito. Você sabe muito bem que se o seu filho era mesmo um assassino em série e isso vazar, você não vai ser eleito nem pra trabalhar no canil da cidade. Você salvou a minha carreira, Will. Nunca me esqueci disso. É a minha vez de salvar a sua. Você me paga uma grana boa pra resolver a sua vida e eu levo o meu trabalho muito a sério.

Will passou por Gardner e se sentou em sua cadeira.

— E agora? Como a gente faz pra manter isso quieto?

— Eu sinto que precisamos tentar atrasar as coisas o máximo possível.

— E como isso ajuda a gente?

— Pode haver uma maneira de comprar legalmente o silêncio deles. Will virou sua cadeira para olhar diretamente para Gardner.

— Prossiga.

— Primeiro, vamos confirmar nosso maior medo. Deixa eu ver se consigo obter uma cópia dos resultados da amostra de DNA do homicídio que aconteceu na Filadélfia, onde eu tenho alguns contatos. Depois, a gente leva a amostra conhecida do Bill pra um laboratório forense que eu conheço e espera pra ver se elas são correspondentes. Se forem, então a gente já sabe. Caso contrário, pode ser que a gente faça a mesma coisa com os resultados de Boston. Nesse meio tempo, pede pro Lee solicitar um adiamento de noventa dias, tendo em vista a necessidade de trazer outro promotor experiente pra tocar o caso.

— Tá bem.

— Estou presumindo que eles vão processar o condado por negligência por conta dos ferimentos do Barnes. Mas eles não podem dar entrada na ação antes de seis meses, porque são legalmente obrigados a notificar o condado pra dar tempo de investigar ou oferecer um acordo. Então, a gente vê se as análises de DNA são correspondentes, e se forem, você dá um jeito do condado fazer um acordo. Quando isso acontece, eles obrigam o Barnes e os advogados a manter tudo em sigilo, num acordo de não divulgação. O caso criminal é encerrado, então nada é enviado pra Boston ou pra Filadélfia. Consequentemente, nunca haverá nenhuma confirmação de que o Bill matou ninguém. Eles ganham um dinheiro, o processo criminal é encerrado e ninguém jamais fica sabendo sobre o Bill.

Will sorriu para Gardner.

— Você sabe que não são poucas as variáveis nesse plano. Por exemplo, como eles vão fazer um acordo numa ação cível considerando que provavelmente sequer saberão a gravidade dos ferimentos do Barnes?

— Eu concordo que muitas coisas podem dar errado, mas é melhor do que permitir que um juiz entregue o DNA do Bill daqui a duas semanas. Quanto ao acordo, você só precisa fazer com que o condado jogue muito dinheiro em cima deles. A maior parte vai vir da seguradora do condado mesmo. Caramba, não é como se ele não tivesse nenhuma lesão grave.

— Sim, não grave o suficiente, infelizmente — disse Townsend principalmente para si mesmo.

— O Barnes tá se vendendo há anos, você acha que ele vai recusar um milhão de dólares?

Will cruzou os braços sobre o peito e recostou-se na cadeira.

— Pode ser que funcione. Certamente, qualquer um que possivelmente aprovaria um acordo desses está em dívida comigo. — Ele fez uma pausa. — Quem diabos eu quero enganar? Não é como se o Junior tivesse me deixado alguma alternativa, porra — disse ele, apontando para a foto emoldurada do filho na estante.

* * *

— Não quero ser incomodado — gritou Will ao telefone para sua secretária depois que Michael saiu.

Ele foi até a estante, pegou o porta-retratos com a fotografia do filho da estante e a atirou do outro lado da sala, o vidro se estilhaçando ao atingir a parede. "Seu desgraçado de merda. Eu te dei tudo — as melhores escolas, carros caros, um fundo fiduciário — e é assim que você me agradece. Eu ralei durante os últimos quinze anos para poder estar onde estou agora e você não vai estragar tudo. Não importa o que aconteça, eu vou ser governador!"

Ele se deixou cair em uma cadeira e olhou para o vidro quebrado no chão, perguntando-se como havia se metido naquela confusão.

CAPÍTULO 31

Erin e Duane não ficaram surpresos quando o Ministério Público pediu que o caso fosse adiado, ou quando Redman concordou em suspender tudo até março. A frustração deles com o atraso foi de certa forma amenizada pelo fato de que Sharise ainda estava fora de cena. Então, com o caso agora suspenso e quaisquer ameaças pessoais dissipadas, suas vidas voltaram a algo próximo do normal bem a tempo para o Natal.

Erin e sua mãe não se viam havia uma semana, então concordaram em se encontrar para um brunch rápido no sábado antes do Natal. Com a temperatura em torno de dez graus, ela se sentia confortável apenas com uma blusa de mangas compridas e um colete enquanto caminhava os três quarteirões até seu restaurante favorito.

— Parece mesmo que você dormiu um pouco — disse a mãe de Erin com um sorriso irônico quando a filha deslizou no banco à sua frente.

— Esse é um jeito simpático de dizer que não tô com uma cara horrível?

— Pode ser — respondeu a mãe. — É bom te ver, e é especialmente bom ver você com uma cara não tão atormentada e exausta como das últimas vezes em que nos encontramos.

— Obrigada. Diante de tudo o que aconteceu, o juiz suspendeu o caso até o início de março, então as coisas desaceleraram um pouco. Eu até tive a chance de jogar showbol em uma liga mista.

— Como assim?

— Na verdade, você vai se divertir com isso. Eu recebi uma ligação de uma amiga da Lauren. A Lauren teve que parar de jogar uns meses atrás por conta da gravidez e, aparentemente, a Lauren me indicou pra substituir ela.

— Isso é meio irônico — disse sua mãe com uma pequena risada.

— E não é? — disse Erin.

— Você gostou?

— Sim, gostei. Eu estava um pouco enferrujada... tá, muito enferrujada. Já fazia uns anos que eu não jogava de verdade. Mas eu fui melhorando durante o jogo.

— Quanto mais as coisas mudam... — disse a mãe disse com um sorriso. — Falando de um assunto sério agora, como está a sua cliente?

— Tá melhorando — respondeu Erin, seus olhos deixando clara sua empolgação. — Ela tá começando a seguir comandos, o que, segundo os médicos, é um ótimo sinal. Ainda não está se comunicando, mas os médicos parecem otimistas. Então, vamos cruzar os dedos. Depois que a gente comer eu vou lá no hospital fazer uma visita.

— Que terrível aquilo que aconteceu com os dois funcionários do Ministério Público.

— Sim — disse Erin, soltando o ar como se tivesse levado um chute no estômago. — Eu não conhecia o Whitick, mas a Taylor era uma boa pessoa. E a aleatoriedade disso tem sido difícil de lidar.

Ela podia sentir sua mãe medindo-a com os olhos.

— Você vai me contar tudo o que está acontecendo?

— Eu deixo você ler o primeiro rascunho do livro. Que tal?

— Muito engraçado. Eu sei que tem acontecido muita coisa que você não me conta porque não quer que eu me preocupe. Bom, adivinha? Eu sou sua mãe, eu me preocupo de qualquer maneira.

— Eu sei disso, mãe. Agradeço sua preocupação. Quando tudo isso acabar, eu te conto todos os detalhes sórdidos.

— Não tenho pressa — disse ela sarcasticamente.

Erin deu de ombros.

— O que você vai fazer segunda-feira? — perguntou a mãe.

Os olhos de Erin se estreitaram.

— Por quê?

— Porque é Natal e gostaria de passar o dia com os meus filhos e os netos.

— Eu não tenho condições de passar por isso de novo, mãe. O Dia de Ação de Graças já foi ruim o suficiente. Não vou estragar o Natal de todo mundo.

— Tô falando de segunda-feira, não de amanhã. Mesmo que eu fosse amar ter você no jantar com a gente amanhã à noite, não vou cometer esse erro de novo. Como de costume, o meu lado da família vem pra ceia, mas a Liz e o Sean vão receber convidados no dia 25. Acho que seu pai vai pra casa da irmã dele, a Rose, então por que não vamos juntas pra casa do seu irmão?

— Por que você não vai com o papai?

— Porque eu não vou passar outro Natal sem ver você.

— O Sean e a Liz concordaram com isso?

A mãe olhou para ela.

— Você realmente acha que eu iria te convidar sem falar com eles primeiro?

Erin riu.

— Sim, não tenho dúvidas de que você faria isso.

— Bem, eu falei com os dois, viu, espertinha? Eles adorariam que você fosse, e os meninos estão loucos pra te ver.

— Parece ótimo — respondeu Erin com um sorriso vindo do coração. — Eu adoraria. Também significa que não preciso entregar pra você os presentes de todo mundo. Vou deixar no carro e levo na segunda-feira. — Erin fez uma pausa e deu à mãe um olhar engraçado. — Posso te fazer uma pergunta? Na verdade, preciso de um conselho.

— Pode falar.

— Há mais ou menos uma semana, o Mark me ligou.

— O cara que sumiu duas vezes? — perguntou a mãe em um tom que indicava que ela já sabia a resposta.

— Sim, mãe, ele mesmo.

— Só pra saber.

— Enfim, a gente conversou por telefone e trocamos vários e-mails desde então, e ele me convidou pra jantar hoje à noite. — Ela inclinou a cabeça para o lado e a curva de sua boca transmitiu sentimentos confusos. — Acho que eu só tava curiosa pra saber o que você acha.

— Se você vai sair hoje à noite, não é um pouco tarde pra me perguntar o que eu acho?

— Não, se você me convencer a não ir, eu vou ligar e cancelar. Afinal, ele me deve alguns cancelamentos.

Os olhos de sua mãe pareceram brilhar um pouco diante daquela possibilidade.

— Você tem razão — disse ela. — Então, por que você concordou em ir?

— Curiosidade, eu acho. Curiosidade pra saber por que ele continua voltando; curiosidade em relação aos meus sentimentos; curiosidade pra ver o que acontece.

— Você tá pronta pra se machucar de novo?

— Sim, acho que sim. Eu também acho que estou indo com expectativas bem baixas. Então... — Ela deu de ombros.

— Bem, ele obviamente está atraído por você, mas o meu palpite é que ele está tentando chegar a um acordo com o que essa atração diz sobre a própria sexualidade.

Erin se encolheu.

— Você com certeza sabe como me fazer sentir bem comigo mesma enquanto mulher.

— Desculpa. Eu não estava te culpando. Estava só reconhecendo a fragilidade do ego masculino. — Sua mãe deu um sorriso tranquilizador. — Vai. Vê o que acontece. Quem sabe?

— Obrigada por essas palavras retumbantes de encorajamento — disse Erin com uma risada.

Depois do encontro com a mãe, Erin parou na casa de Duane e Corrine para deixar um presente para Austin e desejar a todos um Feliz Natal. Após a explosão, Duane levou Corrine e Austin para a casa dos pais dela, onde ficaram por uma semana, mas, quando nada mais aconteceu, ele os trouxe de volta para as festas. Pelo menos por enquanto, as coisas pareciam seguras o suficiente para eles voltarem.

No caminho para o hospital, Erin parou na padaria e pegou uma travessa de biscoitos de Natal e um cheesecake para levar para as enfermeiras. Erin havia descoberto que, fosse para conseguir informações sobre Sharise ou para passar um pouco do horário de visitas, sempre era útil estar do lado das enfermeiras. Ela já tinha visitado Sharise com frequência suficiente para que a maioria delas soubesse quem ela era.

Ao se aproximar da enfermaria, a enfermeira de Sharise ergueu os olhos e disse:

— Sinto muito, sra. McCabe, mas o sr. Barnes já está com duas visitas. Se você quiser esperar na sala de espera, eu aviso à família que você está aqui.

— Obrigada — respondeu Erin, se perguntando como Paul tinha conseguido chegar, já que tinha um jogo televisionado na véspera de Natal contra o Mavericks. — Isso aqui é pra todas vocês. Feliz Natal — disse ela, colocando os biscoitos e o cheesecake na bancada do posto.

Vários minutos depois, Tonya apareceu no saguão com outra mulher que parecia estar na faixa dos quarenta. Ela era mais baixa do que Tonya, mas fora isso a semelhança física era impressionante.

— Erin — disse Tonya. — Eu queria te apresentar à minha mãe, Viola Barnes. Mamãe, essa é uma das advogadas de Sammy, Erin McCabe.

Erin estendeu a mão, disfarçando sua própria surpresa, mas, quando Viola a pegou, puxou Erin para um abraço.

— Obrigada por tudo que você fez pela minha criança. Tonya estava me contando sobre o caso e em que ponto as coisas estavam. Não sei onde o Sammy estaria sem você e o seu sócio.

Erin ficou tentada a dizer, "provavelmente não em um hospital", mas sabia que sua tentativa de piada poderia soar grosseira.

— Obrigada — respondeu Erin. — O Duane e eu estamos fazendo o melhor que podemos.

— Mamãe, você se importa de esperar aqui enquanto eu levo a Erin pro quarto da Sharise? Eu quero dar a Erin o presente de Natal dela.

— Vai lá, eu vou ficar aqui.

— Como assim presente de Natal? — disse Erin enquanto Tonya a levava para o quarto de Sharise, mas ela logo entendeu, quando Tonya deu um passo para o lado, revelando Sharise sentada na cama, que estava reclinada.

— Oi — disse ela em um tom de voz um pouco mais alto que um sussurro.

— Ah, meu Deus — disse Erin, se apressando. — Sharise, esse é o melhor presente de Natal que eu poderia ter. É tão bom ouvir a sua voz!

— É bom ser ouvida — respondeu Sharise, muito fraca.

Erin se virou para olhar para Tonya.

— Quando ela acordou?

Tonya pensou por um momento.

— Desculpa, eu já perdi a noção do tempo. A mamãe chegou quinta-feira à tarde e, quando a gente estava se preparando pra voltar pro hotel, a Sharise olhou pra gente e disse "Mamãe, é você?".

Erin esticou a mão e segurou a de Sharise.

— É tão bom ter você de volta!

— Obrigada — respondeu Sharise, apertando a mão de Erin.

— Você acha que poderia dizer oi pra uma outra pessoa? — perguntou Erin, pegando o celular na bolsa.

Sharise pareceu confusa por um momento.

— Duane, né?

Assim que Duane atendeu, ela entregou o celular para Sharise.

— Alô, Duane — disse ela, seu sussurro soando involuntariamente abafado. Então: — Como assim, "quem é"? É a Sharise.

Elas observaram enquanto Sharise ouvia e um sorriso se formava em seu rosto.

— Obrigada, Duane, Feliz Natal pra você também. Vou passar o telefone pra Erin.

Erin pegou o aparelho e caminhou até o canto do quarto, falando com Duane. Quando voltou para o lado da cama, Sharise fechou os olhos e disse:

— Eu tô muito cansada. Vou tirar uma soneca.

Tonya se aproximou e abaixou até a cabeceira da cama e ajeitou as cobertas.

— Dorme um pouquinho.

Quando já estavam de volta ao corredor, Erin perguntou:

— Posso fazer uma pergunta indiscreta?

— Claro — respondeu Tonya.

— Eu fiquei surpresa ao ver a sua mãe aqui. A Sharise me disse o quanto sua mãe a desaprovava por ela ser trans. O que aconteceu?

Tonya acenou com a cabeça.

— Você tá certa, a mamãe sempre foi dura. Mas desde a queda da Sharise eu tenho conversado com ela, e na semana passada ela me disse que queria vir visitar. Eu fiquei animada e reservei as passagens. Bem, você sabe que a Sharise tem melhorado constantemente, mas assim que a mamãe chegou e começou a falar com ela, foi como se alguma coisa tivesse acontecido.

— Estou feliz que a sua mãe veio. — Erin hesitou. — E o seu pai?

Tonya balançou a cabeça.

— Não, aquele homem é difícil. Não tenho certeza se ele vai mudar.

— Eu sei como é. Ah, antes que eu me esqueça, nós demos entrada na papelada pra que a Sharise possa processar o condado. Eles têm seis meses pra investigar e, presumindo que nada aconteça, ela pode abrir o processo. Nós também preenchemos todos os documentos pra mudança de nome dela.

— Obrigada — disse Tonya. — Quem sabe, talvez vocês consigam tirar ela dessa confusão e ela consiga juntar algum dinheiro pra começar uma vida nova. Ela merece.

Elas desceram para a sala de espera, pegaram Viola e foram até o refeitório tomar uma xícara de café. Depois de um tempo falando sobre trivialidades, Viola se virou para Erin.

— Então, a Tonya me disse que você é igual ao Sam e que nasceu homem.

— Mamãe! — disse Tonya, seu tom uma mistura de constrangimento e reprimenda.

— Não, tá tudo bem, Tonya — disse Erin de pronto. — Até certo ponto isso é verdade. Eu nasci com anatomia masculina, mas nunca me senti homem. Desde que me lembro, sempre senti que deveria ter sido mulher. Mas acho que, como Sam, eu tinha medo de dizer às pessoas como me sentia por medo de que pensassem que eu era louca ou de que não me amassem mais.

— O que fez você mudar de ideia? — perguntou ela.

— Eu estava indo pro buraco. Simplesmente não tinha como ser a pessoa que todo mundo queria que eu fosse.

— Você acha que o Sam é igual a você e quer ser mulher?

Erin sorriu para Viola.

— Não, eu sei que Sam é igual a mim e é uma mulher. Eu sei que é difícil pra você entender. É difícil pra minha família entender. Mas certamente nós não escolhemos ser assim. É apenas quem somos, quem sempre fomos.

— A sua família aceita você agora?

— A minha mãe, o meu irmão e a minha cunhada sim. Meu pai, nem tanto.

— Obrigada. — Viola olhou para o copo de isopor em suas mãos como se procurasse respostas. — Eu não entendo nada disso e acho que nunca vou entender. Mas finalmente eu me sentei e conversei com o meu pastor sobre o Sam, e ele disse que Deus não está punindo o Sam. Deus cria pessoas com inúmeros tipos de questões e mesmo assim as ama. Então, mesmo que eu não entenda por que ele é assim, o Sam é a criança que Deus me deu. — Ela olhou para Erin. — E eu prefiro ela viva do que morta.

* * *

Já passava das seis quando Erin começou a subir as escadas para seu apartamento, o que a deixava com pouco mais de uma hora para se preparar para seu encontro com Mark. Tinha dito à mãe que tinha poucas expectativas para aquela noite, mas isso não era exatamente verdade. A verdade é que ela estava nervosa e empolgada, esperando que desta vez as coisas dessem certo. Ela estava quase no topo da escada, quando foi surpreendida por uma voz atrás dela.

— É tão bom finalmente conhecer você, sr. McCabe. Eu passei aqui pra te visitar algumas vezes, mas infelizmente você não estava em casa.

Ela se virou rapidamente. Parado na base da escada estava um homem que parecia estar na casa dos quarenta anos, vestindo uma jaqueta preta curta e calça jeans. Ele usava um boné com a aba puxada para baixo, então foi difícil para ela dar uma boa olhada em seu rosto, mas, quando ele levantou lentamente o braço esquerdo, ela viu que sua mão enluvada segurava uma faca. O clique da lâmina se encaixando no lugar e o rangido dos velhos degraus de madeira sob seu peso ecoaram pela escada enquanto ele subia lentamente os degraus na direção dela.

— Por favor, continue subindo até o topo da escada, sr. McCabe... ou é sra. McCabe? — O homem fez uma pausa, um sorriso malévolo se espalhou por seu rosto. — Bem, acho que vamos descobrir, não é? — disse ele calmamente.

Ela fez um cálculo rápido e concluiu que jamais conseguiria abrir a porta antes que ele a alcançasse.

"Não recue se tiver uma vantagem tática", ela se lembrou da aula de autodefesa. "Uma faca não é boa coisa, mas pelo menos ele não tem uma arma. Você está em vantagem, então mantenha-se firme. Ele tem que vir até você."

Ela olhou para ele, sem se mover.

Ele parou de subir os degraus.

— Eu disse pra você ir até o topo da escada, sr. McCabe.

Cerca de oito degraus os separavam. Se ela o atacasse, ele teria tempo suficiente para reagir e usar a faca a seu favor. "Espere ele agir."

— Obrigada, acho que estou bem onde estou — respondeu ela, tentando desacelerar sua respiração e organizar seus pensamentos. "Fique calma. Mantenha o foco. Use seu treinamento. Faça com que ele venha até você." Talvez, se ele chegasse perto o suficiente, ela pudesse chutar a faca de sua mão.

O sorriso dele desapareceu.

— Isso não foi um pedido, sr. McCabe, foi uma ordem. — Com um único movimento, ele dobrou a lâmina da faca de volta no cabo e enfiou a mão no cós da calça. Quando ergueu o braço direito, segurava uma pistola 9mm. — Deixa eu dizer uma última vez. Vai até o topo da escada, sr. McCabe. — Ele falava friamente. — Eu ia gostar muito mais de me divertir com você enquanto você está vivo, mas não tenho problema nenhum em te matar agora.

Ela já tinha visto armas antes, mas sempre em um coldre ou como prova em um caso. Nunca haviam apontado uma para ela antes. Olhando para o cano virado na direção dela, ele parecia enorme e por um momento Erin ficou sem ar. Ela fechou os olhos e respirou fundo. Em seguida, subiu lentamente os três degraus restantes, tentando deslizar a mão na bolsa, tateando em busca do spray de pimenta que carregava.

— Tira a mão da bolsa — ordenou ele. — Agora!

Ela tirou a mão da bolsa e parou quando alcançou o último degrau.

Ele parou a cerca de quatro passos do topo da escada, a arma apontada para o rosto dela.

— Viu como é fácil quando você faz o que mandam. Tenha isso em mente enquanto a gente vai se conhecendo. — Seus olhos, agora claramente visíveis no momento em que encararam ela, transmitiam tudo que ela precisava saber sobre o que ele tinha em mente. — Agora, devagarzinho, encosta na porta.

A cabeça dela estava a mil. Aquilo não iria acabar bem. Ele não usava máscara, então ela poderia identificá-lo, o que significava que não ele tinha intenção de deixá-la viva após o encontro.

Erin deu um passo para trás em direção à porta, sem jamais tirar os olhos do cano da arma. Ela parou quando suas costas estavam contra a porta.

— Onde estão suas chaves?

— Na minha bolsa — disse ela com a voz fraca.

— Devagar, abaixa e coloca a bolsa no chão. E, se você tentar fazer qualquer coisa idiota, eu *vou atirar* em você — disse ele.

Ela lentamente se ajoelhou, abaixando-se para que pudesse fazer como instruído, o tempo todo tentando pensar em alguma coisa, qualquer coisa, que permitisse que ela escapasse. Erin colocou a bolsa no chão na frente dela, perto de onde estava parada. Enquanto se levantava, ela torcia para que, quem sabe, se ele se inclinasse para pegar sua bolsa, ela pudesse chutá-lo, ou chutar a arma de sua mão.

Ele deu uma gargalhada fria.

— Você realmente acha que eu vou pegar a bolsa pra você me chutar? Você vai fazer o seguinte...

Enquanto ele falava, ela ponderava suas opções. Parecia que havia apenas duas: morrer ali com uma bala na cabeça ou permitir que ele a levasse para o apartamento, onde sem dúvida a amarraria e a torturaria antes de matá-la. Nenhuma delas era atraente, mas de fato não havia escolha. De um jeito ou de outro, aparentemente ela iria morrer. Apesar da esperança de que talvez houvesse uma saída, parecia que a melhor opção era levar logo um tiro.

Ele terminou de dar suas instruções. Por um breve momento, ela se perguntou como seria a morte. Inspirou o ar lentamente, encarando-o diretamente nos olhos, determinada a não deixar que ele a levasse para dentro do apartamento de jeito algum. "Agora", ela pensou. "Vai, agora!"

CAPÍTULO 32

— Alô?
— Peg?
— Sim.
— É o Duane Swisher.
— Oi, Duane. Como você está?
— Peg, eu tô te ligando pra falar da Erin. Aconteceu uma coisa.
— Tá tudo bem? — perguntou ela, uma súbita urgência em seu tom de voz.
— Humm, não. Na verdade, eu não tenho certeza do que tá acontecendo. Eu acabei de receber uma ligação de um amigo em comum nosso, Mark Simpson. Ele e a Erin iam sair pra jantar hoje à noite, mas quando ele chegou no apartamento dela para buscá-la, a polícia estava lá e disseram que a Erin tinha sido levada pro Overlook Hospital.
— Ai, meu Deus, Duane. O que aconteceu? — gritou ela.
— Eu não sei. Tô indo pro hospital agora. — Ele hesitou, sem saber se deveria lhe dar mais informações. — Não tenho certeza se isso procede, mas o Mark acha que a Erin pode ter levado um tiro.

O grito vindo do telefone ecoou no carro. Então houve silêncio antes de uma voz diferente explodir no fone:

— Duane, é Pat McCabe. Que porra tá acontecendo?
— Honestamente, Pat, eu queria muito saber. Tudo o que sei é que a Erin foi levada pro Overlook. Tô indo pro hospital agora.
— Alguém tentou o celular dele? — perguntou ele.
— Sim — respondeu Duane. — Já tentei várias vezes e o nosso amigo tentou mais ainda. Ninguém atendeu.
— Tá bem, a Peg e eu vamos encontrar você no hospital.

A linha ficou muda e Duane acelerou em meio ao tráfego, tentando não deixar sua mente ir para onde estava indo. Quando entrou na sala de espera do pronto-socorro, viu Mark andando de um lado para o outro perto da mesa de triagem.

— O que tá acontecendo?

— Eu não sei. Eles não me dizem nada e não me deixam entrar.

Duane o agarrou pelo braço e se aproximou da mesa.

— Oi, meu nome é Duane Swisher. Fiquei sabendo que a minha sócia, Erin McCabe, foi trazida pra cá há algum tempo. — Enquanto falava, tirou a licença da carteira e alguns papéis do bolso do casaco, entregando-os à enfermeira da triagem. — Isso aqui é um testamento feito em vida pela sra. McCabe. Eu estou listado como um de seus representantes legais. — Ele se virou e olhou para Mark. — E esse aqui é o noivo dela — improvisou rapidamente. A enfermeira da triagem pegou a papelada das mãos de Duane e olhou para Mark desconfiada.

— Um momento — disse ela, desaparecendo por uma porta.

— Você sabe de mais alguma coisa? — perguntou Duane, tentando ao máximo manter a calma.

— Não, ninguém me diz nada — respondeu Mark.

— O que os policiais te disseram no local?

— Nada. Só que ela estava aqui.

— Quem disse que ela tinha levado um tiro?

— Uma mulher. — Ele balançou sua cabeça. — Caramba, Swish, tudo parece um borrão. — Ele respirou fundo. — Eu marquei de buscar ela em casa às sete e meia, mas ela não estava atendendo o telefone. Quando cheguei no apartamento dela, havia uma multidão e, não sei, talvez quatro viaturas da polícia. Eu perguntei pra uma senhora que estava lá se ela sabia o que tinha acontecido, e ela disse que alguém tinha dito pra ela que uma mulher que morava em um dos apartamentos havia levado um tiro. Nessa hora, eu comecei a entrar em pânico e chamei a atenção de um policial. Eu disse que ia jantar fora com uma amiga e que ela morava em um dos apartamentos, e perguntei se podia passar pra encontrar com ela. Quando dei o endereço, ele me lançou um olhar estranho e perguntou o nome da minha amiga, depois foi falar com um tenente ou algo assim. Os dois voltaram e ele disse "Olha, houve um incidente aqui e a sra. McCabe foi levada pro Overlook". Ele falou que era tudo o que podia me dizer. Eu corri de volta pro carro e te liguei.

— Merda — murmurou Duane baixinho. — Merda!

A porta do pronto-socorro se abriu e a enfermeira da triagem saiu. Ela devolveu a papelada e a licença a Duane e disse:

— Venham comigo.

Eles desceram o corredor até a enfermaria, onde ela parou.

— Esse aqui é o dr. Mohdi. Ele pode informar vocês.

Mohdi olhou para Duane e Mark.

— Vocês vieram por causa da sra. McCabe?

— Sim — responderam eles simultaneamente.

Mohdi tirou os óculos.

— Eles a levaram pra cirurgia faz uns quinze, vinte minutos. Fui eu quem a examinei quando ela entrou. Ela tem um ferimento à bala que não oferece risco de vida, embora tenha perdido uma quantidade razoável de sangue e fraturado e deslocado o cotovelo esquerdo. Nós limpamos o ferimento à bala no pronto-socorro e ela levou cerca de vinte pontos. Ela teve sorte de a bala não ter atingido nenhum osso. Não tenho certeza do quão cheio está o centro cirúrgico, mas a sala de espera deles fica no quarto andar. Eu sugiro que vocês vão até lá e se identifiquem. Assim, eles vão avisar ao cirurgião que vocês estão lá e ele vai poder falar com vocês quando a cirurgia acabar. Ela provavelmente vai ser mantida aqui durante a noite pra observação, mas, presumindo que não haja complicações, ela deve ser liberada amanhã.

— Ela vai ficar bem? — perguntou Duane.

— Pelo que eu vi, não vejo nenhum motivo pra que não fique.

— Pra que é essa cirurgia?

— Pra consertar o cotovelo dela — respondeu ele.

Os dois ficaram parados, até que Duane disse por fim:

— Obrigado, doutor. Agradecemos a informação.

— De nada — disse ele, voltando sua atenção para uma das enfermeiras, que lhe entregou um prontuário para conferir.

Os pais de Erin estavam entrando na sala de espera no momento em que Duane e Mark saíram do pronto-socorro. Duane imediatamente os chamou. Ele começou a informá-los a respeito do que o dr. Mohdi havia lhes contado, mas Pat disse que eles já sabiam de tudo. Pat ligou para Sean assim que desligou a ligação com Duane, e Sean, usando seus contatos, conseguiu falar com o médico do pronto-socorro e com o cirurgião.

Duane pediu instruções a uma mulher no balcão de informações, e os quatro seguiram pelo labirinto que levava do pronto-socorro à sala de espera do centro cirúrgico. Ao longo do caminho, Duane apresentou Mark aos pais de Erin, e ele não pôde deixar de notar a expressão confusa de Pat e o olhar um pouco mais crítico de Peg. Uma hora depois, um médico com uniforme cirúrgico entrou na sala de espera e perguntou se havia alguém lá para visitar Erin McCabe. Os quatro se levantaram ao mesmo tempo e rapidamente se apresentaram.

Olhando para os pais de Erin, ele disse:

— Olá, eu sou o dr. Miller. A sua filha teve um cotovelo fraturado e deslocado, que foi recolocado no lugar com um arame e dois parafusos. O braço está imobilizado e, com a reabilitação, ela vai ficar bem. Também demos a ela um pouco de sangue para ajudar na perda que ela sofreu por conta do tiro, mas além disso não houve nenhum grande dano. A bala desviou do osso do quadril e passou direto pela camada de gordura. Foi alto o suficiente para que, mesmo que fique uma cicatriz, o biquíni cubra.

Ele olhou para o relógio e não percebeu Pat McCabe estremecer com a menção ao "biquíni".

— Supondo que ela queira ir pra casa hoje à noite, ela deve estar liberada em uma hora mais ou menos, mas, se ela preferir passar a noite aqui, sem problema. Normalmente temos quartos disponíveis nessa época do ano. Dei a ela a receita de um analgésico e de um antibiótico pra garantir que ela não desenvolva uma infecção e falei com o irmão dela antes da cirurgia, então espero que ele possa dar uma olhada em tudo durante as festas de fim de ano. Mas, se por algum motivo ela quiser voltar pra eu dar uma olhada, os meus contatos estão no formulário da alta. Assim que ela estiver totalmente acordada, a enfermeira vai vir aqui e levar vocês até lá. Alguma pergunta?

— Muitas — respondeu o pai —, mas não para você.

* * *

Cerca de 45 minutos depois, Erin ainda estava um pouco grogue quando uma enfermeira levou seus visitantes para vê-la. Erin semicerrou os olhos para os quatro reunidos ao redor de sua cama, olhando de um para o outro. Então, focando em sua mãe, ela disse em um sussurro rouco:

— Ah, tia Em, é você. — Ela olhou do pai para Duane e depois para Mark. — E você estava lá, você também, e você... Mas vocês não tinham como estar lá, não é?

O silêncio pairou na sala por vários segundos até que sua mãe disse:

— Escuta aqui, Dorothy, se você quer ir pra casa é melhor abrir esses olhos, caso contrário, você vai ficar presa aqui em Oz essa noite.

Erin arregalou os olhos e deu a sua mãe um sorriso idiota.

— Ah, tia Em, não há lugar como o nosso lar.

Meia hora depois, ela estava acordada e vestida. Sentada na beira da cama, olhou para os quatro.

— Olha, eu sei que vocês todos querem saber o que aconteceu, mas cada coisa no seu tempo, eu preciso de um lugar pra ficar hoje à noite porque agora a minha casa é a cena de um crime.

A expressão de sua mãe foi impagável.

— Eu estava presumindo que você ia ficar com a gente.

Erin ergueu as sobrancelhas e permitiu que sua mãe seguisse seu olhar enquanto olhava para o pai.

— Claro — respondeu ele um tanto encabulado.

— Tem certeza? — perguntou Erin diretamente.

— Ah, pelo amor de Deus. Eu sei que não estou exatamente de acordo com algumas coisas, mas alguém atirou no meu... em você, e eu não sou um babaca completo. Sim, tenho certeza.

Erin se permitiu um pequeno sorriso, principalmente diante da incapacidade de seu pai dizer a palavra *filha*.

— Tá bem. Então por que não vamos pra casa de vocês e eu conto o que aconteceu. — Ela olhou para Duane e Mark. — Se algum de vocês tiver que ir, eu posso contar amanhã.

Eles se entreolharam e balançaram a cabeça negativamente.

Ela se levantou da cama com cautela. Estava um pouco tonta no início, estendendo a mão para sua mãe para se firmar. Mas, depois de vários segundos, se sentiu mais estável.

— Eu vou com o Mark. Por que vocês não vão na frente? A gente se encontra lá.

Seu pai assentiu com um olhar de soslaio na direção de Mark. A mãe deu um abraço nela.

— Você tá bem?

— Sim, acho que sim — respondeu ela. — Eu ainda tô aqui, embora umas cinco horas atrás eu achasse que a minha vida tinha acabado. Então, nesse momento, não tenho do que reclamar. Tá tudo bem, mãe — ela se pegou tranquilizando a mãe chorosa. — Eu tô bem.

Depois que seus pais saíram, a enfermeira a levou para a saída em uma cadeira de rodas enquanto Mark foi buscar o carro. Ele encostou, e junto com a enfermeira ajudou Erin a entrar no carro, tentando não bater em seu cotovelo nem no ferimento do lado direito de seu quadril.

— Desculpa por toda essa emoção hoje — disse ela.
— Sem problemas — respondeu ele. — Tô feliz que você esteja bem.
— Sim, eu também. — Ela se virou para ficar de frente para ele, estremecendo um pouco com a dor no quadril. — Talvez a gente esteja destinado a nunca ter um primeiro encontro.

Ele rapidamente olhou na direção dela.

— Eu admito que já me deparei com muitos obstáculos quando se trata de você; a maioria deles eu mesmo criei. Mas comecei a perceber o quanto quero te conhecer. E me dar conta de que essa noite eu aparentemente cheguei muito perto de perder essa oportunidade me deixou mais determinado do que nunca a ter esse primeiro encontro. — Ele fez uma pausa. — E tomara que outros depois desse.

Pela primeira vez desde que ouviu o barulho atrás dela nas escadas, Erin começou a chorar como um bebê. Mark imediatamente encontrou um lugar para encostar e parou o carro.

— Espero que a sua reação seja a tudo o que aconteceu com você essa noite, e não à perspectiva de ir a um encontro comigo.

Ela olhou para ele, e seus soluços foram intercalados com várias risadas.

— Como assim? Você acha que eu pedi que você me levasse até a casa dos meus pais pra depois te dizer que nunca mais queria te ver de novo?

Ele deu a ela o mesmo sorriso caloroso de quando se viram pela primeira vez no quintal de Duane.

— Espero que não, mas, depois da maneira como eu tratei você, eu não te julgaria se você fizesse isso.

Ela foi procurar a bolsa para pegar um lenço de papel quando se lembrou que não estava com ela.

— Você por acaso não teria um lenço de papel, né?

Ele enfiou a mão no bolso e entregou a ela um lenço.

— Tá limpo, eu prometo. Minha mãe me educou direitinho. Sempre tenha um lenço limpo com você.

Ela o pegou, enxugou os olhos e assoou o nariz.

— Obrigada.

— Você tá bem? — perguntou ele.

— Não — respondeu ela —, mas acho que vou ficar. — Ela colocou o lenço no colo e puxou a mão dele para cima da dela, apertando-a suavemente. — Obrigada — disse ela. — É melhor a gente ir ou os meus pais vão chamar a polícia.

CAPÍTULO 33

Quando Erin e Mark chegaram, os pais dela e Duane já estavam sentados à mesa da cozinha, tomando uma xícara de café. Ela se sentou com cuidado e sua mãe lhe preparou uma xícara de chá.

Erin olhou ao redor da mesa.

— Eu sei que todos vocês querem saber o que aconteceu, mas, por favor, eu imagino que em alguns momentos possa ficar um pouco difícil de ouvir, então me deixem falar sem me interromper.

— *Onde estão suas chaves?*

— *Na minha bolsa* — disse ela com a voz fraca.

— *Devagar, abaixa e coloca a bolsa no chão. E se você tentar fazer qualquer coisa idiota, eu vou atirar em você* — disse ele.

Ela não pôde deixar de notar que a arma estava apontada diretamente para sua cabeça. Ele chegou para o lado a fim de se posicionar do lado esquerdo da escada.

— *Você realmente acha que eu vou pegar a bolsa pra você me chutar? Você vai fazer o seguinte... Agora, devagar, com seu pé esquerdo, empurre a bolsa pra frente pra ela ficar perto da borda do degrau.*

A bolsa era uma Dolce & Gabbana de couro preto de tamanho médio, mais ou menos do tamanho de uma bola de futebol. Fruto do desespero, uma ideia estúpida veio à cabeça dela enquanto olhava para a bolsa ali no chão. Eram poucas as chances de sucesso, mas era a única opção que ela tinha. Percebeu que, se não funcionasse, pelo menos aquilo acabaria logo.

Ela inspirou o ar lentamente, tentando se acalmar, esperando que suas habilidades enferrujadas passassem da bola para a bolsa. Ela gentilmente estendeu a perna esquerda como ele havia instruído e tocou a bolsa com o pé. Ao fazer isso, ela continuou olhando diretamente para ele. "Use seus olhos para enganar um zagueiro", *era um conselho que tinham lhe ensinado.*

Ele havia dado meio passo em direção a ela e agora estava parado com a perna direita no segundo degrau e a esquerda no terceiro degrau, enquanto se preparava para estender a mão e pegar a bolsa no topo da escada. Quando ele começou a se inclinar para a frente, seus olhos estavam focados diretamente no rosto dela, seu alvo caso ele puxasse o gatilho. Ela gentilmente apontou os dedos do pé para baixo de forma que o peito do pé esquerdo ficasse bem atrás da bolsa. "Agora", ela pensou. "Vai, agora!" Rapidamente ela chutou, como costumava fazer com uma bola de futebol, jogando a bolsa na cara dele. Ao fazer isso, ela imediatamente girou para a direita. Ele atirou no momento em que a bolsa o acertou no rosto, mas a bolsa o distraiu o suficiente para que a bala não acertasse a cabeça dela por centímetros. Ela partiu para cima dele, na esperança de derrubá-lo escada abaixo, mas ele se recuperou o suficiente para se agarrar ao corrimão, a arma então apontada para o teto.

Ele lutou com ela, tentando baixar a arma para disparar outro tiro. Mas, quando estava abaixando a arma, ele não conseguiu mais segurar Erin e ela agarrou o punho esquerdo com a mão direita, e usando isso para acrescentar força, bateu com o cotovelo esquerdo na cabeça dele o mais forte que conseguiu. Ela estava mirando na têmpora, na esperança de esmagar o crânio dele, mas errou e seu cotovelo o acertou na mandíbula. Houve um estalo característico no momento em que a cabeça dele virou para a direita, fazendo-o gritar de dor. O mais rápido que pôde, ela passou por ele descendo os degraus, agarrando o corrimão para pular no momento em que atingia o patamar. No momento em que chegou lá, um tiro foi disparado e ela o ouviu xingar. Ela correu, passando pelo consultório do dr. Gold e desceu o lance de escadas seguinte até a rua. Irrompeu pela porta e virou à esquerda na North Avenue, sabendo que ficava a três quarteirões da delegacia.

Erin cruzou a porta da delegacia aos gritos. Dois policiais sentados em suas mesas imediatamente a agarraram.

— *Senhora, se acalme* — *disse um deles.* — *O que está acontecendo?*

— *Tem um homem armado.* — *Ela estava ofegante.* — *Ele invadiu o meu prédio. Atirou em mim.*

— *Dave* — *disse o outro policial* —, *ela tá sangrando. Deve ter tomado um tiro.*

— *Aqui é o Jensen, na recepção. Eu preciso de socorro médico o mais rápido possível.*

Eles guiaram Erin até uma cadeira e a sentaram.

— *Qual é o seu endereço?*

— *North Avenue, 27A* — *respondeu ela, ainda tentando recuperar o fôlego.*

— Você consegue descrever pra mim a pessoa que atirou em você?

Depois que ela o fez, o policial passou a informação pelo rádio.

— Disparo de armas de fogo no 27A da North Avenue. Todas as unidades, respondam. O suspeito é um homem branco, com cerca de quarenta e cinco anos. Está usando um boné, uma jaqueta preta e calça jeans.

— Ah — acrescentou ela —, pode ser que ele esteja com a mandíbula quebrada.

O policial olhou para ela intrigado.

— Pode ser que o suspeito também tenha um ferimento na mandíbula — repetiu ele no rádio.

O coração de Erin batia forte, a adrenalina sendo bombeada pelo corpo dela. Então a dor se instalou. Seu cotovelo esquerdo latejava e o direito de repente parecia em chamas.

— Vamos precisar de uma ambulância — ela ouviu o paramédico dizer ao policial que havia falado com ela. — Ela está sangrando, com certeza levou um tiro. Parece ter perdido uma boa quantidade de sangue, mas aparentemente não atingiu nenhum órgão vital.

Ela estendeu o braço esquerdo.

— Acho que fiz alguma coisa no meu cotovelo esquerdo também — disse ela, estremecendo de dor ao mexer o braço.

— Você tem alguma ideia de como machucou o braço? — perguntou o paramédico.

— Sim, provavelmente quando eu bati na mandíbula dele.

Enquanto o paramédico examinava o braço dela, tudo voltou depressa — o olhar dele, o cano da arma apontado para o rosto dela, a bala zunindo perto de sua cabeça. De repente, ela começou a tremer incontrolavelmente. Eles trouxeram uma maca e a colocaram sobre ela. Mas, mesmo depois de prenderem-na no lugar, ela não conseguia parar de tremer.

— Você vai ficar bem — ela ouviu alguém dizer enquanto a levavam para a ambulância.

Erin olhou ao redor da mesa e todos olhavam fixamente para ela. Por fim, Duane perguntou:

— Foi o cara que entrou lá das outras duas vezes?

Ela fechou os olhos, as lembranças ainda frescas.

— Sim, ele mesmo. Ele disse que estava feliz por finalmente me conhecer.

— Peraí — disse o pai. — O seu apartamento foi arrombado duas vezes?
Ela assentiu.
— Por que eu não sabia disso?
Ela não queria discutir naquele momento.
— É uma longa história, pai. Mas não é pra hoje. Eu tô exausta, estou começando a sentir o corpo inteiro doer e tenho que ir à delegacia amanhã pra pegar a minha bolsa e ver fotos de suspeitos.
— Eu te levo — ofereceu Duane.
— Swish, é véspera de Natal. Eu tenho certeza de que você tem coisa suficiente pra fazer.
— Que horas? — perguntou ele.
— Às nove?
— Perfeito. — Ele se aproximou dela, se inclinou e lhe deu um abraço. — Você consegue identificar o cara?
— Não sei. Acho que sim. Mas acho que nós dois sabemos que ele não vai constar em nenhum registro.
Ele assentiu.
— Sim, tem razão. — Ele se endireitou, ficando de pé na frente dela. — Que bom que você ainda tá aqui com a gente — disse ele com um pequeno sorriso. — Vejo você amanhã de manhã.
Erin se levantou devagar e sua mãe se aproximou.
— Eu te ligo amanhã — disse ela a Mark. — Obrigada pela conversa mais cedo. Talvez a gente tenha acabado com os obstáculos.
Ele se levantou, se aproximou e deu um beijo na bochecha dela.
— Espero que sim — disse ele.
Sua mãe foi levando-a lentamente para fora da cozinha e a conduziu escada acima até seu antigo quarto. Um quarto que ela não tinha visto nos três anos desde que tinha feito a transição, um quarto que ainda parecia com quando ela havia morado lá pela última vez, antes da faculdade de direito — o quarto de um cara. Na estante estavam os livros que havia lido enquanto crescia, seus troféus de futebol e uma foto emoldurada do New York Giants comemorando o Super Bowl xxv. Ela rastejou para debaixo das cobertas e pegou no sono rapidamente.

* * *

Erin acordou com sua mãe a sacudindo.

— Erin. Erin, querida, acorde.

Ainda sonolenta, ela olhou para a mãe tentando entender onde estava.

— O que foi? — murmurou.

— Você estava gritando — disse sua mãe suavemente.

Seus olhos mal estavam abertos.

— Eu vi a Barbara — respondeu ela, de repente percebendo que estava tremendo, seu coração disparado.

Sua mãe olhou para ela sem entender nada.

— A promotora — esclareceu Erin. — Ela estava queimada. O rosto dela... não havia mais nada. Foi... foi horrível.

— Foi um sonho — disse a mãe.

— Não, eu a vi. Ela estava me alertando.

Sua mãe se deitou ao lado dela.

— Está tudo bem. — Ela colocou o braço sobre Erin. — Você vai ficar bem.

CAPÍTULO 34

— Como você tá? — perguntou Duane enquanto eles caminhavam até o carro.

— Dolorida — respondeu ela.

— Só isso? Dolorida?

Erin acenou com a cabeça.

Ele entregou a ela o jornal.

— Página quatro se você quiser ler — disse ele.

— Eu meio que sei o que aconteceu. Qual é a versão do jornal?

— Que a polícia acha que tem alguém obcecado e irritado com o fato de você ser transgênero.

— É por isso que eu amo a polícia... nunca deixe os fatos atrapalharem a sua teoria do caso — disse ela com um suspiro.

— Eu falei com o Paul Tillis ontem à noite sobre o que aconteceu — disse ele, abrindo a porta do carro para ela antes de se dirigir ao banco do motorista.

— Por quê?

— Eu queria que ele entrasse em contato com a empresa de segurança privada que cuida do quarto da Sharise no hospital e garantisse que o pessoal dele estivesse avisado e preparado pra qualquer eventual problema.

Ela não disse nada por vários minutos.

— Acho que esse cara agiu sozinho — disse ela por fim.

— Por que você tá dizendo isso? — perguntou Duane.

— É só um pressentimento. O cara parecia um psicopata, mas deve ser profissional, já que tinha invadido duas vezes antes. Mas ontem à noite ele tinha uma expressão nos olhos. Ele estava lá pra se divertir me matando.

Ele olhou para ela.

— Sim, eu sei. Eu tenho muita sorte — disse ela com um suspiro. — Quando penso em todas as casualidades... fazia calor, então eu estava sem casaco e consegui acertar ele com o cotovelo. Eu estava usando tênis de corrida em vez de salto. E ele atirou duas vezes em mim e sei lá como eu ainda tô aqui. — Ela fez uma pausa. — É, muita sorte.

— Você parece muito distante. Tem certeza que tá bem?

Ela se virou para encará-lo.

— Eu sonhei com a Taylor na noite passada.

Duane se mexeu desconfortavelmente no banco.

— Alguma coisa específica?

Ela se virou e olhou pela janela.

— Foi horrível — disse ela, se encolhendo com as imagens do sonho ainda vívidas em sua mente. — Ela estava completamente queimada.

— Você ainda tá fazendo terapia? — perguntou ele.

— Sim, vou marcar uma sessão — acrescentou ela, com resignação em sua voz. — Acho que, conforme o tempo for passando, as lembranças vão desaparecer, mas estar aqui é… não sei, extraordinário. Eu não sei como é estar morta, mas, quando joguei a bolsa na cara dele, achei que fosse descobrir.

— Fico feliz que você não descobriu.

Quando chegaram à delegacia, o detetive Hagen estava esperando por eles. Depois que Erin assinou alguns formulários para receber sua bolsa de volta, ele lhe disse que ela já podia voltar para seu apartamento. Eles passaram algum tempo conferindo seu relato para se certificar de que ela não tinha esquecido nada. Erin olhou algumas fotografias, mas não viu ninguém que se parecesse com o sujeito. Antes de irem embora, Hagen lhe disse que eles tinham boas pistas. Haviam encontrado sangue nas escadas então poderiam fazer a análise do DNA e também as duas balas, e seria possível enviá-las para a perícia. Hagen estava confiante de que eles encontrariam o cara que havia feito aquilo. Ela e Duane estavam menos esperançosos, mas guardaram seus pensamentos para si mesmos.

Depois disso, ela ligou para Mark e combinou um encontro com ele no Nomahegan Park. Mas primeiro eles tinham mais uma parada a fazer.

— Tem certeza de que você tá pronta pra entrar aí? — perguntou Duane, enquanto abria a porta do prédio.

— Enquanto você estiver aqui comigo, garotão, "ainda que eu andasse pelo vale da sombra da morte, não temeria mal algum". Além disso, preciso de algumas roupas.

No final do corredor, onde o patamar fazia uma curva, ela podia ver a parede de onde a polícia havia retirado a segunda bala, a que atravessou seu quadril. Ela respirou fundo e começou a subir as escadas, estremecendo de dor por conta do ferimento provocado pelo tiro. Pouco antes do topo da escada, ela parou e olhou para os degraus. Agarrou o corrimão, as imagens da noite anterior de repente se repetindo em detalhes vívidos. Ela mordeu o lábio inferior com força, tentando conter as emoções.

Duane, que estava parado atrás dela, estendeu a mão para segurá-la.

— Foi aqui que a gente se atracou — disse Erin, mais para si mesma do que para Duane.

Ela se virou e olhou para o topo da escada, tendo a visão que seu agressor tinha dela. Subiu lentamente os últimos três degraus. O buraco de bala na porta estava bem na altura dos olhos.

Erin pegou as chaves e destrancou a porta, mas, antes que pudesse abri-la, Duane disse:

— Deixa que eu faço isso.

Ele abriu a porta e entrou, olhando ao redor para ter certeza de que não havia sinais de que ninguém tivesse entrado além da polícia. Em seguida, ela rapidamente reuniu algumas peças de roupas e cosméticos, e os colocou numa mala. Eles encontraram Mark no estacionamento do parque, onde Duane passou a mala e a nécessaire de Erin para o porta-malas do carro dele.

— Feliz Natal — disse ela, dando um abraço em Duane. — Por favor, manda um beijo pra Cori.

— Tem certeza de que tudo bem eu ficar fora essa semana? — perguntou ele.

— Com certeza. Pode deixar que eu seguro as pontas. Vai ficar tudo bem. Aproveita a sua família. Tenho certeza de que o Austin vai se divertir muito com o que quer que o Papai Noel tenha trazido para ele. Divirta-se e relaxe.

— Você também — respondeu ele. — Aliás, você vai passar o Ano Novo com a gente, né?

— Vou tentar.

Ele deu a ela um olhar astuto.

— A Lauren e o marido dela não vão estar. Eles estão visitando a família dele em algum lugar em Michigan.

Ela sorriu para ele.

— Obrigada por me avisar.

Ele devolveu o sorriso.

— De nada. Erin, se você for, fique à vontade pra levar um amigo. Ela deu uma risadinha.

— Obrigada.

O clima estava mais parecido com o da véspera da Páscoa do que com o da véspera do Natal. A temperatura girava em torno dos doze graus e o sol forte fazia com que parecesse ainda mais quente. Ela e Mark foram até um dos bancos com vista para o lago do parque e se sentaram.

— Olha — disse ele —, eu sei que não é da minha conta, mas, ouvindo um pouco do que você e o Duane estavam conversando, parece que vocês dois passaram por muita coisa. Se você quiser desabafar, eu fico feliz em só ouvir.

Erin não tinha planejado aquilo, na verdade, mas uma vez que começou a falar, tudo saiu de dentro dela. Ela deixou de fora tudo que dizia respeito à situação legal de Sharise, mas, quando terminou, ele olhava para ela com um olhar de descrença.

— Uau — disse ele. — Isso é inacreditável. É difícil acreditar que ninguém esteja investigando isso.

— Não é difícil quando a pessoa que eles teriam que investigar é um dos políticos mais poderosos do estado.

Eles ficaram sentados em silêncio por vários minutos, a mente dela presa em Barbara Taylor e na casa em chamas.

— O que você vai fazer no Natal? — perguntou ele.

— Ainda não sei o que vou fazer hoje à noite — respondeu ela. — A família da minha mãe sempre vem pra ceia de Natal, mas não tenho certeza se quero responder a mil perguntas, ou pior, lidar com os olhares curiosos. Amanhã, eu e ela vamos pra casa do meu irmão passar o Natal com eles. E você?

— Vou jantar na casa da minha irmã hoje à noite e amanhã vou estar na casa da minha mãe com a família toda. — Ele fez uma pausa. — Você gostaria de ir comigo hoje?

Ela ficou surpresa com o convite dele.

— Humm, não sei. Parece um pouco estranho conhecer parte da sua família sem nem ter tido um encontro.

— Bem, se isso te ajuda, essa é a parte da minha família que eu suspeito que vai te receber de braços abertos.

— Sim, mas você não pode simplesmente aparecer com uma pessoa que não foi convidada. Não seria nada educado.

— Eu já perguntei pra minha irmã se seria tudo bem.

Ela se viu perdida nos olhos dele, desconcertada com seus sentimentos. A única coisa que ela não podia mais negar era que se sentia atraída por ele. Ela sabia que tinha se sentido sexualmente atraída por Lauren. Não tinha inventado isso. E sempre acreditou que, se Lauren estivesse disposta a viver com ela enquanto mulher, ela teria continuado a se sentir sexualmente atraída por ela. Então, quando isso mudou? E por quê? Até mesmo Lisa, sua terapeuta, não tinha nada de concreto a oferecer: "Às vezes acontece. Isso não significa que seus sentimentos anteriores não eram reais e também não significa que seus sentimentos atuais não sejam reais. Não há motivo algum para lutar contra isso. Só aproveite." Aproveite? A vida estava confusa o suficiente naquele momento.

— Terra chamando Erin — disse Mark com uma risadinha.

— Desculpa. Acho que seria legal.

— Tá bem, combinado. Onde eu te encontro?

Ela recuou.

— Encontro? Tem certeza que quer usar essa palavra? A gente não teve muito sucesso com ela.

— Acho que a gente já superou isso — disse ele, enquanto se inclinava e a beijava.

Quando ela abriu os olhos, ele a agraciou com um sorriso caloroso. Ela se apoiou nele e ele a envolveu com os braços e, pela primeira vez em muito tempo, ela sentiu um instante de paz.

* * *

Will apontou para o jornal sobre a mesa.

— Que porra é essa?

— Feliz Natal pra você também. — Quando Will ergueu as sobrancelhas, Gardner explicou: — Tentei falar com você hoje de manhã, mas caiu direto na caixa postal.

— É domingo, além de véspera de Natal. A Sheila e eu estávamos na igreja. Até eu tenho direito a uma hora de paz e sossego.

— Sem dúvida — respondeu Gardner. — Eu só estava tentando falar com você porque queria que você soubesse por mim em vez de ler no jornal, como você aparentemente fez.

— Ok — disse Will. — Por favor, me conte os detalhes.

— Eu tinha comentado com você que o cara que invadiu o apartamento da McCabe duas vezes era meio doido.

— Sim.

— Bom, pelo visto ontem à noite ele decidiu viver uma aventura.

— Ele foi lá por conta própria?

— Exatamente.

— Eu tô confuso; a matéria diz que a McCabe escapou com ferimentos leves.

— Isso mesmo. A McCabe está vivinha. Pelo que me disseram, ela teve um ferimento de arma de fogo sem risco de vida e uma lesão no braço. No entanto, o cara tá morto.

— Isso não tá no jornal. Como diabos ele morreu?

O olhar de Michael não mostrou nenhuma emoção.

— Recebi uma mensagem ontem à noite de um intermediário, me avisando que o nosso homem estava um tanto desesperado. Aparentemente, ele levou uma bela porrada no queixo e deixou sangue na escada do apartamento da McCabe. Ele sabia o que isso significava: DNA. Ele também sabia que havia violado uma regra fundamental ao agir por conta própria e sugeriu ao intermediário que precisava deixar o país o mais rápido possível. A minha sensação é de que o plano dele deixou a desejar. — Ele acariciou o lábio superior entre os dedos. — Eu soube hoje de manhã que ele foi encontrado morto, aparentemente com um tiro autoinfligido na cabeça.

Will avaliou Michael.

— Eu presumo que você esteja confiante de que a investigação vai confirmar que foi suicídio.

— Extremamente. Também me disseram que a arma que ele usou foi a mesma usada no incidente com a McCabe.

Will assentiu quase imperceptivelmente.

— Ok, obrigado. Não preciso de mais nenhuma ponta solta agora.

Michael passou a mão direita pelo tufo de cabelo também do lado direito da cabeça.

— Entendido.

CAPÍTULO 35

As festas de fim de ano estavam indistintas em sua mente. Molly e Robin haviam feito Erin se sentir em casa, e se Mark estava desconfortável, não demonstrou em momento algum. Depois, seu pai a chocou ao ir com ela e sua mãe para a casa de Sean e Liz para o almoço de Natal. Ele não falou muito durante a viagem ou enquanto estiveram lá, mas ela considerou uma grande vitória terem andado no mesmo carro e comido na mesma mesa sem nenhum incidente. Ela também passou um tempo com os sobrinhos, o que a encheu de uma alegria que havia muito tempo não sentia. No dia seguinte ao Natal, ela foi ao consultório do irmão. Ele tirou raios-X e examinou o braço dela, e ficou muito feliz com o trabalho que o cirurgião havia feito. Sean disse a Erin que ela provavelmente poderia começar a fisioterapia dali a cerca de três semanas.

A polícia entrou em contato com ela na sexta-feira da semana do Natal para informá-la de que acreditava ter localizado a pessoa que a havia agredido. Assim que ela olhou para a primeira foto, soube que era ele. Depois que o identificou, eles disseram a ela que ele havia morrido em razão de um ferimento a bala autoinfligido. A amostra de DNA coletada a partir do sangue encontrado na escada do apartamento dela correspondia ao dele, e a balística comparou a arma que o sujeito usou para cometer suicídio com a arma disparada contra ela. Eles também descobriram recortes de vários jornais com matérias sobre ela, desde o início do caso, espalhados pelo apartamento dele. Com base nisso, no fato de o suspeito não ter antecedentes criminais e de ter servido várias vezes no Afeganistão e no Iraque, a polícia concluiu que ele era psicologicamente instável e preconceituoso com pessoas trans. Ela suspeitava que a história era muito diferente dessa, mas sabia que era inútil tentar argumentar.

Ela e Mark tinham ido para a casa dos Swisher no Ano Novo, e acabaram passando a noite na casa de Mark. Quando ele a deixou na casa dos pais, ela e a mãe se sentaram à mesa da cozinha e tomaram o brunch enquanto o pai dormia.

— Você realmente precisa de amigas.
— Obrigada, mãe.
— Não, sério. Você não tem nenhuma amiga próxima com quem possa conversar sobre isso?

Erin olhou para baixo, constrangida pela franqueza de sua mãe.

— Não exatamente. Eu não tinha muitas amigas antes, e a maioria dos meus amigos homens não ficou comigo com a transição.

Peg McBride olhou para a filha.

— Sim, sem dúvida não é algo pra se falar com um cara. Eu simplesmente não entendo nada disso.

— Eu também não. Quer dizer, eu nunca me senti atraída por homens antes.

— Bem, aparentemente agora você se sente.

Erin olhou para sua *French toast* e riu. "Obrigada, Capitão Óbvio."

— Tem certeza de que você não era só gay e poderíamos ter evitado essa história toda de trans?

— Mãe, eu juro que não tinha um tesão secreto por homens antes disso.

— Então o que é? Provavelmente são os hormônios — continuou ela sem esperar que Erin respondesse. — Eu me lembro de quando entrei na menopausa, meu Deus do céu, os meus hormônios me deixaram maluca. Ficava bem, ficava mal, sentia calor, sentia frio. Num minuto eu queria rasgar a roupa do seu pai, e no seguinte, eu só queria rasgar a cara dele.

— Eu não acho que sejam os hormônios, mãe. Eu acho que é tudo.

— Isso não faz sentido. Eu nem sei o que isso significa.

— Concordo. Sinceramente, não sei o que é.

— Eu tenho que admitir que ele é muito bonito. Então, vocês transaram?

— Mamãe! Pelo amor de Deus, como você pode me perguntar isso?

— O quê, não posso perguntar à minha filha se ela transou?

— Não!

— Não, eu não posso perguntar, ou não, você não transou?

— Sim. E não. Você não pode perguntar e não, nós não transamos.

— Por que não?

— Por que o quê?

— Por que eu não posso perguntar?

— Porque você é minha mãe.

— E o que isso tem a ver? Mães e filhas falam sobre essas coisas.

— Como você sabe que mães e filhas falam sobre essas coisas? Você nunca teve uma filha antes.

— Eu tive uma mãe — respondeu ela num tom desafiador.

— Então você tá me dizendo que você e a vovó conversavam sobre sexo?

— Meu Deus, não. — Ela riu. — Acho que nunca nem ouvi minha mãe dizer a palavra *sexo*.

— É disso que eu tô falando.

— Aonde você quer chegar?

— Que mães e filhas não falam sobre essas coisas.

— Isso não é verdade. Eu tenho amigas cujas filhas falam com elas sobre suas vidas sexuais.

— Sério?

— Às vezes. Normalmente, quando as coisas não estão indo bem.

— Bem, isso é diferente de pais e filhos. Os pais nunca falam com seus filhos sobre sexo.

— Os homens nunca falam sobre sexo, mesmo sendo a única coisa em que eles pensam. Sem querer ofender, mas homem é muito estranho.

— Não me ofende. Não sou mais desse time, lembra?

— Claro. — Ela fez uma pausa, examinou Erin. — Então por que vocês não transaram?

— Nossa, mãe.

— É só curiosidade.

— Foi o nosso segundo encontro. Além disso, é tudo novo pra mim.

— Você sabe que a idade tá chegando, né?

— Mãe, eu não preciso me preocupar com o meu relógio biológico. Ele não funciona.

Peg pareceu confusa por um momento e, em seguida, um sorriso começou a se espalhar em seu rosto.

— Eu sei. — Ela riu. — Interessante.

— O quê?

— O fato de você ser virgem... de novo.

— Tem uma outra coisa — disse Erin suavemente. — Preciso confessar que estou um pouco nervosa com isso.

— "Isso" seria a relação sexual, eu presumo.

Erin acenou com a cabeça.

— Posso saber por quê?

— Não sei, e se depois de tudo isso eu não gostar?

Sua mãe riu.

— Bom, aí eu acho que a gente vai ter certeza de que você é mesmo uma mulher.

— Poxa, mãe, estou tentando falar sério — disse ela, quase implorando.

— Você tá certa, me desculpa — disse a mãe, compreendendo o erro. — Erin, querida, ninguém precisa te dizer que o sexo é diferente para homens e mulheres... afinal, você esteve dos dois lados da cama. E eu com certeza não tenho como te dizer como é pra um homem, mas, do meu ponto de vista, certamente *parece* muito mais simples. Basta ficar duro e o cara tá pronto pra começar. E pra maioria das mulheres não é tão simples. Dito isso, na maioria das vezes, se o homem com quem você está estiver gostando e quiser que você também goste, pode ser maravilhoso. O melhor conselho que eu posso te dar é não pensar sobre isso, apenas aproveite e deixe as coisas acontecerem como tiverem que acontecer.

Erin acenou com a cabeça.

— Obrigada.

— De nada — respondeu sua mãe com um sorriso gentil.

Elas ficaram sentadas em silêncio por vários minutos até que Erin perguntou:

— Como o papai tá? Acho que ele trocou quinze palavras comigo nessa semana que eu passei aqui.

— Não se preocupa, numa semana boa, ele troca vinte e cinco comigo.

— Para! Eu amo o papai e me incomoda que ele ainda esteja sofrendo com isso.

— Querida, eu gostaria de conseguir entender. Acho que em algum nível o seu pai pensa que é tudo uma invenção e que você está escolhendo viver assim. — Peg ergueu a mão para impedir que Erin respondesse. — Eu sei que você não está, e ele e eu conversamos sobre isso várias vezes. Posso dizer que o fato de você quase ter morrido deixou ele arrasado. Na noite em que você contou pra gente o que tinha acontecido, depois que você foi pra cama, ele sentou aqui e chorou. Ele percebeu que quase perdeu um de seus filhos. E, pra ser honesta, eu sei que toda essa história com o Mark está realmente assustando ele. Tudo o que eu posso dizer é: apenas seja você mesma e deixe a porta aberta. Ele pode não entender, mas ainda te ama. Um dia ele vai conseguir.

CAPÍTULO 36

Erin acordou com ele puxando as cobertas de cima de seu peito, uma arma apontada para seu rosto.

— Se você der um pio eu te mato — disse ele, seu tom de voz extremamente calmo.

Ela olhou para ele incrédula.

— Você realmente acreditou que eu estava morto? — zombou ele. — Sua putinha ingênua. Não, eu voltei pra terminar o que comecei — disse ele, jogando a cabeça para trás com uma risada.

O som da risada dele ficou mais alto e ecoou pelas paredes. Ele falava tão alto que certamente acordaria seus pais. Mas, quando o cômodo entrou em foco novamente, ela percebeu que estava de volta ao seu apartamento. Quando? Como?

Ele de repente parou de rir.

— Tchau — disse ele, puxando o gatilho.

O corpo dela sacudiu e ele desapareceu. Erin se sentou assustada, sua respiração intermitente. Sua camisola, encharcada de suor, estava grudada no corpo.

Lentamente, ela saiu da cama e foi até o banheiro. Sentou-se no vaso sanitário, com o estômago embrulhado, tentando se assegurar de que era um sonho. Com o braço bom, tirou a camisola molhada e voltou para o quarto.

Deitada na cama, ela se virou sem parar de um lado para o outro. Seu cérebro, agora acordado, começou a repassar involuntariamente em que ponto estavam no caso de Sharise. As coisas não estavam indo como eles esperavam. Logo depois das festas de fim de ano, Duane recebeu um telefonema de George Phillips, o advogado do condado de Ocean, que queria marcar uma reunião para avaliar se o pedido de indenização de Sharise poderia ser resolvido com um acordo. Apesar da relutância de Duane, ele não foi capaz de convencer Phillips de que não era o momento certo. "Vamos só sentar e conversar", Phillips insistiu. "Você não tem nada a perder."

Depois de se encontrarem com Tonya e Sharise, eles decidiram que, uma vez que a queda de Sharise havia ocorrido apenas alguns meses antes, as exigências para o acordo seriam altas. Mesmo com o dr. Ogden dando a Sharise um bom prognóstico, sua recuperação completa ainda estava longe de ser garantida.

A reunião tinha sido um desastre. Para surpresa deles, Gehrity e Carmichael estavam presentes, além de Phillips e Charles Hayden, um representante da seguradora do condado. Phillips explicou que havia convidado Gehrity e Carmichael na esperança de que uma resolução global pudesse ser alcançada, mas, quando tudo o que Gehrity propôs foi que Sharise se declarasse culpada por homicídio culposo, com um limite de dez anos para qualquer que fosse a pena, e se recusou a consentir que o DNA de Townsend fosse enviado para Massachusetts ou para a Pensilvânia, ele e Erin começaram a brigar aos gritos, e as negociações do acordo rapidamente chegaram ao fim. Em relação à indenização, foi mais ou menos a mesma coisa. Apesar de admitir que Sharise havia sofrido lesões graves, Hayden ofereceu 300 mil dólares para que o caso fosse encerrado. Duane os avisou que tinham em vista cinco milhões e, depois de algumas idas e vindas, as negociações terminaram com a defesa propondo três milhões e rejeitando a oferta final do condado, de 750 mil.

Fazia um mês desde a reunião com Phillips e Gehrity, e eles não ouviram mais nada a respeito da acusação e de um possível acordo. Eles teriam então uma reunião na presença de Redman, e ela e Duane estavam começando a ficar nervosos. Erin tinha certeza de que as amostras de DNA seriam compatíveis, mas a recusa do Ministério Público em ceder na acusação abalou sua confiança. E se eles tivessem perdido a oportunidade de conseguir uma acusação favorável e um bom acordo para Sharise, foi seu último pensamento antes de voltar a dormir.

* * *

— Você acha que a gente pesou a mão? — perguntou Duane enquanto iam para a reunião com Redman.

— Não sei — respondeu Erin. — Eu só acho estranho que a gente não tenha ficado sabendo de mais nada. Eu tô quase sentindo que eles estão tentando atrasar as coisas, mas não sei por quê.

— Bem, a gente vai descobrir já, já.

Erin fechou os olhos, contemplando tudo o que tinha acontecido desde a última vez que esteve diante de Redman; Barbara ainda estava viva, Sharise estava saudável... as coisas eram muito diferentes.

A vida dela também tinha mudado. Seu braço estava curado e fisicamente ela estava normal novamente, mas havia se dado conta de que jamais seria capaz de voltar a viver no seu prédio de três andares sem elevador. A carga emocional era demais. Depois de duas semanas morando com os pais, ela sabia que ficar lá também não era uma opção viável a longo prazo. O silêncio de seu pai mudou de estranho para frustrante. Ela sabia que seria apenas uma questão de tempo até que um deles dissesse o que estava pensando, e isso não seria bom para ninguém. Não demorou muito para ela encontrar um apartamento, literalmente a poucos passos do escritório. Não era nada de mais em termos de conforto, mas ter vizinhos pelo menos lhe proporcionava alguma segurança.

Ela e Mark ainda se viam regularmente. E embora ela continuasse perplexa por conta da atração que sentia por ele, não havia mais qualquer dúvida de que ela era uma mulher heterossexual.

— O atraso pode funcionar a nosso favor — disse Duane, afastando-a de seus pensamentos. — O Ben e eu vamos nos encontrar com o Champion e o Barone do Departamento de Justiça na próxima quarta-feira.

— Pra falar sobre o Townsend?

— Sim, o Ben garantiu que a única coisa na pauta seria o caso da Sharise.

— Eu ainda acho isso totalmente bizarro. Como o caso dela pode estar no radar deles?

— Não faço a menor ideia. Mas acho que vou descobrir isso também.

Redman estava parado na porta de seu gabinete quando seu assistente conduziu as duas equipes de advogados para dentro. Quando Gehrity entrou, ele se virou para o juiz e disse:

— Excelência, acredito que o senhor conheça o promotor-assistente Chris Henderson; ele assumirá o papel principal nesse caso.

— Sim, claro — respondeu Redman. — Depois que todos se sentaram, Redman disse: — Então, em que pé estamos com relação a esse assunto? Doutora, como está a sua cliente?

— Atualmente ela está em uma clínica ainda se recuperando do traumatismo craniano.

— Fico feliz em saber que ela está se recuperando. Considerando o prosseguimento do caso, ela está em condições de participar de sua própria defesa?

— Excelência, se fôssemos a julgamento na semana que vem, eu ficaria seriamente preocupada. No entanto, ainda temos uma série de questões preliminares a tratar; a petição sobre a amostra de DNA, o pedido de desaforamento. Podemos prosseguir com esses dois requerimentos.

— E quanto às negociações sobre a possibilidade de uma confissão? Ela tem condições de compreender e seguir com a confissão caso seja feita uma proposta aceitável?

— Excelência, não precisamos pensar nisso porque nenhuma proposta aceitável foi feita.

Redman lançou a Erin um olhar interrogativo.

— Sr. promotor — disse ele, virando-se na direção de Gehrity —, em que ponto vocês estão em termos de acordo?

— Excelência, eu tenho falado com a família da vítima... desculpe, com a família do sr. Townsend, e informei à defesa que eles estavam ansiosos para encerrar o caso, então nós propusemos que o sr. Barnes se declarasse culpado por homicídio culposo, com pena de no máximo dez anos, sem impedimento para liberdade condicional.

— É uma proposta muito generosa, sr. Promotor. — Os olhos de Redman se voltaram para Erin. — Doutora, presumo que você tenha recomendado que sua cliente aceite o acordo.

Erin viu para onde aquilo estava indo e decidiu se jogar de cabeça.

— Na verdade, Excelência, como eu disse, a minha cliente rejeitou a proposta e eu concordo com a decisão dela. Acreditamos que, quando o tribunal ouvir nosso novo requerimento sobre as amostras de DNA, Vossa Excelência concederá o pedido, e também acreditamos que o DNA irá mostrar de maneira conclusiva que o sr. Townsend esteve envolvido no homicídio de duas prostitutas transgênero, uma em Boston e uma na Filadélfia. Portanto, estamos extremamente confiantes de que a nossa cliente será considerada inocente pelo homicídio, seja doloso ou culposo. — Ela olhou para Gehrity. — Para resolver a questão, minha cliente está disposta a se declarar culpada por roubo qualificado, desde que o período em que esteve presa seja contabilizado.

— Bem, Excelência, estamos fazendo algum avanço — interrompeu Gehrity com uma risada sarcástica. — Na última vez que falei com a dra.

McCabe, ela queria a absolvição total. — Ele ajeitou o corpo para que pudesse ficar de frente para Erin. — A doutora deve estar ciente de que, se tivermos que examinar o pedido referente ao DNA, a proposta será retirada e nossos trinta anos originais serão a única oferta possível.

— Doutores — disse Redman, voltando sua atenção para Gehrity, Carmichael e Henderson —, por que os senhores não nos dão licença por um momento para que eu possa falar com os advogados de defesa?

Depois que eles saíram, Redman olhou para Erin e Duane.

— Vocês enlouqueceram? Vocês estão mesmo rejeitando o acordo oferecido pelo Ministério Público?

— Sim, Excelência — respondeu Erin.

— Dra. McCabe, estou lhe avisando, se o seu cliente for considerado culpado por homicídio, doloso ou culposo, ele vai pegar a pena máxima. Ele está ciente disso?

— Ela está, sim, Excelência.

Redman ergueu os olhos para o teto.

— E vocês ouviram o promotor, se os pedidos forem adiante, a proposta é retirada, correto?

— Eu ouvi o que ele disse, Excelência, o que, dadas as condições da minha cliente, não me parece justo. Vossa Excelência está pedindo a ela que tome uma decisão sobre uma proposta de acordo em um momento em que não estou convencida de que ela seja capaz de tomar essa decisão. Se esse for realmente o posicionamento do Ministério Público, vamos precisar adiar a apreciação dos nossos pedidos até que os médicos a liberem para tomar uma decisão desse tipo, que pode mudar a sua vida.

Redman balançou a cabeça, seu desgosto aparente.

— Não tenho intenção nenhuma de adiar este caso indefinidamente. Tudo bem, traga os promotores de volta.

Quando eles retomaram seus assentos, Redman perguntou:

— Dr. Henderson, o doutor está por dentro do caso e pronto para prosseguir?

— Estarei em breve, Excelência. Se Vossa Excelência pudesse me dar mais duas a três semanas antes de agendar qualquer coisa, eu ficaria muito grato.

— Está certo — disse Redman. — Dra. McCabe, e do seu ponto de vista?

— Excelência, como eu observei, há uma petição pendente solicitando que o DNA do sr. Townsend seja enviado aos laboratórios da Pensilvânia e de Massachusetts para análise, a fim de que eles verifiquem se a amostra corresponde às coletadas nos locais onde ocorreram os assassinatos na Filadélfia e em Boston. Também temos um pedido de desaforamento para apreciação. Por fim, como acabei de dizer à Vossa Excelência, visto que nossa cliente sofreu um traumatismo craniano muito grave, solicito que a apreciação de todos os pedidos seja suspensa até que ela seja autorizada pelos médicos a tomar esse tipo de decisão.

— Dra. McCabe, eu não tenho intenção de permitir que esse caso se prolongue indefinidamente. Dr. Henderson, envie sua resposta à petição do DNA até o dia vinte e sete de março. Se a doutora tiver qualquer objeção, dra. McCabe, por favor, me encaminhe até dois de abril e vou ouvi-la no dia seis. Agendaremos a audiência do desaforamento depois que a questão do DNA for resolvida.

Quando eles se levantaram para sair, Redman tirou os óculos.

— Doutores, recomendo fortemente que tenham outra conversa com seu cliente sobre a atual proposta. Acho que ele irá cometer um grande erro se não aceitar.

* * *

Eles saíram do fórum e passaram na clínica para conversar com Sharise sobre o que havia acontecido. Dias antes, eles haviam pedido que Tonya fizesse uma visita, para que pudesse participar de qualquer discussão.

Ao entrar no quarto, Erin parou de repente, achando que havia se enganado. Lá, sentada em uma cadeira no canto oposto, estava uma mulher afro-americana muito atraente usando uma saia longa azul-claro e um top azul-marinho, cabelo recém-trançado e maquiagem discreta, mas feita com perfeição. Erin rapidamente olhou da mulher para Tonya, que estava sentada na beira da cama, exibindo um largo sorriso.

— Meu Deus! — exclamou Erin. — Sharise, você tá linda.

Ela praticamente correu pelo quarto para abraçar a cliente.

Depois de contarem como foi a reunião com o juiz, Sharise se inclinou para a frente em sua cadeira.

— Você tá me dizendo pra aceitar o acordo?

— Não — respondeu Erin. — Eu ainda estou confiante de que vamos ganhar na petição do DNA e que as amostras vão ser compatíveis. Mas preciso ter certeza de que você sabe que, se a gente perder, ou se o DNA não for compatível, a proposta vai ser retirada e, se você for considerada culpada, ele vai pegar pesado com você. Com a oferta atual de dez anos, sem impedimento para a condicional, significa que com o tempo que você já cumpriu, provavelmente vai cumprir três anos antes de ser solta. Três anos de prisão são muito menos do que trinta anos sem liberdade condicional. Você vai sair quando estiver com vinte e dois. E, provavelmente, você não seria a única pessoa transgênero na prisão estadual, então provavelmente é mais seguro do que no presídio do condado.

Sharise olhou para o nada por um longo tempo.

— Eu não quero passar o resto da minha vida na prisão. Você acha que eles ainda vão me oferecer 750 mil no acordo da indenização?

— Provavelmente — respondeu Duane.

— Não é justo que o juiz force a gente a tomar uma decisão agora — disse Tonya. — Eu sei que a minha irmã está indo bem, mas ela ainda tá se recuperando.

Erin assentiu.

— Nós concordamos com você. E, se o juiz não adiar a apreciação do pedido, vamos apresentar uma petição pra que a gente possa apelar se necessário, mas nesse momento ele parece estar firme em seu posicionamento.

— Eu preciso conversar com a Tonya — disse Sharise. — Talvez seja hora de acabar com tudo isso e seguir em frente. Tudo o que tenho que fazer é sobreviver alguns anos na prisão e ficar bem. Deixa eu pensar sobre isso.

— Claro — respondeu Erin. — Só pra você saber, se você decidir aceitar o acordo, você tem que dar o que chamam de base factual para o crime. Em outras palavras, você vai ter que dizer ao juiz sob juramento que matou o Townsend e que não foi em legítima defesa.

Os olhos de Sharise pareciam incrivelmente tristes.

— Às vezes a gente tem que fazer o que é preciso pra sobreviver. Eu quero sobreviver, Erin. Eu quero ter uma vida.

* * *

Sharise e Tonya ficaram sentadas em silêncio depois que eles saíram.

— Não posso passar o resto da minha vida na prisão — disse Sharise, quebrando o silêncio.

— Você aguenta três anos em uma prisão masculina? — perguntou Tonya.

— Eu passei a vida inteira trancada numa prisão masculina — respondeu Sharise sem qualquer emoção. — Três anos é um passeio no parque. — Ela olhou para o chão. — Ela tá decepcionada.

— Quem? — perguntou Tonya.

— Minha advogada.

— Ela só quer o que é melhor pra você — disse Tonya.

— Eu sei. Até você chegar aqui, ela foi a única que ficou ao meu lado. — Seu tom de voz aumentou enquanto ela falava. — Eles tentaram matar ela até. Mas ela sabe, ela sabe. — Seu tom agora era desafiador.

— Ela sabe o quê? — perguntou Tonya.

— Ela sabe que aquele garoto branco tentou me matar e que, se eu for para a cadeia, é porque o pai dele é rico e poderoso.

— O que realmente aconteceu naquela noite, Sharise?

Sharise olhou para a irmã. Ela nunca tinha contado a verdade a ninguém. Havia mentido inclusive para Erin e Duane. Mas, de alguma maneira, com a ajuda de Lenore, eles tinham descoberto a maior parte da história.

— Ele me pegou mais ou menos uma semana antes. Nós andamos de carro por alguns quarteirões e paramos. Ele me pagou cinquenta dólares e eu chupei ele. Quando acabou, ele olhou pra mim e perguntou se eu era traveco. Antes que eu pudesse responder, ele me disse "Não se preocupa, eu gosto de travecos". Então eu falei pra ele. Ele disse que da próxima vez que ele viesse, a gente pegaria um quarto pra se divertir um pouco. Ele perguntou quanto era pra me comer. Eu disse duzentos. Uma semana depois, ele voltou e a gente foi pro motel. Ele me deu cinquenta dólares e disse que me daria o resto no final. Falou pra eu tirar a roupa, menos a calcinha e deitar na cama. Ele tirou toda a roupa, ficou em cima de mim e me disse pra tocar punheta pra ele. Eu fiz isso, mas ele não ficou duro. Pareceu que ele estava ficando irritado, e eu disse "relaxa, querido, a gente vai fazer ele funcionar". De repente, ele puxou a frente da minha calcinha para baixo pra poder ver o meu pau, e então ele se inclinou pra frente e começou a roçar no meu pescoço. Aí eu senti ele ficando duro, e ele começou a se esfregar em mim. Eu disse pra ele que tinha uma camisinha na bolsa, que estava na cama ao meu lado. De repente, ele colocou as mãos em volta do meu pescoço e começou a me sufocar. Eu tentei afastar os braços dele, mas ele era forte demais. Ele estava muito excitado e gemendo, e eu percebi que ele estava com tesão de me sufocar. Tentei tirar ele de cima de mim e joguei os braços pro lado, e foi quando a minha mão encostou na minha bolsa. Eu estava quase desmaiando quando a minha mão encontrou a minha faca dentro da bolsa. Eu puxei ela pra fora, apertei o botão pra lâmina sair, e ele estava tão excitado que nem viu de onde a faca veio quando eu enfiei nele.

Sharise enxugou as lágrimas do rosto.

— Eu nunca quis matar ninguém. Mas também não quero passar o resto da minha vida na prisão. O que eu faço? Não quero que a minha advogada pense que sou uma assassina.

— Sharise, querida, não é a Erin que está correndo o risco de ser presa, é você. Não importa o que aconteça quando o seu caso terminar, ela irá pra casa e dormirá na cama dela. Você não pode se preocupar com ela. Você precisa cuidar de você mesma.

— Que sorte a minha, ganho uma grana no acordo e depois tenho que passar o resto da minha vida na prisão por matar alguém que tentou me matar. — Ela suspirou enquanto olhava para a irmã. — Onde tá o meu anjo da guarda quando eu preciso dela?

— Eu posso não ser seu anjo da guarda, mas sou responsável por você legalmente, Sharise. Eu vou te ajudar a decidir.

* * *

— Por que você tá tão chateada? — perguntou Duane.

— Não sei.

— Claro que sabe, você tá decepcionada por ela aceitar o acordo.

— Swish, eu sei que o Townsend é um assassino.

— Não, você não sabe, Erin, e esse é o ponto. A gente suspeita fortemente, mas não podemos ter certeza.

— Eu tenho certeza absoluta.

— O suficiente pra arriscar passar o resto da vida na cadeia se estiver errada? Porque é esse risco que você está pedindo que ela corra.

— Eu sei — murmurou ela baixinho. — Que merda! Eles estão pressionando a gente. Eu simplesmente não consigo acreditar que o Gehrity e o Redman estão forçando ela a tomar uma decisão antes da análise do DNA — disse ela. — Como isso pode ser justiça? Eu achava que era esse o nome, justiça. Não é nem de longe.

Ele deu a ela um sorriso triste.

— Eu lembro do meu primeiro dia na faculdade, quando o professor entrou e disse: "Vou te ensinar a ser advogado. Se você quer aprender sobre justiça, o seminário teológico fica do outro lado do campus." — Ele fez uma pausa. — Não existe equilíbrio nesse meio, Erin. Dinheiro e poder ainda são importantes.

— Você realmente precisa melhorar os seus discursos de incentivo — disse ela. — Não tá me ajudando.

— Bem, talvez esse seja o motivo pelo qual as coisas vêm se arrastando. Com o tempo, fica cada vez mais difícil abrir mão do acordo e da indenização.

— Acho que sim. Mas e se eu tiver uma ideia que possa fazer com que eles resolvam de uma vez?

— E qual seria? — perguntou ele.

— Então, escuta, antes de você dizer qualquer coisa, eu admito que é um pouco improvável; não, é muito improvável.

— Se há uma coisa que aprendi com você, nada é improvável — disse Duane com um sorriso malicioso. — Sou todo ouvidos.

— A Lauren e o bebê estão bem, certo?

— A Lauren e o bebê? Do que você tá falando?

— Só responde a minha pergunta. Eles estão bem?

— Sim, a Cori e eu estivemos com ela há pouco mais duas semanas. Estava todo mundo ótimo.

— E você e o marido dela, o Steve, vocês se dão bem?

— Sim. Por quê?

— Perfeito. Eu preciso que você marque um horário pra gente se encontrar com o Steve. Precisamos que ele faça um favor pra gente.

CAPÍTULO 37

Edward Champion trabalhava como primeiro assistente do procurador-geral, Jim Giles, havia quase cinco anos, mas em alguns momentos ainda tinha dificuldade para compreender o chefe. Ele gostava de Giles — embora sua aparência física fosse tão comum quanto compota de maçã, havia um certo charme e carisma naquele homem que chamava a atenção das pessoas quando ele adentrava um ambiente. E mesmo tendo apenas 44 anos, ninguém podia negar que, para um cara que nunca havia se candidatado a um cargo político, ele era habilidoso na arte da política, e que, para alguém que nunca havia trabalhado como promotor, ele tinha desenvolvido um senso aguçado de a quais casos se dedicar e quais passar adiante.

Mas, quando se tratava de casos com implicações políticas, Champion sabia que seu chefe era imprevisível. Houve ocasiões em que Giles se submetera à ira de seu próprio partido ao investir em casos contra políticos Republicanos, mas Champion frequentemente se perguntava se esses casos eram motivados por um tipo diferente de política, um tipo pessoal. Naquele momento, havia rumores de que Giles vinha secretamente falando sobre concorrer ao cargo de governador e Champion se perguntava como, ou se, Giles levaria isso em consideração no que se referia a bater de frente com Townsend.

Quando Giles entrou na sala de reuniões, Champion e Alan Fischman, chefe da Divisão de Direitos Civis, se levantaram.

— Sentem-se — disse Giles com um gesto.

Ele jogou os papéis que carregava em cima da mesa, fazendo-os deslizar sobre ela.

— Eu li o relatório do Departamento de Justiça e, Ed, li também o seu relatório sobre a reunião com o Swisher — adiantou ele. — Deixa eu perguntar uma coisa a vocês dois: se o Departamento de Justiça tinha grampeado o Swisher, e eles acreditam que o Townsend estava por trás de todos esses homicídios, por que não estão correndo atrás dele? — Ele fez uma pausa e riu debochadamente. — Ah sim, claro, porque ele é o filho engomadinho do Townsend de Nova Jersey. No que eu estava pensando? Por favor, pessoal, a gente não tem nada. Algum de vocês acha que a gente tem o necessário pra conseguir um indiciamento, e ainda por cima pra convencer um júri de que ele é culpado, além de qualquer dúvida razoável?

— Acho que temos o suficiente pra que o FBI abra uma investigação — respondeu Champion.

— Ed, eu e você raramente discordamos, mas, pelo amor de Deus, tudo o que você tem aqui é uma fita de um pobre coitado de um agente do FBI, agora advogado, e muita especulação da parte dele sobre o envolvimento do Townsend. O Departamento de Justiça investigou e não encontrou nenhuma evidência de que essas coisas estão diretamente conectadas ao Townsend. Além disso, metade dessa merda nem aconteceu em Nova Jersey. Será que a gente deve investigar o assassinato de uma prostituta em Las Vegas, um policial morto em Rhode Island e uma explosão decorrente de um vazamento de gás na costa? Por que esse gabinete deveria coordenar uma investigação multiestadual a respeito de uma conspiração para violar os direitos civis de um suposto assassino travesti? Cadê o Departamento de Justiça? Que parte eu perdi dessa história?

Champion olhou para Fischman, que simplesmente balançou a cabeça.

— Acho que você não perdeu nada, Jim. A única outra coisa que eu acrescentaria — disse Champion — é que falei com o Phil Gabriel, que tá à frente do caso Jersey Sting, pra ver se conseguiram descobrir alguma coisa sobre o Townsend. O Phil me disse que tem muita gente lá falando do Townsend, mas eles não foram capazes de obter nada concreto, nem nada que se conecte a qualquer uma dessas coisas.

— Olhem, só, rapazes — começou Giles — vocês sabem que eu não tenho medo de ir atrás de políticos, então agradeço por vocês trazerem isso pra mim. Mas eu tenho que pensar na reputação desse gabinete, e ela não vai ser manchada por processar um dos principais políticos do estado, a menos que nós tenhamos uma chance considerável de condená-lo. — Ele apontou para o relatório que ainda estava na frente de Champion. — Fiquei impressionado com a quantidade de coincidências que ocorreram e sei que nenhum de nós nessa mesa acredita muito em coincidências, mas pra prosseguir a gente precisa de mais do que uma intuição ou um pressentimento. Nós somos procuradores e temos a obrigação de não processar alguém só pra acabar com a reputação dessa pessoa; nós corremos o risco de arruinar a reputação do gabinete por imparcialidade no processo.

Champion e Fischman assentiram.

* * *

— Então, por que o Chris Bentley precisava falar com você com tanta urgência? — perguntou Will enquanto se servia de um uísque.

— Ostensivamente, pra te informar de que o Departamento de Justiça encaminhou algumas informações pro Giles, e que o Giles está considerando seriamente abrir uma investigação sobre você relacionada ao caso Barnes, por violação dos direitos civis dele — respondeu Gardner.

— E o verdadeiro motivo? — perguntou Will, balançando o copo para esfriar o uísque no gelo.

— Não foi dito diretamente, mas é evidente que o Bentley está guiando o Giles e suas ambições políticas. Ele disse sem rodeios que Giles estava pensando em concorrer ao cargo de governador e sabia que você também. Disse que seria uma pena se a investigação interferisse nos seus planos. O subtexto é que, talvez, se você decidisse *não* se candidatar a governador, tudo isso poderia simplesmente desaparecer.

— Porra nenhuma! — vociferou Will. — Você sabe que isso é uma grande palhaçada. Se ele achasse que tem o suficiente pra vir atrás de mim, ele tentaria acabar comigo num piscar de olhos. Esse arrogante de merda acha que pode me eliminar fácil desse jeito? Se ele realmente achasse que teria como me indiciar, não estaria se expondo desse jeito. Jim Giles pode ser muitas coisas, mas não é burro.

— Eu concordo com você. Acho que é uma jogada. Mas eu dou crédito ao Bentley, ele é habilidoso e muito cauteloso. Ele falou uma outra coisa que também tem a ver com tudo isso. Disse que você não é o único político importante que poderia ficar puto.

O rosto de Will se contraiu, tentando entender quem Bentley estava implicando.

— Carlisle? — disse ele, seus olhos se arregalando de repente.

— Foi o que eu entendi. O que ele disse foi que o governador talvez faça uma indicação num futuro próximo. Eu acredito que, como o governador pode substituir um senador até ser feita uma eleição extraordinária, a renúncia do Carlisle certamente se encaixa.

Will deu um longo gole em sua bebida.

— Interessante. Houve rumores de que o Carlisle foi pego naquele esquema maluco, mas honestamente eu achava que ele era esperto demais pra isso.

— Como eu disse, nenhum nome foi mencionado. Mas, o meu palpite é esse.

Will despejou mais dois dedos de uísque no copo, caminhou até o sofá de couro preto e se acomodou.

— Então, o que o Giles quer, a indicação pra ocupar o lugar do Carlisle, ou pra ser governador?

— Talvez as duas coisas — respondeu Gardner.

— Como assim, as duas coisas? — perguntou Will em um tom cético.

O rosto de Gardner praticamente denunciou um olhar de aprovação assim que ele começou a expor as potenciais manobras.

— Vamos supor que o Carlisle renuncie nos próximos meses. O governador indica um substituto e, então, por lei, deve convocar uma eleição especial pra ocupar o cargo durante o restante do mandato. Como o Carlisle acabou de ser reeleito, o mandato vai até 2012. Então, hipoteticamente, o Giles poderia conseguir a indicação, concorrer como titular em novembro pra cumprir o restante do mandato e, se vencer, ainda concorrer a governador em 2009, sabendo que se perder, ele volta pro Senado.

Will recostou-se no sofá e franziu os lábios.

— Isso é bastante maquiavélico — disse ele com uma pitada de respeito. — Eu poderia fazer isso, não?

Gardner sorriu.

— Eu te conheço. Por que você desistiria do que construiu aqui indo pra Washington? Você se tornaria irrelevante em questão de meses.

Um sorriso lentamente começou a se formar nos lábios de Will.

— Tem razão. Não tenho vontade nenhuma de ir praquela fossa a menos que seja pra me mudar pra Casa Branca. — Ele fez uma pausa, acariciando o queixo. — O que o Gehrity tá fazendo no caso?

— Ofereceu ao Barnes um acordo de confissão por homicídio culposo. A McCabe está tentando forçar que a petição do DNA seja apreciada e tá tentando conseguir que ele responda por roubo qualificado.

— Foda-se ela. É uma vagabunda. Eu queria que o seu cara tivesse matado ela, só por matar. E quanto ao acordo na ação cível?

— Setecentos e cinquenta na mesa, eles querem três milhões.

— Puta merda, eu deveria ter matado todos eles. — Ele olhou para Gardner. — Não me olha assim. Se eu tivesse deixado você fazer o que você queria, eu teria sido arrastado pra tantos grandes júris que teria ficado maluco. — Ele ergueu os olhos para o teto. — Estou só desabafando, ok?

Gardner acenou com a cabeça.

— Escuta, eu não posso perder esse jogo, não posso recuar. Mas, se fizermos as coisas no tempo certo, pode ser que a gente consiga enterrar o que precisa fazer.

— O que você tem em mente? — perguntou Gardner.

Will deu a ele um sorriso torto.

— O que eu quero que você converse com o Bentley é o seguinte...

* * *

— Então, como foi com o chefe hoje?

— Não muito bem — respondeu Ed Champion. — Ele deu a entender que, se fosse um caso tão bom assim, vocês do Departamento de Justiça já estariam em cima. Então ele não quer tomar parte nisso.

— Não posso dizer que estou surpreso — disse Andy Barone. — "Quando se ataca um rei, é preciso aniquilá-lo."

Champion riu.

— Ralph Waldo Emerson. Confia em mim. Acho que ele está bem ciente disso.

— Estou impressionado que você conheça seus poetas. Mas faça um favor a si mesmo e lembre-se de que o Townsend é um cara extremamente inteligente e implacável, que por acaso também tem amigos em lugares importantes.

— Sim, mas eu achei que talvez ele pudesse deixar a gente pedir pro FBI dar uma olhada.

Barone riu.

— Ed, a gente não tem nem como manter os segredos em segredo. O Townsend ficaria sabendo disso, e aí Giles pagaria o preço. Olha, você sabe que, se eu achasse que há o suficiente, eu iria atrás desse desgraçado. Só que não é o suficiente, principalmente considerando os contatos dele.

— Eu entendo. Só fico um pouco desapontado porque acho que teve dedo do Townsend nisso e eu gostaria de vê-lo exposto.

— Cuidado, Dom Quixote, carreiras podem ser arruinadas ao se lutar contra moinhos de vento.

Champion riu.

— E eu aqui achando que o meu trabalho era defender a verdade, a justiça e o *American way of life*.

— E é, mas você também tem que aprender o momento certo de escolher suas batalhas.

— Falando em escolher batalhas, o que você vai fazer em relação ao Swisher e a investigação do vazamento? — perguntou Champion.

— Vamos encerrar a investigação. Não temos como culpá-lo. Não temos nada. Pra ser sincero, eu nunca achei que fosse ele. A gente sempre esteve interessado numa outra pessoa, mas os garotos lá de cima disseram pra gente não entrar nessa. Era um pouco delicado demais ir atrás de uma juíza em exercício.

— Sonya? — disse ele, sua surpresa evidente.

— Você nunca ouviu isso da minha boca, meu amigo. Mas digamos que ela estava namorando um repórter do *Times* quando ocupava o seu cargo. Sempre houve uma suspeita de que rolava uma troca de informações na intimidade, mas... bem, você sabe como funciona quando o papai é um grande doador.

— Andy, vocês afastaram o Swisher do FBI e você nunca achou de fato que fosse ele. Por quê?

— Alguém precisa ser sacrificado, sei lá. A decisão foi tomada por pessoas com salários bem acima do meu.

— E você não se importa com isso?

— Claro que eu me importo. É uma merda.

— Por que ele?

— Ele teve acesso às informações vazadas e...

— E?

— Olha, você acha que foi uma coincidência eles terem ido atrás de um negro que estudou na Ivy League? — Ele fez uma pausa. — Mas vai saber...

CAPÍTULO 38

Duane e Erin estavam de pé, um de cada lado de Sharise.

— Dra. McCabe, os doutores esclareceram à cliente todas as possíveis alegações? — perguntou Redman, olhando por cima dos óculos de leitura.

— Sim, Excelência.

A sala de audiências estava praticamente vazia, o que não era nada surpreendente para uma tarde de sexta-feira, mas muito surpreendente considerando o que estava para acontecer. Os únicos espectadores eram Tonya, Paul e a mãe de Sharise de um lado da sala, e o mesmo indivíduo de aparência malévola que comparecera às audiências anteriores — Michael Gardner, se Erin se lembrava corretamente — do outro lado.

— E a doutora está convencida de que a sua cliente se posicionará consciente e voluntariamente?

— Estou.

— Muito bem. Sua cliente fará agora o juramento e realizaremos o registro das novas informações nos autos.

Redman olhou para a ordem judicial que Erin havia lhe entregado antes do início da audiência, que mudava legalmente o nome "Samuel Emmanuel Barnes" para "Sharise Elona Barnes". Ele ergueu os olhos para olhar para a ré, que, usando um vestido preto e salto alto, parecia exatamente a mulher que seu nome dizia que ela era.

Ele respirou fundo.

— Sharise Barnes, em seu testemunho, jura dizer a verdade, toda a verdade, e nada mais que a verdade?

— Sim, Excelência.

Erin se virou e olhou para Sharise.

— Srta. Barnes, no dia 17 de abril de 2006, há pouco mais de um ano, você trabalhava como prostituta em Atlantic City. Correto?

— Sim.

— Naquela época, você conheceu uma pessoa chamada William E. Townsend Jr.?

— Sim — respondeu Sharise suavemente, sua voz apreensiva.

* * *

Erin não tinha dúvidas de que Lauren havia ajudado a convencer o marido a se encontrar com eles. Claro, Steve conhecia Duane, mas fazer com que ele se encontrasse com Erin — o ex-marido de sua esposa — deve ter sido difícil. Sem mencionar que uma das condições do encontro era que Steve concordasse que a reunião seria totalmente extraoficial.

Depois de um papo introdutório entre Duane e Steve, eles começaram a trabalhar. Erin deixou tudo claro desde o início; eles estavam lá em busca de um favor e o estavam usando. Ele quase saiu da cozinha de Duane naquele momento, mas, quando Erin disse que era literalmente uma questão de vida ou morte, ele mordeu o lábio e disse que eles seguissem em frente. Eles explicaram tudo o que sabiam e suspeitavam e, em seguida, disseram que precisavam de algo dele, um telefonema para Will Townsend dizendo que, como editor de cidade, ele gostaria de enviar um repórter para discutir as mortes de várias pessoas conectadas ao caso do assassinato de seu filho. Eles explicaram por que aquele era um momento crítico em relação ao posicionamento de Sharise em juízo e prometeram a ele que, se Sharise fosse forçada a se declarar culpada de homicídio culposo, eles falariam oficialmente e dariam uma exclusiva ao *Times* sobre tudo o que havia acontecido no caso. Mas também o avisaram de que, se conseguissem o que queriam, certamente haveria um acordo de sigilo e não haveria matéria alguma, pelo menos não vindo deles. Ele perguntou o que aconteceria se Townsend concordasse em se encontrar com um repórter, e eles prometeram que lhe dariam informações suficientes para uma entrevista fascinante. Eles também sabiam, mas não disseram a ele, que se Townsend concordasse com o encontro, isso significava que ele sabia que o DNA não correspondia ao de seu filho.

* * *

Erin olhou para baixo, seu suspiro quase audível. O roteiro fazia parte do acordo, e, por mais que ela quisesse discordar, sabia que não era possível.

— Enquanto você estava no quarto com o sr. Townsend, ele foi apunhalado com uma faca e morreu, correto?

— Sim — respondeu Sharise, querendo gritar "Ele colocou as mãos em volta do meu pescoço e tentou me matar", mas ela também havia concordado que o fato de que ele havia tentado matá-la ficaria de fora de seu depoimento.

— Você pode relatar ao tribunal o que aconteceu depois que o sr. Townsend morreu? — pediu Erin.

— Eu fiquei assustada. Não sabia onde estava porque ele tinha me levado a um motel estranho. Então, peguei trinta dólares da carteira dele, o cartão do banco e as chaves do carro. Voltei para Atlantic City, comprei algumas roupas, fui pra Filadélfia e peguei um trem pra Nova York.

— Você usou o cartão dele?

— Sim, saquei trezentos dólares em um caixa eletrônico em Atlantic City antes de ir pra Filadélfia.

* * *

Steve havia conseguido falar com Townsend, que, conforme lhes relatou depois, foi muito cortês ao se recusar a falar com um repórter, mencionando que a morte do filho havia afetado muito sua família. Três dias depois, Duane recebeu uma ligação de Phillips, que desejava reabrir as negociações acerca da ação cível. Depois de inúmeras ligações, eles finalmente concordaram em um acordo de 2,1 milhões de dólares.

No dia seguinte, Erin recebeu uma ligação de Carmichael, que informou que o Ministério Público estaria disposto a aceitar a acusação de roubo qualificado em vez de homicídio culposo. Erin destacou o fato de que o roubo era um crime de alto potencial ofensivo, o que significava que Sharise no fim das contas poderia acabar cumprindo uma pena de prisão maior ao ser julgada por roubo do que os dez anos que eles haviam oferecido por homicídio culposo. Dois dias depois, Carmichael concordou com uma confissão de roubo, com cinco anos em liberdade condicional, sem pena de prisão adicional.

* * *

Eles se reuniram no corredor do lado de fora da sala de audiências depois que Redman proferiu a sentença de Sharise, seguindo o que havia sido acordado. Viola e Tonya choraram lágrimas de alegria e abraçaram Erin e Duane, agradecendo por tudo o que haviam feito. Então foi a vez de Sharise.

— Você — disse ela a Duane — é o meu cavaleiro negro de armadura brilhante. Estou feliz que você não está mais no FBI porque, sem você, eu ainda estaria presa. — Ela colocou os braços em volta do pescoço dele e lhe deu um beijo na bochecha. — Eu sei que você é um homem casado — sussurrou ela — e espero que a sua esposa saiba que ela é uma mulher de sorte. — Quando ela deu um passo para trás, tinha um sorriso enorme no rosto.

— Obrigado — disse Duane. — Não tenho certeza se ela sempre se acha tão sortuda assim.

Sharise se virou para Erin.

— Você, garota, é minha piranha atrevida. A primeira vez que eu te vi, pensei que eles iriam te comer viva. Mas, querida, agora eu sei que você foi enviada pelo meu anjo da guarda, porque você salvou a minha vida. — Ela envolveu Erin com os braços e a puxou para um abraço de urso. — Eu não pretendo nunca mais me meter em confusão, mas, garota, se isso acontecer, eu quero você do meu lado.

— É melhor mesmo você não se meter mais em confusão — disse Erin, as lágrimas descendo lentamente por suas bochechas. — Mas não se preocupe, aconteça o que acontecer, enquanto eu estiver por perto, você nunca mais vai estar sozinha. — Erin segurou as mãos de Sharise nas dela. — Quero que você saiba que houve momentos em que eu não tive certeza se tinha forças pra continuar. Mas, sempre que me sentia assim, eu pensava em você e no quanto você é corajosa, e isso sempre me deu forças pra seguir em frente. Então, como você gosta de dizer, você é minha piranha atrevida. Obrigada. — Elas se abraçaram novamente e, pela primeira vez na vida, Sharise chorou lágrimas de alegria.

Duane e Erin voltaram para o escritório em silêncio, ambos física e mentalmente exaustos.

— Tô tão feliz pela Sharise — disse ela, quebrando o silêncio. — Mas parte de mim tem a sensação de que a gente fracassou. Será que a gente deveria ter feito as coisas de outro jeito?

— Erin, se eu tivesse te contado em setembro que esse caso terminaria com Sharise Elona Barnes se declarando culpada por roubo qualificado e saindo do tribunal como uma mulher milionária, o que você teria dito?

— Me dá um pouco disso que você tá fumando, porque deve ser do bom — disse ela com uma risada forçada.

— Exatamente.

Eles tinham acabado de cruzar a Driscoll Bridge, quando Duane pegou o celular, que vibrava no bolso da jaqueta, e o entregou a Erin. Ela olhou para a tela.

— É o Ben — disse ela.

— Atende e coloca no viva-voz.

— Ei, Ben. É a Erin. Fui rebaixada a secretária do Swish. Estou colocando você no viva-voz.

— Oi — respondeu Ben.

— E aí? — perguntou Duane.

— Coloca na WNYC e depois me liga de volta.

— Tá bem — disse ela, olhando para Duane curiosa. Erin ligou o rádio e encontrou a WNYC.

"Em uma série de acontecimentos chocantes e repentinos ocorridos no dia de hoje, o mundo da política de Nova Jersey foi abalado quando James 'Jim' Giles, o procurador-geral dos Estados Unidos para o estado de Nova Jersey, anunciou inesperadamente que estava renunciando ao cargo, com efeito imediato. Até que o presidente nomeie seu substituto, seu primeiro-assistente, Edward Champion, se tornará o procurador em exercício. Essa notícia foi seguida por um anúncio surpreendente de que o senador John Carlisle, o senador mais antigo pelo estado de Nova Jersey, havia renunciado, com efeito imediato. Houve rumores de que o senador Carlisle havia sido gravado em escutas de uma investigação federal, mas o único motivo dado pelo senador e sua equipe hoje foram motivos pessoais que exigiam que o senador dedicasse mais tempo à família.

"Então, como vocês acabaram de ouvir minutos atrás, o governador Rogers anunciou que estava nomeando Jim Giles para ocupar temporariamente a cadeira do senador Carlisle até que uma eleição especial pudesse ser realizada em novembro. Giles, por sua vez, acompanhou o governador ao púlpito para agradecer pela indicação e também ao senador estadual William Townsend que o havia recomendado para o governador.

"Está sendo um dia agitado e estaremos de volta às cinco horas para uma análise mais detalhada do que aconteceu e o impacto disso em Nova Jersey e na política nacional."

— Caralho — disse Erin, desligando o rádio. — O que você acha disso tudo?

Duane olhou para ela com um sorriso malicioso.

— Tudo faz sentido agora.

— Que bom que faz sentido pelo menos pra um de nós. Me explica.

— Você notou que não tinha nenhum repórter no tribunal.

— Sim.

— Bem, isso é porque todos eles provavelmente estavam por aí cobrindo partes dessas matérias. Além disso, o que uma pessoa deseja mais do que tudo num dia em que quer que uma notícia sobre ela seja enterrada?

Ela deu de ombros.

— Uma notícia ainda maior?

— Exatamente — disse ele. — Amanhã os jornais vão estar cheios de notícias sobre Giles e Carlisle, e especulações sobre por que Carlisle abandonou o cargo. Se houver alguma coisa sobre os acordos envolvendo a Sharise, vai estar lá pela página quinze. O Townsend não ganha publicidade negativa, e as únicas pessoas capazes de juntar tudo, nós dois e a Sharise, estão impedidas de falar exatamente em razão dos acordos.

Ela colocou as mãos no topo da cabeça e apoiou um braço de cada lado.

— Eca — murmurou ela.

Ela tentou se convencer de que tinham feito o que podiam. Duane havia contado tudo ao FBI. Eles haviam dado a informação ao *New York Times*, embora extraoficialmente. Eles espalharam as sementes. Não era trabalho deles levar o culpado à justiça. No entanto, ela não conseguia se livrar da sensação de que eles poderiam ter feito mais.

A mente de Erin vagou. Ela ainda pensava muito em Barbara. Havia dias em que ela reproduzia a última mensagem de voz de Barbara repetidamente, ouvindo a voz dela e sabendo que a promotora não sabia que tinha só mais alguns minutos de vida. A investigação oficial disse que um vazamento causado pelo frio repentino permitiu que o gás se acumulasse no porão de Whitick. Especulava-se que um deles havia aberto a porta do porão, acendido o interruptor e a faísca resultante acendeu o gás. Erin acreditava em tudo, exceto que o vazamento tinha sido acidental.

O que tinha acontecido naqueles últimos segundos, Erin se perguntava. Barbara sabia o que estava para acontecer? Erin preferia pensar que tivera ao menos a oportunidade de se esquivar da morte. Barbara não teve a mesma sorte. E a vida era assim; podia ser absolutamente arbitrária. Em algum momento seu tempo acabava e pronto.

CAPÍTULO 39

7 de novembro de 2007

— Não! — gritou Erin, jogando um travesseiro na televisão. Passava da meia-noite, o News 12 dava os resultados das eleições especiais para o Senado dos EUA. Jim Giles havia vencido uma eleição acirrada, derrotando sua adversária Democrata, Marie Honick, por menos de dois mil votos. Quando a cobertura mudou para a sede da campanha de Giles em Freehold, Erin observou o orgulhoso vencedor entrar desfilando no palco, seguido pela esposa e pelos dois filhos adolescentes. Enquanto ele estava em frente ao microfone, exaltando-se com os gritos de "Gi-les, Gi-les, Gi-les!", era possível ver William E. Townsend atrás dele. Apesar das esperanças de Erin de que um dia o castelo de cartas de Townsend desabaria, ele não apenas havia sobrevivido, mas seus tentáculos políticos agora tinham alcançado o Senado dos Estados Unidos.

Depois dos acordos, vários repórteres a procuraram para tentar saber o que havia acontecido. Todos queriam entender como eles tinham conseguido obter o acordo que haviam feito para Sharise, mas ela estava proibida de se manifestar. Havia tentado dar a alguns repórteres algumas dicas sutis, mas não podia colocar em risco a nova vida de Sharise violando a cláusula de sigilo.

Assim que Giles começou seu discurso da vitória, ela desligou a televisão com nojo e foi para a cama. Os sonhos vinham com menos frequência agora, mas com o rosto de Townsend ainda persistente em sua memória ao adormecer, ela sabia que aquela poderia ser uma das noites em que Barbara lhe faria uma visita.

* * *

— Você tá bem? Você parece um pouco cansada — disse sua mãe enquanto Erin se acomodava do lado oposto da mesa.

— Sim, fiquei acordada até tarde ontem à noite.
— Como foi em Indianápolis?
— Foi interessante — respondeu Erin. — Não vou me mudar pra lá, mas o Conseco Fieldhouse é legal e assistir ao jogo de um dos camarotes foi uma viagem. Você me conhece, eu não sou fã de basquete, mas é como assistir de um restaurante. Tinha comida e um bar. Claro, o Mark e o Swish pareciam duas crianças numa loja de doces, e o Paul foi muito bacana com eles. Logo depois que o jogo terminou, dois seguranças entraram com passes VIP e desceram com eles até o vestiário pra encontrar o Paul e os outros jogadores. Era como se eles tivessem morrido e ido pro paraíso. A Cori e eu temos sorte de termos conseguido colocar eles no avião no domingo à noite pra voltar pra casa.
— Parece que você se divertiu.
— Foi divertido, sim — disse ela.
— E como está a Sharise?
O rosto de Erin se iluminou.
— Ela tá tão bem, é inacreditável. Você nunca diria que ela teve um traumatismo craniano. O Paul contratou o consultor financeiro dele pra ela, pra que todo o dinheiro dela seja investido com segurança. Ela alugou uma casa linda de dois quartos em Carmel, que fica nos arredores de Indianápolis. A casa dela fica a cerca de um quilômetro e meio de onde o Paul e a Tonya moram. — Ela fez uma pausa, seu sorriso crescendo. — Essa é a melhor parte. Depois que ela voltou em abril, ela conseguiu se formar na escola e agora tá fazendo um curso técnico. Ela me disse que tá pensando em ir fazer a faculdade em tempo integral no ano que vem. Então, quando eu perguntei o que ela queria fazer, ela riu e disse "Quero ser uma advogada fodona".
— Bom, ela tem um ótimo exemplo.
Erin mordeu o lábio inferior, tentando não se emocionar.
— Sabe que teve uma vez, em uma das audiências, num dia em que o juiz acabou comigo, logo em seguida eu me sentei ao lado da Sharise e ela me disse: "Obrigada. Você foi a primeira pessoa na minha vida que saiu em minha defesa por eu ser quem eu sou." — Erin esticou o braço sobre a mesa e apertou a mão da mãe. — Eu sei como ela se sentiu. Você é essa pessoa pra mim. Obrigada.
— De nada — respondeu sua mãe, apertando a mão dela. — Eu estou extremamente orgulhosa de você e da mulher que você é.

— Obrigada — disse Erin, as bochechas corando.

A garçonete veio e serviu mais café para elas.

— Você assistiu aos resultados da eleição ontem à noite? — perguntou sua mãe.

— Infelizmente.

— Então, o cara no palco imediatamente à direita do Giles na hora do discurso, era o Townsend?

Erin acenou com a cabeça.

— Pra quem não estava concorrendo, ele parecia muito feliz.

— Ah, mas ele tá concorrendo, ele simplesmente não estava na cédula dessa vez. Pelo que eu fiquei sabendo, ele pode muito bem ser o próximo governador do estado.

— Você não consegue dar um jeito de alguém investigar esse cara?

Em um momento de fragilidade, pouco antes de finalizarem o acordo, antes de ser obrigada a manter sigilo em razão de uma cláusula de confidencialidade, Erin contou tudo para sua mãe — sobre Lenore, Florio, Barbara, Whitick e o aspirante a assassino dela que acabou morto, supostamente em decorrência de um ferimento a bala autoinfligido. Sua mãe ficou horrorizada. Ela também tinha ficado perplexa com o fato de Townsend ter se safado de tudo.

— Mãe, a gente já falou sobre isso. O Swish e o advogado dele se reuniram com advogados do Departamento de Justiça e com o pessoal da Procuradoria, e contaram tudo pra eles. Aí, ontem à noite você viu o cara que era o chefe da Procuradoria na época em que Swish se encontrou com eles, parado do lado do Townsend, e os dois sorrindo de orelha a orelha.

— Acho que na minha idade eu deveria ser mais cínica, mas eu ingenuamente acreditava que não era possível alguém se safar com as coisas que ele fez. Tipo, quantas outras pessoas estão mortas por causa dele, e ele está no palco comemorando? — Ela respirou fundo. — Difícil de acreditar.

"Sim", pensou Erin, "difícil de acreditar e ainda mais difícil de engolir".

— As coisas com Mark continuam bem? — perguntou sua mãe.

— Sim — disse ela com um sorriso. — Acho que vai ser interessante passar o Natal com a família dele. — Ela deu uma risadinha. — Mas eu consegui colocar ele pra dentro do vestiário dos Pacers, então isso me dá muitos créditos.

— Falando em festas, vocês vêm pro Dia de Ação de Graças, né?
Erin suspirou.
— Não sei, mãe. Esse ano, o papai vai ter que encarar não só eu, mas meu namorado também. Não tenho certeza se ele tá pronto pra isso.
— Ele vai se ajustar — acrescentou sua mãe desafiadoramente.
— Foi o que você disse no ano passado e todos nós sabemos o que aconteceu.
— Jantar às seis, aperitivo às cinco.
Mais tarde, elas pararam na calçada para se despedir.
— Se não nos virmos antes, nos vemos no Dia de Ação de Graças — disse a mãe.
— Você não desiste, né? — respondeu Erin com um sorriso.
— Nunca — respondeu a mãe. — E, se você estiver de bobeira na noite de quarta-feira antes do Dia de Ação de Graças, aparece lá em casa que eu vou te ensinar a fazer a minha famosa torta de abóbora e o meu arroz doce.
— Por que eu preciso saber fazer essas coisas?
Sua mãe olhou para ela, balançando a cabeça.
— Erin, minha querida, eu te falei uma vez que existem dois caminhos para o coração de um homem. Parece que você descobriu o primeiro. Agora é hora de aprender o segundo.
— Mãe, você tem noção de como isso é estereotipado, não é?
— Ah, meu Deus, você é feminista também — disse ela com uma risada. — Bom pra você. Então, que tal porque é uma tradição entre mãe e filha? Minha avó ensinou à minha mãe, a minha mãe me ensinou, agora é minha vez de ensinar a você.
Ela se inclinou e deu um beijo na bochecha de Erin.
— Vejo você daqui a duas semanas.

* * *

Duas semanas depois

Erin fez uma pausa antes de girar a maçaneta.
— Tem certeza que a minha roupa tá boa? — perguntou ela.
— A sua roupa tá boa.
Erin virou a cabeça para o lado.

— Ninguém nunca te falou que dizer pra uma mulher que a roupa dela tá boa não é exatamente um elogio?

Mark balançou a cabeça.

— Desculpa — disse ele com um sorriso. — Eu acho que você tá perfeita. Mas, mais uma vez, eu já tinha te achado perfeita nas primeiras cinco coisas que você escolheu pra vestir. Por que você tá tão nervosa? É a sua família, e todos eles já me conhecem — disse ele, dando um puxão reconfortante na cintura dela. — Relaxa.

Ela sabia que ele tinha razão; todos já o conheciam. Mark e ela tinham ido jantar na casa de Sean e Liz, e os meninos acabaram sendo apresentados a Mark porque ele costumava ir com ela aos domingos assistir aos jogos. Não, ela só estava preocupada com um membro de sua família. Erin respirou fundo e abriu a porta.

Como no ano anterior, Patrick e Brennan estavam sentados no sofá da sala jogando algo em algum dispositivo. Naquele ano, no entanto, não houve gritos de empolgação. Eles pausaram o jogo, se aproximaram e deram um abraço nela, disseram oi para Mark e rapidamente voltaram ao jogo.

Ela e Mark foram para a cozinha, onde sua mãe, Sean e Liz estavam conversando enquanto sua mãe andava de um lado para outro na cozinha. Todos trocaram cumprimentos e seu irmão até a abraçou, mas ela não pôde deixar de notar a ausência do pai.

— Cadê o papai? — perguntou ela por fim.

Houve um silêncio constrangedor antes de sua mãe dizer:

— Ele tá no escritório assistindo futebol.

"É melhor acabar com isso logo." Ela pegou Mark pela mão e o levou até lá. Ela abriu a porta e lá estava seu pai, os olhos grudados no jogo.

— Oi, pai. — Ele olhou para cima. — Você se lembra do Mark.

Seu pai tirou os olhos dela e fitou Mark.

— Como eu poderia esquecer?

— Bom te ver de novo — respondeu Mark.

— Sim — disse o pai.

— Quem tá ganhando? — perguntou Mark.

— Detroit — respondeu ele, voltando sua atenção para o jogo.

Para Erin, uma eternidade pareceu passar sem que nada fosse dito. "Merda, lá vamos nós mais uma vez."

— Vamos lá ver se minha mãe precisa de ajuda — disse Erin, puxando Mark em direção à porta.

— Espera — disse seu pai, fazendo-a parar. — Mark, posso falar a sós com... ela?

— Claro — respondeu Mark.

— Por favor, senta aí — disse o pai, colocando a TV no mudo e apontando para uma poltrona.

Ela olhou para ele e percebeu que ele parecia pálido, mais velho do que seus 66 anos.

— Olha, não é segredo pra ninguém que eu não estou feliz com a sua mudança. Mas não quero repetir o que aconteceu no ano passado — disse ele, esfregando o queixo lentamente. — Isso — disse ele, apontando para ela — tem sido muito difícil pra mim, porque eu tinha muito orgulho de você como meu filho. Mas... Eu tentei criar você e o seu irmão de uma forma que encorajasse vocês a correr atrás dos seus sonhos. — Ele olhou para ela e balançou a cabeça. — Claro, isso não é exatamente o que eu tinha em mente.

— Desculpa...

— Não — interrompeu ele. — Por favor. Deixa eu terminar. — Ele hesitou e então se inclinou para a frente. — Como sua mãe vive me dizendo, eu sou um velho careta e preciso me adaptar. — Ele olhou para ela com um sorriso triste. — Eu sou mesmo um velho careta. Eu não entendo nada disso, eu nunca quis que você fizesse isso, e pedi a Deus que você não fizesse. Mas você é minha filha e eu preciso superar isso porque, acredite ou não, eu quero que você seja feliz. — A voz dele ficou embargada. — Eu... — Ele fez uma pausa e engoliu em seco. — Por que você não vai ajudar a sua mãe? Ela tá feliz por você estar aqui.

— Claro — disse ela enquanto se levantava da cadeira.

Quando alcançou a porta, Erin parou e olhou para ele.

— Obrigada. Espero que você saiba o quanto isso significa pra mim.

Ela queria dizer mais, mas sentiu medo de se emocionar demais.

Mais tarde, todos eles se sentaram ao redor da mesa e Brennan fez a oração. A sala ficou barulhenta enquanto travessas com peru, purê de batata, molho de carne e de cranberry eram passadas de um para o outro. Enquanto Erin passava as batatas para Mark, ela olhou para sua mãe do outro lado da mesa; ela não tinha parado de sorrir desde que eles haviam se sentado. Por um momento, Erin ficou paralisada assistindo sua mãe brincar com Patrick, depois provocando Sean, interagindo com todos na mesa de seu jeito único.

— Me passa o sal, por favor... — Ela olhou para cima e viu seu pai olhando para ela. — Erin — acrescentou ele.

Ela sorriu para o pai.

— Claro, pai — disse ela, estendendo o braço. — Aqui.

As conversas foram retomadas, e pela primeira vez em anos ela soube que teria um jantar de Ação de Graças inesquecível pelas razões certas.

AGRADECIMENTOS

Em primeiro lugar, gostaria de agradecer a vocês, leitores. Quer você tenha entrado na livraria local, encomendado o livro online, baixado, pegado na biblioteca, ouvido em seu carro, pedido emprestado de um amigo ou encontrado no reciclável — obrigada. Obrigada por investir seu valioso tempo lendo (ou ouvindo) uma história que criei. Espero que tenha gostado.

Devo muito à minha agente, Carrie Pestrito, que acreditou em mim muito antes que eu acreditasse. Sei que este livro não existiria sem ela. Da mesma forma, ao meu maravilhoso editor na Kensington Books, John Scognamiglio, que teve a coragem de publicar um livro com duas personagens principais transgênero, escrito por uma autora trans desconhecida. John, obrigada do fundo do meu coração.

Igualmente, quero agradecer a todas as pessoas da Kensington Books que ajudaram a tornar este romance melhor. Tenho certeza de que alguns editores ainda estão coçando a cabeça se perguntando como cheguei tão longe na vida sem saber quando usar uma vírgula. E a Crystal McCoy, que me orientou durante o processo de publicação, me incentivou e ajudou a comercializar meu livro, obrigada.

Minha personagem favorita no livro talvez seja a mãe de Erin, Peg McCabe. Ela é vagamente baseada na minha própria mãe. Minha mãe é minha heroína. Quaisquer que fossem as reservas que ela tinha sobre sua filha ser transgênero, ela as colocou de lado e continuou a me amar como só uma mãe seria capaz de amar um filho. Seu maravilhoso senso de humor e a recusa em "agir de acordo com sua idade" me inspiraram. Obrigada, mãe!

Simplesmente não tenho como agradecer adequadamente a Jan, que, apesar das mudanças pelas quais nossa relação passou, continua sendo minha melhor amiga. Ela sempre me incentivou a correr atrás dos meus sonhos, mesmo quando eles não eram bem do interesse dela. Serei eternamente grata por ela fazer parte da minha vida.

Um agradecimento especial aos nossos filhos Tim, Colin e Kate por me aguentarem e por continuarem a me amar, apesar das mudanças. Um segundo agradecimento a Colin (me desculpem, Tim e Kate — Colin leu os primeiros rascunhos), por ler os primeiros rascunhos e me encorajar a continuar. A publicação de seu romance, *The Ferryman Institute*, me inspirou a continuar me dedicando. A minha nora, Carly, e minhas netas, Alice e Caroline, vocês são uma parte especial da minha vida. E a minha futura nora, Stephine, e sua filha, Madison, estou muito feliz por vocês fazerem parte de nossa família, que está crescendo.

Aos meus irmãos, Doreen, Virginia (também conhecida como Ginna) e Tom, meus sogros, tios e tias, sobrinhos e sobrinhas, primos e primas — obrigada. Eu sou uma das pessoas trans sortudas cuja família inteira de alguma forma conseguiu fazer a transição comigo. Vocês todos são a melhor família que alguém poderia desejar.

Tenho uma grande dívida com Andrea Robinson, uma editora independente, que Carrie me indicou. Andrea pegou um manuscrito que parecia uma redação de um aluno de um cursinho de idiomas e ajudou a transformá-lo no romance que se tornou. Andrea, é impossível agradecer o suficiente por seus sábios conselhos, sua paciência e por me ajudar de mais maneiras do que você pode imaginar.

Para as pessoas que leram esse livro ao longo do caminho e me deram conselhos, ideias e incentivo — Lori Becker, Lynn Centonze, Don DeCesare, Lisa O'Connor, Celeste Fiore, Linda Tartaglia e Gary Paul Wright —, obrigada.

Para aqueles que leram meu primeiro esforço em escrever um romance, que nunca viu a luz do dia (felizmente), mas que mesmo assim me encorajaram a continuar — meu filho, Colin, Luanne Peterpaul, Andrea Robinson, Lori Becker, Lisa O'Connor, Janet Bayer, Nancy DelPizzo, Joanne Ramundo, Emily Jo Donatello, Jane Pedicini e Barbara Balboni —, obrigada.

À minha família do GluckWalrath (meu trabalho diurno), que apoiou incrivelmente minhas atividades extracurriculares — Michael, Chris, Jim, Dave, Meghan, Vicky, Fay, Caitlin, Colby, Char, Diane, Kendal, Marsha, Carolyn, Steve, e um agradecimento muito especial a

Patti, que tem que me aturar todos os dias, o que pode ser difícil — eu sei porque eu tenho que me aturar todos os dias também.

Para todas as pessoas trans, não binárias e em não conformidade de gênero — isto é para vocês. Vocês são minha inspiração. Obrigada!

DIREÇÃO EDITORIAL
Daniele Cajueiro

EDITOR RESPONSÁVEL
André Marinho

PRODUÇÃO EDITORIAL
Adriana Torres
Júlia Ribeiro
Allex Machado

REVISÃO DE TRADUÇÃO
Gabriel Demasi

LEITURA SENSÍVEL
Ariel F. Hitz

REVISÃO
Emanoelle Veloso
Carolina Rodrigues

DIAGRAMAÇÃO
Ranna Studio

Este livro foi impresso em 2021
para a Trama.